Excalibur

Fantasy bei Knaur

herausgegeben von
Kai Lindberg und
Sophie Loewen

Rö

Die Geheimnisse von Rhiyana

Band 1: Die gläserne Insel
Band 2: Das goldene Horn
Band 3: Die heilige Stadt

Über die Autorin:

Judith Tarr, geboren 1955, studierte unter anderem Geschichte in Yale und gehört zu den bekanntesten Fantasy-Autorinnen der Welt. Sie lebt in Maine.

Judith Tarr

DIE GLÄSERNE INSEL

Die Geheimnisse von Rhiyana 1

Aus dem Amerikanischen
von Sylvia Brecht-Pukallus

Knaur

Die amerikanische Originalausgabe erschien 1985 unter dem Titel *The Isle of Glass.* In Deutschland erschien dieser Roman erstmals 1986 unter dem Titel *Die Jäger der Inquisition 1: Die gläserne Insel.*

Besuchen Sie uns im Internet:
www.knaur-fantasy.de
Sagen Sie uns Ihre Meinung zu diesem Buch:
excalibur@droemer-weltbild.de

Überarbeitete Neuausgabe

Für diese Ausgabe durchgesehen von Alexandra Kosian-Krishnabhakdi
Umschlaggestaltung: ZERO Werbeagentur, München
Umschlagabbildung: AKG, Berlin
Satz: Ventura Publisher im Verlag
Druck und Bindung: Nørhaven Paperback A/S
Printed in Denmark
ISBN 3-426-70255-X

2 4 5 3 1

1

Bruder Alf! Bruder Alf!« Es sollte ein Flüstern sein, doch es hallte durch die ganze Bibliothek wider. Bruder Alfred schaute von seinem Buch auf und lächelte ein wenig, als der Novize keuchend ein paar Zentimeter vor dem Tisch zum Stehen kam. »Was gibt es nun wieder, Jehan?«, fragte er. »Rettung aus höchster Not? Der König selbst, der gekommen ist, dich fortzuschleppen in den Krieg?«

Jehan stöhnte. »Der Himmel steh uns bei! Gerade habe ich eine Stunde damit verbracht, Dom Morwin zu erklären, warum ich hier bleiben und die Gelübde ablegen will. Weißt du, Vater hat ihm geschrieben, wenn ich schon Mönch werden müsste, sollte ich mich den Tempelrittern anschließen, um ihm keine völlige Schande zu bereiten.«

Bruder Alfreds Lächeln wurde breiter. »Und was hat unser guter Abt dazu gemeint?«

»Dass ich eine Vergeudung anständiger Muskelkraft wäre«, seufzte Jehan und ließ die Schultern herabsacken. Es nützte nicht viel; sie waren immer noch so breit wie das Klostertor. »Bruder Alf, kann denn keiner außer dir begreifen, was hinter der ganzen Kraft steckt?«

»Bruder Osric meint, du wirst einen brauchbaren Theologen abgeben.«

»Tatsächlich? Na schön. Heute hat er zu mir gesagt, ich wäre ein Dummkopf und würde es noch so weit treiben, dass er mich deiner Obhut übergeben müsste.«

»Im gleichen Atemzug?«

»Fast. Aber ehe ich's vergesse: Dom Morwin möchte dich sehen.«

Bruder Alfred klappte sein Buch zu. »Und wir haben ihn warten lassen. Eines Tages, Jehan, werden wir noch beide ein Schweigegelübde ablegen müssen.«

»Mir könnte es nicht schaden. Aber du? Niemals. Wie solltest du lehren?«

»Es gibt immer Möglichkeiten.« Bruder Alfred wandte sich schon zur Tür, hielt aber noch einmal inne. »Geh morgen nicht zum Unterrichtsraum. Warte hier auf mich.«

Jehan gab sich erst gar keine Mühe, seinen Jubelschrei zu unterdrücken.

Ein Kaminfeuer brannte im Studierzimmer des Abts, der davor stand und sich die Hände wärmte. Er drehte sich nicht um, als Bruder Alfred eintrat, sondern bemerkte nur: »Stürmisches Wetter heute.«

Der andere nahm auf einem Stuhl Platz. »Passend zum Tag«, meinte er. »Du weißt ja, dass die Bergbewohner sagen: ›Am Totensonntag gehen die Teufel um.‹«

Der Abt bekreuzigte sich schnell mit einem gequälten Lächeln. »Es wird bestimmt eine Nacht, um Geister zu beschwören.« Er setzte sich steif und seufzte. »Ich fühle es in den Knochen. Weißt du, Alf – ich bin mit einem Schlag alt geworden.«

Stille trat ein. Bruder Alf blickte ins Feuer und sah zwei junge Novizen: der eine klein und zierlich mit fuchsrotem Schopf, der andere groß und schlank und mit so fahlem Haar wie vergoldetes Silber. Sie waren eifrig damit beschäftigt, Äpfel aus dem Obstgarten zu stehlen. Sein Mund zuckte.

»Woran denkst du?«, erkundigte sich der Abt.

»Daran, wie *wir* die Äpfel stahlen.«

»Ist das alles? Ich musste gerade daran denken, wie wir die Aufschriften von allen Medizinflaschen, -schachteln und -dosen in der Krankenstation ausgetauscht haben. Wir hätten fast den alten Bruder Anselm umgebracht, der statt des Mittels gegen seine Verdauungsstörungen eine von Bruder Herbals heimlichen Aphrodisiaka genommen hatte.«

Bruder Alfred lachte. »Daran kann ich mich noch sehr gut erinnern; Dom Edwin hat mir mit dem Rohrstock eine Abreibung verpasst, dass ich zwei Wochen nicht sitzen konnte. Und wir mussten die Aufschriften wieder umkleben. Am Ende kannten wir Bruder Herbals Lager besser als er.«

»Ich weiß es heute noch. Im ersten Regal Diptam, Fenchel, Gänserich, Raute ... Ist das nun wirklich fast sechzig Jahre her?«

»Ja, das ist es.«

»Tempus fugit, und zwar ganz gewaltig.« Morwin strich sich mit den Fingern durchs Haar. Ein bisschen Rot war noch geblieben; der Rest war von rostigem Weiß. »Ich habe die Siebzig erreicht und drei weitere großzügig bemessene Jahre erlebt. Zeit, sich darüber Gedanken zu machen, woran ich die ganze Zeit über hätte denken müssen, wäre ich ein guter Mönch gewesen, für den ich mich immer gerne gehalten habe.«

»Und was für ein guter, Morwin. Ein wirklich guter Mönch.«

»Ich hätte viel besser sein können. Ich hätte es ablehnen können, mich zum Abt ernennen zu lassen. *Du* hast es abgelehnt.«

»Und du weißt, warum.«

»Unsinn. Du hättest Kardinal werden können, wenn du es nur hättest versuchen wollen.«

»Wie hätte ich das sollen? Du weißt, was ich bin.«

»Ich weiß, wofür du dich hältst. Dir ist die Geschichte deiner Ankunft derartig in den Schädel gehämmert worden, dass du schon selbst daran glaubst.«

»Es ist die Wahrheit. Es war zur Wintersonnenwende, und es herrschte ein höllischer Sturm. Und inmitten all des Getöses, genau um Mitternacht, hörte der Novize, der in der Kapelle Wache hielt, ein Kind schreien. Er fasste genügend Mut, sich in den Sturm hinauszuwagen, der alles Leben hätte hinwegfegen müssen, und fand ein Wunder. Da lag ein etwa drei Monate alter Säugling nackt im Schnee. Und doch fror er nicht; als der Novize gerade die Seitentür öffnete, flog davon, was das Kind bislang gewärmt hatte: drei weiße Eulen. Unser tapferer Bursche schaute sich umsichtig um, riss das Kind hoch und stürzte zur Kapelle zurück. Als das Weihwasser keine andere Wirkung als diejenige tat, die zu erwarten ist, wenn ein Kind kopfüber in ein eiskaltes Bad gestürzt wird, taufte er seinen Findling, gab ihm den Namen Alf – Alfred, um der Kirche willen – und machte sich daran, ihn zum Mönch zu erziehen. Aber der Novize schwor sein Leben lang, das Balg stammte aus den Berghöhlen.«

»Und stimmt das?«

»Ich weiß nicht. Ich scheine mich schwach und weit entfernt zu erinnern, so, als käme es aus dem Gedächtnis eines anderen: Feuer und Schreie und ein Mädchen, das mit einem Kind auf dem Arm davonläuft. Dann das Mädchen kalt und tot, ein Sturm und drei weiße Eulen. Niemand hat es jemals gefunden.« Bruder Alfred atmete tief ein. »Vielleicht ist es nur ein Traum, und jemand hat mich als Wechselbalg ausgesetzt. Welcher Ort wäre besser dafür geeignet als hier in Ynys Witrin, mit all seinen Sagen und der alten Magie.«

»Oder aber«, meinte der Mönch, »das Feenvolk ist zum christlichen Glauben übergetreten. Obgleich ich noch nie gehört habe, dass einer von ihnen Weihwasser oder kaltes Eisen ertragen könnte.«

»Dieser hier kann.« Bruder Alfred krümmte seine langen Finger und vergrub sie fest in seinem Schoß. »Aber ein hohes kirchliches oder weltliches Amt einnehmen ... nein. An jedem anderen Ort als hier wäre ich schon längst auf den Scheiterhaufen gewandert. Selbst hier sind nicht alle Brüder davon überzeugt, dass ich nicht eine Art besserer Teufel bin.«

Morwin fuhr hoch. »Wer wagt solche Gedanken?«

»Keiner, der kühn genug wäre, seine Zweifel auszusprechen oder sie auch nur öfter zu denken.«

»Das möchte ich ihm auch geraten haben!«

Alf lächelte und schüttelte den Kopf. »Du hast mich immer viel zu leidenschaftlich verteidigt.«

»Und das war auch gut so. Ich habe dich aus mancher Zwistigkeit befreit, seit ich das erste Mal erlebt hatte, wie die Novizen dich zu ihrer Zielscheibe machten.«

»So große Wirbel wegen ein paar harmloser Worte.«

»Harmlos? Ich bekam reichlich Hiebe und Steine ab, als ich mich einmischte.«

»Sie wollten mich nur einschüchtern«, sagte Alf. »Aber das ist Jahre her. Wir müssen wirklich alt geworden sein, dass wir uns so sehr über Dinge ereifern, die so weit zurückliegen.«

»Sei nicht so rücksichtsvoll. Für mich gilt das, und du weißt es. Ich war immer derjenige, der Groll hegte – zum Schaden meiner Seele.« Morwin erhob sich und blieb mit auf dem Rücken gefalteten Händen stehen. »Alf. Irgendwann, früher oder später, werde ich meinem Schöpfer gegenübertreten. Und wenn es soweit ist, möchte ich St. Ruan in guten Händen wissen.« Alf wollte das Wort ergreifen, doch er schüttelte den Kopf. »Ich weiß, Alf. Du hast jedes Amt abgelehnt, das irgendjemand dir überantworten wollte, und dreimal hast du dich geweigert, Abt zu werden. Und jedes Mal war es falsch; jedes Mal war dir der zweite Mann weit unterlegen. Ich will nicht, dass das noch einmal geschieht.«

»Morwin, du weißt, dass es nicht anders geht.«

»Warum?«

Bruder Alfred stand noch bleicher als gewöhnlich da und breitete die Arme aus. »Sieh mich an!«

Morwin biss die Zähne zusammen. »Ich sehe dich an«, entgegnete er grimmig. »Sechzig Jahre lang habe ich dich fast jeden Tag angesehen.«

»Und was siehst du?«

»Den einzigen Menschen, in den ich das Vertrauen setze, dass er die Abtei übernimmt und so führt, wie sie geführt werden sollte.«

»Einen Menschen, Morwin? Du hältst mich für einen Menschen? Nun komm schon. Du alleine bist in der Lage, mich als das zu erkennen, was ich wirklich bin. Wenn du dazu bereit wärst.«

Der Abt konnte den Blick nicht von ihm wenden. Sein Freund stand sehr groß und sehr bleich mit weit aufgerissenen, fast verzweifelten Augen vor ihm. Eigentümliche

Augen, von fahlstem Goldton wie sein Haar und mit katzenhaften Pupillen.

»Siehst du«, meinte Alf. »Und denk daran, was noch alles die Novizen dazu brachte, mich ›Teufel‹ und ›Hexenbrut‹ zu nennen. Mein Umgang mit Tieren und Menschen. Meine kleinen Zaubertricks.« Er packte eine Hand voll Feuer und Dunkelheit, verflocht sie zu einem langen, eigentümlich schimmernden Strang und warf ihn Morwin zu. Der fing ihn unwillkürlich auf – es war ein Stück festes Band, das gleichzeitig kühl wie Schatten und heiß wie Feuer war. »Und schließlich, Morwin, alter Freund, wie alt bin ich denn?«

»Zwei oder drei Jahre jünger als ich.«

»Und wie alt sehe ich aus?«

Morwin blickte finster drein, drehte die Schnur in seinen Händen und schwieg.

»Für wie alt hielt mich Graf Rogier, als er Jehan nach St. Ruan brachte? Für wie alt hielt mich Bischof Aylmer, der vor dreißig Jahren mein *Gloria Dei* las und sich vergeblich nach mir umschaute, als er im vergangenen Jahr dem Kloster einen Besuch abstattete? Für wie alt hielt er mich, Morwin? Und was hat er zu dir gesagt? ›Dieser Bursche hat eine große Zukunft, Dom Morwin. Schickt ihn zu mir, wenn er ein bisschen älter ist, und ich verspreche Euch, Ihr werdet es nicht bereuen.‹ Er glaubte, ich wäre noch keine achtzehn!«

Morwin sprach noch immer kein Wort, obgleich der Schmerz in Gesicht und Stimme seines Freundes seinem finsteren Gesicht den Ausdruck alten, bitteren Kummers verlieh.

Alf ließ sich auf einen Stuhl zurückfallen und schlug die

Hände vors Gesicht. »Und du willst mich geloben lassen, die Wahl anzunehmen, falls sie noch einmal auf mich fiele. Morwin, wirst du denn niemals verstehen, dass ich keinen Titel tragen kann?«

Die Stimme des anderen klang belegt. »Auch Demut hat ihre Grenzen, Alf. Selbst für einen Mönch.«

»Es ist keine Demut! Lieber Gott, wahrlich nicht! Ich besitze mehr Stolz als Luzifer! Als ich so jung war wie mein Leib, frohlockte ich über das, wofür man mich hielt. Und Bischof Aylmer war nur allzu bereit, einen jungen Mönch zu umwerben, der für die Politik und die Theologie gleichermaßen begabt war. Sie erklärten mir, ich wäre ein brillanter Kopf, und ich glaubte ihnen. Ich wusste, dass ich alle bezauberte; ich glaubte, ich könnte der Sohn eines Elfenprinzen oder wenigstens eines Lords sein, und ersann Geschichten über seine Liebe zu meiner sterblichen Mutter und deren Entschlossenheit, mich zum Christen zu machen. Und über die drei weißen Eulen.« Er hob den Kopf. »Ich war sogar eitel, Gott steh mir bei; und das umso mehr, als ich die Welt kennen lernte und mich in den Augen der Frauen widergespiegelt fand. Nicht eine, die nicht seufzte, mich als Mönch zu sehen.«

»Und nicht eine, die dich davon hätte abbringen können.«

»Ist das mein Verdienst? Ich war stolz darauf, niemals umgefallen zu sein oder auch nur gewankt zu haben. Nein, Morwin. Was ich besitze, ist keine Demut. Angst habe ich. Ich hatte sie schon in meiner Jugend. Unter dem Stolz herrschte die Furcht, wirklich nicht menschlicher Herkunft zu sein. Und diese Furcht wuchs mit den Jahren. Als ich dreißig war und noch immer für einen Jungen gehalten wurde, verdrängte ich sie. Mit vierzig begann ich, die Furcht anzuerkennen. Mit fünfzig war sie mir voll bewusst. Mit sechzig war es nacktes Entsetzen. Und heute kann ich es kaum mehr ertragen. Morwin, Morwin – und wenn ich unsterblich bin?«

Morwin antwortete ganz leise: »Alles stirbt letztendlich, Alf.«

»Warum altere ich dann nicht? Warum sehe ich noch genauso aus wie an dem Tag, da ich mein Gelübde ablegte? Und was unsterblich ist, was elfenhaft ist – besitzt keine Seele. Das zu sein, was ich bin, und keine Seele zu haben ... schon die Vorstellung peinigt mich entsetzlich.«

Morwin legte eine Hand leicht auf seine Schulter. »Alf. Was immer du bist, was immer aus dir werden mag, ich kann nicht glauben, dass Gott so grausam, so ungerecht, so ganz und gar nachtragend sein sollte, dich ohne Seele sterben und mit deinem Leib leben zu lassen. Nicht, nachdem du ihn so lange und so treu geliebt hast.«

»Habe ich das denn? Oder ist meine ganze Anbetung nur Hohn? Ich habe sogar gewagt, an seinem Altar zu dienen, seine Messe zu lesen – ich, ein Schatten, eine Ausgeburt von Luft und Finsternis. Und du würdest mich zum Abt machen. O gütiger Gott!«

»Hör auf, Alf!«, polterte Morwin. »Das ist das Ärgerliche an dir. Du hast dich so gut in der Gewalt, dass alle deine Gelassenheit bewundern, aber wenn du dann einmal die Fassung verlierst, gerät die ganze Welt ins Wanken. Verschone uns ein für alle Mal, ja?«

Aber bei Alf wirkten selbst diese deutlichen Worte nicht mehr. Mit einem Aufschrei wirbelte er herum und stürzte aus dem Zimmer.

Morwin starrte ihm hinterher, hielt inne und schüttelte den Kopf. Langsam und schmerzlich ließ er sich in seinen Sessel nieder. Noch immer lag die Schnur in seiner Hand, Feuer und Finsternis, Hitze und Kälte. Eine lange Weile blieb er sitzen, betrachtete sie mit starrem Blick und streichelte sie mit zitternden Fingern. »Armer Junge«, flüsterte er. »Armer Junge.«

2

Jehan konnte nicht schlafen. Er lag auf seiner harten Pritsche und lauschte den nächtlichen Geräuschen im Schlafsaal der Novizen, dem Schnarchen und Schnüffeln und gelegentlichen Murmeln im Schlaf. Es war kalt unter seiner dünnen Decke; der Wind blies durch die Läden der schmalen, hohen Fenster, der Regen peitschte dagegen, so dass sie in ihren Eisenscharnieren klapperten.

Doch er war daran gewöhnt. Die Novizen sagten immer, er könnte noch auf einer Eisscholle in der Nordsee und mit dem Getöse einer Schmiede neben sich schlafen.

Zum tausendsten Mal rollte er sich in eine neue Stellung, diesmal auf den Bauch, mit dem Kopf auf seinen verschränkten Armen. Immer wieder sah er Bruder Alf vor sich, mal in der Bibliothek über ein Buch geneigt, mal arbeitend an seinem großen Webstuhl, mal singend in der Kapelle mit einer Stimme gleich einer Tenorglocke. All diese ausgeglichenen Gesichter flogen vorüber und zerbrachen, und er sah die hohe, schlanke Gestalt mit einem solchen Gesichtsausdruck aus dem Studierzimmer des Abts laufen, dass er jetzt noch zitterte.

Er stand heimlich auf. Alle schienen zu schlafen. Er schüttelte die Kutte aus, die ihm als Kissen gedient hatte, und streifte sie rasch über. Sein Herz raste. Falls er von jemandem erwischt werden würde, bekäme er eine Tracht Prügel und eine Woche Putzdienst im Abtritt.

Trotz seines kräftigen Körpers war er leichtfüßig wie eine Katze. Er schlich sich an den schlafenden Novizen vorbei und legte die Hand auf die Türklinke. Er hatte ein

Gebet erdacht und ausgesprochen, noch ehe ihm dessen Ironie auffiel.

Mit allergrößter Vorsicht öffnete er die Tür. Bruder Owein, der Novizenlehrer, schnarchte so laut in seiner Zelle, dass der regelmäßige Klang nicht einmal vom Quietschen der Türangeln und dem Scharren des Riegels übertönt wurde. Jehan huschte an seiner Tür vorüber, wobei er kaum zu atmen wagte, zauderte kurz an einer Biegung und schoss dann davon.

Bruder Alfs Zelle war leer. Die Marienkapelle ebenfalls, wo er während der ganzen Komplet auf den Steinen gelegen hatte. St. Ruan war eine große Abtei, und Alf kannte jeden Zentimeter. Vielleicht befand er sich sogar am Abtritt.

Jehan ging aus der Kapelle den Gang hinab, der zum Tor führte. Bruder Kyriell, der Wächter, schlief den Schlaf der Gerechten.

Als Jehan stehen blieb, huschte ein Schatten vorbei, gelangte zu dem kleinen Tor, schob den Riegel lautlos zurück und zog die schwere Holztür auf. Der Wind peitschte messerscharfe Hagelkörner herein und fegte die Kapuze von dem vertrauten, fahlen Haupt, das sich unter seinem Ansturm beugte und gegen ihn ankämpfte.

Bis Jehan das Tor erreicht hatte, war Alf bereits im Unwetter verschwunden. Ohne nachzudenken folgte er ihm.

Der Wind zerrte an Jehan. Regen nahm ihm die Sicht. Kälte drang durch die dicke Wolle seiner Kutte.

Aber es herrschte keine völlige Finsternis. Wie das manchmal bei Winterunwettern der Fall ist, schienen die

Wolken das Licht des verhangenen Mondes gesammelt zu haben und es zu verstreuen, da sie in eigenem gespenstischem Licht erstrahlten. Jehans Augen hatten sich bereits an die Dunkelheit gewöhnt und konnten das feuchte Schimmern der Straße und in weiter Ferne einen verwaschenen Fleck erkennen, bei dem es sich um Alfs unbedeckten, weißen Kopf handeln mochte.

Narrheit hatte ihn so weit gebracht, und Narrheit trieb ihn weiter. Der Wind peitschte ihm entgegen und wollte ihn in den Schutz des Klosters zurücktreiben. Alf ging schneller – Jehan konnte ihn mittlerweile kaum mehr sehen, nicht einmal wenn die Regenböen gelegentlich nachließen. Doch er kämpfte weiter.

Plötzlich ragte irgendetwas so unmittelbar vor ihm in die Höhe, dass er zurückschreckte. Es atmete, eine ungeheure Gestalt mit einer Ausdünstung wie aus dem Schlund der Hölle selbst.

Eine Stimme übertönte das Heulen des Windes. Sie erklang fast unmittelbar neben seinem Ohr. »Jehan – hilf mir. Nimm die Zügel.«

Alf. Und die Gestalt war mit einem Mal ein durchnässtes, zitterndes Pferd, dessen Reiter über seinem Hals zusammengesackt war. Jehans taube Hände fassten nach den Zügeln und streichelten den langen, knochigen Kopf des Tieres, das zuerst zurückwich und sich dann an ihn drängte. Er wühlte in seinen Taschen und fand den Apfel, den er beim Abendessen hatte mitgehen lassen, und verfütterte ihn an das Pferd, während der Regen ihm den Nacken hinabrann.

»Führ ihn zum Kloster«, sagte Alf wieder direkt in sein

Ohr. Der Mönch stand innerhalb seiner Reichweite und beachtete weder Wind noch Regen. Wärme schien in rasenden Wellen von ihm auszustrahlen.

Der Wind, der Jehan entgegengeweht war, unterstützte ihn nun mit ganzer Kraft und trug ihn fast die Straße zum Tor hinauf.

Im Schutz der Mauer übernahm Alf die Zügel. »Geh hinein und öffne.«

Jehan tat wie ihm geheißen. Noch ehe er das Tor richtig aufgestemmt hatte, spähte Bruder Kyriell, zerzaust und ungewohnt mürrisch, aus seiner Zelle. »Was geht hier vor?«, fragte er in scharfem Ton.

Jehan warf ihm einen hektischen Blick zu. Das Tor schwenkte auf, das Pferd trat über die Schwelle. Als Bruder Kyriell Alf erblickte, behielt er den Rest dessen, was er noch hatte sagen wollen, für sich und eilte hinzu.

»Jehan«, ordnete Alf an, »bring die Stute in den Stall und sorge dafür, dass sie Futter bekommt.« Und während er sprach, hob er den Reiter von ihrem Rücken. Im Lichtschein von Bruder Kyriells Lampe glänzte mehr als nur Regen: Blut, scharlachrotes und rostbraunes; frisches und getrocknetes Blut. »Kyriell – hilf mir, ihn zu tragen.«

Sie schleppten ihn auf seinem Umhang den Hof und den Gang zur Krankenstation hinab. Auch als sie ihn in einer Zelle niederlegten, rührte er sich nicht, nur das Rasseln und Keuchen seines gequälten Atems waren zu hören.

Bruder Kyriell verließ, sich immer wieder umblickend, den Raum. Alf beachtete ihn gar nicht. Einen Augenblick lang hielt er, von einer Schmerzwelle nach der anderen erfasst, inne. Mit einer Willensanstrengung, die ihm ein Keuchen abverlangte, wappnete er sein Innerstes dagegen. Seine zitternden Hände schlugen den Umhang zurück, strichen über das kostbare, dunkle Gewebe und schöpften Kraft aus der Berührung.

Der Körper darunter war nackt bis auf ein raues Hemd, das dem eines Leibeigenen glich, und schrecklich anzusehen: brutal geprügelt und gepeitscht, von tiefen, nässenden Brandmalen gezeichnet, mit Schlamm, Blut und Flecken verkrustet. Drei Rippen waren gebrochen, das rechte Bein gleich an zwei Stellen, die linke Hand zerquetscht; sie sah aus, als wäre sie zertrampelt worden. Eitrige Wunden, notdürftig mit zerfetzten, schmutzigen Streifen vom gleichen Tuch wie das des Hemdes verbunden und zu lange unversorgt.

Vorsichtig begann er, die zerschundene Haut zu säubern, und ihm stockte der Atem angesichts der Tiefe und des grauenhaften Zustandes einiger Wunden. Sie waren schmutzig und bereits älter. Und trotzdem war nicht eine entzündet.

Als Letztes behandelte Alf das Gesicht. Ein langer Schnitt auf der Stirn hatte geblutet, war getrocknet und wieder aufgeplatzt, so dass der Schaden schlimmer aussah, als er war. Eine Gesichtshälfte war übel zerschrammt und geschwollen, doch nichts war gebrochen; der Rest hatte nicht mehr als eine Schnittverletzung und ein bis zwei Blutergüsse abbekommen.

Unter all dem war zu erkennen, dass er jung, geschmeidig wie ein Panther und von der gleichen weißen Hautfarbe war wie Alf. Ein gerade zum Mann heranwachsender, sehr gut aussehender Jugendlicher. Fast zu gut aussehend.

Selbst bei all seinen Verletzungen war das ganz offensichtlich.

Alf riss seinen Blick von dessen Gesicht los. Doch die Züge verfolgten ihn. Vom Stolz eines Adlers und fein gezeichnet unter Bart und Schwellungen. Sein Schnitt war unverkennbar: der eines Elfs.

Alf richtete seine Aufmerksamkeit fest auf den geschundenen Körper. Er schloss die Augen und suchte in seinem Innern nach Ruhe, dem Zentrum kühlen Feuers, das ihn zu dem machte, was er war. Dort herrschte Frieden, und dort fand er gewöhnlich die Kraft zu heilen.

Nichts. Nur Aufruhr und ein brodelndes Meer von Schmerzen. Und beides zusammen bildete eine Schranke, die er nicht überwinden konnte. Er versuchte es. Er schlug darauf ein. Er strengte sich an, bis ihm der Schweiß glühend heiß an den Schläfen hinablief.

Nichts.

Er hatte wohl laut gestöhnt, denn Jehan stand plötzlich mit besorgtem Blick neben ihm. »Bruder Alf? Bist du wohlauf?«

Die Anwesenheit des Novizen hielt Alf aufrecht. Er nickte schaudernd und atmete tief ein.

Jehan war nicht überzeugt. »Bruder Alf, du bist krank. Du solltest selbst das Bett hüten.«

»Es handelt sich nicht um jene Art von Krankheit.« Er griff nach einer Schiene und einer Verbandsrolle. Seine Hände waren nun fast wieder ruhig. »Du wirst mir hierbei helfen müssen. Da.«

In ihrem langsamen, mühevollen Tun lag ein gewisser Friede. Jehan hatte ein Gespür dafür; seine Hände waren groß, aber sanft, und sie bedurften nur geringer Anweisungen.

Nach einer Weile hatten sie es schließlich vollbracht. Alf kniete neben dem Bett und begutachtete seine Arbeit. Endlich war er wieder ruhig – auf undeutbare Weise ruhig.

Jehan legte etwas aufs Bett, feuchtes Leder, das nach Pferden roch: zwei Satteltaschen. »Die hingen am Sattel der Stute«, sagte er. »Und die Stute ... sie ist prachtvoll! Mit Sicherheit nicht der Klepper eines Vagabunden. Es sei denn«, fügte er mit einem zweifelnden Blick auf den Fremden hinzu, »er hätte sie gestohlen.«

»Sieht er wie ein Dieb aus?«

»Er sieht aus, als wäre er gefoltert worden.«

»Das ist er auch.« Alf öffnete die vollen Satteltaschen. In einer befanden sich schlichte, aber edle Kleider zum Wechseln. Die andere enthielt eine leere Flasche, die noch nach Wein roch, einen Kanten Brot, ein, zwei Äpfel und ein paar Metall- und Lederstücke. Darunter befand sich ein Lederbeutel, der für seine Größe ziemlich schwer wirkte. Alf schüttelte den Inhalt in seine Handfläche: ein paar Münzen und einen Ring, ein Petschaft aus Silber und Saphir. Der Stein trug ein stolzes Wappen: einen Seevogel mit ausgebreiteten Schwingen und einer Krone darüber.

Jehan beugte sich nahe darüber, um es zu erkennen, und blickte erschrocken hoch. »Rhiyana!«

»Ja. Die Münzen sind auch rhiyanisch.« Alf drehte den Ring, so dass sich das Licht darin fing. »Sieh dir die Gravur des Steins an. *Guidion rex imperator*. Das ist das Siegel des Königs.«

Jehan starrte zu dem Verwundeten. »Das ist nicht Gwydion. Gwydion muss schon über achtzig sein. Und was hat sein Ring hier zu suchen? Rhiyana liegt jenseits der Meerenge und zwischen uns und ihr noch ganz Anglia.«

»Aber wir sind auch nur zwei Tagesritte von Gwynedd entfernt, dessen König seine Knappenzeit bei Gwydion verlebte. Sieh mal: ein Kupferstück von Gwynedd.«

»Ist er ein Spion?«

»Mit dem Siegel des Königs bei sich, das ihn sofort verraten würde?«

»Demnach ein Gesandter.« Jehan betrachtete ihn und war von seinem Gesicht ebenso fasziniert, wie es Alf gewesen war. »Er sieht aus wie die Elfenleute. Du kennst diese Geschichte doch, Bruder Alf, nicht wahr? Meine Amme hat sie mir immer erzählt. Sie war Rhiyanerin, weißt du, wie meine Mutter. Sie nannte den König den ›Elfenkönig‹.«

»Ich kenne die Geschichten«, antwortete Alf. »Zumindest einige davon. Nette Märchen fürs Kinderzimmer.«

Jehan fuhr hoch. »Nicht alle, Bruder Alf! Sie sagte, der König hätte ein so strahlend helles Antlitz, dass er wie ein Elfenfürst aussähe. Er ritt immer durch sein Reich und verbreitete Freude, wo immer er hinkam; er war beileibe kein Feigling, doch er wollte niemals kämpfen, solange es noch einen anderen Weg gab, den Frieden zu erlangen. Deshalb wird Rhiyana niemals in Kriege verstrickt.«

»Aber es lehnt niemals ab, einem anderen bedrängten Reich zu Hilfe zu kommen.«

»Vielleicht war das der Auftrag dieses Mannes. Es ist zu Grenzkämpfen zwischen Gwynedd und Anglia gekommen. Vielleicht hat er versucht, ihnen Einhalt zu gebieten.«

»Seinem Aussehen nach zu schließen, war er dabei nicht sehr erfolgreich.«

»Der König hätte selbst kommen sollen. Meine Amme sagte, niemand konnte in seiner Gegenwart einen Streit fortführen. Aber vielleicht ist er zu schwach zum Reisen. Er ist schon hochbetagt.«

»Es gibt da gewisse Geschichten.«

»Ach«, schnaubte Jehan verächtlich. »Das sind die Märchen. Dass er einen Hofstaat von Elfen hat und niemals altert. Sein Hof ist ausnahmslos schön, nach allem, was ich gehört habe, aber ich kann nicht glauben, dass er kein Tattergreis ist. Ich wette, er färbt sich die Haare und hält sich die Verehrerinnen auf gewisse Distanz.«

Alf lächelte schwach. »Hoffentlich wettest du nicht zu hoch.« Er gähnte und streckte sich. »Ich werde heute Nacht hier bleiben. Du, mein Junge, kehrst besser in dein eigenes Bett zurück, ehe Bruder Owein dich vermisst.«

»Bruder Owein schläft wie ein Toter. Falls Tote schnarchen können.«

»Wir wissen ja, dass sie wiederauferstehen. Schnell, ehe Owein den Beweis erbringt.«

Jehan hatte ein Feuer im Kamin des Krankenzimmers entfacht. Alfred lag, in seine eigene Kutte gehüllt, davor. Noch immer hatte der Fremde sich nicht gerührt, aber er lebte, und seine Schmerzen nagten an Alfs Geistesabwehr. Schlimmer noch war jedoch das Wissen, dass er den anderen von seinen Leiden hätte befreien können, wäre da nicht seine eigene innere Verwirrung gewesen. Wie sollte er die körperlichen Schmerzen eines anderen lindern, wenn er nicht in der Lage war, seine eigene Seele davon zu erlösen?

Wenn ich denn sein muss, was ich bin, so schrie er in die Dunkelheit, *so lass es mich sein. Dann drücke mich nicht mit menschlicher Schwäche nieder!*

Doch die Mauern hielten stand und waren noch stärker als zuvor.

3

Als Alf eingeschlafen war, träumte er. Er befand sich nicht länger in St. Ruan, war kein klösterlicher Mönch mehr, sondern ein junger Ritter mit einem Adlergesicht, der durch Berge ritt, die sich schwarz unter dem tief hängenden Himmel erhoben. Seine graue Stute lief leichtfüßig und sicheren Schritts einen steilen, steinigen Weg hinauf. Vor ihnen, hoch oben auf einer Felsspitze, ragte eine Burg empor. Nach der langen, anstrengenden Reise, die nur von Nächten in Hütten der Bergbewohner oder unter freiem Himmel unterbrochen worden war, hätte sie ein willkommener Anblick sein müssen. Sie wirkte aber unheilvoll.

Alf sollte dort einen Mann treffen. Er richtete sich auf und fasste die Zügel kürzer; die Stute hob den Kopf und beschleunigte ihren Schritt.

Mauern umschlossen und hüllten sie in Finsternis.

Drinnen brannte ein schummriges Fackellicht. Männer traten auf sie zu, Soldaten, sieben an der Zahl. Als der Reiter abstieg, schlossen sie einen Kreis um ihn. Die Stute legte die Ohren an; sie tänzelte bedrohlich seitwärts.

Er besänftigte sie mit einem Streicheln und erklärte: »Ich werde sie selbst einstallen.«

Keiner der Männer antwortete. Der Reiter führte die Stute nach vorn, die Soldaten öffneten den Kreis und folgten ihm dicht auf den Fersen.

Der Stall war voll, doch ein Mann führte ein Pferd aus seiner Box, um Platz für die Stute zu machen. Der Reiter sattelte sie ab, rieb sie trocken und fütterte sie von eigener

Hand; als sie ausreichend gefressen hatte, warf er seinen Umhang über sie und ließ sie mit ein paar liebevollen Worten stehen. Nun ging er alleine im Kreis der Männer und bewegte sich gelassen, als handelte es sich um eine Ehrengarde. Doch im Nacken sträubten sich ihm die Haare. Es kostete ihn große Mühe, nicht nach dem Schwert zu fassen. Fara war wohl versorgt und bewachte seine Habe, darunter auch das kostbare Petschaft. Er konnte sich verteidigen. Also kein Grund, sich zu fürchten.

Die Schatten straften seine Tapferkeit Lügen. Kalte Feindseligkeit umschloss ihn.

Seine Mission verhieß nichts Gutes. Und doch hatte Lord Rhydderch ihn rufen lassen, und obgleich der Baron im Ruf launenhafter Grausamkeit stand, hatte der Gesandte nicht erwartet zu scheitern. Das hatte er niemals.

Sie stiegen eine steile, schmale Treppe hinab und gelangten in eine Wachstube. Dort blieben die Soldaten plötzlich stehen und fielen ohne ein Wort über ihren Gefangenen her.

Er hatte das Schwert gezogen, das unheilvoll blitzte, doch er fand keinen Platz, damit auszuholen. Und er wollte auch kein Blut vergießen, wenn er es vermeiden konnte. Ein verächtlicher Hieb schlug ihm die Waffe aus der Hand.

Hände ergriffen ihn. Das beleidigte seinen Stolz. Seine Faust hieb gegen Haut und Knochen. Ein weiterer Schlag traf auf Metall; das Gewicht von sechs Leibern warf ihn zu Boden, auf den Körper des Mannes, den er niedergeschlagen hatte.

Seltener Zorn flackerte auf, doch er unterdrückte ihn. Noch hatten sie ihm kein Leid getan. Er blieb still liegen, obgleich sie ihn bespuckten und einen Feigling schimpften; obgleich sie ihn entkleideten und seinen Körper auf eine Weise berührten, dass er die Lippen fest aufeinander presste und seine Augen gefährlich funkelten; obgleich sie ihn brutal in rostige Eisenketten schlugen.

Sie zerrten ihn auf die Füße, schlangen das Ende der Kette durch einen Ring an der Decke und spannten ihm die Arme über den Kopf. Seine Zehen berührten kaum den Boden; sein ganzes Gewicht hing an seinen Handgelenken.

Sobald er fest gebunden war, trat ein Fremder ein, ein Mann im Kettenhemd. Er war kein großer Mann, sondern untersetzt, mit den dunklen, wettergegerbten Zügen des Bergmenschen und Augen so fahl, als besäßen sie überhaupt keine Farbe. Als er seine Kettenhaube abstreifte, erwies sich sein Haar als ebenso schwarz wie seine zottigen Brauen und leicht grau gesträhnt.

Er blieb mit in die Hüften gestemmten Händen vor dem Gefangenen stehen. »So«, meinte er. »Das Kaninchen ist also in die Falle gelaufen.«

Der andere hielt den Kopf aufrecht und wahrte eine feste Stimme. »Lord Rhydderch, nehme ich an? Alun von Caer Gwent, zu Euren Diensten.«

»Redlich gesprochen, wirklich, und dabei von so vornehmem Betragen.« Rhydderch stocherte mit dem Finger nach ihm, als wäre er ein Ochse auf dem Markt. »Und auch noch so lange Gliedmaßen. Dein König hat wohl etwas übrig für groß gewachsene Schönheiten.«

»Der König von Rhiyana«, erklärte Alun vorsichtig, »hat mich als seinen persönlichen Beauftragten gesandt. Jede mir zugefügte Schmach ist eine Schmähung des Königs. Wollt Ihr mich nicht freilassen?«

Rhydderch lachte heiser ohne jegliche Heiterkeit. »Der Tattergreis von Caer Gwent? Was kann er schon tun, wenn ich seinen kleinen Lustknaben ein bisschen verunstalte?«

»Ich stehe in der Gunst des Königs. Bedeutet Euch das gar nichts?«

»Dein König ist nicht der meine, Junge.«

»Ich kam guten Glaubens, um den Frieden zwischen Gwynedd und Anglia zu erwirken. Wollt Ihr diesen Frieden gefährden?«

»Mein König«, erklärte Rhydderch, »wird es recht zu entlohnen wissen, dass Rhiyana sich mit Gwynedd verschworen hat. Und Anglia mitten in der Umklammerung.«

»Das war niemals unsere Absicht.«

Rhydderch ließ langsam den Blick an ihm hinabschweifen. »Was wird der alte Lustmolch zahlen, um dich zurückzubekommen?«

»Frieden«, erwiderte Alun, »und Vergebung für diese Beleidigung.«

Rhydderch schnaubte höhnisch. »Richard zahlt in Gold. Wie viel wird Gwydion für seinen Vasallen bereitstellen? Oder vielleicht wäre Kilhwch entgegenkommender. Gwynedd ist ein kleines Königreich und Kilhwch ein kleiner König, ein Häppchen beim Festmahl unseres Löwen.«

»Lasst mich gehen, so werde ich ihn fragen.«

»O nein!«, entgegnete Rhydderch. »Ich bin kein Dummkopf. Ich werde einen Preis festsetzen und ihn fordern. Und in der Zeit, da ich darauf warte, werde ich mir meinen Spaß mit dir machen.«

Mit einem solchen Ungeist war nicht zu verhandeln. Er glich dem eines schwarzen Ebers, böse, barbarisch und von seinen einmal gefassten Absichten nicht abzubringen.

Alun sprach mit leiser, gedämpfter Stimme und sehr, sehr ruhig. »Rhydderch, ich weiß, was Ihr vorhabt. Ihr werdet mich so zurichten, dass keine Heilung mehr möglich sein wird, und mich als Fehdehandschuh für Euren Krieg meinem König vor die Füße werfen. Und während Ihr Rhiyana herausfordert, stachelt Ihr Gwynedd zum Zorn an, indem Ihr die Bergbewohner ständig dazu treibt, jenseits der Grenzen Überfälle durchzuführen. Und bald muss dann Anglias großer Löwe sich einmischen, den Ihr in Euren Krieg lockt; Ihr werdet die Könige aufeinander hetzen, damit sie sich gegenseitig vernichten, während Ihr die Beute an Euch reißt.«

Beim Sprechen beobachtete er das Gesicht des Mannes. Rhydderch errötete zunächst, wurde dann bleich, bis tödliche Kälte in seinen Blick trat. Alun lächelte. »Das ist Eure Absicht, Rhydderch. Ihr glaubt, mit Euren Soldaten, Eurem Bergvolk und Euren geheimen Verbündeten wärt Ihr stark genug, einen Thron zu erobern und zu halten. Habt Ihr vergessen, die Kräfte abzuschätzen, mit denen Ihr zu tun habt? Kilhwch ist jung, verwöhnt, ein rechter Flegel, aber er ist auch der Sohn von Bran Dhu und ein Blutsverwandter von Gwydion von Rhiyana. Vielleicht erweist er sich als stärker, als Ihr ihn einschätzt, und Gwydion wird ihn unterstützen.«

»Gwydion!«, fauchte Rhydderch. »Dieser Feigling von König, dieser königliche Tor! Er schwankt gepudert und geschminkt wie eine alte Hure auf seinem Thron und rühmt sich einer wundersamen Jugendlichkeit. Seine so genannten Ritter verdienen sich ihre Sporen auf dem Tanzparkett und erringen ihre Titel im Bett. Und das nicht einmal mit Frauen.«

Aluns Lächeln ließ nicht nach. »Wenn dem so ist, was vergeudet Ihr dann Eure Zeit, ihn zum Krieg herauszufordern?«

Eine Ader schwoll pulsierend an Rhydderchs Schläfe an, doch er grinste wild. »Warum nicht? Von all meinen Wetten ist er die sicherste.«

»Tatsächlich? Demnach muss Richard ja die unsicherste sein, denn er ist ein Löwe im Kampf – ganz im Gegensatz zu meinem armen Gwydion. Was wird er von Eurem Plan halten, Rhydderch? Aufstand im Norden, ein Bruder, der ihn auf ein Wort hin vergiften würde, und der Abschaum seiner Kreuzzüge – mit ihnen allen musste er sich auseinander setzen. Und jetzt bringt Ihr dieses törichte Unterfangen in Gang.«

»Richard kann einem guten Kampf niemals widerstehen. Er wird mir nichts anhaben. Vermutlich wird er mich sogar noch belohnen.«

»Ach. Ein Junge, ein Kriegstreiber und ein Tattergreis. Drei einfältige Könige und drei Königreiche, die nur darauf warten, von einem starken, geschickten Mann an sich gerissen zu werden.« Alun schüttelte den Kopf. »Rhydderch, ist es Euch jemals in den Sinn gekommen, dass Ihr ein Dummkopf seid?«

Eine gepanzerte Faust holte aus. Aluns Kopf bebte von der Wucht des Schlages. »Du eitler junger Hahn!«, fauchte Rhydderch. »Hängt gefesselt in meiner eigenen Burg und kräht noch wie der König vom Misthaufen. Ich werde dich ein neues Lied singen lehren.«

Seine Faust traf wieder auf dieselbe Stelle. Alun unterdrückte einen Schrei. Rhydderch lachte und streckte die Hand aus. Einer seiner Leute reichte ihm einen dunklen Gegenstand.

Alun zuckte unwillkürlich zusammen. Rhydderch hielt eine Peitsche in den Händen, auf deren Schnüre Bleikügelchen geknotet waren. Alun unternahm einen letzten, verzweifelten Versuch, in dieses finstere Gehirn vorzustoßen.

Sinnlos. Es war Wahnsinn. Die schlimmste Art von Wahnsinn, die als Vernunft anerkannt wird. Weil sie sich ihrer selbst bewusst ist und sich in ihrer verzerrten Macht verherrlicht. Aluns sanfte Stärke vermochte nichts dagegen.

Er hatte das Gefühl, sich in den Windungen einer Schlange verfangen zu haben, deren Gift durch seine Adern strömte und die Leidenschaft weckte, die so ausgeprägt war wie seine Gelassenheit. Vielköpfiger Schmerz durchzuckte seinen Körper und weckte und reizte seinen Zorn. In seinem verzweifelten Kampf, sich in der Gewalt zu halten, vergaß er sogar die Folterung. Er vergaß die ganze Welt. Sein ganzes bewusstes Denken galt dem einzigen Kampf, der großen Woge seiner Ruhe, die gegen das Feuer der Wut anbrandete.

Die Innenwelt wurde zur Außenwelt. Sein ganzer Körper war sengender Schmerz, sein Innerstes eine einzige Flamme. Rhydderch stand mit schweißglänzendem Gesicht vor ihm, in der Hand die schlaff herabhängende Peitsche. Er verhöhnte seinen Gefangenen. »Schön wie ein Mädchen und ebenso verächtlich. Du bist durch und durch Rhiyaner.«

Alun atmete bebend ein. Er beherrschte seinen Zorn, doch seine Miene und seine Augen vermochten ihn nicht gänzlich zu verbergen. »Wenn Ihr mich jetzt freilasst, werde ich diese Infamie verzeihen. Vergessen werde ich sie allerdings niemals.«

»Dich gehen lassen?« Rhydderch lachte. »Ich habe ja gerade erst begonnen.«

»Haltet Ihr es für ehrenvoll, einen durch Verrat gefangenen, in Ketten geschlagenen Mann auszupeitschen?«

»Einen Mann nicht. Dich kann ich nicht einmal als die Brut von Leibeigenen erachten; und wenn ich erst mit dir fertig bin, wirst du entschieden weniger wert sein.«

»Was immer Ihr mir antut, ich bleibe Ritter der Krone von Rhiyana. Gwydion ist alles andere als der Feigling, als den Ihr ihn bezichtigt; und er wird nicht vergessen, was Ihr ihm angetan habt.«

»Innerhalb von zwei Atemzügen von der niedersinkenden Memme zum königlichen Herrn. Du machst mir Angst.« Rhydderch warf die Peitsche beiseite. »Einige meiner Burschen hier spielen gerne ein bisschen herum, ehe sie sich an die Arbeit machen. Vielleicht sollte ich es ihnen zugestehen, solange du noch deinen Spaß daran hast.«

Die Rage brach aus ihm heraus. Aluns Augen funkelten grün; er fletschte die Zähne. Aber seine Stimme war samtweich: »Sollen sie es versuchen, Rhydderch. Sollen sie sich anschließend damit brüsten. Sie werden dieses Trostes bedürfen, denn sie werden anschließend nie wieder jemanden berühren – weder Mann noch Frau, noch Knaben. »Wer wagt es? Du, Huw? Owein? Dafydd, der gewaltige Bulle und Angeber?«

Jeder schreckte bei seinem Namen zusammen und bekreuzigte sich.

Rhydderch starrte finster unter seinen schwarzen Brauen hervor. »Ihr da, holt ihn herunter und haltet ihn fest. Er kann euch nicht das Geringste anhaben.«

»Kann ich das wirklich nicht?«, fragte Alun. »Habt Ihr noch niemals gehört, was Sterblichen widerfährt, die es fertig bringen, Elfenblütigen Gewalt anzutun?«

Der Baron knurrte: »Holt ihn runter, sagte ich! Er will uns nur einschüchtern.«

Ein Mann erkühnte sich zu widersprechen. »Aber ... aber ... Herr, seine Augen!«

»Eine Täuschung durchs Licht. Holt ihn runter!«

Alun ließ die Arme sinken. »Nicht nötig. Seht! Ich bin unten.«

Augen wurden verdreht; Stimmengemurmel kam auf.

»Zur Hölle mit euch elenden Hundesöhnen! Ihr habt vergessen, die Kette festzumachen!« Rhydderch riss daran. Alun stürzte auf die Knie. Er hatte immer noch seinen wilden Blick. Ein auf seinen Kopf gerichteter Hieb verfehlte sein Ziel.

Er warf sein Haar zurück und stellte richtig: »Nein, ich war festgebunden. Glaubt Ihr, der Elfenkönig würde es wagen, einen Sterblichen zu solcher Mission auszusenden?«

»Du bist nicht weniger sterblich als ich!« Rhydderch schleuderte Alun der Länge nach zu Boden. Sein Stiefel stieß so schnell zu wie eine angreifende Schlange.

Jemand schrie.

Schmerz hatte Zorn aufbrodeln lassen; und Schmerz dämpfte ihn nun auch wieder. Alun erkannte seinen ganzen Stolz und seine Narrheit. Er war gekommen, Rhydderch zum Friedenschließen zu überreden, und war stattdessen der Raserei des Feindes selbst zum Opfer gefallen. Und jetzt bezahlte er den Preis.

Diese Einsicht war sein Verderben; denn er fuhr nicht fort, das zu beenden, was er begonnen hatte. Kaum hielt er inne, fielen sie über ihn her, als Furcht sich in bittere Häme verwandelte.

Nach einer Ewigkeit kam gesegnete Dunkelheit über ihn.

Er erwachte mitten in Übelkeit erregendem Gestank. Eigentümlicherweise fand er den schwerer zu ertragen als seine körperlichen Schmerzen. Schmerzen vermochten eine gewisse Vornehmheit vorzugaukeln, selbst Schmerzen dieser Art, doch dieser vorherrschende Gestank war jenseits von allem Erträglichen.

Er keuchte und würgte und hob den Kopf. Er hatte mit dem Gesicht darin gelegen. Steinmauern umschlossen ihn – eine Müllgrube mit einem vergitterten Ausgang. Die Eisenstäbe waren über Kreuz geschmiedet. Rhydderch ging kein Risiko ein.

Ein Zucken befiel ihn, das neuen Schmerz hervorrief: die Verkrampfungen eines leeren Magens, das messerscharfe Stechen gebrochener Rippen. Lange Zeit musste er liegen bleiben, ohne sich zu rühren. Dann zog er mit unendlicher Vorsicht ein Knie unter sich. Das rechte Bein wollte sein Gewicht nicht tragen; er wankte, streckte seine Hand aus und brüllte vor Schmerzen, als das geschundene Fleisch gegen die Mauer stieß. Die andere, die rechte Hand griff wie von Sinnen nach Gestein und hielt. Durch einen blutroten Schleier sah er, was er zuerst ausgestreckt hatte. Es ähnelte nicht einmal mehr entfernt einer Hand.

Seine Schwerthand.

Er schloss die Augen und suchte innerlich nach Kraft. Sie kam langsam und verdrängte den Schmerz so weit, dass er ihn fast ertragen konnte. Doch der Preis, den er seinem geschundenen Leib abverlangte, war hoch. Schnell, so lange er noch sehen konnte, ließ er den Blick umherschweifen.

Eine Ecke war fast sauber. Zentimeter um Zentimeter schob er sich dorthin und hasste die Schmerzenslaute, die jede seiner Bewegungen verursachte. Zwei Schritte aufrecht, den Rest kroch er bäuchlings.

Allmählich klärten sich seine Sinne. Er litt – oh, er litt entsetzlich. Und ein Schmerz war zwar geringer als die übrigen, aber ließ ihn vor Scham erglühen. Trotz all seiner Drohungen – und sie waren alles andere als leer gewesen ... und doch ...

Er stellte fest, dass er weinte: Er, der nicht einmal als Kind geweint hatte. Hilflose Kindertränen, gewachsen aus Schmerz, Scham und Abscheu angesichts seiner eigenen Torheit. Dieses ganze Grauen war letzten Endes allein seine Schuld.

Selbst Kilhwch hatte ihn gewarnt. Der ungezügelte, junge Kilhwch, mit dem Gesicht seines Vaters, den grauen Augen seiner Mutter und einem kleinen bisschen von der Weisheit der Familie. »Die Grenzfürsten auf beiden Seiten geben ein feines Vipernnest ab, aber Rhydderch ist der Schlimmste von ihnen. Er würde seine eigene Mutter schinden, wenn es ihm einen zusätzlichen Morgen Land eintrüge. Lasst Eure Magie bei den anderen so viel bewirken, wie Ihr mögt; ein wenig Ruhe dort käme mir sehr gelegen. Aber haltet Euch von Rhydderch fern.«

Kilhwch hatte nichts von Rhydderchs Einladung zu einer Unterredung gewusst, sonst hätte er einen seiner Wutanfälle bekommen. Doch auch das hätte Alun nicht aufhalten können.

Sein Widerstand bröckelte. Eine letzte Anstrengung; dann könnte er ausruhen. Er legte seinen geschundenen Körper, so gut es ging, hin und ließ seinen Geist schweifen.

Der übliche Alltag einer Grenzfeste durchflutete ihn, überlagert von der Finsternis, die Rhydderch darstellte, und einer Spannung, wie sie von Männern ausging, die zu einem Krieg zusammenströmten. Rhydderch selbst war fort; ein Diener murmelte etwas von einem Treffen mit dem Häuptling eines Bergstammes.

Bis zur Dunkelheit konnte Alun nichts unternehmen, und jetzt war es erst kurz nach Mittag. Durst brannte in ihm; Hunger wütete als dumpfer Schmerz. Doch nirgendwo in diesem Abfallhaufen konnte er etwas Ess- oder Trinkbares finden.

Er würde sich nicht noch einmal zu Tränen hinreißen lassen. Sein Denken zog sich in sein Innerstes zurück, bis er in tiefe Trance versank und nur noch ein Rest Bewusstsein das Verstreichen der Zeit wahrnahm.

Die Dunkelheit weckte ihn und brachte auch das volle Bewusstsein der Schmerzen zurück. Eine ganze Weile konnte er sich überhaupt nicht bewegen. Ganz allmählich zerrte er sich in die Höhe. So wie er sich in die Ecke geschleppt hatte, schleppte er sich jetzt zur Tür. Sie tat sich vor ihm auf.

Wie er ungesehen und unbemerkt zum Stall kam, sollte er nie erfahren. Es herrschte Nebel in der Farbe seiner Qualen, zermürbender Schmerz und die Anspannung der voll aufgebotenen Kraft; dann endlich warmer, süßer Atem an seiner Wange und geschmeidiges Pferdefell unter seiner Hand. Mit aller ihm verbliebenen Kraft legte er seiner Stute

Sattel und Zaumzeug an und warf sich den Umhang über, mit dem er sie abgedeckt hatte. Sie kniete vor ihm hin; halb kletterte und halb stürzte er in den Sattel. Sie verfiel in Passgang.

Der Innenhof lag dunkel unter dem Schein der Sterne. Das Tor stand weit offen; der Wachposten war wie versteinert. Fara blieb regungslos stehen. Er setzte sich auf ihrem Rücken zurecht. Er konnte durch die geschwollenen Lippen nicht sprechen, aber seine Worte hallten durch sein Gehirn: *»Im Augenblick kann ich den Mann und die Schmerzen zurückhalten – darum lauf schnell, meine Schöne. Lauf!«*

Sie sprang geschmeidig und schnell wie der Wind in wildem Galopp davon. Ihr Reiter klammerte sich an sie und kümmerte sich nicht darum, welche Richtung sie einschlug. Sie wendete den Kopf nach Süden und machte größere Schritte.

Erst als die Burg längst in einer Bergfalte weit hinter ihnen außer Sicht war, verlangsamte sie ihren Schritt zum Trab. Den behielt sie Stunde um Stunde bei, bis Alun beinahe von ihrem Rücken fiel. Schließlich fand sie einen Bach und kniete nieder, so dass er nicht tief fallen musste; er trank in langen, verzweifelten Zügen, zog sich einen halben Meter vom Ufer fort und ließ sich von der Dunkelheit überwältigen.

Dann erklangen irgendwann leise, trällernde Stimmen in einer Sprache, die so alt war wie diese dunklen Berge. Während sie sprachen, konnte er sie verstehen, doch später war er nicht mehr in der Lage, sich zu erinnern, was sie gesagt hatten.

Hände berührten ihn und riefen Schmerzen wach. Durch

sie hindurch sah er einen gierig lechzenden schwarzen Keiler. Er stieß einen Schrei aus. Die Hände zuckten zurück und kehrten wieder. Ein Gefühl der Enge trat auf: derb gewickelte Verbände; Bilder von einem Kräuterheiler, der sich um dieses geschundene Geschöpf kümmern musste; Rhuawns Hemd, um seine Blöße zu bedecken. Und wieder der drohend aufgerichtete schwarze Keiler, bei dem jedes einzelne Barthaar deutlich zu erkennen war; seine Augen glühten wie Kohlen, und scharlachrotes Blut färbte die Hauer. Er rief die Blitze auf ihn herab.

Die Stimmen schrien auf. Ein Wort blieb in seinem Gedächtnis haften: *Dewin,* und das bedeutete *Zauberer.* Und dann waren alle Stimmen verschwunden. Nur Fara war noch da und der Schmerz und die heilende Pflege und Verbände, die das Bergvolk ihm verabreicht hatte.

Heilung. Er benötigte Heilung. Wieder stieg er auf, wieder ritt er durch die herandrängenden Schatten. Ganz in der Ferne seiner inneren Sicht erblickte er ein Licht. Er hielt darauf zu, und Fara trug ihn durch die zerklüfteten Berge über einen breiten, reißenden Strom und weiter in die Dunkelheit.

Das Feuer war weit heruntergebrannt. Bald würde die Glocke zur Frühmette rufen. Alf erhob sich, steif von der Erinnerung an die Qualen, und blickte auf den Verletzten hinab. Kein menschliches Wesen hätte ertragen können, was er ertragen hatte, nicht nur die Folterung, sondern die vollen fünf Tage danach, die er ohne Wundversorgung und ohne Essen Tag und Nacht durchgeritten war.

Alf strich über das weiße, edle Gesicht. Nein, das gehörte keinem Menschen. Große Macht pulsierte dahinter im

Augenblick zwar langsam und zurückhaltend, aber greifbar anwesend. Sie hatte den Fremden hierher ins altehrwürdige Ynys Witrin und zu dem einzigen ihm ähnlichen Wesen in ganz Gwynedd oder Anglia geführt, dem einzigen, der ihn hätte heilen können.

Und der es doch nur wie die Menschen mit Schienen, Verbänden und einfachem Abwarten vermochte. Er hatte jeden zerschmetterten Knochen so kunstvoll wie möglich gerichtet und das zerschundene Fleisch nach besten Kräften versorgt. Das Leben, das fast verebbt war, stieg langsam wieder an, mit der Zähigkeit, die von Elfenart sein musste und die während des ganzen zermürbenden Ritts den Tod in Schach gehalten hatte.

Jetzt schlief er einen Schlaf, der Heilung brachte. Alf beneidete ihn darum trotz des Preises, den er dafür gezahlt hatte. Des Fremden Träume hatten keine Schmerzen zum Inhalt; sie handelten nur von Frieden und alles durchdringender Süße.

4

Das Bewusstsein kam wie die Morgendämmerung erst ganz langsam, um sich dann schnell zu vervollständigen. Alun blieb eine Weile liegen und versuchte, seine Erinnerungen mit seinen Schmerzen in Verbindung zu bringen. Nirgendwo sah er sich jedoch auf einem Bett mit fest verbundenem Körper, warm und fast wohlig. Und er brachte auch diese Stille in keinen Zusammenhang, diesen Duft nach Stein, Kühle und leichtem, apfelsüßen Rauch.

Er schlug die Augen auf. Ja, ringsumher Stein: ein kleiner Raum, ganz schlicht, doch mit einem Kamin, in dem ein Apfelholzfeuerchen flackerte, und einem einzigen Wandbehang, der aus Sonnenschein auf Laub gewebt zu sein schien.

Nicht weit vom Feuer befand sich ein Stuhl und darauf saß eine Gestalt. Braune Kapuze, die Tonsur von einem Kranz fahlen Haars umschlossen – ein Mönch, der in sein Buch vertieft war. Das ihm zugewandte Profil war sehr jung und sehr schön.

Der Mönch schaute hoch. Ihre Blicke begegneten sich, meergrau und silbriggolden. Kette und Schuss, zwischen denen das Schiffchen hin- und herflog. Alfs Vorstellung; das erheiterte Funkeln war das des anderen, dessen Ritterhände niemals einen Webstuhl bedient hatten.

So schnell wie Fechter in einem Schlagabtausch lösten sie sich wieder voneinander. Alf stand auf und hielt sich mit weiß knochiger Hand an der Rückenlehne seines Stuhles fest. Unter Mühen entkrampfte er seine Finger und trat ans Bett. Aluns Blick folgte ihm. Sein Gesicht war ruhig und verriet nichts von seinen Schmerzen. »Wie lange bin ich schon hier?«, erkundigte er sich.

»Drei Tage«, antwortete Alf, »nach einem fünftägigen Ritt.«

»Acht Tage.« Alun schloss die Augen. »Ich war ein vollkommener, unverzeihlicher Tor.«

Alf goss stark verdünntes Bier aus einem Krug am Bett und hielt den Becher an Aluns Lippen. Das Getränk rötete die bleichen Wangen einen Hauch, lenkte jedoch nicht das Denken ab, das dahinter arbeitete. »Gibt es Neuigkeiten? Habt Ihr etwas gehört? ...«

Alf zerkrümelte ein Stück Brot und fütterte ihn damit. »Keine Neuigkeiten. Allerdings erzählt man sich im Dorf von einem mächtigen Zauberer, der in einem Zug Sternschnuppen über die Berge geritten und nach Westen entschwunden sei. Die Meinungen über die Bedeutung dieses Omens, ob es nun Krieg oder Frieden, Hungersnot oder Wohlstand voraussagt, sind geteilt. Vielleicht war es ja auch nur einer vom Elfenvolk, in Windeseile.«

Eine Spur Erheiterung trat in die grauen Augen. »Vielleicht. Ihr habt keine Gerüchte von einem Krieg gehört?«

»Nicht in unserer Gegend. Ich glaube, in zu vielen Leuten steckt noch die Angst vor Annwn.«

»Die hält nie vor«, murmelte Alun. »Der schwarze Eber wird sich erheben, und zwar sehr bald. Und ich ...« Seine unversehrte Hand strich an seinem Körper herab. »Ich bezahle für meine Torheit. Wie lange wird es dauern, bis ich wieder reiten kann?«

»Fragt lieber, wie lange es dauern wird, bis Ihr wieder laufen könnt.«

Er schüttelte leicht den Kopf. »Ich werde vorher reiten. Wann frühestens?«

Alfred strich über sein geschientes Bein und die verbundene Hand. Zerschmetterte Knochen hatten begonnen zusammenzuwachsen, zerrissenes Muskelgewebe zu heilen; beides geschah mit unmenschlicher Schnelligkeit, aber trotzdem noch langsam. »In einem Monat«, antwortete er. »Keinen Tag früher.«

»Bruder«, sprach Alun leise, »ich bin nicht menschlicher Abstammung.«

»Wärt Ihr es, müsste ich Euch raten, Euch ans Bett zu gewöhnen, denn Ihr würdet es nicht wieder verlassen.«

Aluns Lippen wurden schmäler. »Ich bin nicht so schlimm verletzt. Sobald mein Bein erst wieder zusammengewachsen ist, kann ich reiten.«

»Ihr seid fünf Tage damit geritten, als es gebrochen war. Es wird sechsmal so lange dauern und ein kleines Wunder brauchen, den Schaden wieder gutzumachen. Es sei denn, Ihr wollt fortan als Krüppel leben.«

»Ich könnte durchaus lahm leben, wenn Frieden zwischen Gwynedd, Anglia und Rhiyana herrschte, die drei Könige fest auf ihren Thronen säßen und Rhydderch entmachtet wäre.«

»Lahm, verwachsen, von Schmerzen gepeinigt und ohne Eure Schwerthand. Ein Grund zum Krieg, selbst wenn Ihr Rhydderch niederringt, wenn die Ritter in Rhiyana nur halb so empfindlich bezüglich ihrer Ehre sind wie die in Anglia.«

Alun atmete unter Schmerzen ein. »Die Ritter in Rhiyana achten ihren König. Und der wird um der Torheit eines Einzelnen willen keinen Krieg anzetteln. Ich werde so schnell wie möglich eine Pferdebahre benötigen, Bruder, und vielleicht Geleitschutz. Würdet Ihr meine Bitte Eurem Abt übermitteln?«

»Ich kann Euch jetzt schon seine Antworten sagen«, entgegnete Alfred. »Nein. Die Kirche lehnt Selbstmord ab.«

»Ich werde nicht sterben. Sagt das Eurem Abt, Bruder. Der Sturm bricht in Bälde los. Ich muss gehen, ehe er alle vernichtet.«

Dom Morwin befand sich im Obsthain unter einem grauen Himmel, zwischen Bäumen, die so alt waren wie die Abtei selbst. Als Alf zu ihm trat, ihn bei seinem Rundgang zu begleiten, bückte er sich steif und hob zwei makellose Stücke Fallobst auf. Er warf seinem Freund eines zu.

Alf fing es auf, rieb es an seinem Ärmel. Als er hineinbiss, fragte Morwin: »Was macht dein Schützling?«

»Ist lebhaft«, antwortete Alf. »Er kam heute früh zu sich, schaute sich um und verlangte eine Pferdebahre.«

Der Abt hob eine Augenbraue. »Ich hatte geglaubt, er läge im Sterben. Er sah auf jeden Fall so aus, als ich gestern Abend einen Blick zu ihm hineinwarf.«

»Er wird nicht sterben. Aber er wird auch für eine ganze Weile nicht reiten. Gleichgültig, was er dazu meint.«

»Für einen Findling gebärdet er sich ja recht herrisch.«

»Er ist ja kein Findling. Sieh mal.« Alf griff tief in sein Gewand und zog das Petschaft in seinem Beutel heraus.

Morwin untersuchte den Ring eine lange Zeit. »Gehört der ihm?«

»Er trug ihn bei sich. Er wollte, dass ich ihn dir zeige.«

Der andere drehte ihn in den Händen. »So – er gehört

also zu Gwydions Elfen. Ich habe mich immer gefragt, ob die Geschichten der Wahrheit entsprächen.«

»Jedenfalls weit mehr, als du vorher geglaubt hast.«

Morwin warf ihm einen scharfen Blick zu. »Zweifel, Alf?«

»Nein.« Alf setzte sich auf einen gefällten Baumstamm. »Wir ähneln uns. Als er aufwachte, maßen wir uns mit Blicken und Gedanken. Es war schmerzlich, davon abzulassen und wieder nach Menschenart zu reden. Er war ... ganz ruhig in dieser Sache.«

»Wie gelangte er denn in seinem Zustand mit dem Siegel des Königs in der Tasche hierher?«

»Zu Pferd. Er wollte für Gwydion Frieden stiften und stieß dabei auf einen Fürsten, den er nicht behexen konnte. Er floh in Richtung der einzigen Hilfe, die sein Innerstes finden konnte. Er suchte zu diesem Zeitpunkt keine menschliche Hilfe. Ich war derjenige, der seiner Art am nächsten war. Und St. Ruan ist ...«

»Demnach ist seine Mission gescheitert. Es sei denn, der Krieg bricht erst zu Ende des Winters aus, wenn er wieder gesund ist.«

»Er sagt, der Krieg wird nicht so lange warten. Ich weiß es auch. Deshalb hat er die Pferdebahre bestellt. Ich habe in deinem Namen abgelehnt. Er wollte eine direktere Antwort.«

»Anmaßend.« Der Abt betrachtete seinen halb verzehrten Apfel. »Die Grenze von Gwynedd ist wie trockenes Reisig, das nur auf den zündenden Funken wartet. Auf beiden Seiten stehen Barone, die nur allzu gerne das entsprechende Feuerchen entfachen würden. Und Richard würde sie noch anstacheln.«

»Genau. Gwydion hatte durch Alun versucht, das zu verhindern.«

»*Was?* Demnach ist dein Alun verloren?«

»Für Gwydions Zwecke schon, obgleich er mich vom Gegenteil überzeugen wollte.«

»Wie schlimm ist es denn wirklich um ihn bestellt?«

»Schlimm«, antwortete Alf. »Nicht lebensgefährlich, aber schlimm. Wenn er vorsichtig ist, wird er wieder reiten und sogar laufen können. Ob er jemals wieder ein Schwert führen wird, kann ich nicht sagen. Falls er aufsteht und den Auftrag seines Königs zu erfüllen versucht, endet er als Krüppel. Ich habe es ihm unumwunden gesagt. Er bat mich, eine Bahre zu beschaffen.«

»Glaubt er denn, er könnte jetzt mehr ausrichten als zuvor?«

»Ich weiß nicht, was er glaubt!« Alf atmete tief ein. Ruhiger fügte er dann hinzu: »Vielleicht kannst du mit ihm sprechen. Ich bin nur ein Mönch. Du bist immerhin der Abt.«

Morwin kniff die Augen zusammen. »Alf. Wie dringend ist die Sache? Geht es hier nur um einen loyalen Mann und einen Ziehvater, der nach seinem Schützling Ausschau hält, und um einen allgemeinen Wunsch nach Frieden? Oder geht es tiefer? Was wird geschehen, wenn Alun untätig bleibt?«

Als sie beide Jungen waren, spielten sie zusammen ein Spiel. Morwin pflegte einen Namen zu nennen, Alf sah in sich hinein, und der Name erschien wie ein Faden im Weltgewebe; und er sagte dann seinem Freund, welchen Verlauf er nähme. Damals war es ein Spiel gewesen, dem ein Hauch von Verbotenem anhaftete, denn es war Zauberei. Als sie älter wurden, hatten sie damit aufgehört.

Die Tapisserie bestand. Er konnte sie sehen, fühlen: die Form, das Muster. Er lebte in ihr und durch sie, war ein Teil davon und gleichzeitig Beobachter. *Wie ein Gott,* hatte er einmal gedacht; doch dann hatte er den Gedanken schnell verdrängt, denn es war Blasphemie.

Gwydion, dachte er, *Alun. Gwynedd.* In seiner Vorstellung stand er vor dem großen Webstuhl, dessen Ränder sich im Unendlichen verloren, und seine Finger zogen einen Fadenstrang nach, tiefblau, blutrot und feuergolden! Blut und Feuer, eine Welle des Friedens und eine rote Woge von Krieg. Ein veränderliches, flüchtiges und doch ausreichend deutliches Muster. Falls dieses geschah und jenes nicht; *falls* ...

Grauer Himmel senkte sich über ihn herab; Morwins Gesicht hing dicht über ihm. Alt – es war so alt. Er bedeckte seine Augen.

Als er es ertragen konnte, wieder zu schauen, wartete Morwin mit besorgter Miene. »Was war? Was hast du gesehen?«

»Krieg«, murmelte Alf. »Frieden, Gwydion ... Alun ... Er darf nicht von hier weg. Er würde noch einmal scheitern, und diesmal kostete es ihn das Leben. Und er weiß es. Ich sagte ihm, was die Kirche von Selbstmord hält.«

»Was wird geschehen?«

»Es wird Krieg geben«, wiederholte Alf. »Wie er es vorhergesagt hat. Richard wird zu Gwynedd reiten und Kilhwch wird dazustoßen; Rhiyana wird um seinetwillen mit in diesen Krieg ziehen. Richard verwundet, Kilhwch tot, Gwydion jenseits aller Heilbarkeit zerschunden; und Könige dreier Reiche zerfleischen einander wie Schakale, sobald ihnen der Löwe den Rücken gekehrt hat.«

»Besteht keine Hoffnung?«

Alf schauderte. Es war kalt, und die Anstrengung des Sehens hatte ihn geschwächt. »Vielleicht gibt es eine. Ich sehe die dunkelsten Farben, weil sie die kräftigsten sind. Vielleicht ist ein Frieden möglich. Ein anderer Alun ... Rhydderchs Tod ... ein Kreuzzug, um Richard abzulenken: Wer weiß, was alles möglich ist?«

»Es wird bald geschehen müssen.«

»Ehe es Frühling wird.«

Morwin begann ziellos, mit gesenktem Kopf und auf dem Rücken gefalteten Händen umherzugehen. Alf folgte ihm. Er drang nicht in das Denken des anderen. Diesen Pakt hatten sie vor langer Zeit geschlossen.

Sie gelangten an die Mauer des Obstgartens und gingen im Bogen an der Eingrenzung entlang.

»Es steht uns nicht zu, uns in die Angelegenheiten von Königen einzumischen«, erklärte Morwin schließlich. »Unsere Pflicht ist es, zu beten und den Gang der Welt sich selbst zu überlassen.« Die auf Alf gerichteten Augen funkelten boshaft. »Aber die Welt hat sich ihren Weg in unser Kloster erzwungen. Ich bin geneigt, ihr ihren Willen zu lassen. Mit Gebeten werden wir keinen Krieg abwenden.«

»Wirklich nicht?«

»Der Herr weiß eine helfende Hand oft zu schätzen«, erklärte der Abt. »Unser König hat meist seinen getreuen Bischof Aylmer in seinem Gefolge, selbst auf dem Schlachtfeld. Und der Bischof erweist sich als gnädig gesonnen gegenüber einem Botschafter von mir, der Kunde über Schwierigkeiten an den Grenzen bringt.«

»Und?«

»Frieden. Vielleicht. Falls sich zwischen Gwynedd und Anglia ein festes Bündnis schließen lässt ...«

»Mein verehrter Abt! Die Anwesenheit eines Weltlichen in deiner Krankenstation hat dich wohl verdreht?«

»Ich wart immer verdreht. Sag Sir Alun, dass ich ihn heute Abend vor der Komplet aufsuchen werde.«

Alun wollte nichts von alledem wissen. »Ich möchte nicht einen Eurer Brüder in Gefahr bringen«, erklärte er. »Denn ein Mönch aus Anglia in Mission für Rhiyana begibt sich in Gefahr. Bitte, ehrwürdiger Vater, eine Bahre ist alles, worum ich Euch ersuche.«

Der Abt betrachtete ihn, wie er aufgestützt in seinen Kissen lag; ausgezehrt, hohläugig und trotzdem herrisch-stolz. »Wir werden uns nicht streiten, Herr. Ihr werdet dann gehen, wenn wir befinden, dass Euer Gesundheitszustand es gestattet. Und das wird gewiss nicht so bald sein, dass Ihr Eure Mission noch erfüllen könntet. Mein Kurier wird an Eurer Stelle gehen.«

Alun schwieg eine lange Weile. Schließlich erkundigte er sich: »Wen wollt Ihr schicken?«

Morwin blickte zur Seite zu dem Mönch, der da kniete und das Feuer schürte. »Bruder Alfred«, antwortete er.

Die Flammen loderten auf. Alf wich von der sengenden Hitze zurück und drehte sich um.

»Ja«, bekräftigte Morwin, als wäre Alf gar nicht im Raum. »Der Bischof hat ihn zu sehen verlangt. Ich werde ihn schicken und ihn außerdem mit Eurer Mission betrauen.«

»Morwin«, flüsterte Alf. »Dom.«

Keiner der beiden beachtete ihn. Alun nickte langsam.

»Wenn er es ist, kann ich keine Einwände haben. Er soll meine Stute bekommen. Sie wartet unruhig in ihrem Stall; und kein anderes Pferd ist so schnell und unermüdlich wie sie.«

»Das ist ein königliches Geschenk.«

»Er muss so schnell wie möglich sein. Wie bald kann er aufbrechen?«

»Er wird eine Nacht benötigen, sich auszuruhen und vorzubereiten. Morgen.«

Alf stand da und zitterte unkontrolliert. Sie warfen ihm keinen Blick zu. Alun hielt die Augen geschlossen; Morwin blickte auf die Sandalen an seinen Füßen. »Dom«, beschwor er ihn. »Dom, du kannst mich nicht schicken. Du weißt, was ich bin.«

Der Abt schaute hoch. Seine Augen wirkten sehr hell und sehr traurig. »Ja, ich weiß, was du bist. Das genau ist der Grund, warum ich dich schicke.«

»Morwin ...«

»Du hast drei Gelübde abgelegt, Bruder. Eines davon heißt Gehorsam.«

Alf neigte den Kopf. »Ich werde gehen, weil du es befiehlst, nicht weil es meinem Wunsch entspräche. Die Welt wird mit einem Geschöpf, wie ich es bin, nicht freundlich umgehen.«

»Vielleicht kann dir ein wenig Unfreundlichkeit nur nützen.« Morwin kehrte Alf den Rücken, nickte Alun zu und verließ den Raum. Der Rhiyaner betrachtete schweigend die Decke. »Es tut ihm weh, so zu handeln, aber er hält es für das Beste.«

»Ich weiß«, antwortete Alf. Er hatte wieder zu zittern begonnen. »Ich bin ein Feigling. Ich habe St. Ruan nicht mehr verlassen seit ... Gott helfe mir! Ich weiß es schon gar nicht mehr. Diese Mauern umgeben mich heute wie Fleisch mein Skelett.«

»Dann ist es Zeit, sie niederzureißen und hinauszugehen.«

»Es macht mir Angst. Drei Königreiche in der Waagschale. Und nur meine Hand, ein festes Gleichgewicht zu schaffen.«

Alun drehte den Kopf zu Alf. »Wenn Ihr mich gehen lassen wollt, könnt Ihr bleiben.«

Der andere lachte bitter. »O nein! Ich werde genau das tun, worum mein Abt mich gebeten hat. Und Ihr werdet tun, worum ich Euch bitte, nämlich hier bleiben, gesund werden und für mich beten.«

»Ihr verlangt eine Menge, Bruder!«

»Der Abt ebenso«, gab Alf zurück. »Gute Nacht, gnädiger Herr von Rhiyana.«

5

Sie – damit ist die Seele der Welt gemeint –, die den Himmel von seiner Mitte bis zum äußersten Rand durchzieht und alles außerhalb in einem Kreis umschließt und sich um die eigene Achse dreht, nahm einen göttlichen Anfang zu einem für alle Zeiten fortwährenden und vernunftbegabten Leben.‹ So schreibt Plato. Die christlichen Gelehrten sagen nun ...«

Jehan hörte nicht zu. Er gab sich nicht einmal Mühe zuzuhören, er, der gewöhnlich der beste Schüler war. Alf verstummte, schloss leise das Buch und faltete die Hände darüber. »Was ist los, Jehan?«

Der Novize blickte von dem kostbaren Schreibpergament hoch, auf dem er achtlos und wahllos herumgekritzelt hatte. Er machte große Augen und schaute etwas aufsässig drein. »Du siehst schrecklich aus, Bruder Alf. Bruder Rowan sagt, du hättest die ganze Nacht in der Kapelle gebetet.«

»Das mache ich bisweilen«, antwortete Alf.

»Aber ...«, hob Jehan wieder an. »Es heißt, du gingst fort!«

Alf seufzte. Er war müde, der ganze Körper tat ihm weh von der Nacht auf den kalten Steinen. Jehans Kummer vergrößerte nur noch seine Sorgenlast. Er antwortete knapp und unbeteiligt: »Ja, ich gehe fort.«

»Warum? Was ist geschehen?«

»Ich bin schon zu lange hier. Dom Morwin schickt mich zu Bischof Aylmer.«

»Einfach nur so?«

»Einfach nur so«, entgegnete Alf. »Mach dir keine Gedanken. Du musst nicht zu Bruder Osric zurück. Du wirst Alun an meiner Stelle pflegen; und er verfügt über großes Wissen. Er wird an deinem Griechisch mit dir weiterarbeiten und, wenn du dich gut beträgst, dich vielleicht ein wenig in Arabisch unterrichten.«

Der Kummer in Jehans Blick war zu lodernden Flammen geworden. »Demnach soll ich ein Heide werden, während du dem Bischof auf den Fersen klebst? So leicht wird man mich nicht los, Bruder Alf. Nimm mich mit.«

»Du weißt, dass ich nicht zu einer solchen Entscheidung befugt bin.«

»Nimm mich mit.«

»Nein.« Es klang knapp und endgültig. »Chalcidius bezieht sich auf die platonischen Lehrsätze, wenn er sagt ...«

»Bruder Alf!«

»Wenn er sagt ...«

Jehan schluckte hinab, was er sonst noch alles hätte vorbringen wollen. Dieser ruhigen Hartnäckigkeit war kein Widerstand entgegenzusetzen. Er hätte am liebsten geweint, unterdrückte es aber aus Stolz.

Es war die erste Unterrichtsstunde mit Alf, die jemals fehlgeschlagen war, und es sollte die letzte sein, die Jehan jemals bekam. Nachdem er, weil er seine ganze gerühmte Gelehrsamkeit Lügen gestraft hatte, entlassen war, wollte er sich verstecken wie ein geprügeltes Hündchen. Aus Stolz und Zorn ging er jedoch dorthin, wo seine Pflichten ihn erwarteten.

Alun war wach und alleine. Jehan stand neben ihm am Bett. »Bruder Alf geht fort«, begann er. »Er ist zu Bischof

Aylmer gesandt worden. Bischof Aylmer hält sich beim König auf, und Ihr wolltet doch zum König. Warum habt Ihr ihn weggeschickt?«

Jehans grobe Worte schienen Alun nicht zu stören. »Ich habe ihn nicht geschickt. Es war die Entscheidung deines Abts. Seiner Ansicht nach eine kluge, die deinem Bruder zum Wohl gereicht. Er erstickt hier.«

»Er will nicht gehen. Er verabscheut den Gedanken.«

»Natürlich tut er das. Er hat Angst. Aber er muss gehen, Jehan. Um seines Gelübdes und seiner selbst willen.«

Jehan schaute ihn finster an. »Alleine, Herr? Verlangt sein Gelübde, dass er Anglia ganz allein kreuz und quer durchwandern muss, ein Mönch, der wie ein Junge aussieht und nicht einmal weiß, wie man ein Messer hält?«

»Sein Gelübde sagt nichts dergleichen. Aber er wird meine Stute bekommen, und alle Hilfe, die ich ihm zuteil werden lassen kann, und er kann sich besser seiner Haut wehren, als du glaubst.«

»Nicht gut genug.« Jehan warf stolz wie ein Löwe den Kopf herum. »Um seinetwillen bin ich hierher gekommen. Wenn er geht, gehe ich mit.«

»Und was ist mit deinem Abt? Und deinem Gott?«

»Mein Gott weiß, dass ich ihm beim Bischof ebenso dienen kann wie in St. Ruan. Und der Abt soll denken, was er mag.«

»Hochmütige Worte für einen, der ein Mönch sein möchte.«

»Ich bin Mönch geworden, weil Alf einer war!«

Jehan verstummte, da sein eigener Ausbruch ihn erschreckte. Langsam sank er zu Boden und zog sich zu einem Knäuel zusammen. »Ich bin Mönch geworden, weil

Alf einer war!«, wiederholte er. »Ich hatte niemals vor, einer zu werden. Ich wollte ein Kriegerpriester werden wie Bischof Aylmer, aber ich wollte auch Gelehrter sein. Die Leute lachten mich aus. ›Ein Gelehrter!‹, brüllte mein Vater mich an. ›Gütiger Gott! Dafür bist du doch nicht geeignet!‹ Dann galoppierte ich wie der Teufel mit einem Falken auf der Faust und einem wilden Fohlen unter mir meinen Bewachern davon und eine Straße in der Nähe von St. Ruan hinab und hätte fast einen Mönch über den Haufen geritten, der auf der Straßenmitte dahinspazierte.

Ich hielt an, mich zu entschuldigen, wir kamen ins Gespräch und dabei irgendwie auf Aristoteles. Ich hatte alles gelesen, was ich in die Finger bekommen hatte, ohne wirklich zu wissen, was ich las, und ohne jemanden zu haben, mit dem ich darüber hätte sprechen können. Und dieser Mönch wusste darüber Bescheid. Mehr noch: Er konnte Griechisch. Da standen wir mitten auf der Straße und disputierten wie zwei Philosophen, wobei er wirklich einer war, ich dagegen ein junger Schnösel, der zufällig einen Blick in die Bücher seines Lehrers geworfen hatte.

Ich entschied an Ort und Stelle, dass ich das gleiche werden wollte wie er oder zumindest etwas, das dem am nächsten käme, den er war brillant und ich lediglich schlauer, als es für mich selbst gut war. Ich stritt und bettelte und drohte, und schließlich ließ mein Vater mich hierher kommen. Und jetzt geht Bruder Alf und reißt St. Ruan das Herz aus dem Leibe.«

Alun rückte sich unter Schmerzen zurecht und lehnte Jehans schnelles Hilfsangebot mit einer Handbewegung ab. »Ich glaube, wenn ich dein Abt wäre, würde ich deine Berufung in Zweifel ziehen.«

»Sie ist schon da«, erklärte Jehan fest überzeugt. »Gott ist mir wichtig, meine Bücher sind mir wichtig. Aber nicht St. Ruan. Nicht ohne Bruder Alf.«

»Jehan.« Alun sprach langsam und freundlich. »Du bist erschreckt und gekränkt. Versuche einmal, über deine eigenen Bedürfnisse hinauszudenken. Alfred ist viel älter, als er aussieht, und weit weniger ausgeglichen. Er hat Probleme mit seinem Leben, die sich hier nicht lösen lassen. Er muss fort.«

»Ich weiß. Ich versuche ja auch gar nicht, ihn zurückzuhalten. Ich möchte ihn nur begleiten.«

»Was kannst du für ihn tun?«

»Ihn lieben«, antwortete Jehan unumwunden.

Alun schloss die Augen. Er wirkte erschöpft und von Schmerz gezeichnet. Als er sprach, war seine Stimme ein Seufzen. »Du hilfst ihm jetzt am besten, indem du hinnimmst, was der Abt als notwendig beurteilt. Bist du dazu in der Lage?«

»Und indem ich ihn alleine gehen lasse?«

»Wenn das der Wille des Abtes ist, ja. Kannst du das, Jehan?«

Der andere antwortete sehr langsam: »Ich ... um seinetwillen. Falls es richtig ist. Aber nur dann.«

»Dann geh. Sei stark für ihn. Das braucht er jetzt mehr als alles andere, was du für ihn tun kannst.«

Alf betrachtete Alun mit einer Strenge, die seine Besorgnis überdeckte. »Ihr habt Euch überanstrengt.«

Die Augen des Rhiyaners funkelten. »Im Bett, Bruder? Ich bitte Euch!«

»Indem Ihr wach bliebt«, erwiderte Alf. »Und Euch zu

sehr bewegt habt. Eure Muskeln erprobt habt.« Er berührte den dicken Verband um Aluns Schwerthand. »Die Einrichtung der Handknochen ist sehr empfindlich. Wenn Ihr die Hand Erschütterungen aussetzt, werdet Ihr sie vielleicht für immer verkrüppeln.«

»Ist das nicht bereits geschehen?« Aus der ruhigen Stimme klang ein Hauch Bitterkeit.

»Vielleicht nicht.« Alf fuhr mit seiner Untersuchung fort, die weniger mit Hand und Auge als über die Gedanken dahinter erfolgte. »Eure Rippen verheilen gut. Das Bein ebenfalls. *Deo gratias.* Wenn Ihr Euch gut haltet und der Pflege anvertraut, in deren Obhut ich Euch zurücklasse, werdet Ihr wieder gesund.«

Er schlug die Decke zurück und begann, alle Teile des geschundenen Körpers zu waschen, die nicht in Verbände gepackt waren. Aluns Blick folgte seinen Händen. Als Alf ihn auf den Bauch drehen wollte, wirkte er völlig schwerelos, er schwebte mit dem Gesicht nach unten eine Handbreit überm Bett.

Der Mönch zauderte nur einen Augenblick. »Danke«, sagte er. Und einen Moment später fügte er hinzu: »Wenn Ihr darauf achtet, nicht dabei erwischt zu werden, solltet Ihr das so oft wie nur möglich machen. Es schont Euer Gewebe.«

Alun hatte sich wieder auf den Rücken gedreht; Alf hätte seine Hand zwischen Körper und Leintuch schieben können. »Ich habe schon eine ganze Weile so gelegen. So ist es erträglicher.«

»Euer Gnaden.« Alfs Mitgefühl war so greifbar wie eine Berührung. »Ich werde Euren Auftrag nach meinen besten Kräften ausführen. Ich schwöre es Euch.«

»Ihr werdet mir fehlen, Bruder.« Und die Art, wie er das aussprach, war mehr als die Nennung eines Titels. »Und ich habe nachgedacht. Es würde eigentümlich aussehen, wenn ein Mönch im Ausland auf einem auffälligen Rassepferd umherreitet. Ich gebe Euch außer der Stute alles, was ich besitze. Meine Kleidung ist schlicht genug für einen Kleriker, doch auch so weltlich, dass sie keinen Verdacht erweckt. Holt sie und probiert, ob sie Euch passt.«

»Euer Gnaden«, antwortet Alf vorsichtig, »Ihr seid zu freundlich. Aber ich habe keinen Dispens. Ich darf nicht ...«

»Wenn *ich* sage, du darfst, dann darfst du.« Morwin schloss die Tür hinter sich. »Tu, was er dir sagt, Alf.«

Langsam, unter aller Augen holte er Aluns Habe heraus. Den Siegelring im Beutel legte er in Aluns Schoß. Den Rest behielt er bei sich. Die Sachen waren, soweit nötig, gesäubert und sorgfältig geflickt worden. Die Kleidungsstücke waren tatsächlich schlicht in Dunkelblau und Schneeweiß. Als die anderen sich sittsam abwandten, zögerte er.

Mit einer ruckartigen Bewegung warf er die raue, braune Kutte ab. Er war nackt darunter. Ihn schauderte, als er Aluns edle Leinenwäsche überstreifte. In seinem ganzen Leben war etwas derartig Zartes nicht so nahe an seine Haut gekommen. Es fühlte sich sündhaft an.

Die Oberbekleidung zu tragen, fiel ihm leichter, wenn er sich auch ungeschickt daran zu schaffen machte, sie zu verschließen. Alun half ihm mit Erklärungen und Morwin mit ein paar Handgriffen, bis er im Reitanzug eines Ritters vor ihnen stand.

»Die Sachen passen gut«, erklärte Alun. »Und stehen Euch ausgezeichnet, mein Bruder.«

Er sah sich im Geist mit den Augen des anderen: ein

groß gewachsener, gertenschlanker junger Mann mit leicht arroganter Haltung, welche die braune Kutte, die zusammengeknüllt zu seinen Füßen lag, Lügen strafte.

Sobald er das erkannte, versuchte er, den Stolz abzutöten, der in ihm keimte. Er sah wie ein Fürst aus. Wie ein Elfenfürst, schnell und stark und schön. Ja, das war er. Der Rest mochte eine Posse sein, die Wirkung von Kleidung und Auftreten, aber Schönheit war ihm eigen.

Sie könnte ihm hinderlich, vielleicht sogar gefährlich werden. Sein Stolz starb angesichts dieser Vorstellung. »Ich halte es nicht für klug. Ich sehe zu ... reich aus. Ich sollte lieber als das auftreten, was ich bin, als ein Mönch ohne Geld und Waffen.«

Sowohl der Abt wie der Ritter schüttelten den Kopf. »Nein«, widersprach Morwin. »Nicht mit dem Pferd, das du reiten wirst. So passt du zu der Stute.«

»Aber ich passe nicht zu meinem Wesen.«

Morwins Gesicht zuckte. Doch nur für einen Augenblick, dann hatte er es wieder in der Gewalt. »Du wirst es lernen. Nicht die Kleider machen den Mönch aus, Alf.«

»Wirklich nicht?« Alf hob seine Kutte auf und streckte sie ihm hin. »Mit jeder meiner Bewegungen zerschneide ich ein weiteres Band.«

»Wenn dich bislang nichts anderes ausgemacht hat als diese Kutte und die Tonsur«, fuhr Morwin ihn an, »dann möge Gott uns beiden beistehen.«

Der andere erstarrte. »Vielleicht war wirklich nichts anderes da.«

»Nun fang nicht damit an«, mahnte ihn Morwin in erschöpft gereiztem Ton. »Du bist nicht der erste Mann Gottes, der jemals seine Robe für eine Weile ablegte, und du wirst nicht der letzte sein. Verbringe den Rest des Tages damit, dich an deine Kleidung zu gewöhnen, und lege dich heute Nacht ins Bett. Und schlaf! Das ist ein Befehl, Bruder Alfred.«

»Ja, Dom.«

»Und schau nicht so trotzig. ›Man gehorcht frohen Herzens‹, lautet das Gebot. Oder man versucht es wenigstens. Begebe dich jetzt an den Versuch. Auch das ist ein Befehl.«

»Ja, Dom.« Alf gelang es nicht ganz, ein Zucken seiner Lippen zu unterdrücken. »Sofort, Dom. Mit Freuden, Dom.«

»Belaste dich zu deinen übrigen Sünden nicht noch zusätzlich mit Lügen.« Doch Morwins finsterer Blick wirkte nicht sehr überzeugend. »Komm heute Abend noch einmal zu mir, ehe du zu Bett gehst. Ich möchte dir gern verschiedene Botschaften an Aylmer auftragen.«

Trotz seines Versprechens gegenüber Alun trödelte Jehan den ganzen langen Tag herum. Keiner schien zu wissen, dass Bruder Alf ging, und es schien sich auch keiner darum zu kümmern. In einer so großen Abtei kamen und gingen Mönche ziemlich häufig.

Allerdings niemals alleine auf eine so weite Reise durch unbekanntes Land und zudem noch gegen ihren Willen.

Schließlich konnte er es nicht länger aushalten. Er nahm seinen ganzen Mut zusammen und begab sich direkt in die Höhle des Löwen.

Glücklicherweise war Abt Morwin alleine und stand über die Schriftrollen der Abtei gebeugt. Als Jehan eintrat, richtete er sich auf. »Anstrengende Arbeit für so alte Knochen«, bemerkte er.

Jehan holte tief Luft. Der Abt schien nicht verärgert, ihn

zu sehen. Und er wirkte auch nicht überrascht. »Dom«, hob Jehan an, »Ihr schickt Bruder Alf fort.«

Morwin nickte gleichgültig. Das war bei dem launischen Abt ein bedrohliches Zeichen.

»Bitte, Dom. Ich weiß, dass er fort muss. Aber muss er denn alleine gehen?«

»Wie kommst du darauf?«

Jehan fühlte, wie ihm der Atem stockte. »Demnach ... demnach ... bekommt er eine Begleitung?«

»Ich habe es in Erwägung gezogen.« Morwin wies auf einen Stuhl. »Hier, Junge. Hör auf zu zittern und setz dich.« Er lehnte sich ebenfalls zurück und spielte mit dem glatten Silberkreuz, das er immer trug. Jehan starrte es, gebannt von seinem funkelnden Schein, an. »Es ist ganz gut, dass du aus eigenen Stücken kamst; ich wollte dich gerade rufen lassen. Ich habe über den letzten Brief deines Vaters nachgedacht.«

Der Novize hätte fast laut aufgestöhnt. Das Letzte, was er nun hören wollte, war die Meinung seines Vaters zu seinem Leben in St. Ruan.

Aber Morwin war gnadenlos. »Erinnere dich, was Graf Rogier sagte. Dass es dein eigenes Leben wäre und du es getrost zerstören könntest, indem du hier dein Gelübde ablegst, wenn du das willst. Aber er bat mich, zuerst noch etwas anderes zu erproben. Er empfahl die Tempelritter. Das ist ein krasser Gegensatz zu uns; doch je länger ich darüber nachdenke, umso besser erscheint mir der Ratschlag. Ich habe beschlossen, ihn auf meine Weise auszulegen. Ich schicke dich zu Bischof Aylmer.«

Bischof Aylmer ... Bischof Aylmer. »Ich darf Bruder Alf begleiten!« Es war ein erstickter Aufschrei.

»Nun denn«, meinte Morwin, »das wäre doch recht sinnvoll, oder?«

Jehan hörte ihn kaum noch. »Ich darf Bruder Alf begleiten! Er sagte, es ginge nicht. Der wird Augen machen!«

»Das bezweifle ich. Ich habe es ihm vorhin mitgeteilt. Er war wütend.«

»Wütend, Dom?«

Morwin lachte. »Er meinte, wenn es denn sein müsste – und brachte das für deine Reise.«

Auf dem Tisch zwischen den schweren Handschriften lag ein Bündel. Jehans Finger erinnerten sich an das Gewicht und das Gefühl davon: Leder, Tuch, der lange, harte Gegenstand – sein Schwert. »Meine alten Kleider ... aber ich bin gewachsen!«

»Probier sie an. Und dann geh zu Alf. Er wird dir sagen, was zu tun ist.«

Wundersamerweise passte alles, obgleich die Kleider für ihn angefertigt worden waren, ehe er vor über einem Jahr Bruder Alf auf der Straße getroffen hatte, und seither war er einen halben Kopf gewachsen. Aber Alfs Geschick im Umgang mit der Nadel war berühmt. Nur die Stiefel schienen neu, aus gutem Leder und mit genügend Platz, noch hineinzuwachsen.

Es war ein eigentümliches Gefühl, wieder wie ein Edelmann gekleidet zu sein. Er wünschte, es gäbe einen Spiegel im Schlafsaal, und sprach dann schnell ein Gebet, um alle Eitelkeit zu vertreiben. »Und mein Gesicht«, fügte er hinzu, »ist schon gar nichts, dessen man sich rühmen könnte.«

»Amen.«

Er wirbelte herum, Hand am Schwertknauf. Dort stand

ein Fremder, ein großer, junger Bursche, der selbst wie ein Prinz aussah. Er lächelte schief, als Jehan ihn anstarrte, und sagte: »Guten Tag, Euer Gnaden!«

»Bruder Alf!« Jehan erkannte ihn und lachte voller Verwunderung. »Du siehst prächtig aus.«

»Vanitas vanitatum«, stimmte Alf traurig an. »›Eitelkeit aller Eitelkeiten, alles ist eitel!‹ Allerdings machst du den Eindruck, als könntest du mit dem Schwert umgehen.«

Jehan ließ die Hand vom Knauf sinken. »Du weißt, dass ich mit Bruder Ulf geübt habe. ›Ulf für den Körper, Alf für den Geist – so wird ein Mönch gemacht.‹«

»Du warst es also, der diesen Spruch in die Welt gesetzt hat. Ich hätte es mir denken können.«

Obgleich Alf leichthin sprach, zog Jehan die Stirn kraus. »Was ist los, Bruder Alf?«

»Ach, nichts. Ich bin rundum zufrieden. Schließlich ist geteiltes Leid halbes Leid.«

»Es wird kein Leid werden. Es wird großartig. Du wirst sehen. Wir werden Bischof Aylmer und den König im Sturm nehmen; und dann erobern wir die Welt.«

Die Stunde nach dem Komplet verbrachte Alf nicht an einem seiner üblichen Aufenthaltsorte: weder in seiner Zelle, wo er hätte schlafen sollen, noch in der Kapelle, wo er gegen Morwins Anordnungen hätte wachen können. Und nicht im Studierzimmer, wo der Abt auf ihn wartete. Er hatte das letzte Hochamt gesungen – keiner konnte diese Stimme überhören, die so männlich und doch herzergreifend rein aus der ansonsten nur menschlichen Schönheit des Chores aufstieg – und er hatte mit leisem Widerstand in seiner Kutte gesungen. Aber dann war er verschwunden, und niemand wusste, wohin.

Es war eher Eingebung als Logik oder sorgfältige Suche, die Morwin in einen kleinen Innenhof neben der Kapelle führte. Dort wuchs aus einem Fleck verdorrten, erfrorenen Grases ein Dornbaum. Alt, knorrig und allen Laubs entkleidet reckte er seine Äste dem Mond entgegen. Darunter hockte reglos und dunkel eine Gestalt.

Mit viel Geächze und Gestöhne ließ Morwin sich neben ihm nieder. Der Boden war kalt; Reif knirschte, als der Abt sich setzte.

»Weder dieser Ort«, erklärte Alf, »noch dieser Baum haben mir jemals gefallen. Obwohl es heißt, er sei aus dem Staub eines Heiligen gesprossen, aus dem von Arimathean ... Als ich noch sehr klein war, hatte ich immer Angst davor. Er schien immer nach mir greifen zu wollen. Als ob St. Ruan nicht für meinesgleichen geschaffen wäre; als ob ich artfremd wäre und der Weißdorn es wüsste und mich fortzerren wollte, zurück zu meinem eigenen Volk.«

»Dem Volk unterm Meneth?«, wollte Morwin wissen.

Der Kopf in der Kapuze wurde angehoben. Von hier aus konnte man den Meneth gut sehen, einen steilen, kegelförmigen, von Reif überzogenen Berg, der hinter dem Kloster wie ein Steinwall anstieg. »Der Meneth«, murmelte Alf. »Mir hat er niemals Angst eingejagt. Er besaß Macht und Wundersames und Geheimnisvolles. Doch er bedeutete keinerlei Gefahr. Keine Verlockung und keine Abweisung. Es gab ihn einfach nur. Erinnerst du dich, wie wir ihn einmal aus Tollkühnheit erklommen, um zu sehen, ob die Legenden der Wahrheit entsprächen?«

»Wahnsinn oder große Gnade wird dem zuteil, der den

Berg von Ynys Witrin in der Nacht der Mittsommerwende besteigt. Ich erinnere mich gut. Ich glaube nicht, dass einer von uns wahnsinnig zurückkam.«

»Und auch nicht begnadet.« Alfs Stimme enthielt die Spur eines Lächelns. »Wir leisteten gut zwei Wochen Buße, und alles, was wir entdeckt hatten, war eine zerfallene Kapelle und Betten, die noch härter waren als die, vor denen wir Reißaus genommen hatten.« Er legte den Arm um Morwins Schulter und strahlte eine Wärme aus wie ein offenes Feuer. Der Abt lehnte sich dankbar näher. »Aber nein; wir entdeckten noch mehr. Mir war, als könnte ich die ganze Welt unter dem Mittsommernachtsmond sehen und unter uns Ynys Witrin, so geheimnisvoll, wie alle Lieder es beschrieben, gleich einer Insel, die in einem gläsernen See schwamm. Da lag wirklich ein Geheimnis. Nicht auf dem windigen Berg. Darunter in der Abtei, wo wir bis Weihnachten zu Priestern geweiht sein sollten, zu Dienern des Lichts, das gekommen war, seine Herrschaft über die Welt anzutreten. Aber der Weißdorn hat es immer gewusst. Ich war ... bin ... kein sterblicher Mensch.«

»Und nun bist du gekommen, deinen Frieden mit ihm zu machen.«

»Gewissermaßen. Ich wollte sehen, ob er froh wäre, mich los zu sein.«

»Und ist er das?«

Alfs freie Hand fasste nach dem Baum, weiße Finger schimmerten auf Schattenschwarz. »Ich glaube ... gehasst hat er mich nie. Er hat nur eine schmerzliche Wahrheit gewusst. Vielleicht ist er mir sogar wohlgesinnt.«

»Wie wir alle.«

Alf schauderte heftig, doch nicht von der kalten Luft.

»Ich gehe fort«, sagte er, als käme es ihm jetzt erst zu Bewusstsein. »Und ich kann nicht ... Selbst wenn ich zurückkomme, wird es nicht mehr das Gleiche sein. Ich muss mich entwickeln, verändern ...« Seine Stimme erstarb.

Morwin schwieg.

»Ich weiß«, fuhr Alf mit ungewohnter Bitterkeit fort. »Alles entwickelt und verändert sich. Selbst einer wie ich. Ich fühle jetzt schon, wie es beginnt, dass Aluns Kleider nur bereitliegen, dass ich sie wieder anziehe, fühle die Veränderung in der Erinnerung an die Brüder beim Abendessen, die mich verwundert begafften und zum Teil nicht einmal wussten, wer ich war. Sogar Jehan hielt mich auf den ersten Blick für einen Fremden. Und wenn ich mich nun so sehr verändere, dass ich mich selbst nicht wiedererkenne?«

»Lieber diesen Schmerz als jenen, der schon so lange an dir nagt.«

»Der war mir wenigstens vertraut.«

»Ja. Wie vertraute Scheuerstellen alter Fesseln. Ich vertreibe dich aus deinem Gefängnis, Alfred – ich schleudere dich in den Himmel. Denn selbst wenn du blind und gefühllos bist, kann jeder andere erkennen, dass du Flügel hast.«

Der Mond senkte sich als makellose, von allen Flecken geläuterte Lichtkugel in Alfs Handkuhle. Sein weißer Schein liebkoste Alfs Gesicht. Morwin blinzelte und schluckte. Die Züge waren so vertraut, dass er gegen den Schock, den sie versetzten, längst abgestumpft war; doch manchmal vermochte ihre Schönheit ihn noch mit tödlicher Unvermitteltheit bis ins Herz zu treffen.

Alfs Hand schloss sich. Das Licht schrumpfte darin und erstickte wie eine Kerzenflamme; für Morwins Augen war nichts mehr zu sehen, doch die Erinnerung blieb. Langsam und müde kam Alf zur Sache: »Ich werde mich nicht länger mit dir streiten. Nicht in dieser Sache. Aber musst du Jehan mit mir schicken?«

»Er hat hier ebenso wenig mehr einen Platz wie du.«

»Das weiß ich. Aber ich weiß auch, dass ich vielleicht Gefahren entgegenreite. Die Botschaft, die ich überbringe, ist nicht gerade harmlos. Ich könnte dafür getötet werden. Dass ich sie übermittle, Alun dafür, dass er sie mir weitergegeben hat ...«

»Und St. Ruan wird möglicherweise dafür bezahlen, ihn aufgenommen zu haben. Glaubst du, ich wäre mir nicht über alle möglichen Gefahren im Klaren?«

»Aber Jehan ist sich dessen nicht bewusst. Für ihn ist es ein Spaß, eine Gelegenheit, sich auszutoben.«

»Ist es das tatsächlich, Alf?«

»Trotz all seiner Größe ist er noch ein Kind. Er weiß nicht, was sein Auftrag bedeuten kann oder welcher Preis ihm dafür abverlangt werden mag. Er kennt weder das Spiel, das wir spielen, noch die Einsätze ...«

»Er kennt sie sehr wohl«, widersprach Morwin mit leicht scharfem Unterton. »Und wenn er sich so darüber freut, dass er in Jubel ausbricht, dann liegt das nicht an seiner seligen Ahnungslosigkeit, sondern einzig und allein an seiner Jugend. Wenn die Zeit kommt – falls sie kommt, wird er in der Lage sein, auf sich aufzupassen.«

»Und auf mich auch«, ergänzte Alf.

»Warum nicht?«, fragte der Abt. »Er lebt erst seit einem halben Jahr in klösterlicher Abgeschiedenheit; und er wuchs in der Welt draußen auf – an Höfen, auf Burgen.« Sein Blick wurde schärfer, um sich seinen Worten anzupassen; er musterte das Dunkel unter Alfs Kapuze und versuchte, etwas von seinem Gesicht zu erkennen. »Aber vielleicht sorgst du dich nicht um das Wohlergehen eines jungen Burschen – obgleich er dein Schüler und auch dein Freund ist. Vielleicht willst du nicht, dass ein einfacher Junge auf dich aufpasst.«

Alf würdigte diese Deutung erst gar nicht mit einer Entgegnung.

Und ebenso wenig wollte Morwin sich entschuldigen. »Ich habe entschieden, wie ich es für das Klügste hielt«, schloss er. »Ich vertraue darauf, dass du dabei bleiben wirst. Letztendlich wirst du vielleicht noch einmal froh darüber sein.«

Die Stimme aus dem Dunkel war leise, von unmenschlicherem Wohlklang als jemals zuvor, doch aus den Worten sprach Ironie: »Morwin, mein ältester Freund, manchmal frage ich mich, wer von uns beiden eigentlich der Hexer ist.«

»Das hat nichts mit Hexerei zu tun. Das ist gesunder Menschenverstand. Nun hör zu nörgeln auf und hilf mir hoch. Hatte ich dir nicht strikte Anweisung erteilt, heute Nacht etwas zu schlafen?«

Morwin konnte Alfs schiefes Lächeln so deutlich wie den Zugriff seiner Hand fühlen.

»Ja, grinse getrost über den alten Narren, solange du dich nur an das hältst, was ich dir auftrage.«

»Ich bin stets dein Diener, Dom.«

Morwin knuffte ihn nur halb spielerisch und stieß ihn von sich fort. »Nun geh bloß zu Bett, ehe ich die Geduld verliere!«

Alf verneigte sich in tiefer Demut, wich einem zweiten

Schlag mit übernatürlicher Wendigkeit aus und ließ seinen Abt alleine mit dem Mond, dem Meneth, dem alten Weißdorn und einem Zorn zurück, der ebenso schnell verflog, wie er aufgekommen war.

Morwin ließ sich eine Weile Zeit, ehe er sich in Bewegung setzte, und noch länger dauerte es, ehe er Alf zurück in die warmen Räume von St. Ruan folgte.

6

Sie brachen noch vor der Morgendämmerung auf. Nur Morwin nahm von ihnen Abschied. Morwin und Aluns Geist, der als helles Strahlen in Alfs Gehirn gegenwärtig war. Sie standen unter dem Torbogen. Jehan hielt die Zügel der beiden Pferde: Fara, die in der Dämmerung wie ein Gespenst wirkte, und der alte Wallach des Klosters, schwarz und kräftig, neben ihr. Er zitterte, halb vor Kälte, halb vor Aufregung, und tänzelte ungeduldig. Alf blickte starr durchs Gittertor hinaus. Morwin stirnrunzelnd auf seine Füße.

Schließlich ergriff der Abt das Wort. »Ihr werdet nun wohl am besten gehen.«

Jehan sprang schnell in den Sattel. Alf bewegte sich langsamer; als er die Zügel ergriff, fasste Morwin nach seinem Knie: »Hier. Nimm das.«

Licht flackerte zwischen ihnen auf, Morwins Silberkreuz. Alf zögerte, als wollte er Einspruch erheben. Aber Morwins Blick ließ das nicht zu. Also nahm Alf das Geschenk an, zog sich die Kette über den Kopf und schob das Kreuz unter sein Hemd. Kalt lag es auf seiner Haut, um sich schließlich langsam zu erwärmen. Er ergriff die Hand, die es dargereicht hatte, und blickte in Morwins Augen. »Geh mit Gott«, sagte dieser.

Das Tor stand offen, die Straßc lag frci und sternenbeschienen vor ihnen und funkelte von Reif. Ein einziges Mal drehte Alf sich um. Sie waren bereits weit genug gekommen, den aufragenden Rumpf des Meneths als Ganzes und die Abtei an seinem Hang zu sehen, ebenso wie den Nebel vom Tagesanbruch, der diese Insel in ein tatsächliches Eiland verwandelte. Und vor diesem Hintergrund stand alleine und fast verloren unter dem weiten Torbogen der Abt.

Ein sanfter Wind rührte den Nebel auf und blähte ihn wie einen Vorhang. Graues Glas, Silber, und schließlich ein schwaches Funkeln von Mondschein, und von St. Ruan war nur noch der dunkle Turm zu erkennen.

Fara tänzelte vor Begeisterung, wieder unterwegs zu sein. Alf beugte sich über ihren Hals und drängte sie weiter.

Von St. Ruan aus ritten sie nach Norden mit der Sonne zu ihrer Linken und dem aufklarenden Morgen um sie her. Jehan sang und erprobte seine Stimme, die sich zu einem kräftigen Bariton entwickelte; als sie brach, lachte er. »Ich werde noch die Raben neidisch machen«, sagte er.

Alf antwortete nicht. Hier, da die Straße breit war, ritten sie Seite an Seite; Jehan drehte den Kopf, um ihn anzuschauen. Sein Gesicht war bleich und ernst. Ein Teil davon mochte Unbehagen sein, weil er lange Zeit nicht mehr geritten war, doch seine Haltung im Sattel war locker und anmutig.

Jehan machte den Mund auf und schloss ihn wieder. Eine Zeit lang ritt er weiter so gefügig still, wie es einem Novizen von St. Ruan anstand, doch sein Blick wanderte begierig umher.

Gegen Mittag legten sie eine Pause ein. Alf hätte keinen Gedanken daran verschwendet, doch Jehans Wallach wurde allmählich müde. Sie waren bereits etliche Meilen von der Abtei entfernt in einer grünen Landschaft mit verstreuten Dörfern. Die Menschen dort betrachteten die beiden vornehmen Reiter ohne jede Überraschung; sie hielten sie für Knappen eines Adelshauses und gingen weiter ihren Geschäften nach.

Sie hatten am Rand eines Feldes Halt gemacht, wo ein Bach sich an der Straße entlangschlängelte. Jehan holte Brot und Käse hervor, aber Alf wollte nichts haben.

Der andere zog die Stirn kraus. »Dom Morwin hat mich bereits gewarnt, dass du dich so verhalten würdest. Und er mahnte mich auch, nicht darauf einzugehen. Also – wirst du nun essen oder muss ich dich dazu zwingen?«

Alf war gerade damit beschäftigt gewesen, Faras Gurt zu lösen. Auf Jehans Worte hin drehte er sich um. »Ich habe keinen Hunger.«

»Ich weiß es. Iss trotzdem!«

Sie standen einander starrsinnig gegenüber. Alf war größer, aber Jehan gut doppelt so breit und hatte nicht die geringste Furcht vor ihm.

Alf gab nach. Er aß einige Bissen und trank aus dem Bach, wo dieser sich zu einem kleinen Teich verbreiterte. Nachdem sich die Wasseroberfläche danach wieder geglättet hatte, hielt er inne und starrte das Gesicht an, das sich darin widerspiegelte. Es sah noch jünger aus, als er ohnehin geglaubt hatte.

Ein Wind wühlte das Wasser auf und zerstreute das Bild. Alf wandte sich davon ab.

Jehan machte sich mit den Pferden zu schaffen, doch Alf spürte seine Wachsamkeit. Als Jehan fertig war, sagte er: »Bruder Alf, ich habe nachgedacht. Wir reiten wie zwei Knappen, doch nur ich trage ein Schwert. Ich weiß, dass du keines willst, aber vielleicht wäre es besser, du wüsstest für den Notfall damit umzugehen.«

Alfred gab sich Mühe zu lächeln. »Wahrscheinlich würde ich mir einen Fuß abschlagen, wenn ich es probierte.«

»Gewiss nicht.« Er löste die Scheide von seinem Gürtel. »Versuch es.«

»Nein«, lehnte Alf ab. »Falls es zum Kampf kommt, bist du derjenige, der etwas damit anfangen kann. Also behalte es besser bei dir. Ich weiß mich schon so zu wehren.«

»Das ist töricht, Bruder Alf.« Jehan zog die gute Stahlklinge und streckte sie ihm hin.

Alf wollte sie nicht nehmen. »Jehan«, argumentierte er. »Es genügt mir schon, mich wie ein weltlicher Mensch zu kleiden. Versuche nicht, mich noch mehr in einen zu verwandeln. Wenn du es tust, weiß Gott allein, wo das hinführen wird.«

»Vielleicht zu einer ungefährlicheren Reise für uns beide.«

»Vielleicht auch nicht. Du weißt nicht, was ich bin, Jehan.«

»Du denn?«

»Ich weiß genug. Steck dein Schwert weg und reite mit mir weiter.« Jehan schob das Schwert wieder in die Scheide, machte jedoch keine Anstalten, aufzusteigen. »Ich hatte gestern Abend ein langes Gespräch mit Dom Morwin. Er hat mir einiges über dich erzählt.«

»Tatsächlich?«

»Sei nicht so abweisend zu mir, Bruder Alf! Das meiste davon hatte ich ohnehin schon erraten. Die Leute reden, weißt du. Und mir war ziemlich klar, dass das *Gloria Dei* aus deiner Feder stammen musste. Du wusstest zu viel und dachtest zu viel, als dass du so jung hättest sein können, wie dein Gesicht es glauben macht.«

»Wie alt bin ich demnach?«

»So alt wie Dom Morwin«, antwortete Jehan ruhig.

»Und du spöttelst über die Geschichten von Gwydion und Rhiyana?«

»Das sind Gerüchte. Du bist Wirklichkeit.«

»Was für eine klägliche Logik, Schüler. Ich sollte dich zu Bruder Osric zurückschicken.«

»Das kannst du nicht«, widersprach Jehan. »Dom Morwin würde es nicht zulassen.«

»Wahrscheinlich nicht.« Alf schwang sich in den hohen Sattel und zuckte zusammen, als seine Muskeln nicht mittun wollten. Doch ehe Jehan richtig aufgestiegen war, hatte er seine Stute in Trab gesetzt.

Sie ritten gemächlich dahin, um ihre verspannten Körper zu schonen. Nach einer kleinen Weile sagte Jehan: »Du brauchst meinetwegen keine Angst zu haben. Ich werde dich nicht verraten.«

»Ich weiß«, murmelte Alf vor sich hin, als gälte es nur ihm selbst. »Du und Morwin: Ihr seid euch in eurer Torheit ebenbürtig. Ich könnte ein Teufel sein, der geschickt wurde, euch zu versuchen und euch in den Abgrund zu reißen.«

»Du, Bruder Alf?« Jehan lachte. »Du magst ein Wechselbalg sein, wie die Leute sagen, oder auch ein Elfenmann, aber ein Teufel? Niemals!« Zum ersten Mal sah Jehan die Augen des anderen direkt und unverschleiert. Es war kein geringer Schock.

Er hielt dem strahlenden, unmenschlichen Blick fest und furchtlos stand. »Niemals«, wiederholte er. »Darauf würde ich meine Seele verwetten.«

Alf drückte Fara die Hacken in die Flanken. Sie fiel in Galopp.

Sie rasten eine lange, flache Strecke dahin. Am Ende, wo die Straße im Bogen um einen Hügel führte, verlangsamte Alf zum Trab und schließlich zum Schritt. Jehans Wallach kam schwerfällig neben ihm zum Halten. »So«, keuchte der Junge. »Fühlst du dich nun besser?«

Alf biss sich auf die Lippen. »Ich stellte mich wie ein Narr an, was?« Er versuchte zu lächeln. Es gelang nur zaghaft, aber es sollte genügen. »Ja, ich fühle mich besser. Mein Körper genießt den Aufenthalt unter freiem Himmel. Ich werde meinen Geist anstrengen, es ihm gleichzutun.«

Als es Abend wurde, hatten sie fast zehn Meilen zurückgelegt, was für Reiter, die nicht mehr in Übung sind, eine beachtliche Strecke war. Sie übernachteten in einem alten Kuhstall, der verlassen und modrig, aber noch ganz stabil war und genügend Platz für sie und ihre Pferde bot.

So müde Jehan auch war, konnte er nicht gleich einschlafen. Er betete eine Weile und legte sich dann auf seinen Umhang. Alf kniete neben ihm und verharrte noch eine Weile im Gebet. Mondlicht schien durch einen Riss in den Wänden zu sickern, denn obgleich es in dem Stall stockfinster war, konnte Jehan Alfs in Licht getauchtes Gesicht sehen, um das sein Haar einen silbernen Strahlenkranz bildete.

Doch es schien kein Mond. Bei Sonnenuntergang waren Wolken aufgezogen; und noch während Jehan reglos dalag, hörte er den beginnenden Regen aufs Dach prasseln.

Er schluckte schwer. Bei Tageslicht konnte er alles ertragen. Aber mit der Dunkelheit kam die Angst. Hier lag er alleine mit einem, der kein Mensch war und ein Licht verstrahlte, wo Dunkelheit herrschte, und mit Augen, die wie Kohlen glühten und ins Unendliche starrten.

Sie wandten sich ihm zu und leuchteten aus einem Gesicht, das er nicht mehr kannte, einer mondbeschienenen Maske, so bleich wie der Tod. Doch die sanfte Stimme blieb die von Alf. »Warum fürchtest du dich, Jehan?«

»Ich ...«, begann Jehan. »Du ...«

Alf hob die Hände, die ebenso leuchteten wie sein Gesicht. Die Maske verlor über einem Stirnrunzeln ein wenig ihre Starrheit. »Das tritt gelegentlich auf. Ich habe es nicht immer in der Gewalt. Es ist allerdings Jahre her ...« Er schloss die Augen.

Das Licht flackerte auf und erlosch.

Jehan setzte sich mit einem Ruck auf. »Bruder Alf!«

Hände berührten ihn. Er erschrak heftig und ergriff sie dann. Sie waren warm und fest. Ohne die eine loszulassen, fasste er in die Dunkelheit, fand einen Arm und eine Schulter. Wie ein Blinder tastete er weiter oben, zeichnete das Gesicht nach, die glatte Wange, das Flattern von Augenlidern, den Haaransatz um den tonsurierten Schädel.

»Hol das Licht zurück«, bat er.

Es begann langsam und ohne Wärme zu erstrahlen. Er starrte in diese seltsamen Augen. »Ich habe keine Angst mehr.«

»Warum?«

Jehan hielt einen Augenblick inne. »Du bist immer noch du selbst. Eine Weile befürchtete ich, du wärst es nicht mehr. Du sahst so anders aus.«

Alf beugte sich ihm entgegen. Sie befanden sich fast Nase an Nase; ihre Blicke begegneten sich und hielten einander fest. Es erschien Jehan, als könnte er durch Alf wie durch Glas hindurchblicken in rubinfarbene Unendlichkeit.

»Jehan.«

Er wurde schlagartig wach, als tauchte er aus dem Wasser an die Oberfläche, und starrte reglos vor sich hin. Er hielt immer noch Alfs Hand; die spannte sich und hielt ihn fest.

Er zitterte wie unter Krämpfen. »Wie kam das? Wie habe ich so sehen können? Niemals habe ich ...«

Alf wandte den Blick ab. »Ich habe das bewirkt. Entschuldige. Ich sah in dein Wesen hinein; und du schautest hinter meinen Blick.«

»Ist ... ist das jemals zuvor geschehen?«

Jehan hatte seine Fassung weitgehend wieder erlangt. »Reines Gold«, murmelte Alf. Und lauter: »Einige wenige Male. Ich glaube ... manche Menschen tragen die Saat dessen, was ich bin, ebenfalls in sich.«

Jehan machte große Augen. »Ich? Bruder Alf, ich bin kein Zauberer!«

Der andere musste fast lächeln. »Nicht wie ich, nein. Aber etwas in dir blieb meiner Berührung gegenüber nicht gleichgültig. Aber mach dir keine Gedanken. Ich werde es nicht wieder erwecken.«

»Natürlich wirst du. Ich sagte schon, dass ich keine Angst mehr hätte, und das stimmt. Zeig mir, was du vermagst, Bruder Alf!«

Das meiste davon war Tollkühnheit, und beide wussten es. Doch es lag auch viel Aufrichtigkeit in Jehans Wunsch, so dass Alf fortfuhr: »Ich vermag viele Dinge, die mir vermutlich den Untergang bringen werden, falls ich sterblich bin, und Verdammnis über meine Seele, falls ich eine besitze.«

»Dom Morwin behauptet, du könntest das Gleiche wie die Heiligen. Du könntest Wunden heilen, durch die Luft wandeln und mit weit entfernten Leuten sprechen.«

»Das alles kann ich. Und doch stehe ich damit vielleicht im Gegensatz zur Heiligen Schrift, die besagt, dass man Hexen und Zauberer nicht am Leben lassen darf.«

»Dom Morwin ist auch der Ansicht, du könntest deine Kräfte niemals für etwas Böses einsetzen.«

»Würde, Jehan. Nicht *könnte.* Ich bin in der Lage zu heilen, aber auch zu töten.«

Stille trat ein. Jehan suchte nach dem bleichen Gesicht, doch die Augen wollten seinen Blick nicht erwidern. »Ich kann auch heilen, Bruder Alf. Und ich kann töten.« Er hob seine Hand. »Damit kann ich eine Wunde vernähen und sie aufreißen, einen Verband machen oder ein Schwert schwingen. Worin liegt der Unterschied zu deinen Kräften?«

»Andre Menschen besitzen auch Hände, Jehan.«

»Und andere auch besondere Kräfte.«

Alf knuffte Jehan leicht. »Schande über dich, Jehan! Du bist das Ende meines Selbstmitleids. Es stimmt allerdings, dass ich die Machtlosen ebenso wenig bedrohe, wie du einen Menschen ohne Hände angreifen würdest. Es wäre einfach nicht rechtens.«

Er wich zurück, und sein Licht erstarb. Seine Stimme klang leise in der Dunkelheit. »Leg dich schlafen. Für heute Abend haben wir genug geredet.«

Jehan zögerte einen Augenblick. »Bruder Alf?«

Der andere, der sich gerade hinlegen wollte, hielt inne. »Was denn?«

»Ich habe wirklich keine Angst vor dir.«

»Ich weiß, ich kann es in deinem Innern fühlen.«

»Auf diese Weise kannst du ja gut ein Schweigegelübde umgehen.«

»Gute Nacht, Jehan«, sagte Alf entschieden.

Der Novize schlang seinen Umhang um sich und grinste ins Dunkel. »Gute Nacht, Bruder Alf.«

Am zweiten Tag konnten die Reisenden sich kaum bewegen, geschweige denn reiten. Und doch ritten sie aus reinem Eigensinn; die Zeit und ihre Entschlossenheit härteten ihre Körper ab. Im Laufe des vierten Tages hatte Jehan seine alte Zähigkeit wiedererlangt. Sogar Alf gewann diesem Ritt eine eigentümliche, schmerzliche Freude ab, so dass er zu Jehans Spaß sogar beim Reiten zu singen begann. Zuerst Kirchenlieder, dann andere Weisen, die er in einem weit zurückliegenden Leben gelernt hatte und die nun an die Oberfläche seines Gedächtnisses stiegen und dort hängen blieben. Die ersten ein bis zwei Male hielt er schuldbewusst inne, als wäre er dabei erwischt worden, wie er sie in der Kirche anstimmte; doch nach Jehans Ermunterung ließ er seiner Stimme dann freien Lauf.

Gelegentlich begegneten ihnen Leute auf der Straße. Bauern, die zu Fuß oder in Wagen unterwegs waren und die Vorüberkommenden gleichgültig musterten. Einmal trafen sie auch einen Pilger, der um Almosen bettelte und Alf für seine Gabe segnete, ohne die Tonsur unter seiner Kapuze zu sehen. Und ein andermal war es ein Adliger mit seinem Gefolgsmann, der die Fremden einlud, die Nacht auf seiner Burg zu verbringen. Da es noch recht früh war, lehnte Alf, wenn auch sehr höflich, ab. Ihr Lager erschien ihnen an diesem Abend selbst mit einem Feuer rau und kalt; und es hatte zu regnen begonnen.

Das offene Land wich dunklem, freudlosem Wald. Mehr denn je bedauerte Alf, dass sie die Gastfreundschaft des Adligen nicht angenommen hatten. Jehan lachte und tröstete ihn: »Sei nicht traurig. Hätte mich jemand dort erkannt, würde das großes Aufsehen erregt haben, und wir wären vielleicht nicht wieder fortgekommen.«

»Vielleicht«, antwortete Alf. »Aber unsere Lebensmittelvorräte gehen zur Neige, und hier werden wir keine finden. Und was wir bekommen, wird wahrscheinlich gestohlen sein.«

»Willst du einen Bogen um den Wald schlagen?«

»Das würde unsere Reise um zwei Tage verlängern. Aber vielleicht sollten wir es tun.«

»Nicht meinetwegen!«, rief Jehan. »Ich bin doch kein Feigling. Komm! Reiten wir um die Wette zu dem Baum dort vorne!«

Und schon war er auf und davon. Einen Augenblick später setzte Alfred ihm mit seiner Stute nach.

Es war still unter den Bäumen; alle Geräusche waren erstickt und hatten sich im Nieselregen verloren. Dicke Laubschichten bedeckten den Boden; die Schritte der Pferde waren für menschliche Ohren kaum wahrzunehmen. Die Reisenden ritten so schnell sie konnten, waren jedoch wachsam und hielten alle Sinne angespannt. Nichts bedrohte sie, nur einmal schreckten sie zu Faras Unbehagen ein Reh auf. Allein der hohe Sattel und Alfs eigene Geschicklichkeit bewahrten ihn vor einem Sturz.

Je weiter sie ritten, um so älter wirkte der Wald. Die Bäume waren riesenhaft und erweckten bedrückende Erinnerungen an alte Götter. *Elfenland,* dachte Alf. Doch das Kreuz auf seiner Brust ließ ihn nicht heimisch damit werden.

Wilde Tiere huschten in Reichweite seiner Wahrnehmung, zahlreiche kleine Geschöpfe, Rotwild und ein Keiler, der seinen finsteren Geschäften nachging; sogar jenes aufflackernde Bewusstsein, das einem Wolf gehörte. Nichts, was sie hätten fürchten müssen.

Die Nacht brach früh und endgültig herein. Sie fanden einen Lagerplatz, eine Baumgruppe neben einem Bach, der Wasser, Obdach und Brennmaterial für ein Feuer bot.

Nachdem sie die Pferde versorgt und ein wenig gegessen hatten, kauerten sie sich im Lichtkreis zusammen.

»Ich frage mich, wie es Alun gehen mag«, brach Jehan nach einer Weile das Schweigen.

Alf schaute ihn an, dass seine Augen kurz im Feuerschein aufflackerten. »Ziemlich gut«, antwortete er. »Bruder Herbal hat ihn aufstehen und ein wenig herumhumpeln lassen. Und er hat sich von Morwin Schätze aus der Bibliothek heranschleppen lassen.«

»Sprichst du mit ihm?«

»Ja.«

Jehan versuchte zu lachen. »Was hat er denn an? Du hast doch seine Kleider!«

»Er hat sich meine geliehen. Er sagt allerdings, er gäbe einen kläglichen Mönch ab.«

»Grämt er sich?«

Alf schüttelte den Kopf. »Das ist nicht Aluns Art. Er folgt mir nur gedanklich.«

»Beobachtet er uns jetzt?«

»Nein. Er schläft.«

Jehan schaute sich voller Unbehagen in der raschelnden Dunkelheit um. »Bist du sicher?«

»Ganz sicher.« Alf lächelte. »Nun komm, Bursche! Er spioniert ja keine Geheimnisse aus. Er ist ein Mann von Ehre.«

»Aber er *folgt* uns!«

»Mir, um genauer zu sein. Manchmal benutzt er meine Augen.«

Jehan war nun außer sich. Als Alf nach seinem Arm fasste, schrak er wie ein Reh zusammen. Die ihn jedoch musterten, waren Alfs Augen: Alfs eigentümliche, vertraute Augen. Niemand anderes lebte dahinter.

Sie blickten weg, ehe er darin ertrinken konnte. Er schwankte; Alf hielt ihn fest. »Jehan. Alun ist wie ich. Von meiner Art. So wie wir beide miteinander sprechen, teilen er und ich uns gedanklich mit. Es bedeutet einen Trost für ihn. Er gab mir alles, was er besaß; sollte ich ihm da verweigern, mich zu begleiten?«

Der Junge rang um seine Beherrschung. »Das ist es nicht. Es ist nur ..., dass ich ihn nicht *sehen* kann.«

»Möchtest du, dass ich dir sage, wenn er bei uns ist?«

»Ja, bitte. Ich würde es gerne wissen.«

»Dann sollst du es auch erfahren. Schlaf, Jehan. Ich übernehme die erste Wache.«

Er hätte gerne widersprochen, aber plötzlich konnte er die Augen nicht mehr offen halten. Und noch während sein Misstrauen keimte, sank er in den Schlaf.

Die Straße wand sich tiefer in den Wald und wurde immer schmäler und schlechter, so dass die Reisenden hin und wieder bis auf Schritttempo verlangsamen mussten. Jehan behielt während des Rittes die Hand in Nähe des Schwertknaufes; Alf hatte alle Sinne angespannt, obwohl er selbst gesagt hatte: »Der Räuber, der uns überfiele, müsste schon in höchster Not sein: Wir sind zwei kräftige Männer auf guten Reittieren, wovon der eine die Kraft von zweien hat.«

Jehan lachte darüber, gab jedoch nichts von seiner Wachsamkeit auf. Und Alf, wie er beobachtete, ebenso wenig. Und im gleichen Maß, wie es ihn beunruhigte, war es doch auch tröstlich.

Die zweite Nacht im Wald lagerten sie an einer Stelle, die sie verteidigen konnten, einer Lichtung, die zu einem kleinen Hügel anstieg, auf dessen Spitze ein Stein aufgerichtet war. Jehan hätte diesen Ort nicht ausgewählt; doch er warf seinem Begleiter einen viel sagenden Blick zu und schnitt eine Grimasse. Da ritt er mit einem Elfenmann, einem erwiesenen Zauberer durch die Gegend und fürchtete sich, auf einem alten Grabhügel zu schlafen.

Alf schien das nichts auszumachen. Er schlug ruhig das Lager auf und aß so viel wie gewöhnlich, blieb dann schweigsam sitzen und starrte mit ausdruckslosem, nach innen gewandtem Blick ins Feuer.

Als er dann etwas sagte, schrak Jehan zusammen. »Alun ist da.«

Der Novize erschauderte und schloss die Augen. Einen Moment lang hatte er im Feuer ein schmales, falkenhaftes Gesicht und das Funkeln grauer Augen gesehen, die seinen Blick voll erwiderten.

Alfs Stimme murmelte ihm ins Ohr: »Alun lässt dich grüßen.«

Jehan schlug die Augen auf. Das Gesicht im Feuer war verschwunden. »Ist er noch ...«

»Nein.« Alf stand auf und streckte und rekelte sich und hob das Gesicht zu den Sternen. Unter ihnen auf der Lichtung um den Grabhügel weideten friedlich die Pferde.

Er legte die Hand auf den Dolmen. Er war kalt, und doch fühlte Alf in seinem Kern eine eigentümliche Wärme. So war es an bestimmten Stellen von St. Ruan; kalter Stein, warmer Kern und Energie, die durch sein Blut zog. Hier vibrierte diese Kraft schwach, aber stetig. Sie hatte die Verbindung zu Alun erleichtert und sie einander geistig nahe gebracht, fast ohne dass sie es gewollt hatten.

Und doch war da etwas ...

Jehan. Die Pferde. Eine Eule auf der Jagd. Ein Wolf.

Er zog alle Fäden seiner Kraft und schaute in Jehans große Augen. Der Mond schien hell und war bald voll; selbst der Novize konnte fast so gut sehen, als wäre es Tag.

Alf legte die Hände zu einer Schale zusammen. Das kalte Licht füllte sie an und floss über. Langsam spreizte er die Finger und ließ es versickern.

»Wie fühlt es sich an?« Jehans Stimme klang ganz leise.

Alf ließ seine Hände erneut voll laufen und streckte sie Jehan hin. Der hielt die Hand auf und gab sich alle Mühe, nicht zu zittern. »Es ... ich kann es fühlen!«

Wieder ließ Alf das Licht los. Es strömte wie Wasser über Jehans Finger, doch er konnte es nicht halten. »Ich könnte es erstarren lassen und ein Tuch daraus weben. Ich habe es einmal versucht, Mondschein und Schneelicht für eine Altardecke. Sie war prachtvoll. Der Abt wollte sie nach

Rom schicken. Doch dann wurde ihm bewusst, dass sie mit Zauberei angefertigt war.«

»Und was hat er damit gemacht?«

»Das Gleiche wie mit mir. Er hat sie gesegnet und weggeschlossen.« Alf legte sich hin und stützte sich auf einen Ellbogen. »Aber ich bin jetzt frei. Ich frage mich, was aus dem Tuch werden wird.«

»Vielleicht«, meinte Jehan, »sollte Dom Morwin es nach Rhiyana schicken. Der Papst wüsste es nicht zu schätzen, der Elfenkönig dagegen bestimmt.

Alf überlegte. »Ja, vielleicht.«

»Und Euch würde er gewiss auch hoch schätzen.«

Zur Antwort erhielt Jehan nur einen schnellen leuchtenden Blick. An diesem Abend unterhielten sie sich nicht mehr.

7

Der dritte Tag im Wald brach kalt und finster an. Nach einem kärglichen Frühstück packten sie schweigend und frierend ihre Sachen zusammen. Jehans Finger waren taub, das Geschirr des Wallachs steif und unnachgiebig; er brummte unwillig vor sich hin.

Alf schob ihn vorsichtig beiseite und handhabte die starren Gurte mühelos. Jehan schaute ihn an. »Du frierst wohl nie, oder?«

»Selten«, gab Alf zu. Die Arbeit war getan; er nahm Jehans Hände in die seinen. Seine Haut fühlte sich glühend heiß an.

Erschreckt versuchte Jehan, sich loszureißen. Alf hielt ihn ohne jede Anstrengung fest. »Du musst zu all dem Unbehagen ja nicht noch Erfrierungen bekommen.«

Jehan fügte sich. Die Wärme tat nicht mehr weh; sie war wohltuend. »Du bist ein Wunder, Bruder Alf.«

»Oder ein Ungeheuer.« Alf ließ ihn los. »Komm, steig auf. Wir haben einen weiten Weg vor uns.«

Auch mit dem Fortschreiten des Tages ließ die Kälte nicht nach. Jehan schien es, dass die Luft nach Schnee roch.

Alf ritt wachsam, sein Blick wanderte von einer Seite zur anderen. Mehr als einmal hielt er an, alle Sinne aufs Äußerste angespannt.

»Was ist los?«, wollte Jehan wissen. »Banditen?«

Sein Freund schüttelte den Kopf.

»Warum bleibst du dann immer wieder stehen?«

»Ich weiß nicht«, meinte Alf. »Verfolgt werden wir nicht.

Aber irgendwie ist das Bild nicht ... ganz ... in Ordnung. So, als ob etwas sich versteckt hielte.« Seine Augen wurden eigenartig verschleiert.

Jehan wandte den Blick ab. Als er wieder hinschaute, blinzelte Alf und schüttelte den Kopf. »Ich kann nichts finden.« Er zuckte mit den Schultern, als wollte er eine Last abschütteln. »Wir sind nicht in Gefahr. Sonst würde ich es spüren.«

Das war nicht gerade sonderlich beruhigend. Doch sie ritten unbehelligt weiter. Nur zwei Raben folgten ihnen eine Weile und krächzten ihnen zu. Alf antwortete mit Rabenstimme.

»Was haben sie gesagt?«, fragte Jehan sich laut, als sie davongeflattert waren.

»Dass wir genügend Lärm veranstalten, um jeden Jäger, außer einen von Menschenart, aufzuscheuchen.« Alf duckte sich unter einem tiefen Zweig hindurch. Der Weg dahinter lag frei vor ihnen; er trieb die Stute zum Trab. Über die Schulter hinweg fügte er hinzu. »Bis morgen müssten wir den Wald hinter uns gebracht haben. Jenseits davon liegt ein Dorf. Morgen Abend werden wir unter einem festen Dach schlafen.«

»Ist das ein feierliches Versprechen?«

»Bei meiner Seele«, entgegnete Alf.

Was ironisch gemeint sein konnte, dachte Jehan bedrückt. Sein Wallach stolperte über eine Baumwurzel; er brachte ihn mit Schenkeldruck und Zügel wieder in den Rhythmus ihres Schritts. Vor ihm ritt Alf mühelos auf einem Tier, das niemals strauchelte und auch nie zu ermüden schien. Elfenmensch und Elfenpferd. Vielleicht waren sie Teil einer Verwünschung, und er war dazu verdammt, auf ewig zwischen diesen Bäumen zu reiten und niemals wieder das freie Feld zu sehen.

Er träumte mit offenen Augen. Seine Hände waren taub; die Sonne hing tief am Himmel, und es wurde dunkel unter den Bäumen. Er wäre froh, wenn sie rasteten.

Alf hatte leise zu singen begonnen. *»Nudam fovet Floram lectus; Caro candet tenera ...«*

Er hielt inne, wie er es häufig tat, wenn er sich dabei ertappte, etwas Weltliches zu singen. *Und das Lied,* dachte Jehan, *war weltlicher als die meisten.* »Die nackte Flora liegt im Schlafe; weißlich scheint ihr zarter Leib ...«

Als er wieder anhob, war es eine völlig andere Melodie, eine Hymne an die Heilige Jungfrau.

An jenem Abend übernahm Alf wie stets die erste Wache. Es war kalt und windstill; am Himmel waren keine Sterne zu sehen. Nichts rührte sich außer den Flammen ihres Feuerchens.

Er kauerte sich in seinen Umhang. Er hörte nichts, fühlte nichts. Vielleicht war er ein Tor; vielleicht verlor er den Verstand, dass er so aufpasste, wo keinerlei Gefahr drohte.

Müdigkeit überkam ihn. Seit ihrer Abreise aus St. Ruan hatte er nur wenig geschlafen, und sein Körper begann dagegen aufzubegehren. Er sollte Jehan wecken und ihn die erste Wache übernehmen lassen. Wenn sie aber irgendwie bedroht würden ...

Alf schrak aus einem nebelhaften Traum hoch. Es war dunkel und still.

Ganz in seiner Nähe atmete etwas. Nicht Jehan, der lag

auf der anderen Seite des längst erloschenen Feuers. Auch nicht die Pferde. Jemand stand über ihm.

Er blinzelte.

Die Erscheinung blieb. Es war ein weißer Wolf, der auf seinen Hinterläufen hockte und ihn aus leuchtenden, bronzegoldenen Augen beobachtete.

Ein weißhäutiges, völlig nacktes Mädchen, das ihn durch einen Schleier bronzegoldenen Haares ansah.

»Was«, verlangte es mit kalter, reiner Stimme zu wissen, »machst du hier?«

Er setzte sich auf, die Kapuze fiel von seinem erstaunten Gesicht zurück. Der Blick der Maid maß ihn, ihre Gedanken waren so deutlich wie ihre Stimme und ebenso kalt. *Gütiger Gott! Ein Mönchlein! Wer hat ihm nur gestattet, Ritter und Knappe zu spielen?*

Seine Wangen glühten. Er löste den Verschluss seines Umhangs und reichte ihn ihr.

Sie kümmerte sich nicht darum. »Was suchst du hier?«, wiederholte sie.

Plötzlich hätte er am liebsten gelacht. Es war unmöglich, hier in finsterer Eiseskälte mit einem Mädchen zusammenzusitzen, das nichts weiter trug als ihre Haare. Und das höchstwahrscheinlich von einer eigenen Art stammte.

»Ich habe geschlafen«, antwortete er. »Bis du mich geweckt hast.» Wieder streckte er ihr den Umhang entgegen. »Würdest du das bitte anziehen?«

Es nahm das Kleidungsstück teilnahmslos und warf es sich um die Schultern. Es bedeckte keine entscheidenden Teile. »Das ist sein Umhang. Und seine Stute. Zum Teufel mit dir, wo steckt er?«

Alf starrte die Erscheinung an. »Alun?«

»Alun«, wiederholte sie, als bedeutete ihr der Name nichts. Ihr Geist berührte den seinen zu einem raschen, bohrenden Nachprüfen. »Ja. Alun. *Wo ist er?*«

»Wer bist du?«, entgegnete er.

Sie sah aus, als wollte sie ihn schlagen. »Thea«, fauchte sie. »Wo ...«

»Ich heiße Alf.«

Sie packte ihn. Ihre Hände waren schlank und kräftig, ganz anders, als er sich die einer Frau vorgestellt hatte. Ihr Körper ...

Die Nacht war kalt gewesen, doch jetzt glühte er. Unvermittelt und heftig machte er sich los. »Bedeck deine Blöße«, befahl er, so eisig er nur konnte.

Sein Ton traf sie tiefer, als ihr Zorn saß. Sie zog den Umhang etwas sorgsamer um sich. »Bruder, wenn du das wirklich bist, werde ich dich nur noch einmal fragen. Dann werde ich dich zwingen, mir zu antworten. Wo ist mein Herr?«

»In Sicherheit«, antwortete Alf. »Und auch nicht in Gefangenschaft.«

Thea gab sich damit nicht zufrieden. »Wo ist er?«

»Das kann ich dir nicht sagen.«

Sie setzte sich auf die Hacken zurück. Ohne Vorankündigung und ohne eine Bewegung drängte sie sich in seine Sinne.

Er parierte instinktiv. Sie wurde blass und schwankte. »Du bist stark«, keuchte sie.

Er antwortete nicht. Ein dritter Geist zerrte an seinem Bewusstsein, für den er getrost alle Schranken öffnen konnte. Langsam zog er sich in einen Winkel seines Innern zurück, als dieses neue Denken in ihn strömte und ihn erfüllte wie Wasser eine leere Tasse.

Thea schrie einen Namen, doch es war nicht Aluns.

Alfs Stimme sprach ohne sein Dazutun einen Ton tiefer und ruhiger, als es ihm selbst eigen war. »Althea. Wer gestattete dir, hierher zu kommen?«

Sie reckte ihr Kinn empor, wenngleich sie auch sehr bleich geworden war. »Prinz Aidan«, antwortete sie.

Alf fühlte, wie Alun von plötzlicher Besorgnis erfüllt wurde, auch wenn seine Entgegnung gelassen und ruhig wirkte. »Mein Bruder? Sind irgendwelche Schwierigkeiten aufgetreten?«

»Natürlich sind Schwierigkeiten aufgetreten. Seit fast einem Monat hat er sich nicht mehr richtig mit dir verständigen können. Und ich kann es jetzt auch nicht. Was ist los? Was verbirgst du?«

»Ei, nichts«, antwortete Alun, ohne zu zaudern. »Wenn er so Dringliches zu besprechen hat, wo steckt er dann?«

»Zu Hause und spielt die Rolle, die du ihm auferlegt hast, und wird sie von Herzen leid. Er wäre selbst gekommen, aber deine Dame hat ihn zu bleiben beschworen. Er wird den Treueid brechen, wie du wohl weißt, wenn du ihn nicht irgendwie beruhigen kannst.«

»Ich bin unversehrt und in guter Obhut. Das habe ich ihm bereits mitgeteilt. Und du kannst es ihm noch einmal sagen.«

Thea warf dem Mann hinter dem Gesicht des Fremden einen finsteren Blick zu. »Du lügst gut, aber nicht gut genug.« Plötzlich wurden ihre Züge weicher und ihre Stimme mit ihnen. »Mein Gebieter. Aidan ist außer sich vor Sorge. Maura war krank und ...«

Einen Augenblick lang verlor Alun die Gewalt über den

ausgeliehenen Körper. Er wankte. Doch dann beherrschte er ihn schnell wieder. »Maura? Krank?«

»Ja. Ohne erkennbaren Grund. Und ohne dass sie mit jemandem darüber gesprochen hätte. Und jetzt kocht Aidan insgeheim vor Wut, und Maura geht um wie ein Schatten ihrer selbst; ich folgte deiner Stute und deiner Habe, natürlich im Schutz meiner Geisteswehr, damit du es nicht bemerktest, und stoße auf einen Fremden. Warum? Was ist geschehen?«

Alf konnte zusehen, wie seine eigenen Hände über ihr zerzaustes Haar strichen und ihre weiche Wange streichelten. »Thea, Kind, ich befinde mich nicht in Gefahr. Aber was ich hier mache, ist meine Angelegenheit und geheim.«

Sie gab trotz seiner Zärtlichkeit nicht klein bei. *Sie ist stolz,* dachte Alf in seiner fernen Ecke, *stolz und ungestüm.* »Verrate mir, wo du bist.«

»Im Augenblick in diesem Körper«, gab er ihr zur Antwort.

»Und wo steckt deiner? Wieso befindet sich dieser Pfaffe im Besitz deiner ganzen persönlichen Habe? Hast du die seine übernommen?«

Er nickte.

»Warum?«, schrie sie.

»Pst, Thea. Du wirst Jehan wecken.«

Sie beachtete die schlafende Gestalt am Feuer gar nicht, die so sehr nach Mensch roch. »Sag mir, warum«, verlangte sie hartnäckig.

»Irgendwann einmal.« Er strich wieder, diesmal zum Abschied, über ihre Wange und küsste sie auf die Stirn. »Die Glocken läuten zur Frühmette. Gute Nacht, Althea. Und guten Morgen.«

Alf taumelte benommen zurück, seine Hände sanken von Theas Schultern; er rang nach Atem und kämpfte die aufkeimende Übelkeit nieder. Einen kurzen, schrecklichen Augenblick lang war sein Körper nicht seiner: fremd, schlecht passend und von allerlei kleinen Schmerzen gepeinigt.

Sie musterte ihn mit leidenschaftlichem, wildem Blick. Aber es war nicht er, den sie sah. »Du wagst es ... sogar du wagst es, mich zu bannen ... Gib mich frei!«

Sein Blick drückte Verständnislosigkeit aus. Sie hob die Hand, als wollte sie zuschlagen, und ließ sie mit sichtbarer Überwindung wieder sinken. »Er hat einen Bann über mich verhängt. Ich kann ihn nicht verfolgen und suchen. Oh, zur Hölle mit ihm!«

Einen Augenblick später wurde Alf übel. Er hatte – freiwillig – getan, woran er niemals im Traum auch nur gedacht hätte, nicht einmal, als er Alun hatte durch seine Augen sehen lassen. Seinen Körper einem anderen Geist ausgeliefert. Besessenheit ...

Er lag am Boden, und Thea beugte sich über ihn. Sie hatte wieder den Umhang vergessen. Er stöhnte und wandte das Gesicht ab.

»Armer kleiner Mönch«, sagte sie. »Ich sehe, dass er auch dich in seinen Bann geschlagen hat. Wenn ich dazu in der Lage wäre, würde ich dich bedauern.« Ihre warmen Finger drehten sein Gesicht wieder ihr zu. Er verbot es sich, die Augen aufzuschlagen. Etwas streifte ganz leicht seine Lider. »Ich bin wieder bekleidet«, versicherte sie ihm.

Sie war es. Er schaute sie an, schaute einfach nur, ohne dabei zu denken.

Thea erwiderte seinen Blick. Sie war die erste Person

außer Alun, die ihn als kein bisschen fremdartig empfunden hatte. Sie war von seiner Art. Ob sie alle so hochmütig waren?

»Die meisten schon«, sagte sie. »Es ist unsere Gewohnheitssünde. Und wir sind dickköpfig. Entsetzlich dickköpfig geradezu. Das wirst du selbst noch feststellen.«

»Werde ich das?« Er war überrascht, dass er überhaupt in der Lage war zu sprechen, und gar noch so beherrscht. »Da du nicht zu Alun vordringen kannst, möchtest du gewiss zu seinem Bruder zurückgehen.«

Sie schüttelte heftig den Kopf. »Zurück zu Aidan? *Kyrie eleison!* Ganz so von Sinnen bin ich denn nun auch nicht. Nein, ich bleibe bei dir. Entweder begeht Alun einen Fehler und verrät sich, oder aber ich befinde mich wenigstens sicher außer Reichweite von Aidans Zorn.«

»Das geht nicht!« Seine Stimme brach wie die eines Jungen.

»Gewiss geht das«, gab sie heraus. »Was immer du dazu auch sagen magst, kleiner Mönch.«

Er stand schwankend auf. Er war fast einen Kopf größer als sie. »Das geht nicht«, wiederholte er nun in so unfreundlichem Ton, als spräche er mit einem aufsässigen Novizen. »Ich bin im Auftrag meines Abts unterwegs zu Bischof Aylmer. Ich kann mich nicht mit einer Frau belasten.«

Zu seiner völligen Verwirrung lachte sie. Ihr Lachen klang wie Silberglöckchen. »Wie, kleiner Mönch? Bringe ich deine Gelübde in Gefahr?«

»Du bringst meinen Auftrag in Gefahr«, wich er aus. »Kehr nach Rhiyana zurück und lass mich in Ruhe weiterziehen.«

Zur Antwort gähnte sie und legte sich auf die Stelle nieder, an der er gelegen hatte. »Es ist spät, meinst du nicht? Wir sollten schlafen, solange wir noch können. Wir haben noch einen weiten Weg vor uns.«

Er mochte sich anstrengen, wie er wollte, nichts konnte sie vom Fleck bewegen. Sie war nicht menschlicher Herkunft und ihre Kraft ebenso ausgebildet und geschärft wie die seine. Er bedauerte fast seine Abneigung, Gewalt einzusetzen. Sie kannte keine derartigen Skrupel.

Er versuchte wie von Sinnen, sie davon abzubringen. »Du kannst nicht mit uns kommen. Du hast kein Pferd, keine Waffen, ja nicht einmal Kleider am Leib.«

Sie lächelte, löste sich auf und verwandelte sich; zu seinen Füßen lag ein weißer Wolf. Noch einmal: eine geschmeidige, schwarze Katze. Und schon wieder: eine weiße Jagdhündin mit roten Ohren, die ihn aus funkelnden Elfenaugen anstrahlte.

Er atmete tief ein, beruhigte sich und rief sich ins Gedächtnis zurück, was er war. Durch den Schock ihrer Anwesenheit hatte er es vergessen. Er hob seinen Umhang auf, trat über sie hinweg, brachte Jehan und das Feuer zwischen sie beide und legte sich zu Boden.

Er konnte nicht schlafen. Und er glaubte kaum, dass sie schlief. Unendlich langsam verblasste der Himmel zur Morgendämmerung.

Jehan träumte seltsame Dinge: Elfenstimmen sprachen in der Dunkelheit, leuchtende Gestalten gingen im Lager um; einmal auch eine weiße Frauengestalt, die Alfs Lied und seiner eigenen erwachenden Männlichkeit entsprang. Als er zu sich kam, war er vom Gedanken an sie erregt. Er setzte sich zerschlagen auf und blickte um sich.

Eine Hündin erwiderte seinen Blick. Ihre Augen standen waagerecht, waren eher golden als braun und verwirrten ihn vollständig.

Alf trat so angespannt ruhig wie immer neben sie. »Was ...«, hob Jehan an, dessen Zunge noch schwer war vom Schlaf. »Wem gehört der Hund?«

»Alun«, antwortete Alf.

Der Novize gaffte das Tier an. »Aber wie ...«

»Stör dich nicht an ihm«, meinte Alf. »Er hat sich uns angeschlossen, ob wir wollen oder nicht.«

Jehan streckte die Hand aus. Die Hündin schnupperte vorsichtig daran und gestattete ihm, ihren Kopf zu streicheln und die empfindlichen Ohren zu kraulen. »Sie ist wunderschön«, sagte er.

Alf lächelte angespannt. »Sie heißt Thea.«

»Der Name passt zu ihr«, meinte Jehan. Irgendetwas an Alfs Verhalten war eigentümlich; er blickte ernst von dem Jungen zu der Hündin und zog die Stirn kraus. »War sie es, die uns verfolgt hat?«

»Ja.« Alf kniete am Boden, um das Feuer neu zu entfachen.

Jehan liebkoste die weichen Ohren. Sie war geschmeidig, kraftvoll, zur Jagd geboren und wirkte doch nicht gefährlich. Sie sah aus wie das, was sie gewiss auch war – wie der Liebling eines hochgeborenen Herrn, der zur Gesellschaft von Königen gezüchtet war.

Plötzlich musste er lachen. »Jetzt bist du fast ein echter Ritter, Bruder Alf! Nun brauchst du nur noch ein Schwert.«

»Danke«, meinte Alf. »Lieber nicht.« Inzwischen loderte das Feuer auf; er holte heraus, was von ihrer Wegzehrung übrig war, und seufzte. »Was möchtest du? Schimmeliges Brot oder einen halben Krümel Käse?«

8

Der Wald lichtete sich. Jehan war davon überzeugt. Die Straße war breiter geworden; er und Alf konnten streckenweise nebeneinander reiten, Thea lief vorneweg. Wie Fara wirkte auch sie unermüdlich und genoss ihre eigene Kraft.

Gegen Mittag hatte grauer Sprühregen eingesetzt. Sie beeilten sich, so gut sie konnten, und folgten der weißen Gestalt der Elfenhündin.

Schließlich erreichten sie den Kamm einer Anhöhe, und die Bäume wichen vor ihnen zurück. Jehan stieß einen Freudenschrei aus, denn unter ihnen lag, ringsum von Feldern umgeben, ein Dorf.

Es war herrlich, wieder unter freiem Himmel zu reiten, ohne von der finsteren Masse riesiger Bäume eingekesselt zu sein, und den Wind wieder ungehindert auf dem Gesicht zu spüren. Jehans Wallach fiel aus eigenen Stücken in einen schwerfälligen Trab; die graue Stute riss ungeduldig an ihrem Zaumzeug. Alf ließ ihr ihren Willen.

Sie liefen nicht weit. Ein paar hundert Meter weiter unten auf der Straße brachte Alf Fara in ruhigere Gangart. Er lächelte, als Jehan sie einholte, und streichelte den feuchten Hals der Stute. »Heute Nacht werden wir im Warmen schlafen«, sagte er.

Das Dorf hieß Woodby Cross: eine Ansammlung von Häusern um eine alte Kirche. Der Priester nahm die Reisenden auf, gab ihnen trockene Kleidung, die sie nach einem Bad anlegen konnten, und speiste sie von seinen eigenen Vorräten. Seine Sprache war derb, und er beherrschte Latein nur unzureichend, und am Rockzipfel seiner Köchin hingen zwei Kinder, die eine unselige Ähnlichkeit mit ihm aufwiesen. Doch er empfing seine Gäste ebenso höflich wie ein Junker auf seinem Gut.

»Wir bekommen hier nicht allzu häufig gebildete Leute zu Gesicht«, berichtete er ihnen, nachdem sie gegessen und getrunken hatten. »Meist ziehen die ostwärts an Bowland vorbei zu einem der Herren oder Äbte dort. Hier landen nur Herumtreiber, Waldbewohner, Wanderer und dergleichen.«

»Durchqueren die Leute niemals den Wald?«, erkundigte sich Jehan.

Der Pfarrer schüttelte den Kopf. »Es ist wohl die kürzere Strecke, sofern man sich nicht verirrt. Doch dort hausen Bösewichter. Es ist bekannt, dass sie jedem Vorüberkommenden auflauern.«

»Uns haben sie nicht behelligt.«

Er kratzte sich die Stoppeln seiner Tonsur. »Nun ja, dann eben nicht. Aber ihr seid zwei kräftige Männer mit guten Pferden und einem prachtvollen Jagdhund obendrein.«

Thea hob den Kopf von den Pfoten und wedelte mit dem Schwanz. Ihre Erheiterung streifte die Ränder von Alfs Bewusstsein.

Er ignorierte sie. Er schaute sie nicht mehr an, seit er sich in seinem Bad umgedreht und gesehen hatte, wie sie ihn mit ganz und gar unhündischem Interesse beobachtete.

»Der König«, sagte Pater Wulfric. »Er wäre der Richtige, die Banditen aus Bowland zu vertreiben, wenn er sich nur die Mühe machen würde. Doch der hält sich im Norden auf und jagt die Aufständischen, die sich zusammenrotteten, während er auf Kreuzzügen war. Ihr werdet es nicht ganz leicht haben, ihn zu finden.«

»Eigentlich«, erklärte Jehan, »suchen wir Bischof Aylmer; aber dazu werden wir wohl den König ausfindig machen müssen. Sie stecken immer zusammen. Zwei vom gleichen Schlag, sagen die Leute. Kämpfer.«

»So viel ist gewiss. Aber ich glaube, mein Herr Bischof sollte mehr an seine christlichen Gelübde und weniger an unseliges Blutvergießen denken.«

Jehan vermied es sorgfältig, sich dazu zu äußeren. Die Frau und die Kinder waren gegangen, scheinbar zu sich nach Hause. Die Kinder hatten überrascht und verdrießlich gewirkt. Eines war zu dem Vorhang gegangen, der das Bett des Priesters vor öffentlichen Einblick schützte, ehe es die Mutter wegzerren konnte.

Er zuckte leicht mit den Schultern, Alf hatte ebenfalls geschwiegen. Er starrte mit halb geschlossenen Augen ins Feuer. Etwas in seinem Gesicht verriet Jehan Aluns Anwesenheit.

Der Novize gähnte. »Uuaaah! Ich bin müde. Es war ein weiter Ritt von den Sümpfen.«

»Und Ihr habt noch ein gutes Stück vor Euch«, meinte Pater Wulfric. »Ich persönlich bin ein träger Mensch. Ich bleibe zu Hause und hüte meine Herde und überlasse das Reisen euch jungen Leuten.« Er erhob sich von seinem Platz am Kamin und öffnete den Mund, um noch etwas zu sagen.

Dazu sollte es nicht mehr kommen. Alf rührte sich, richtete sich auf und war so gespannt wie eine Bogensehne. Feuerschein tanzte auf seinem Gesicht; Flammen erfüllten seine Augen. »Kilhwch«, flüsterte er. »Rhydderch.« Es war das Zischen einer Schlange. »Er zerreißt das Netz und wirft es den Höllenwinden entgegen.«

Thea knurrte. Seine Augen funkelten sie an. »Krieg, bedeutet das. Krieg. Ich kann nicht länger zaudern. Ich muss zum König.«

»Morgen.« Jehans Stimme war gelassen und bebte nur ein ganz klein wenig.

»Heute Nacht!« Alf griff nach seinem Umhang und seinen Stiefeln. »Krieg steht bevor. Ich muss ihn verhindern.«

Jehan hielt seinen Umhang aus seiner Reichweite. »Morgen«, wiederholte er, »wir werden reiten, wie wenn der Leibhaftige hinter uns her wäre. Aber heute Nacht schlafen wir.«

Die weit aufgerissenen Augen erkannten ihn kaum wieder. »Ich sehe es, Jehan. *Ich sehe.*«

»Ich weiß das sehr wohl. Doch heute Nacht wirst du nicht mehr aufbrechen. Geh jetzt zu Bett, Bruder Alf. Schlaf!«

Der Priester wich vor ihnen zurück, schlug das Kreuz und murmelte ein Gebet. Er erinnerte sich an Geschichten von Dämonen in Mönchskleidung, Dienern des Bösen, Elfengeschöpfen, die Menschen ihre Seelen entrissen und vor Sonnenaufgang damit flohen. Selbst der menschlich gebaute Jehan flößte ihm Angst ein: Vielleicht war er ein bereits Entseelter oder ein Gestaltwandler, der sich als Mensch ausgab.

Sie bekreuzigten sich ganz normal und beteten, ehe sie zu Bett gingen, in Lateinisch, wobei sie die Namen von Heiligen nannten. Das alles beruhigte ihn nicht recht.

Sie schliefen allem Anschein nach, wie Menschen das tun. Er sah es; er beobachtete sie. Der Novize rührte sich die ganze Nacht über nicht. Der andere aber, der blasse mit dem Gesicht eines Elfenfürsten, träumte die meiste Zeit, murmelte vor sich hin und warf sich unruhig umher. Doch Wulfric konnte seine Worte nicht verstehen, nur dass einige davon lateinisch waren und es sich bei anderen möglicherweise um Namen handelte: Morwin, Alun, Gwydion; und häufig diesen Namen, den er zu hassen schien: Rhydderch.

Als sie vor Tagesanbruch aufstanden, hatte er ihre Pferde schon gesattelt. Die Männer verhielten sich eigentlich ziemlich menschlich: Sie wankten schlaftrunken umher, gähnten, streckten sich und pumpten Wasser zum Waschen, obgleich sie doch am Abend zuvor gebadet hatten. Sie halfen, das Frühstück zu bereiten, und aßen hungrig – sogar Alf, der bleich und krank aussah. Und sie lösten sich auch nicht beim ersten Hahnenschrei in Luft auf. Vielmehr brachen sie kurz vor Sonnenaufgang auf, mit einem Segenswunsch des Mönchs und einem Winken des Novizen. Sie befanden sich noch lange nicht außer Sicht, als der Pfarrer den seltsamen Männern den Rücken kehrte und seiner Arbeit nachging.

9

Alf ritt jetzt für drei Königreiche. Er hatte Jehan mit seinem Drängen angesteckt, doch der alte Wallach konnte bei aller Beherztheit nicht Schritt halten. In einem Dorf, dessen Name Jehan niemals erfahren sollte, tauschte Alf das Tier, das sich so sehr abmühte, gegen einen hageren Klepper mit eisernen Lungen und verblüffender Geschwindigkeit – ein Handel, der nach Hexerei roch. Aber alles hatte hier den Geruch von Hexerei – der gesamte wilde Ritt von den Grenzen Bowlands im Auftrag des Elfenkönigs.

Drei Tage nach ihrer Übernachtung bei Wulfric lagerten sie auf dem höchsten Punkt eines Hügels. Fara schnaubte, von der langen Steigung kaum außer Atem, und warf stolz den Kopf herum. Alfred beruhigte sie fast geistesabwesend.

Das hier war ein herbes Land, wo nicht einmal der Schrei des Brachvogels erschallte; eine wüste Einöde ohne Weg und Steg, in die einzudringen höchstens Armeen verrückt genug wären.

Ein Heer von Aufständischen und eines zur Niederschlagung der Rebellion – Jäger und Gejagte verfolgten und flohen durch winterliche Dunkelheit. Es gingen Gerüchte von einer geheimen Feste, einer Hochburg über einem dunklen See irgendwo zwischen den kahlen Bergen; die Rebellen suchten sie, kämpften dort oder waren aus ihr vertrieben worden, die Truppen des Königs stets dicht auf ihren Fersen. Fünfzig auf beiden Seiten, hatten die Leute im letzten Dorf geraunt, mehr nicht; oder aber Richard hatte hundert und der Feind doppelt so viel; oder die Aufständischen kämpfen mit einem Häufchen von wenigen Aufrechten gegen das gesamte königliche Heer.

Die Wahrheit beschritt einen schmalen Grat zwischen all diesen Gerüchten. Die Rebellen hatten die Siedlung Ellesmere genommen und gehalten, und der König hatte sie dort belagert; aus der Not heraus waren sie südwärts geflohen, mit vierhundert von Richards Männern im Nacken. Keines der beiden Heere konnte sehr weit kommen, denn dies war kein Land, eine Armee zu ernähren. Der Feind war ausgehungert und verzweifelt und bereit, sich zu ergeben, und der König begierig, die Jagd zu Ende zu bringen.

Alf ließ den Blick über die harsche Öde des Moores schweifen und erstreckte seine innere Sicht noch über die Reichweite seiner scharfen Augen hinaus. »Jetzt sind sie nicht mehr weit entfernt«, sagte er, »nicht von uns und nicht voneinander.«

Jehan blähte die Nüstern, als er den Kampf witterte. »Glaubst du, sie kämpfen, ehe wir dort anlangen?«

»Vermutlich treffen wir mitten in der Schlacht ein.«

Der Novize stieß einen gewaltigen Schrei aus. »Auf! Auf!« Die Echos hallten in hohem Angelsächsisch wider: »Auf! Auf! Auf! Auf!« Er lachte und lenkte sein Pferd rasch den steilen Hügel hinab.

Ehe er den Talboden erreichte, hatte Fara ihn überholt und trug Alf wie Flügel den Falken, mit Thea als weißem Schatten. Der dürre Rotfuchs legte die Ohren an und raste hinterdrein. Zwischen den Bergen eingebettet lag ein lang gestreckter See grau unter grauem Himmel. Dort rasselte Stahl gegen Stahl; Männer schrien vor Zorn und Schmerz; Stimmen ließen einen finsteren Kampfgesang ertönen.

Ein hervorspringender Fels versperrte den Blick auf den

Kampf, bis die Reiter sich fast auf ihm befanden. Dort, wo der See einen schmalen Arm in ein enges, steilwandiges Tal streckte, kämpften die Soldaten im Riedgras verbissen Mann gegen Mann. Die mager und zottig aussahen wie Wölfe im Winter, waren wohl die Aufständischen; sie waren fast alle unberitten. Die Männer Richards waren wohlgenährt und gut bewaffnet und trugen das Emblem des Königs; angeführt von gepanzerten Rittern, machten sie mit dem Gegner kurzen Prozess.

Alf fand den König ohne größere Mühe. Richard hatte von den Kreuzrittern eine neue Mode übernommen, nämlich über seiner Rüstung einen langen, leichten Wappenrock zu tragen; darauf bäumten sich königliche Leoparden, und sein Helm war mit einer Krone geschmückt. Derjenige in der Gesellschaft des Königs mit Kreuz und Schlüsseln, der eine Streitaxt trug, musste Bischof Aylmer sein.

Ein Zischen von Stahl in Alfs Nähe ließ ihn herumfahren. Jehan hatte sein Schwert gezogen; ein leidenschaftliches Funkeln stand in seinen Augen.

Kampfeslust pulsierte auch in seinem Blut, obgleich er ein friedfertiger Mönch und völlig ungeübt im Umgang mit Waffen war. Es war wie Gift. Er kämpfte dagegen an und bezwang es. »Nein«, gebot er. »Wir kämpfen nicht, Jehan.«

Einen Augenblick lang glaubte er, Jehan würde sich losreißen und in den Tod stürzen. Doch der Novize seufzte nur und steckte sein Schwert zurück in die Scheide. Widerwillig folgte er Alf im Bogen um das Schlachtengetümmel, duckte sich vor vereinzelt vorüberfliegenden Pfeilen und suchte das Lager des Königs.

Als sie es fast schon erreicht hatten, ertönte hinter ihnen

gewaltiges Gebrüll. Der Anführer der Rebellen war gefallen.

Alf bekreuzigte sich, sprach ein kurzes Gebet und ritt weiter. Richard hatte sein Quartier auf einem niederen Hügel über dem See aufgeschlagen, das nach allen Seiten hin offen und streng bewacht war. Doch keiner gebot zwei jungen Männern auf müde gerittenen Pferden, Kurieren zweifelsohne, Einhalt, die zielbewusst auf das Zentrum des Lagers zuhielten.

Sie schlugen zuerst den Weg zu den Pferdekoppeln ein und versorgten ihre Tiere. Auch hier sprach keiner sie an.

Wahnsinn, fand Thea, als sie zusah, wie Alf Fara trockenrieb. *Ein Dieb könnte hier hereinspazieren, jeden wertvollen Gegenstand einpacken und völlig ungestört wieder von dannen ziehen.*

Alf schaute zu ihr hinüber. *Was für ein Dieb sollte sich denn hierher wagen?*

Wer weiß? Sie prüfte einen Eimer, stellte fest, dass er voll Wasser war, und trank vorsichtig. *Was hast du jetzt vor?*

Jehan stellte die gleiche Frage fast zur selben Zeit laut. »Auf Bischof Aylmer warten«, antwortete Alf beiden. Er schulterte seine Satteltaschen, die mit Büchern und Morwins Brief an den Bischof voll gepackt waren, und tätschelte zum Abschied den Hals der Stute.

Sie gingen durchs Feldlager. Bis auf ein oder zwei Diener lag es fast verlassen da, nur ein großes Zelt schien bewohnt. Als sie sich ihm näherten, vernahmen sie Schreie und Heulen, und Alf bemerkte einen Geruch, angesichts dessen er die Nase rümpfte. Schmerz traf ihn zehnfach verstärkt, das Leiden von im Kampf verwundeten Männern.

Er hatte am Zelt des Bischofs warten wollen, aber sein Körper schlug von sich aus den Weg zum Feldlazarett ein. Als er gerade darauf zuging, trugen zwei geschundene, blutende Männer einen dritten auf einem Umhang herein. Er stellte fest, dass es nicht allzu viele Verwundete gegeben hatte. Dreißig alles in allem und nur fünf Tote. Aber dreißig leidende Männer mit nur einem Feldarzt und zwei Gehilfen zu ihrer Versorgung zerrten an all seinen Widerständen.

»Jehan«, gebot er. »Treibe Wasser und Verbandszeug auf und alles, dessen du habhaft werden kannst.« Und noch während der sprach, kniete er sich zu einem stöhnenden Mann und machte sich an die Arbeit.

Einmal spürte er die Gegenwart des leitenden Arztes, fühlte Augen, die ihn vom Scheitel bis zur Sohle maßen und seine Jugend, seine Fremdartigkeit und seine geschickten Hände bemerkten. Nach einer kurzen Weile ließ der Mann ihn alleine. Man hinterfragt ein Gottesgeschenk nicht. Nicht, wenn es gerade beschäftigt war, einen Pfeil aus der Lunge eines Mannes zu ziehen.

Die Kraft, die ihn bei Alun völlig verlassen hatte, stieg nun wie eine Flut an. Er bemühte sich, sie einzudämmen, denn er wagte nicht, hier irgendwelche Wunder zu vollbringen. Doch trotz all seiner Anstrengungen konnte er sie nicht alle verhindern, denn er musste Schmerzen lindern und die Blutung in einer Schulter von einem Axthieb stillen. Er tastete die Wunde mit feinfühligen Fingern ab, sah vor seinem geistigen Auge den Weg, den das Beil durch den Muskel genommen hatte, und erkannte die Möglichkeit, ihn zu heilen – und zwar so: Er hob die Hände. Sie waren ebenso wie der Mann darunter blutbesudelt – er war jung, kaum älter als ein Junge, mit großen Augen und bleichem Gesicht. Da war keine Wunde mehr zu sehen.

Thea meldete sich in Alfs Gedanken zu Wort. *Du solltest besser dafür Sorge tragen, dass er sich nicht daran erinnert, kleiner Mönch, sonst stehen dir zwei Wege offen: Entweder wirst du heilig gesprochen oder auf dem Scheiterhaufen verbrannt.*

»Nein«, sagte Alf lauf. Er zwang sich, auf das fassungslose Gesicht hinabzulächeln. »Bleibt ein Weilchen liegen. Sobald Ihr Euch dazu in der Lage fühlt, könnt Ihr aufstehen und gehen.«

Der Junge antwortete nicht. Alf wandte sich ab.

Kleiner Mönch ...

Er ließ ruckartig seine sämtlichen Barrieren herab. Thea jaulte vor Schmerz auf, doch er kümmerte sich nicht um sie. Die Geisteswehr sperrte sie nicht nur aus; sie hielt auch seine eigene Kraft zurück. Nun gab es keine Wunder mehr.

Irgendwann bei ihrer langwierigen Versorgung fanden die Verwundeten die Sprache wieder. Die Schlacht war vorbei. Die Letzten, die kamen, grinsten unter Blut und Schmerz und erzählten großspurig Geschichten, während man sich um ihre Wunden kümmerte.

Alf suchte Jehans Blick. Der Novize legte einen Verband um eine Schnittwunde - verursacht von einem Schwerthieb - und trat dann zu Alf an die Zeltwand. Sie wuschen die Spuren ihrer Plackerei ab und schlüpften hinaus.

So erschöpft die Männer des Königs waren, trafen sie doch Vorbereitungen auf einen Abend mit Wein, Gesang und prahlerischen Reden von ihrem Sieg. Sogar der König trank reichlich in seinem Zelt und lauschte, als einer seiner Ritter seinen Triumph besang: Ein bloßes Hundert gegen tausend Rebellen, und der König erschlug sie zu Zehntausenden. Um Richard wurden schnell Legenden gesponnen.

Bischof Aylmer schloss sich dem Gelage nicht an. Nachdem er die Toten und Sterbenden mit den Sakramenten versehen hatte, suchte er sein Zelt auf, das neben dem des Königs stand und nur wenig kleiner war. Sein Priester-Knappe nahm ihm die Rüstung ab und half ihm, die Spuren der Schlacht zu entfernen, während seine Mönche warteten, um ihm bei seiner Entspannung Gesellschaft zu leisten. Die bestand darin, zu beten, zu essen und sich danach alleine zur Ruhe zu begeben.

Alf wartete, bis der Bischof, behaglich halb träumend, aber noch wach, bei tief flackerndem Lampenschein über seinem Brevier saß. Vor seinem Zelt stand kein Wachposten, sei es aus Gutgläubigkeit oder Überheblichkeit. Alf hob die Zeltklappe an und trat, gefolgt von Jehan und Thea, ein.

Der Bischof schaute hoch. Sie waren eigentümlich anzusehen in der Düsternis, die zwei großen, jungen Burschen mit der weißen Hündin, doch er ließ sich nicht die geringste Überraschung anmerken. »Nun?«, fragte er und zog eine buschige Augenbraue in die Höhe. »Was führt zu so später Stunde noch Fremde hierher?«

Alf kniete nieder und küsste seinen Ring. »Eine Botschaft vom Abt von St. Ruan, Euer Exzellenz«, antwortete er.

Aylmer betrachtete ihn eingehend. »Ich kenne dich, Bruder ... Alfred, nicht wahr? Und du da, solltest du nicht ein Sevigny sein?

Jehan verneigte sich. »Der zweite Sohn, Euer Exzellenz.«

»Aha. Ich habe gehört, du seiest Mönch geworden. Nicht gerade zum Gefallen deines Vaters, wie?«

Etwas im Blick des Bischofs ließ Jehan ein Grinsen unterdrücken. »Nicht unbedingt, Euer Exzellenz.«

»Es scheint dich nicht zu bekümmern«, bemerkte Aylmer.

Alf reichte ihm Morwins Brief. »Vom Abt, Euer Exzellenz«, sagte er.

Der Bischof nahm ihn entgegen und machte ihnen beiden Zeichen, Platz zu nehmen. »Nein, nein, widersprecht nicht. Demut ist ja recht und schön, doch sie lässt sich auch übertreiben.«

Als sie gehorchten, erbrach er das Siegel und begann zu lesen: »›Meinem teuren Bruder im Herrn‹ – sein schriftlicher Ausdruck ist glatter als seine Haut, so viel steht fest. Schickte mir ... ganz offenkundig ... Was ist das? Ihr müsst in dringlicher Angelegenheit beim König vorsprechen?«

Alf wollte antworten, doch Aylmer hob abwehrend die Hand. »Lasst nur. Gleichwohl. Es scheint, ich habe euch beide geerbt; ich soll euch mit aller christlichen Freundlichkeit behandeln und euren Angelegenheiten beim König förderlich sein, ›soweit das meine Stellung und mein Gewissen gestatten.‹« Er schaute scharf hoch. Er hatte kleine Augen, die fast von den schweren Brauen erdrückt wurden, aber durchdringend funkelten. »Euer Abt spielt aufregende Spiele, meine Brüder.«

»Notwendigerweise«, erklärte Alf. »Er wagte nicht, die ganze Geschichte ausführlich darzulegen, für den Fall, dass der Brief in falsche Hände fiele. Doch es ist nichts Verräterisches an der Sache. Ich schwöre es.«

»Schwörst bei was, Bruder? Bei den Berghöhlen?«

»Das Kreuz auf meiner Brust wird wohl genügen.«

Aylmer bemerkte seine abwehrende Haltung, wies ihn jedoch nicht zurecht. »So – was ließ sich denn nicht niederschreiben, das Morwins bester junger Köpfe und solcher Eile bedurfte, dass nicht einmal das Ende eines Krieges abgewartet werden konnte?«

Alf schwieg einen Augenblick. Jehans Spannung war körperlich greifbar. Aylmer blieb so reglos, finster, stark und still wie ein Grabstein sitzen.

Alf sog den Atem ein und stieß ihn dann wieder aus. »Es stimmt, dass Jehan und ich Euren Diensten unterstellt werden. Mich hattet Ihr angefordert. Jehan war niemals für das Leben im Kloster geschaffen. Doch unsere Eile hat einen anderen Grund. Vor einiger Zeit, am Abend von Allerheiligen, kam ein Reiter in die Abtei. Er war schwer verwundet; wir pflegten ihn und erfuhren, dass er ein Gesandter des Königs von Rhiyana war.«

Die Miene des Bischofs zeigte keinerlei Veränderung, doch Alf spürte sein aufkeimendes Interesse.

»Dieser Ritter«, fuhr Alf fort, »war bei dem jungen König in Gwynedd gewesen und nach Anglia geritten, um dort in seinem Bemühen, Frieden zu stiften zwischen den Königreichen und den Landesherrn aufzusuchen. Der Herr, bei dem er vorsprach, rüstete zum Krieg; er wollte unseren Ritter als Fehdehandschuh benutzen, den er Rhiyana ins Gesicht schleudern könnte. Der Ritter floh zu uns, wenngleich in einem Zustand, dass er noch heute das Bett nicht verlassen kann. Deshalb entschloss sich der Abt eigenmächtig dazu, uns mit den Botschaften des Ritters zum König zu schicken.«

»Worum geht es dabei?«

»Kilhwch strebt keinen Krieg mit Anglia an. Doch ein Landesherr überfällt seit jüngstem regelmäßig Gebiete in Gwynedd. Falls unser König bereit ist, auf eine Teilnahme an diesem Krieg zu verzichten, und Schritte unternimmt, seinen Vasallen zu bestrafen, lässt sich der Friede zwischen den Reichen erhalten.«

Aylmer saß lange da und erwog Alfs Worte. Schließlich antwortete er: »Aber Euer Mann stammt aus Rhiyana. Was hat er mit der ganzen Auseinandersetzung zu schaffen?«

»Gwydion von Rhiyana war auf der Weißen Feste Kilhwchs Ziehvater; er nimmt nach wie vor am Wohlergehen seines Pflegekindes Anteil.«

Wieder überlegte Aylmer, drehte den Ring an seiner Hand und betrachtete ihn mit einem Stirnrunzeln. »Ich glaube, du solltest besser beim König vorsprechen. Aber nicht heute Abend. Er feiert seinen Sieg; da hat er für nichts anderes Ohren. Morgen dagegen wird er wieder nüchtern und in der Stimmung sein, dich anzuhören. Obgleich natürlich Friede nicht gerade das Gesprächsthema ist, dem Löwenherz sich geneigt zeigt.«

»Ich kann es versuchen«, murmelte Alf.

»Ich glaube, ich hatte mich nicht in dir getäuscht. Es war Zeitvergeudung, dich in einem Kloster zu belassen.«

»Ich war dort glücklich. Und ich diente Gott.«

»Tust du das hier nicht?«

»Das habe ich niemals gesagt, Euer Exzellenz.«

»Nein. Du hast es nur gemeint.«

»Man kann Gott überall dienen, wo er ist. Selbst im Kampf.«

»Würdest du das tun?«

Alf schüttelte den Kopf und hielt den Kopf gesenkt.

»Nein. Nein, mein Herr. Ich habe heute einen Augenblick lang zugesehen. Das hat mir genügt.«

Der Bischof nickte. »Es erfordert starke Nerven.«

Jehan rührte sich neben Alf. »Mein Herr«, mischte er sich nicht ohne gewisse Ereiferung ein, »Bruder Alf ist kein Feigling. Er hat den ganzen Tag bei den Verwundeten zugebracht. Und es erfordert entschieden mehr Mut, Wunden zu versorgen, als sie zuzufügen.«

Aylmer blickte von einem zum anderen, und sein finsteres, faltiges Gesicht glättete sich zu einem Lächeln. »Ich sehe, ihr beide seid mehr als nur Reisegefährten.« Er erhob sich. »Ihr werdet heute Abend hier schlafen. Morgen sprecht ihr bei Seiner Majestät vor. Ich werde dafür Sorge tragen. Aber ich warne euch im Voraus: Erhofft euch nicht zu viel. Krieg ist Richards Lebensinhalt, und er hat schon lange ein Auge auf Gwynedd geworfen. Ein einzelner Mensch wird ihn nicht von seinen Absichten abbringen.«

»Warten wir es ab«, entgegnete Alf. »Mein Herr.«

10

Alf war wach, ehe die Sonne aufging. Der Bischof hatte sich noch nicht gerührt. Jehan lag mit Alf auf dem Teppich und hatte sich um Theas schlummernden Körper gekuschelt. Es war bitterkalt.

Er stand auf, raffte seinen Umhang mit sich und spähte durch die Zeltklappe. Im Lager herrschte Stille, und über allem hing der Geruch von Wein und Blut, den Nachwirkungen der Schlacht. Nebel lag wie ein grauer Schleier über den Zelten.

Die Pferde waren reichlich mit Wasser und Futter versorgt. Alf hielt sich eine kurze Weile bei ihnen auf, dann ging er zum See hinab.

Die weite Wasserfläche dehnte sich – zur Hälfte vom Frühnebel verdeckt – vor ihm aus. Niemand war weit und breit, der ihn hätte sehen können; er zog sich aus und sprang hinein. Ihm stockte der Atem, denn es war eisig kalt. Doch im tiefen Winter hatte er in St. Ruan schon kälter gebadet.

Als er fast fertig war, wurde das Wasser plötzlich so warm, dass es geradezu schmerzhaft war.

Er wirbelte herum. Thea stand in ihrer eigenen Gestalt am Ufer. Sie trug sein Hemd. Es hatte eine Wäsche nötig, wie er bemerkte.

Sie ging auf ihn zu, und ihre Sohlen berührten kaum die Wasseroberfläche. Ein oder zwei Meter von ihm entfernt hockte sie sich mit verschränkten Beinen in die Luft. »Was blickst du so finster drein?«, fragte sie ihn. »Beeil dich, dein Bad zu Ende zu bringen. Ich kann das Wasser nicht ewig warm halten.«

»Wenn dich jemand sieht«, meinte er, »gibt es Schwierigkeiten.«

»Mach dir keine Sorgen. Mich vergewaltigt man nicht so schnell. Nicht einmal König Richards Soldaten.«

Alf errötete. Das hatte er nicht gemeint, und sie wusste es sehr wohl.

»Du kannst ja herrlich rot werden«, bemerkte Thea. Sie trug noch immer sein Hemd und ließ sich damit ins Wasser gleiten. »Ah – herrlich. Irgendwie fühlt sich ein Bad auf Haut entscheiden besser an als auf Fell.« Sie wand sich aus dem Hemd, betrachtete es abschätzig, rollte es auf und schleuderte es ans Ufer, ehe Alf sie davon abhalten konnte. Sie befand sich bis auf Brusthöhe im Wasser wie er auch. Er wandte seinen Blick ab und watete an ihr vorbei.

Von einem Schritt zum anderen schlug das Wasser von Körperwärme zu Eiseskälte um. Er rannte zum Ufer und suchte nach seinen Kleidern. Sein Hemd war warm, trocken und sauber wie seine ganzen restlichen Sachen. Ein Geschenk von Thea.

Sobald er vollständig bekleidet war, hätte er ins Lager zurückgehen sollen. Statt dessen blieb er an Ort und Stelle stehen, schaute Thea zwar nicht an, war sich aber ihrer Gegenwart sehr bewusst.

Schließlich tauchte sie aus dem Wasser auf und nahm seinen Umhang an. »Danke«, sagte sie und meinte es nicht ganz ironisch. »Vermutlich sollte ich mich wieder in eine Hündin verwandeln und dir deinen Seelenfrieden zurückgeben.«

Er sah sie an. Sie war sehr schön, wie sie in den dunkelblauen Umhang gehüllt dastand. Er musste daran denken, was darunter verborgen war. Die Erinnerung brannte. Sein Körper glühte von diesem Feuer.

So ist das also, dachte er in dem kleinen Rest seines Ichs, das noch denken konnte.

Thea starrte ihn fassungslos an. Die wunderschönen, goldbronzenen Augen leuchteten. »Willst du behaupten, du hättest niemals ...«

Er machte kehrt und ergriff die Flucht.

Sobald er sie zurückgelassen hatte, kam er schnell wieder zur Ruhe. Doch er zitterte immer noch. So lange Zeit, so unglaublich lange Zeit ... Andere Novizen hatten in ihren Betten gestöhnt und sich herumgeworfen, waren voller Scham zu heimlichen Verabredungen mit Mädchen vom Dorf geschlichen oder gar zueinander gekrochen. Mönche hatten Tagtraum-Phantasien gebeichtet, leidenschaftliche Träume und offene Sünden; sie hatten ihre Buße angenommen und waren bald wiedergekehrt, die gleichen Vergehen zu beichten. Alfred hatte als Novize, Mönch und Priester unbehelligt von alledem gelebt, hatte die Fehltritte seiner Brüder bedauert, aber keine Gnade mit ihnen gekannt. Ein Mann Gottes sollte seinen Leib in der Gewalt haben. Hatte er es schließlich nicht geschafft?

Er war ein Tor gewesen. Ein Kind. Ein Säugling.

Sollte er nun zum Mann werden?

Er richtete sich auf. Ein Mann war sein eigener Herr. Er trat einem Hindernis, das sich ihm in den Weg stellte, entgegen und überwand es tapfer. Auch das, so qualvoll es war, und doch süß ... honig-feuersüß wie ihre Augen, ihr ...

»Nein!«

Seine innere Stimme verstummte. Sein Körper gab sich geschlagen.

Doch er kehrte nicht um. Und sie folgte ihm auch nicht, weder als Frau noch als Hündin.

Als er zum Zelt des Bischofs zurückkehrte, hatte er sich endgültig beruhigt; er fand Aylmer wach, bekleidet und in Gesellschaft seiner Mönche vor. Jehan war unter ihnen und fiel durch seine vornehme Kleidung, nicht dagegen durch seine Größe auf; einer oder zwei von Aylmers Krieger-Priestern überragten ihn mühelos.

Als Alf eintrat, richteten sich neugierige Augen auf ihn. Besonders ein Mann musterte ihn mit starrem, hartem Blick, ein kleiner, dunkelhaariger Mann in merkwürdiger Aufmachung mit grauem Schultertuch über weißer Robe. Irgendetwas an ihm jagte Alf einen Schauer über den Rücken.

»Bruder Alf«, begrüßte ihn Aylmer. »Ich mache mich gerade bereit, die Messe zu lesen. Willst du mir beim Zelebrieren helfen?«

Alf vergaß den Fremden, vergaß sogar die anhaltende Scham durch die Begegnung mit Thea. Seit Jahren war er nicht mehr an den Altar getreten. Seit zehn Jahren, neun Monaten und vier Tagen. Nicht mehr, seit er festgestellt hatte, dass er völlig unfähig war, sein Aussehen mit seinem Alter zu vereinbaren; seit kein Zweifel mehr daran bestand, dass er nicht altern würde.

Aber Aylmer hatte ihn nicht gebeten, die Messe zu lesen, wusste nicht, dass er das Priestergelübde abgelegt hatte. Dem Zelebranten am Altar helfen durfte er gewiss. Das war auch nicht schlimmer, als im Chor zu singen.

Aylmer wartete und wurde allmählich ungeduldig. Alf zwang sich zu sprechen. »Ich will es tun, mein Herr.«

Aylmer nickte. »Bruder Bernhard, zeig Bruder Alfred,

wo alles ist. Wir werden beginnen, sobald der König bereit ist.«

Als Alf in Priestergewand und Dalmatik das vertraute Ritual durchlebte, stellte er fest, dass seine Angst verschwunden war. An ihre Stelle war eine Art Hochgefühl getreten. Hierfür war er geschaffen. So ein seltsames, halb menschliches, elfenhaftes Geschöpf er war, er gehörte hierher an diesen Altar und hatte seinen Anteil an der Gestaltung der Messe.

Er nahm alle Geschehnisse und Personen um sich her außergewöhnlich bewusst wahr: nicht nur den Priester und die Messfeier, sondern das bischöfliche Zelt über ihm, die hohen Herren, die je nach Vorschrift der Zeremonie knieten oder standen, und den König.

Richard war schwerlich zu übersehen: ein großer, gut gebauter Mann mit einem Gesicht, auf das er stolz war, und einer Mähne goldroten Haars. Er hörte die Messe mit scheinbarer Hingabe, doch der schnelle, leidenschaftliche Geist sprang von einem Gedanken zum nächsten und hielt nur selten inne, sich dem Sakrament zu widmen. Sein Blick wanderte immer wieder zu Alf zurück, dessen schönes, fremdartiges Gesicht ihn anzog, wie Aylmer das im Voraus gewusst hatte.

Als die Messe zu Ende war, legten die Zelebranten rasch ihre Gewänder ab. Alf zögerte und hielt Aluns Ritterkleider in den Händen. »Mein Herr«, sprach er zu Aylmer, der ihn beobachtete, »wenn Ihr mir einen Augenblick gestatten würdet, meine Kleider zu wechseln ...«

Der Bischof schüttelte den Kopf. »Nein, so ist es besser.« Ein Mönch legte ihm den Umhang um die Schultern und schloss die Klammer. »Alfred, Jehan, kommt mit.«

Richard saß in seinem Zelt; es waren nur einige wenige Knappen und ein oder zwei Ritter anwesend. »Aylmer!«, rief er, als der Bischof eintrat. »Wie immer zu spät zum Frühstück.«

»Gewiss, Sire«, erwiderte der Bischof gelassen. »Sollte ich meinen Ruf aufs Spiel setzen, indem ich rechtzeitig komme?«

Der König lachte und streckte ihm einen Becher hin. »Hier, trinkt. Ihr habt schon einen ungerechten Vorteil, indem Ihr gestern Abend nüchtern zu Bett gingt.«

Als Aylmer den Becher ergriff und sich neben den König niederließ, bemerkte Richard die beiden Begleiter. »Wie, Sir, habt Ihr dieser Wildnis Knappen abgeworben?«

»Sie haben eher mich angeworben, Sire. Bruder Alfred, Bruder Jehan, bislang in St. Ruan.«

Einer der Ritter meldete sich zu Wort. »Jehan de Sevigny! Haben Sie Euch aus dem Kloster geworfen?«

»Bedauerlicherweise, ja«, entgegnete Jehan, »Wisst Ihr, ich bin einfach darüber hinausgewachsen.«

»Wie Bran der Gesegnete«, meinte Alf, »er wird so groß, dass kein Haus ihn mehr beherbergen kann.«

Die goldenen Löwenaugen des Königs hatten sich ihm zugewandt und ließen nicht von ihm ab, wie schon zuvor während der Messe. Die anderen lachten über den Scherz und Jehan mit ihnen; der König schwieg, allerdings lächelte er. »Und du, Herr Mönch in Ritterkleidung? Konnte das Haus dich auch nicht mehr beherbergen?«

»Nein, Sire«, antwortete Alf.

Nun starrten alle ihn und den König an. Er ballte die Fäuste angesichts ihrer Gedanken. Richard hatte wieder einen hübschen Burschen gefunden, den hübschesten von allen bislang.

Doch daran dachte Richard nicht. Seit der Messe hatte er versucht, dem Gesichtsschnitt dieses jungen Mannes einen Namen zu geben, aber er kam nicht auf den passenden.

»Alfred«, begann er von neuem, »aus dem Kloster St. Ruan bei Ynys Witrin. Bist du Gelehrter?«

»Gewissermaßen, Sire.«

»Was für ein Jammer. Du siehst aus, als gäbst du einen Schwertkämpfer nach arabischem Stil ab. Leicht und schnell.« Mit einer ruckartigen Handbewegung wies Richard auf einen Stuhl. »Setzt euch, alle beide. Ihr könnt uns beim Essen die eine oder andere Geschichte erzählen, die wir noch nicht kennen.«

Es war das erste Mal, dass Alf mit einem König zu Tische saß, obgleich er vor langer Zeit ein oder zwei Mal Majestäten bedient hatte. Jene hohen Festmahle waren völlig anders gewesen als diese gemeinsame Mahlzeit auf dem Schlachtfeld. Richard war zwanglos und legte geringen Wert auf Förmlichkeiten; niemand achtete sonderlich auf Rangunterschiede.

Als sich anschließend alle zum Gehen erhoben, winkte Richard Alf zu. »Bleibt, Herr Mönch.«

Aylmers Befriedigung war nicht zu übersehen; ebenso wenig wie die plötzliche Aufmerksamkeit der anderen. Jehan zog die Stirn kraus und wusste nicht so recht, was er tun sollte. Doch der Bischof musterte ihn aus kalten Augen; also zog er sich zurück.

Wirklich alleine war man freilich nicht mit einem König. Knappen räumten den Tisch fort; ein weiterer saß in einer Ecke und polierte einen Helm. Aber sie waren in Richards

Augen einfach nicht vorhanden. Er lehnte sich behaglich in seinen Stuhl zurück, hielt die Augen halb geschlossen und schwieg.

Alf war Schweigen gewohnt. Er ließ sich darauf ein und umgab sich damit.

Die Stimme des Königs spann sich ihren Weg in das Muster seiner Gedanken. »Bruder Alfred. Alf. Wer seid Ihr?«

Er betrachtete Richard gelassen. Sein Gott, eine weiße Elfenfrau, er selbst – sie waren es, vor denen er sich fürchtete. Ein König konnte ihn nicht in Angst versetzen. »Ich bin ein Mönch aus dem Kloster St. Ruan, Sire.«

»Von vornehmer Herkunft?«

Er zuckte leicht mit den Schultern. »Das bezweifle ich.«

Der König kniff die Augen zusammen. »Wisst Ihr es denn nicht?«

»Ich war ein Findelkind, Sire.«

»Ein Wechselbalg?«

»Manche glauben das.«

»Ich verstehe, warum«, meinte Richard. Und dann ganz unvermittelt: »Was will Aylmer?«

»Aylmer, Sire?«, fragte Alf verwirrt.

»Aylmer. Weshalb setzt er Euch auf mich an? Was hat er vor?«

Der König war kein Dummkopf. Alf musste unwillkürlich lächeln. »Der Bischof hat gar nichts vor, Sire.«

»Dann verdirbt er jetzt seine Mönche von Jugend an.«

Alfs Lächeln wurde breiter. Richards Augen funkelten. »Macht ihm darauf keinen Vorwurf, Sire. Ich bat ihn, mir zu einer Audienz bei Euch zu verhelfen.«

Richard runzelte die Stirn; dann lachte er. »Und er hat mich nicht einmal gefragt. Er hat Euch einfach dort aufgestellt, wo ich über Euch stolpern musste. Nun denn, Bruder Fußangel, was begehrt Ihr?«

Die Heiterkeit wich aus Alfs Gesicht. Er sprach ruhig und mit sorgsam erwogenen Worten. »Man hat mich in die Dienste des Bischofs gestellt. Doch ich habe auch einen anderen Auftrag.«

»Durch wen?«

»Durch den König von Rhiyana um Kilhwchs von Gwynedds willen.«

Der schlummernde Löwe wurde wach. »Ein Mönch, der nur einen Jungen zur Begleitung hat. Wollen die mich beleidigen?«

»Nein, Sire, sie ehren Euch mit ihrem Vertrauen.«

»Oder verhöhnen mich damit. Ich kenne Gwydion. Er hockt in seiner Weißen Feste und spinnt Intrigen, in denen die Könige sich verfeinden sollen. Wie konnte ich nur in diese Falle stolpern?«

»Ihr seid es nicht. Wohl aber einer Eurer Vasallen. Ein Baron aus den Sümpfen, mit Namen Rhydderch.«

Der König streichelte seinen Bart und täuschte eine Ruhe vor, die ihn nicht wirklich erfüllte. »Rhydderch. Was hat er getan?«

»Ihr wisst, dass es in den Sümpfen zu Unruhen gekommen ist.«

Ein gefährliches Funkeln trat in Richards Augen. »Das ist mir bekannt«, erwiderte er.

»Rhydderch steckt dahinter. Er schickte Truppen nach Gwynedd hinein und unternimmt regelmäßige Überfälle auf die Gebiete entlang der Grenze.«

»Wollt Ihr damit sagen, dass ich meine Landesherren nicht recht in der Gewalt habe?«

»Ich will gar nichts sagen, Majestät.«

Hätte Richard einen Löwenschwanz besessen, so hätte der jetzt um seine Flanken gepeitscht. »Ihr wollt mir erzählen, einer meiner Barone schürt einen größeren Krieg, und dass sich selbst der König von Rhiyana deshalb Sorgen macht. Gwydion mischt sich gewöhnlich überall ein, aber diesmal geht er entschieden zu weit.«

»Natürlich ist er besorgt. Kilhwch ist sein Ziehkind. Ein Krieg mit Euch würde in einer Katastrophe enden.«

»Für eine Partei. Kilhwch ist ein Junge und Gwydion kein Soldat.«

»Für beide Parteien, Sire. Kilhwch ist neunzehn, was nicht mehr ganz so jung ist, und er schlägt seinem Vater nach. Und Gwydion, denke ich, würde Euch überraschen. Soll nicht sein Bruder der beste Ritter der Welt sein?«

»Sein Bruder ist so alt, wie er nun einmal ist. Und das ist ein beträchtliches Alter.«

Alf schüttelte den Kopf. »Der Flammenträger hat nicht seinesgleichen und wird es nicht finden. Nicht einmal in Löwenherz.«

Dieser Stachel bohrte sich tief ins Fleisch. Richards Augen funkelten. Seine Stimme war zu leise, fast ein Schnurren. »Ihr seid Euch dieser Sache sehr sicher, kleiner Mönch. Wisst Ihr denn überhaupt, an welchem Ende man ein Schwert anpackt?«

»Ich kann es mir denken, Sire.«

»Und Ihr denkt auch, der Prinz wäre so tapfer?«

»Alle Welt weiß es. Und ich glaube daran.« Gelassen und

kühn saß Alf auf einem Schemel neben dem König und hatte die langen Beine angezogen.

Der andere beachtete die kleine Ungezogenheit gegenüber dem Höhergestellten nicht. »Wisst Ihr, wie man mich überzeugen kann, in den Krieg zu ziehen? Aylmer hätte es Euch sagen können. Jeder könnte es. Es ist lächerlich einfach. Sag dem törichten Muskelprotz, sein Gegner wäre ein besserer Kämpfer als er.«

Zu Richards völliger Verblüffung begann Alf zu lachen. Das Lachen hatte einen leichten, freien Klang, aus dem nichts als Erheiterung sprach. »Ihr, Sire? Ein törichter Muskelprotz? Weit gefehlt. Doch Ihr seid von Besorgnis erregender Kampfeslust, und Ihr begehrt Gwynedd. Und das ist unklug. Es wäre besser, Botschafter zu Kilhwch zu schicken, die ihm erklären, dass Ihr Frieden wollt. Ansonsten habt Ihr Gwynedd zur Linken und Rhiyana zur Rechten und die ganze Hölle dazwischen.«

»Ein kleines Reich, dessen König kaum seine Vasallen zu beherrschen weiß, und ein größeres, das den letzten Krieg noch vor meinen Lebzeiten geführt hat. Dagegen ist Anglia stark und durch die Kreuzzüge gestählt.«

»Und des Kämpfens müde, auch wenn das für Eure Person nicht gelten mag, Sire. Es wird gewiss schon Abenteuer genug sein, Rhydderch zu bezwingen.«

Richard betrachtete ihn wieder, diesmal langsam und nachdenklich. »Warum macht Ihr das? Seid Ihr Rhiyaner?«

»Nein, Sire. Ich habe den Auftrag von einem anderen übernommen. Einem Ritter von Rhiyana, der Rhydderch zum Opfer fiel.«

»Tot?«

»Nein. Was allerdings nicht dem Umstand zu verdanken ist, dass Rhydderch sich zu wenig Mühe gegeben hätte.«

»Demnach hat Gwydion schon einen Grund, mich als seinen Feind zu betrachten.«

»Rhiyana weiß noch nichts von dem Vorfall. Und wird auch nichts davon erfahren, wenn Ihr uns unterstützt, Sire. Lasst Rhydderch eine Nachricht zukommen. Befehlt ihm unter Androhung der Todesstrafe, sich aus Gwynedd zurückzuziehen. Und teilt Kilhwch Euer Vorhaben mit.«

Der König schwieg. Alf umklammerte seine Knie, was er weit gehend tat, um sich seine Anspannung nicht anmerken zu lassen. Richard war unentschlossen, erwog das Für und Wider. Krieg, der Winter vor der Tür und Soldaten, die es zu zügeln galt, weil sie jetzt schon unzufrieden waren, so spät im Jahr einen Feldzug zu führen. Rhydderch Einhalt gebieten und Kilhwch demütig um Verzeihung bitten – nein. Aber vielleicht erst einmal einen Waffenstillstand und dann im Frühjahr ...

Er nickte unvermittelt und stand auf. »Ich muss nun unbedingt nach Carlisle reiten. Bis ich dort anlange, werde ich dir meine Antwort geben können.«

Alf erhob sich wie der König und verneigte sich leicht und graziös. »Wie Ihr beliebt, Sire.«

Die Löwenaugen funkelten ihn an. »Aber das ist nicht das, was du willst, nicht wahr?«

»Was ich will, zählt nicht, Majestät.«

Richard schnaubte. »Hör auf, den Demütigen zu spielen. Du bist so stolz wie Luzifer persönlich.«

Alf nickte. »Ja, das bin ich. Aber ich gebe mir Mühe. Und das ist auch schon etwas wert.«

»Einen Heller.« Richard warf ihm etwas zu, das im Licht

blinkte; er fing es unwillkürlich auf. »Ich habe zu tun, wenn wir bis zum Einbruch der Nacht noch das Lager abbrechen wollen. Du wirst bei Aylmer bleiben. Aber es ist durchaus möglich, dass ich dich hin und wieder holen lasse. Du interessierst mich, Herr Mönch.«

Alf verbeugte sich tief, ohne etwas zu sagen. Metall erwärmte sich in seiner Hand; es hatte die Form eines Ringes und wirkte wie Silber mit einem Mondstein.

Ein einfacher Mönch hatte keine Verwendung für dergleichen. Er wusste, dass er ihn aus Höflichkeit zurückgeben müsste; schon hatte er die Hand halb erhoben, den Mund zum Sprechen geöffnet.

Als er ging, hatte er kein Wort gesagt. Und der Ring lag noch immer in seiner geballten Faust.

11

Kurz nach Mittag hatte der König das Lager abgebrochen und den Weg nach Carlisle eingeschlagen. Seine Männer, die sich inzwischen von den verheerenden Auswirkungen der Schlacht und des Trinkgelages erholt hatten, brachen frohen Mutes auf und stimmten beim Reiten Lieder an, die wenig Rücksicht auf die kleine, dunkel gekleidete Gesellschaft um den Bischof nahmen. Die Frömmeren unter diesen gaben vor, nicht zuzuhören; die Übrigen schlugen den Takt auf Schenkel oder Schwertknauf und stimmten schließlich mit ein.

Alf ritt schweigend. Er hatte seit seiner Rückkehr vom Zelt des Bischofs nichts mehr gesprochen.

Jehan schaute finster drein. Er hatte gehofft, dass Alf, wenn er seine Botschaft erst übermittelt und sich Bischof Aylmers Diensten unterstellt hätte, wieder der Alte wäre. Doch er wirkte verdrießlicher als je zuvor. Er antwortete nicht, als Jehan sich umschaute und fragte: »Wo ist Thea?«

Kurz darauf verließ Alf seinen Platz hinter dem Bischof. Auch andere ritten außerhalb der Gruppe, junge Ritter, die sich in ihrer Ungeduld nicht dem gemächlichen Tempo anpassen wollten und von ihren Vorgesetzten aufgefordert waren, an den Flanken des Heereszuges zu wachen. Ungerüstet und unbewaffnet, wie er war, gehörte er zwar nicht zu ihnen, doch keiner wies ihn zurück. Er hat, dachte Jehan, ein Auftreten wie ein Prinz im Exil.

»Ein anziehender junger Mann«, hörte er eine Stimme sagen.

Jemand hatte sich auf den Platz neben ihn geschoben; es

war der Mann mit dem grauen Schultertuch auf einem knochigen Maultier. Jehan schluckte eine bissige Erwiderung hinunter. Er mochte diesen Bruder Reynaud nicht – weder sein Gesicht noch seine Augen und schon gar nicht seine hohe, näselnde Stimme.

Dem Mönch schien Jehans Einsilbigkeit nicht aufzufallen. Er beobachtete Alf mit eigentümlichem, fast begierigem Blick. »Sehr anziehend«, wiederholte er. »Wie ich erfuhr, ist er Kleriker?«

Jehan hatte sich in der Gewalt. »Ja, Bruder«, antwortete er so leichthin wie möglich. »Er hat einen Dispens, weltliche Kleidung zu tragen. Ich ebenfalls. Wir glaubten, die Reise würde sich auf diese Weise als ungefährlicher erweisen.«

»O ja. Ja. Das mag durchaus sein. In jedem Falle steht ihm diese Verkleidung hervorragend. Obgleich ein so schöner Mann auch noch in einem Sack gut aussähe.« Bruder Reynaud lächelte ein schmallippiges, fast eisiges Lächeln. »Stammt er aus einer Fürstenfamilie?«

»Soweit wir wissen, nicht. Doch er muss nicht der Nachfahre eines Edelmannes sein. Er ist auch so schon fürstlich genug.«

»Das«, bestätigte der Mönch, »ist nicht zu übersehen. Seine Eltern müssen sehr stolz auf einen solchen Sohn sein.«

»Er ist eine Waise. Er wuchs im Kloster auf.«

»Ach? Wie traurig!« Bruder Reynauds Blick widersprach seinen Worten; sie glitzerten begierig. *Wie ein Bluthund auf der Fährte,* dachte Jehan.

Ein Bluthund. Graues Schultertuch, weiße Kutte. Jehan erinnerte sich vage an einen Namen, den er zufällig mitbekommen hatte, ein oder zwei Worte, die eine Tracht und einen Orden beschrieben. Bluthunde. *Canes. Canes Dei.* Die Bluthunde Gottes.

Ihm wurde eiskalt. Seine Finger krampften sich um die Zügel; der Rotfuchs bockte widerstrebend.

Er zwang sich, ruhig zu sprechen: »Sagt mir, Bruder. Mir will nicht einfallen, wo ich Eure Tracht einzuordnen habe? Ist es ein neuer Orden?«

Reynaud warf ihm einen Blick zu und lächelte wieder. »Ziemlich neu. Der Orden vom heiligen Paul.«

Die Pauliner. Sie waren die Spürhunde Roms, sie stöberten alles auf, was die Kirche in Frage stellte, und vernichteten es. Ketzer, Ungläubige, Hexen und Zauberer.

Alf ritt sorglos entblößten Hauptes, und seine graue Stute tänzelte dahin. Jemand, der sein Pferd bewunderte, rief ihm etwas zu; er antwortete mit klarer, kräftiger und übermenschlich schöner Stimme. Keiner konnte seine Augen sehen, wie sie wirklich waren – er verschleierte sie durch einen kleinen Zauberkunstgriff –, doch sie machten nur eine unbedeutende Kleinigkeit an ihm aus. Er sah nach dem aus, was er war: von elfischer Herkunft und fremdartig.

Der König hatte ihn gerufen. Die Stute wirbelte herum und galoppierte neben dem roten Schlachtross einher. So ritten sie dahin, Pferde und Männer von gleicher Statur, der König jedoch schwerer, gemächlicher, erdgebundener.

»Der König hat Gefallen an ihm gefunden«, bemerkte Reynaud.

Jehan schlug das Herz gegen die Rippen. Er roch geradezu die Gefahr, die von diesem Mann ausging, den Geruch von Blut und Feuer. »Das überrascht mich nicht«, erwiderte er. »Er war zweifellos der gelehrteste Mönch unserer Abtei. Und der gottesfürchtigste.«

Reynaud ging überhaupt nicht auf diesen Hieb ein. »Euer Abt muss ihn ungern haben ziehen lassen.«

»Ganz gewiss. Aber Bischof Aylmer hat Bruder Alfred rufen lassen, und es war das Beste für ihn zu gehen. Er musste einmal flügge werden.«

»Das müssen kräftige Flügel sein, die ihn schon beim ersten Flug zum König tragen.«

»Das dachte sich unser Abt auch. Und Dom Morwin täuscht sich selten.«

»War es auch Euer Dom Morwin, der diesen Musterknaben ins Kloster aufnahm?«

»O nein. Dom Morwin ist erst seit fünf Jahren Abt. Bruder Alf kam schon als Säugling zu uns.«

Das Funkeln in Reynauds Auge war heller geworden. »Alf nennt Ihr ihn?«

Jehan schluckte und versuchte zu lächeln. »Wir haben viele Sachsen in unserer Abtei. Unter anderem auch den großen Gelehrten, der das *Gloria Dei* verfasste. Und mit zwei Alfreds im gleichen Haus mussten wir seinen Namen abkürzen.«

»Ach ja, Alfred von St. Ruan. Ich hatte die Übereinstimmung gar nicht bemerkt. Lebt er noch?«

»Er lebt noch. Allerdings verlässt er kaum noch das Haus und schreibt auch nicht mehr viel. Er wird richtig alt und ist nicht bei bester Gesundheit.«

»Das ist ein Jammer. Demnach ist Euer Bruder nach ihm benannt?«

Jehan nickte. »Er schlägt ihm auch in seiner Gelehrsamkeit nach. Deshalb wollte Bruder Alfred Alf gar nicht gehen lassen. Aber der Abt bestand darauf. Es gibt noch andere Lehrmeister, meinte er, und einer davon ist die Welt.«

»Wie wahr«, pflichtete Alf bei.

Jehan sog scharf die Luft ein. Da er sich so aufmerksam seinem Gespinst aus Wahrheit und Lüge gewidmet hatte, war ihm das Geräusch der näher kommenden Hufe völlig entgangen.

Alfs Augen wirkten dunkler als gewöhnlich, eher grau als silbern. Er lächelte Jehan zu und sagte: »Ich hörte euch über mich reden. Schnöde Schmeichelei, nichts sonst. Ich bin wirklich ein ganz gewöhnlicher junger Quälgeist; mein Abt kam zu dem Schluss, dass er genug von mir hätte, und bürdete mich dem armen Bischof auf.«

»Uns beide«, warf Jehan ein. »Was sagte der König, Bruder Alf?«

Alf zuckte mit den Schultern. »Ein bis zwei Worte. Er wollte mir Fara abkaufen.« Er strich die windzerzauste Mähne des Tieres glatt.

»Und Ihr habt eingewilligt?«

»Natürlich nicht. Ich erklärte ihm, dass man sie mir nur geliehen hätte; wir waren beide einer Meinung, dass sie das prachtvollste Geschöpf ist, das sich auf Gottes Erdboden bewegt.« Sie beugte ihren Hals zurück; er streichelte ihn und lachte. »Ja, das bist du, und du weißt es auch.«

Reynaud hatte sich stillschweigend zurückgezogen. Doch seine Gegenwart blieb wie eine Spur Fäulnis. Gewiss versuchte er, sie zu belauschen. Jehan hätte am liebsten einen Warnschrei ausgestoßen, aber er wagte es nicht.

Ihre Pferde liefen nebeneinander her; Knie streifte Knie. Alfred umfasste für einen kurzen Augenblick Jehans Schulter, wie Freunde das gelegentlich tun, und sagte etwas

Nebensächliches. Aber Jehan begriff, was er damit hatte ausdrücken wollen, spürte, wie Alf ihn beruhigte. Alf wusste Bescheid. Er war auf der Hut. Und Gottes Bluthunde hatten bei all ihrem Jagdfieber und ihrem Gemetzel niemals einen von wahrem Elfenblut erwischt. Davon war er überzeugt, und Alun bürgte dafür.

Alf schrak aus dem Schlaf hoch. Es war sehr spät, und in der Luft hing der Hauch der Dämmerung. Jehans warmer Körper lag an den seinen gedrückt, und er träumte irgendwelche Jungenträume. Sein eigener Traum war weit weniger angenehm gewesen, eine wilde Mischung aus Feuer und Finsternis, Aluns schwarzem Keiler, einem Rudel weißer Jagdhunde und einem von einem Flammenschwert durchbohrten Löwen.

Er blieb still liegen, während der kalte Schweiß auf seiner Haut trocknete. Er hatte nicht aufgeschrien; so war auch niemand aufgewacht.

Thea hockte in ihrer Hundegestalt neben ihm und musterte ihn wie in jener ersten Nacht.

»Thea«, hauchte er. »Ich dachte, du wärst nach Rhiyana zurückgekehrt.«

Ihre Lippen kräuselten sich zu einem Knurren. Sie war erschöpft und in verdrießlicher Stimmung. *Ich brach nach St. Ruan auf und bin den ganzen jämmerlichen Tag und die halbe Nacht gelaufen, um schließlich doch wieder vor diesem Zelt zu sitzen. Und die ganze Zeit über war Alun in Gedanken bei mir, erzählte mir von dem Buch, das er heute gelesen, und von der Messe, die er gesungen hatte.*

Du wusstest, dass es so kommen würde, sprach Alf mit seiner inneren Stimme.

Ihr Nackenfell sträubte sich; sie fletschte die Zähne. *Ich stellte jede Geisteswehr auf, die mir zur Verfügung stand. Ich habe meine Kraft voll ausgeschöpft. Und jagte doch nur einen Weg entlang, der mich im weiten Bogen zu dir zurückführte.*

Alf seufzte. *Ich hoffte, du wärest so klug, nach Hause zu gehen.*

Nein!

Er zuckte zusammen. Ihr Zorn war durchdringend. *Es tut mir Leid,* beteuerte er.

Bemitleide mich nicht!

Das tue ich nicht. Er zog sich die Decke bis ans Kinn.

Sie legte sich neben ihn. Er erstarrte. Ihr Körper strahlte die Wärme eines Tieres aus. Aber ihr Denken und Fühlen war das einer Frau.

Ihre Ärgerlichkeit traf ihn weniger schmerzhaft als ihr Zorn, aber dafür war sie auch anzüglicher. *Nun stell dich nicht so an. Du hast dich niemals daran gestört, wenn ich mit Jehan schlief.*

Aber er hat keine Ahnung ...

Ebenso wenig wie du. Sie bettete ihr Kinn auf seine Brust und machte die Augen zu. Sie hatte alle ihre Geisteswehr gegen ihn aufgebaut.

Eine Prüfung, Bruder, sagte er sich. *Du musst es als Prüfung sehen.*

Unendlich langsam entspannte er sich schließlich. Sie war nichts als eine Jagdhündin. Eine schlafende Hündin, die von ihrer langen ergebnislosen Jagd erschöpft war.

Mutig kraulte er ihre Ohren. Sie reagierte nicht. Mit der Miene eines Mannes, der sich kopfüber in eine tödliche Gefahr stürzt, legte er seinen Arm über ihre Flanke. Sie hatte geschmeidiges Fell und fühlte sich völlig wie ein Hund an; ihr Herz schlug wie das einer Hündin: schnell, langsam, schnell, langsam, im Rhythmus ihres Atmens.

Er entspannte sich mit einem tiefen Seufzen. Er hatte es geschafft. Er hatte sich gegen sie und gegen sich selbst durchgesetzt.

Vielleicht.

12

Die meiste Strecke auf dem Weg nach Carlisle ritt Alf an der Seite des Königs. Er hätte sich diesen Platz nicht selbst erwählt, aber Richard wollte ihn nicht hinter dem Bischof versteckt reiten lassen. »Du reizt meine Neugier«, sagte der König stets, wenn er Einspruch erheben wollte. »Erzähl mir eine andere Geschichte, Bruder!«

Und Alf kam seinem Wunsch nach. Oder aber Richard erzählte selbst: Berichte von seinen Reisen und seinen vielen Schlachten, Schilderungen vom Meer und den Ländern des Orients. »Hast du jemals Reisen unternommen?«, fragte er einmal.

»Nur wenige«, antwortete Alf. »Ich war einmal in Canterbury und einmal in Paris, um die Seminare zu besuchen.«

»Paris! Nun, demnach hast du ja nicht über den Gartenzaun hinausgeschaut. Wenn ich die Schwierigkeiten hier bereinigt habe, werde ich wieder auf Kreuzzug gehen. Dieses feuchte Land, wo es ewig nieselt – pah!« Er spie aus. »Ich sehne mich nach der heißen Sonne, dem Sand und den Bergen jenseits des Mittelmeers.« Alf erkannte sie in seinen Augen, sah die sengenden, gnadenlosen Landstriche, die doch zugleich von hinreißender Schönheit waren. Es verlangte ihn danach wie einen Mann nach einer Frau.

»Jerusalem!«, schwärmte er weiter. »Sie hielten mich davon fern, diese Narren und Feiglinge, die sich meine Verbündeten nannten; und ich musste einen memmenhaften Frieden hinnehmen, lächeln und mich vor dem Treulosen auch noch verneigen. Aber ich werde die Stadt noch stürmen. Ich habe es Emir Saladin versprochen. Er ist ein sündiger Heide, aber ein Kämpfer und ein Ehrenmann. Er lachte und meinte, ich sollte es nur versuchen, dann würden wir feststellen können, wer der bessere Feldherr ist.«

»Jerusalem würde ich gerne einmal besuchen«, murmelte Alfred. »Und Byzanz.«

»Diese Stadt habe ich nie kennen gelernt. Sie nennen sie ›die Prachtvolle‹, weil ihr richtiger Name so großsprecherisch ist.«

»Konstantinopel. Die Stadt Konstantins, das Juwel Kleinasiens. Ich wollte immer einmal die Kathedrale Hagia Sophia und das Goldene Horn sehen, die Karawanen, die aus China eintreffen, und die Schiffe, die mit den Reichtümern Indiens nach Westen segeln.«

»Ei, Bruder, du bist wohl auch ein Träumer.«

Alf lachte vor Überraschung leise auf. »Wahrscheinlich schon. Ich habe Griechisch nur deshalb gelernt, um über die Länder Asiens lesen zu können.«

»Ihr könnt Griechisch?«

»Ja, Sire. Ein wenig.«

»Und Arabisch?«

»Ein paar Worte vielleicht.«

»Gütiger Gott! Ich bin auf ein Wunder gestoßen. Wenn ich wieder ausfahre, mein Freund, werde ich dich mitnehmen. Wir werden Jerusalem erobern, den Kaiser in Konstantinopel besuchen und die Herren des Orients werden.«

Wenn Richard sich begeisterte, erinnerte er Alf an Jehan. Alf musste lächeln und blinzelte. Einen Augenblick lang hatte er etwas Eigentümliches gesehen: das Funkeln von Sonne auf blauem Wasser. Und er hatte Luft gerochen, wie sie im grauen Nieselregen Anglias niemals duftete. Dann war das Bild wieder verloschen. Richard hatte zurückgeschaut und den Blick über die Marschkolonnen schweifen lassen; danach unterhielten sie sich über andere Themen.

Am Abend eines üblen Regentages erreichten sie Carlisle. Auf Alf wirkte die Stadt finster, wie sie in ihren dunkelroten Steinmauern vor Nässe triefte. Die Menschen waren aus ihren Häusern gekommen, den König zu begrüßen, doch ihr Jubel war verhalten, wie es der herben Art des Nordens entsprach; sie gaben ihrem Landesherrn, was ihm zustand, nicht mehr und nicht weniger.

Der Graf der Stadt erwartete sie mit säuerlichem Lächeln am Tor zum Schloss; er war wenig begeistert, den Gastgeber für vierhundert von Richards Männern und viele weitere aus der Umgebung zu spielen, die sich Richards Gesellschaft angeschlossen hatten.

Richard lächelte breiter und offener, wenngleich mit einer deutlichen Spur Boshaftigkeit. »Hugo«, hatte er Alf erklärt, »hat mir mit der einen Hand meinen Tribut gezollt und mit der anderen meinen geliebten Bruder gestreichelt. Eines Tages werde ich ihn in die Fangeisen der Falle laufen lassen, die er aufgestellt hat. Doch in der Zwischenzeit räume ich seine Vorratskeller leer und verbrauche sein Gespartes und lasse ihn sich noch für die Ehre bedanken.«

Doch allem Anschein nach empfing der Graf den König mit der angemessenen Höflichkeit, und die Armee verteilte sich in der Stadt. Aylmer wohnte im Bischofspalast neben der Kathedrale. Bischof Foulques liebte Aylmer nicht herzlicher als der Graf den König, doch er war gnädig genug gewesen, sich in das Kloster an der Stadtmauer zurückzuziehen; seine Bleibe war etwas geräumiger als das Schloss und entschieden behaglicher. Aylmers Gefolgsleute, unter ihnen auch Alf, waren nicht gezwungen, sich wie der König so gut wie möglich in den finsteren Sälen einzurichten; sie bekamen Räume und Betten zugewiesen.

Alf teilte die Zelle mit Jehan sowie einem schweigsamen jungen Priester und dem Pauliner-Mönch. Alf war überzeugt, dass diese Zusammenstellung Reynauds Werk war. Andere seines Ordens streiften als fahle Gestalten in grauen Kapuzen und mit wachsamen Augen umher.

Ich fühle mich wie eine eingesperrte Katze, dachte Alf.

Thea machte es sich zu Pater Amaurys größtem Unbehagen auf einem der beiden Betten der Zelle bequem. *Hunde haben nur Zähne,* sagte sie zu Alf. *Du hast Zähne und Klauen.*

Falls ich sie zu gebrauchen wage, antwortete dieser.

Reynaud trat zu ihr hin. Sie fletschte die Zähne, er wich hastig zurück. Sie lachte.

Sie hielten hier keinen klösterlichen Tagesablauf ein. Aber Alfs Körper, der es gewöhnt war, mitten in der Nacht zur Frühmette aufzustehen, konnte nicht träge bis zum Tagesanbruch im Bett liegen bleiben. Im Stockdunkeln vor dieser Stunde glitt er vorsichtig von der Lagerstatt, die er mit Jehan teilte, packte ein kleines Bündel und schlüpfte aus der Zelle.

Nur die Köche waren wach, die das Brot für den neuen Tag backten. Das Bad hinter der Küche lag einsam und verlassen. Alf entzündete die Lampe über der nächstgelegenen Holzwanne, nahm die Eimer an den Traghölzern auf und ging durch die warme, köstlich duftende Küche hindurch zum Brunnen. Man sah ihn, schenkte aber dem Mönch in Kutte und Kapuze, der sich das ausgefallene Vergnügen eines Bades gönnte, keine Beachtung.

Thea war nicht die Einzige, die Wasser ohne Feuer erhitzen konnte, obgleich seine Aufgabe mit dem Inhalt nur einer Wanne einfacher war. Er zwängte sich hinein und seufzte vor Wohlbehagen. Sollten die Heiligen schmutzig bleiben; er, dieser klägliche Mönch, wollte sauber sein.

Er wusch sich rasch, aber mit peinlicher Sorgfalt, stand auf, trocknete sich ab und griff nach dem Bündel, das er mitgebracht hatte. Er betrachtete es lange. Die braune Kutte war seine bessere, fast neu, doch gerade die Tatsache, dass sie so wenig getragen war, bewirkte, dass sie sich umso rauer anfühlte.

Langsam zog Alf sie an. Ohne Hemd oder Hose darunter kratzte sie fast so schlimm wie härener Stoff; und seine Haut, die einstmals dagegen abgehärtet war, sehnte sich nach der Liebkosung edlen Leinens.

Er schnürte den Gürtel eng um die Taille, zog das Schultertuch glatt und streifte die Kapuze zurück. Am Boden lagen der Rest seines Bündels und ein gutes, scharfes Rasiermesser. Ein paar wenige Streiche damit, und Bruder Alfred wäre wieder ganz der Alte von den nackten Füßen bis zur nackten Schädeldecke.

Erst als ihm ein Seufzen bereits entschlüpft war, wurde er sich dessen bewusst, und auch dann war ihm nicht klar, warum er geseufzt hatte. Er kniete sich neben die Wanne und tastete nach dem Rasiermesser.

Es entzog sich seinem Zugriff. Er drehte sich gereizt um, danach zu suchen. Er hatte Gesellschaft bekommen, eine schlanke Gestalt in einer Kutte wie der seinen, doch aus der Mönchskappe erstrahlte ein spöttisches Lachen, das er nur allzu gut kannte. »Kehrst du in den Schoß der Kirche zurück, kleiner Bruder?«, fragte Thea.

Er streckte mit verkniffenem Mund die Hand aus.

Sie verschränkte die Arme. Das Rasiermesser blinkte in ihrer Hand nicht weit von einer nur angedeuteten Wölbung.

Alfs Atem zischte zwischen den Zähnen.

Sie legte den Kopf zur Seite; ihr Lächeln wich in die Mundwinkel zurück. »Weißt du, es ist wirklich ein Jammer. Du verunstaltest dich selbst für Gott – als würde er sich um solche Kleinigkeiten scheren.«

»Es geschieht, wie du sagst, für Gott, ob es ihm etwas bedeutet oder nicht; und um mich als Angehöriger der Kirche zu kennzeichnen.«

»Als Sklave Roms. Wie aufregend. Trotzdem ist es lächerlich, kleiner Bruder. Warum nicht ein wirkliches Opfer bringen wie die heidnischen Priester oder wie der Mönch, den sie einen ketzerischen ...«

»Origen.«

»Richtig, den sie Origen nennen«, stimmte sie ihm geringschätzig zu. »Gottes Eunuch. Das ist wenigstens eine unwiderrufliche Entscheidung.«

Alf sprach jedes Wort sorgsam aus. »Ich würde gerne zu Ende führen, was ich begonnen habe. Wenn du bitte so freundlich wärst ...«

»Wenn du darauf bestehst«, entgegnete sie, »werde ich dir helfen. Oder sind meine Hände allzu profan, ein so weihevolles Ritual auszuführen? Als ketzerische Griechin, die ich bin, unbeleckt von allen Sakramenten und – o Graus! – eine Frau!«

Sie wollte ihn in Wut bringen, nur um ihn noch mehr zu verlachen. Er schlug seinerseits mit seiner ganzen angeborenen Milde zurück. »Ich darf keine Frau berühren und keine Frau mich. Doch unter den gegebenen Umständen hoffe ich, dass du eine leichte Hand hast.«

Leicht wie die Luft und so sanft, wie ihre Zunge grausam war. »Was für schöne Haut du hast. Zart wie die eines Kindes. Und deine Haare – ich kenne Frauen, die einen Mord begehen würden, um halb so dichtes und halb so feines Haar zu haben.«

»Einschließlich deiner selbst?«

Selbst seine im harten Kampf errungene Selbstbeherrschung konnte sie noch verspotten. »Ei, kleiner Bruder. Meine Berührung hat dir ja nicht einmal die Sprache verschlagen. Du hast sogar noch ein Fünkchen Witz aufgeboten. Wenn ich eine richtige Frau wäre, würde ich vor Staunen ohnmächtig werden.«

»Wenn ich ein richtiger Mönch wäre, würde ich dich als Teufelin exorzieren.«

Sie war fertig, das Messer irgendwo in der stibitzten Kutte versteckt. Sie legte ihre kühlen Hände auf seinen kahl geschorenen Schädel, und die Berührung war so zart, dass sie kaum zu spüren war, doch sie hielt ihn bewegungslos in seiner Haltung. »Glaub mir, Bruder Alf von Ynys Witrin, du bist ein durch und durch richtiger Mönch. Und jetzt siehst du sogar so aus, obgleich ich dafür keinen Beweis gebraucht hätte.«

Mit einem Ruck angesichts seiner aufkeimenden Wut

riss er den Kopf hoch. Doch sie war fort, verschwunden. Es blieb nur die braune, zu Boden gefallene Kutte.

»Aber *ich* brauche ihn!«, schrie er.

Doch die Luft gab ihm keine Antwort.

Seit jenem ersten Mal im Feldlager hatte Alf Aylmer jeden Morgen beim Zelebrieren der Messe geholfen. Der Bischof erwartete, dass er das auch in Carlisle in der kleinen Kapelle tat. Ihre Mauern bestanden aus dem gleichen finsteren, roten Gestein, das aussah, als wäre es mit geronnenem Blut gefärbt, doch sie waren mit Teppichen orientalischer Machart geschmückt, und die Einrichtung war prachtvoll: Sie bestand aus Kostbarkeiten vom ersten Kreuzzug. Alf nahm sowohl ihr Alter wie ihre Fremdartigkeit wahr; der silberne Messkelch mit dem eingravierten Apostelbild hatte einen Hauch vom alten Rom.

Als er Aylmer half, seine Messgewänder abzulegen, schlüpfte ein ganz kleiner Knappe in königlicher Uniform durch die Tür. Seine auf Alf ruhenden, weit aufgerissenen Augen blickten eher furchtsam, doch er verbeugte sich vor dem Bischof und sagte: »Euer Exzellenz, Seine Majestät wünscht sich Bruder Alfred auszuleihen.«

»Seine Majestät weiß, dass es keiner Frage bedarf«, erwiderte Aylmer. »Sag ihm, Bruder Alfred kommt sofort.«

Das Kind verbeugte sich noch einmal, warf Alf einen scheuen Blick zu und lief davon.

Alf lächelte verhalten und schief und legte das Chorhemd des Bischofs in den Schrank. Aylmer beobachtete ihn aus zusammengekniffenen Augen, bis er sich aufrichtete und umdrehte.

»Bruder«, meinte der Bischof, »was würdest du tun, wenn ich dich dem König überließe?«

Alf blieb reglos stehen. »In welchem Amt, Euer Exzellenz?«

»Vor allem als Schreiber. Richard braucht einen guten Sekretär. Und«, fügte Aylmer hinzu, »als Freund.«

»Bin ich würdig, eines Königs Freund zu sein?«

»Bislang hast du dich doch hervorragend bewährt. Er mag dich, Bruder. Richard kann gut mit Menschen umgehen und weiß, wie er ihre Liebe gewinnt; allerdings erwidert er die Gunst nur selten.«

»Ihr wisst, was die Leute tuscheln.«

Aylmer schnaubte verächtlich. »Natürlich weiß ich es. Und ich will offen zu dir sein; was Richard angeht, haben die Gerüchte einen realen Hintergrund. Er hat eine Schwäche für ein schönes Gesicht. Aber er lässt sich nicht zu Gewalttätigkeiten herab. Er wird nicht mehr tun, als du ihm freiwillig zugestehst.«

»Euer Exzellenz«, sprach Alf. »Ich habe nur einmal Verlangen empfunden. Und das ... galt einer Frau.« Seine Wangen glühten, doch er hielt den Kopf aufrecht. »Ich glaube kaum, dass der König eine Gefahr für mich darstellen wird. Nicht in dieser Hinsicht. Aber ich hatte geglaubt – gehofft vielmehr –, ich wäre nur ein einfacher, aus dem Kloster gegangener Mönch. Mein Abt schickte mich, Euch zu dienen. Nicht, um eines Königs Günstling zu werden.«

»Glaubst du tatsächlich?«, fragte Aylmer. »Ich halte Dom Morwin für ein Stück weitsichtiger. Er hat dir die rhiyanische Botschaft anvertraut. Ich bezweifle, dass er erwartet, deine Aufgabe sei mit ihrer Überbringung beendet.«

Alfred beugte den Kopf. Das hätte Morwin nicht vermutet, ein alter Fuchs, der er nun einmal war und der um Richards Wesen und das Wesen der Botschaft wusste.

Und um das Wesen des Kuriers.

»Mit Peitsche und Sporen treibt er mich in die Welt.« Alf schaute hoch. In Aylmers Blick standen weder Überraschung noch Verständnislosigkeit. »Er treibt mich direkt in die Höhle des Löwen.«

Ein Lächeln spielte um die Augen des Bischofs. »Der Löwe verschlingt nur den Schwachen. Und das, Bruder, bist du nicht. Ich habe keine Angst um dich. Wenn du jedoch Angst um dich hast ...« Er hob das Silberkreuz von der Brust des anderen und hielt es ans Licht. »Das hier ist stärker als jede Rüstung. Vertrau darauf.« Er ließ es fallen. »Du wirst hier schlafen und mir bei der Messe dienen, aber du gehörst dem König. Bleibe bei ihm. Diene ihm. Sei sein Freund.«

Alf kniete nieder, um Aylmers Ring zu küssen. »Wie Euer Exzellenz wünschen.«

Ehe er hinausgehen konnte, hielt Aylmer ihn noch einmal zurück. »Bruder. Sei wachsam. Dies ist nicht dein Kloster. Es gibt hier gefährliche Menschen, insbesondere in der Umgebung des Königs. Wenn du Schwierigkeiten zu erkennen glaubst, komm sogleich zu mir. Verstehst du mich?«

»Ich verstehe«, antwortete Alf ganz leise.

Aylmer zog die Stirn kraus. »Wirklich? Du sollst kein Spion werden, Bruder. Auch kein Wachhund. Aber ich bin des Königs Ratgeber und Beschützer. Ich möchte nicht, dass einem von euch beiden etwas zustößt.«

»Ja, Euer Exzellenz.«

»Dann geh. Der König wartet.«

Alf verbeugte sich. Als er ging, fühlte er Aylmers Augen und Aufmerksamkeit auf sich gerichtet und erschauerte. Der Bischof durchschaute entschieden mehr, als dies Alf lieb war. Und Alf traute ihm nicht. Noch nicht und nicht endgültig.

Als Alf sich auf der Feste meldete, begafften die Wachen des Grafen sein Gesicht, seine Kutte und seine frisch geschorene Tonsur und spöttelten. Doch sie ließen ihn passieren und warfen ihm gehässige Blicke und nicht ganz unverständliche Bemerkungen nach.

Mit den Knappen des Königs erging es ihm nicht anders, obgleich in ihren Augen kein Spott stand und ihre Stimmen nichts anderes ausdrückten als offene Feindseligkeit. Es war schon schwer genug für sie zu ertragen gewesen, dass Alf wie ihresgleichen gekleidet war, ein Pferd ritt, wie es einem Fürsten zustände, und sich stets in der Gesellschaft des Königs, des Bischofs oder des unförmig großen Novizen befunden hatte. Aber Alf alleine, zu Fuß und in Mönchstracht war schlichtweg unerträglich. Sie blickten finster drein, als sie ihn in den Sonnensaal einließen, und einer spie aus, war jedoch achtsam genug, nicht zu treffen.

Der König war mit mehreren Männern, bei denen es sich, nach ihrer Kleidung und ihrem Gebaren zu schließen, um Edelleute handelte, ins Gespräch vertieft. Alf zog sich als schweigsame Gestalt in brauner Kutte in den Schatten der Mauer zurück. Niemand achtete auf ihn.

Die Audienz war lang und anstrengend. Schließlich erklärte Richard sie für beendet und entließ die Barone mit einer Höflichkeit, die seine Gereiztheit nur unzureichend verschleiern konnte. Kaum hatte der Letzte die Tür hinter sich geschlossen, streckte er sich, bis seine Knochen krachten, und grinste Alf zu; es war ein löwenhaftes Grinsen, bei dem viele scharfe Zähne blitzten. »Ei, Bruder, du hast dir Zeit gelassen.«

»Es tut mir leid, Sire«, murmelte Alfred.

»Nun denn.« Richard ließ den Blick über ihn schweifen und befühlte den Stoff seiner Kutte. »Das Zeug ist ja widerlich. Wo sind deine anderen Kleider?«

»Sie sind nur für unterwegs, Sire«, antwortete Alf.

»Du hättest sie anlassen sollen. Sie standen dir.«

»Das ist mein eigenes Gewand, Euer Gnaden. Und es ist eine hervorragende Tarnung. Wer bemerkt schon einen Mönch in Kutte?«

Richard lachte in einem seiner plötzlichen Stimmungswechsel. »Tja, wer schon? Und Mönche kommen hier zehn auf ein Dutzend. Erzähl mir nur nicht, dass du dich unter sie mischen willst.«

»Nein, Sire. Bischof Aylmer hat mich zu Eurer Verfügung gestellt. Er wünscht lediglich, dass ich bei seinem Gefolge schlafe und ihm selbst bei der Messe helfe.«

»Glaubt er, einen Spitzel zu benötigen?« Der Ton des Königs mochte spaßhaft sein, sein Blick war es nicht.

»Ihr wisst, mein Herr braucht nichts dergleichen. Ihr wisst ebenso, dass Ihr ihn um meine Dienste bitten wolltet. So kam er Euch nur zuvor. Was verlangen Eure Majestät von Eurem Diener?«

»Zunächst«, antwortete Richard, »die Wahrheit.«

»Das ist die Wahrheit, Sire.«

Der König wies auf einen Stuhl. »Setz dich.« Als Alf gehorchte, ging er ruhelos auf und ab. »Ich nenne Aylmer einen Freund. Wir verdanken einander vielfach unser Leben. Doch ein König kann einem Freund niemals trauen. Gütiger Gott! Er darf nicht einmal seiner eigenen Familie trauen.«

Richard blieb mit in die Hüften gestemmten Händen vor Alf stehen. »Als mein älterer Bruder so alt war wie du, versuchte er, unseren Vater zu stürzen und sich selbst zum König zu machen. Es kostete ihn das Leben. Und ich habe etwas dabei gelernt. Blutsbande bedeuten gar nichts. Freundschaft bedeutet noch weniger. Das Einzige, was zählt, bin ich selbst. Und der Sieg, Bruder. Und der Sieg.«

»Das glaube ich nicht.«

»Reden wir noch einmal darüber, wenn du nicht mehr grün hinter den Ohren bist.«

Alf war sich nicht bewusst, dass er lächelte, und Richard warf ihm einen bösen Blick zu und sagte: »Du lachst über mich. Was weißt du denn, das ich nicht weiß?«

»Dass die Welt grausam ist«, antwortete Alf, »aber wiederum nicht so grausam, wie Ihr glaubt. Aylmer ist Euch als einem König und seinem Freund zugetan; er schenkt mich aus freien Stücken. Auch wenn ich aussehe, als wollte ich eine Predigt halten.«

Das trug ihm ein Lachen ein. Richard entspannte sich sichtlich. »Ach, genau das hast du doch auch gerade gemacht.« Er setzte sich an einen mit Pergamentbögen voll beladenen Tisch. »Ich hatte dir ein Versprechen gegeben, als du die Rolle des königlichen Gesandten spieltest.«

»Ja, Sire?«

»Ja, Bruder.« Er wühlte durch die beschrifteten Bögen und betrachtete sie mit finsterem Blick. »Bei meiner Ankunft hier erwarteten mich Neuigkeiten. Du sprachst die Wahrheit über Rhydderchs Raubzüge. Und sie waren für

Gwynedd verlustreich. Rhydderchs Nachbarn sorgen sich, dass sie alle unter den Vergeltungsmaßnahmen, die er heraufbeschwört, werden zu leiden haben, denn es heißt, Widerstand hätte sich gebildet und Truppen sammelten sich am Rande der Sümpfe. Da keimt ein Krieg, und zwar kein kleiner.«

»Das sage ich Euch, Sire.«

»Und die Zeit dafür ist schlecht«, fuhr Richard fort. »Die Ernte ist eingebracht, der Winter steht vor der Tür; jedermann legt sein Schwert beiseite und hängt seinen Schild an die Wand. Ein nicht zu verfehlendes Ziel für einen Mann, der nicht nur skrupellos, sondern auch klug ist.«

Alf beobachtete den König unablässig, mit sinkendem Mut. Richard rückte sich unruhig in seinem Stuhl zurecht und zupfte an seinem Bart, während er sich einen winterlichen Feldzug vorstellte: Schnee und Kälte und lange, harte Nächte und die flüchtige Hitze des Gefechts. Vielleicht trüge ein Wettstreit mit Kilhwch, König gegen König, Ruhm und gar eine Krone für den Sieger ein; oder auch gegen den Elfenprinzen, den Flammenträger von Rhiyana, der seinen scharlachroten Schild in allen Ländern von Sonnenaufgang bis Sonnenuntergang schwenkte.

Der König wandte den Blick Alf zu, sah jedoch nur halb das angespannte weiße Gesicht. »Sobald ich abkömmlich bin, werde ich nach Süden reiten. Aber so viel will ich dir zugestehen: Ich werde mein Heer nicht mitnehmen. Nur meine eigenen Ritter und wer sonst sich dazu aus freien Stücken entschließen mag. Rhydderch soll erfahren, dass er keinen Krieg anzetteln kann, ohne seinen König auf den Plan zu rufen.«

»Sire«, meinte Alfred, »das ist Wahnsinn. Drei Königreiche für das kurzfristige Vergnügen eines einzigen Tages zu vernichten – Sire, das dürft Ihr nicht.«

Die Löwenaugen blickten bedrohlich. »Du wagst es, dem König zu widersprechen?«

Alf machte den Mund auf und schloss ihn wieder. Er wusste, wie Alun Rhydderch gegenüber zu Mute gewesen war. Er hatte Ohnmacht und Zorn empfunden. Und er konnte seine Zauberkräfte nicht gegen diesen Wahnsinnigen einsetzen wie Alun gegen Rhydderch.

Er senkte den Kopf. Er hatte versagt. Er würde es Alun sagen müssen.

Wenn er die Augen schloss, konnte er den rhiyanischen Ritter mit Hilfe seiner Krücke und gestützt von einem stämmigen Mönch – Bruder Edgar, der schlicht, aber stark war – einen Gang hinabhumpeln sehen. Aluns Aufmerksamkeit galt weitgehend seiner körperlichen Anstrengung, und er nahm die geistige Berührung nur schwach wahr. Alf zog sich wieder zurück. Später würde noch genügend Zeit sein.

»Nun komm schon, Bruder! Schau nicht so finster drein.«

Einen Augenblick lang erkannte Alf weder die Stimme noch das Gesicht. Sein eigenes Gesicht war wie erstarrt; Richard betrachtete ihn einen Augenblick und schlug ihm dann auf die Schulter. »Wir haben uns beide genug damit beschäftigt. Lass uns zusammen ausreiten.«

Alf erhob sich langsam. Richard schnitt eine Grimasse angesichts seiner Kutte. »Kannst du denn damit ein Pferd besteigen?«

»Stellt mich auf die Probe«, empfahl Alf.

Der König grinste. »Das werde ich. Aber Stiefel ziehst du

an – in diesem Punkt dulde ich keinen Widerspruch.« Er wandte sich ab und verlangte nach seiner eigenen Reitausrüstung. »Und Stiefel für den Bruder, Giraut; und achte darauf, ein Paar zu bringen, das auch passt!«

Nach dem Ausritt wartete Alf auf ihn; eine Stiftungsurkunde musste abgeschrieben und ein Brief verfasst werden. Danach fand im großen Saal des Grafen ein Festmahl statt. Richard behielt Alf in seiner Nähe, obgleich man angesichts dieser offenen Bekundung eines neuen Günstlings gaffte und tuschelte; noch dazu eines Günstlings, der so schön war und dabei ein so finsteres Gesicht machte, wenig aß, noch weniger trank und so gut wie nichts sprach.

Der Graf bewirtete seine Gäste zwar unwillig, aber gut, und tischte ihnen alle Köstlichkeiten des Nordens auf. Sein Höhepunkt war ein Spielmann, der nicht nur die neuesten Weisen aus dem Languedoc, sondern auch die alten Lieder Anglias in Altenglisch konnte. »Denn«, so erklärte der Barde und warf seine blonde Mähne zurück, »mein Vater war Troubadour am Hofe des Grafen von Poictesme, aber meine Mutter war Sächsin; und sie schwor beim Barte von König Harald, obgleich er schon gut hundert Jahre tot war. Sie erzählte mir Geschichten von früher, und mein Vater lehrte mich die Lieder des Südens, und so wurde ich unter ihrer beider Einflüsse zum Spielmann. Was wollt Ihr hören, hohe Herren? Romantische Liebesgeschichten?« Seine Finger strichen spielerisch über die Saiten der Laute. »Oder von den Taten alter Helden?« Eine aufrührerische, kriegerische Melodie. »Einen Ruf auf den Pfad der Tugend?« Strenge, lehrhafte Akkorde. »Ein Trinklied?« Eine unwiderstehlich fröhliche und leicht trunkene Weise. »Sprecht nur, und Ihr sollt bekommen, was immer Ihr verlangt.«

»Krieg!«, rief der König sogleich. »Sing vom Krieg.«

Der Barde verbeugte sich und begann zu spielen.

Alf spielte mit seinem Weinbecher und hörte nur mit halbem Ohr zu. Er wusste, dass Richard ihn beobachtete. Viele andere taten das ebenso: Aylmer weiter unten am Tisch der Hochgestellten, Jehan zwischen den Knappen und Thea, die vergaß, die hungrige Hündin zu spielen. Er schaute keinen von ihnen an. *Krieg,* dachte er und hasste die Vorstellung und alles, was damit zusammenhing. *Krieg. Blut. Drei Könige, drei Reiche. Ich muss ihn verhindern. Ich muss.*

Doch wie er das angehen sollte, wusste er nicht.

Plötzlich erschallte Richards Stimme und fiel dem Sänger ins Wort. »Genug davon! Sing uns etwas Neues, Mann. Mit einer Aussage, wie sie ein Priester gern hören würde.« Beim Sprechen schaute er Alf an; der Mönch wandte den Blick ab.

Der Sänger verbeugte sich auf seinem Stuhl und sagte: »Euer Majestät befehlen; ich gehorche. Dann hört nun eine Geschichte, die meine Mutter immer erzählt hat; sie ist so alt, dass sie vielleicht schon wieder neu sein mag.« Er schlug einen unvermittelt durchdringenden Ton an und rief: »Hwœt!«

Die Zuhörer schraken zusammen; er lachte. »Das ist das sächsische Wort für *Höret!* Vor langer Zeit, edle Herren und Damen, gab es einmal im alten Engel-Land eine Abtei. Dort lebte ein Kuhhirt mit Namen Caedmon. Er war ein freundlicher Mann, dieser Caedmon, wenn auch von recht trägem

Verstand; jedermann liebte ihn, aber jedermann verlachte ihn auch: Denn so sind die Menschen, wie wir alle wissen, hohe Herren. Damals war es Brauch, dass bei Festmahlen die Harfe bei den Zechern ihre Runde machte und jeder ein Lied vortrug. Der arme Caedmon fürchtete sich vor dem Augenblick, da die Reihe an ihn käme, denn er konnte nicht eine Note singen und hatte kein einziges Lied gelernt. Wenn die Harfe in seine Nähe kam, erhob er sich jedes Mal von seinem Platz und schlich sich davon in seinen Stall, um sich in Dunkelheit, Stille und Wärme der Kühe zu verstecken. Als er eines Abends wieder einmal die Flucht vor dem Singenmüssen ergriffen hatte und in sein Bett im Heuboden gekrochen war, träumte er, ein Mann käme zu ihm und forderte ihn auf: ›Caedmon, sing mir etwas vor.‹ Caedmon schämte sich in Grund und Boden, war den Tränen nahe und erklärte: *›Ne cont ic noht singan!‹* – ›Ich kann nicht singen.‹ Aber der Mann, der in Wahrheit ein Engel des Herrn war, bestand darauf, dass Caedmon sang. Also stand Caedmon auf und siehe da! Musik strömte aus ihm heraus, das herrlichste Lied der Welt. Hier sein Lied:

›Nu sculon herigean heofonrices Weard,
Meotodes meahte ond his modgepanc,
weorc Wuldorf der, swa he wundra gehwœs,
ece Drithen, or onstealde.
He œrest scop eor an bearnum
Heofon to hrofe, halig Syppend;
Pa middangeard moncynnes Weard,
ece Drihten, œfter teode
firum foldan, Frea œlmihtig.‹

Und das heißt in unserer bescheidenen Sprache: ›Nun müssen wir den Hüter des himmlischen Reiches preisen, die Macht des Schöpfers und seine innersten Gedanken, das Werk des ruhmreichen Vaters, da er, der Herr der Ewigkeit, den Anfang aller Dinge ausersah. Zuerst erschuf er für die Kinder der Erde den Himmel als Dach, ein heiliges Werk; dann schuf er für den Menschen die Mittel-Welt, die Erdoberfläche – Er, der Hüter der Menschheit, der Herr der Ewigkeit, der allmächtige König.‹«

Der Sänger verstummte. Stille trat ein; dann begannen die Festgäste zu applaudieren. Er verneigte sich, lächelte, verneigte sich wieder und nahm einen Becher von des Königs eigener Hand entgegen. »Großartig!«, rief Richard. »Wundervoll! Ein Jammer, dass wir den alten Brauch in Vergessenheit geraten ließen. Wir sollten ihn neu beleben.« Er hielt, verblüfft über seine eigenen Worte, inne. »Ja, warum eigentlich nicht? Walter, hol mir meine Harfe! Wir wollen uns alle daran versuchen.«

Einige der hohen Herren wirkten leicht entsetzt; ihre Untergebenen täuschten entweder Interesse vor oder kamen aber plötzlichen und dringlichen Bedürfnissen der Natur nach. Alf sah, wie sich die Lippen eines Mannes bewegten, als der sich krampfhaft abmühte, sich an ein bestimmtes Lied zu erinnern.

Nach Richards Willen versuchten sie alle das Spiel, einige gut, andere schlecht, wobei der Wein zu ihrer Unterstützung in Strömen floss. Ein älterer Ritter mit derbem Gesicht erschreckte sie alle mit einem zotigen Trinklied; Bischof Aylmer setzte dem ein *Ave Maria* entgegen.

Schließlich gab es nur einen, der noch nicht gesungen hatte. »Kommt schon«, ermunterte ihn der König und hielt ihm die Harfe hin. »Seid Ihr ein Caedmon, Bruder Alfred? Singt mir etwas vor!«

Alf nahm das Instrument langsam entgegen und stellte es auf sein Knie. Es schien in einem früheren Leben gewesen zu sein, dass Bruder Aethelstan, der in seiner Jugend Spielmann gewesen war, ihm beigebracht hatte, darauf zu spielen. Er spannte eine Saite neu, die drei Lieder vorher verstimmt worden war, und erwiderte den Blick des Königs gleichmütig, fast trotzig. Er neigte den Kopf, seine Finger zupften eine Melodie an. Er fühlte, wie Jehan hinten im Saal erschrak, als er sie erkannte.

»›Ut quid iubes, pusiole,
quare mandas, filiole,
carmen dulce me cantare,
cum sim longe exsul valde
intra mare?
O! cur iubes canere?‹

›Warum bittest, du liebes Kind, warum befiehlst du, teuerster Sohn, dass ich ein süßes Lied anstimme, da ich so weit auf hoher See? Oh! Warum bittest du mich zu singen?‹«

Richard war kein Gelehrter, doch er kannte genügend Latein, die Bedeutung von Alfs Lied zu erfassen. Sein Gesicht wurde immer finsterer im Laufe des Liedes; dann schließlich hellte es sich nach und nach wieder auf. Denn die Klage wurde zu einem jubilierenden Lobgesang, der jenem, der Auslöser zu allem gewesen war, sich als würdig erwies, und Alfs Augen über der Harfe strahlten herausfordernd.

Die Augen des Königs funkelten nun auch erheitert und

voller Bewunderung. Da war endlich einer, der ihm gleichzeitig Gehorsam zollte und sich zu widersetzen wagte, ohne dass sein Verhalten auch nur einen Hauch von Treulosigkeit aufwies.

Alf ließ die Harfe verstummen, reichte sie dem König zurück und begann zu lächeln.

13

Der Regen, der die Stadt in einen Sumpf verwandelt hatte, wich einer dicken Schneedecke. Richard verfluchte sie und seinen Hof, die ihn von seinem Krieg abhielten, doch er bereitete sich in aller Eile darauf vor. »Bis zum Frühling werde ich König von Gwynedd sein«, schwor er Alf, »oder aber ich bekomme Rhydderchs Kopf auf einer Stange und dein ›Das-sagte-ich-Voraus‹ von Sonnenaufgang bis zum Abend.«

»König Winter mag sich als stärker erweisen denn Richard von Anglia«, warnte Alf. »Warum fügt Ihr Euch ihm nicht und erspart Euch einen Kampf?«

»Soll ich mich von ein oder zwei Schneeflocken zur Memme machen lassen? Ich reite südwärts, noch ehe der Monat zu Ende ist, und du und der Winter und alle Übrigen, ihr sollt verdammt sein!«

Das mag durchaus sein, dachte Alf auf dem Weg vom Schloss zum Palast des Bischofs. Es war spät und finster und hatte wieder zu schneien begonnen; er hüllte sich in den Umhang, den Richard ihm gegeben hatte.

Ganz plötzlich fiel ihm auf, dass er sich inmitten einer kleinen Schar junger Männer in königlichen Livreen unter den Umhängen befand, drei von Richards Knappen, die sich von ihrem Dienst davongestohlen hatten. Unruhe befiel ihn, und er ging schneller.

Doch sie hatten ihn bereits gesehen und erkannt: »Holla!«, rief einer aus. »Da ist ja unser Milchbübchen!«

Sie umstellten ihn – kräftige, junge, kampfgestählte

Männer. Ihre Augen funkelten; sie bedrängten ihn von allen Seiten, wie Wölfe auf ein scheues Beutetier zuschleichen.

Er hatte unwillkürlich den Blick abgewandt, damit sie nicht das Leuchten und das flackernde Glühen seiner Augen bemerkten. Wohin er sich auch drehte, stand ein Junker und grinste ihn an. Er blieb stehen. »Bitte, Ihr Herren«, sagte er. »Es ist spät, und ich habe keine Zeit zu verlieren.«

Sie lachten. »Bitte, Ihr Herren. O bitte schön, Ihr Herren. O bitte, bitte, lasst mich nach Hause gehen in mein kaltes, kaltes Bett!« Einer ergriff gespielt freundschaftlich seinen Arm. »Armer kleiner Bruder. Ich wette, du hast niemals richtig deinen Spaß gehabt. Das müssen wir in Ordnung bringen, nicht wahr, Freunde?«

Die anderen stimmten ihm einhellig zu. Alf blieb reglos stehen. Vielleicht ließen sie ihn gehen, wenn er tat, als ob er mitspielte.

Sie drängten ihn auf eine Schenke zu. Der Anführer, ein gut aussehender Bursche mit lockigem, dunklem Haar, den die anderen Joscelin nannten, hielt immer noch seinen Arm umfangen. »Komm, kleiner Bruder«, schmeichelte er. »Leiste uns bei einem Krug oder zweien Gesellschaft. Oder auch bei dreien. Wir wissen alle, dass ein Priester reichlich Bier vertragen kann.«

Sie gelangten zur Tür der Schenke und strömten hinein. Der Raum war gedrängt voll; es stank nach Rauch, bitterem Bier und ungewaschenen Körpern. Die drei Edelleute und ihr unfreiwilliger Gast bahnten sich mit den Ellbogen den Weg zu einem Tisch, verscheuchten die Einheimischen, die dort saßen, und verlangten lautstark nach Bier.

Joscelin hing nah, hautnah neben Alf. Die beiden anderen gaben sich mit Lachen zufrieden; Joscelin verschoss kleine Pfeile, die ihn tief treffen sollten. »Wir bekommen hier nicht gerade Messwein, es ist auch nicht Klosterbräu. Trink aus, liebreizender Bruder. Ich gebe eine Runde.«

Alf starrte in den schäumenden Krug. Er stellte fest, dass er nicht sauber war. Unvermittelt packte er ihn und leerte ihn in drei langen Zügen.

Ein weiterer kam, und noch einer. Er empfand nichts anderes, als dass es ihm schwer im Magen lag, obgleich seine Begleiter, die Krug um Krug mitgehalten hatten, allmählich ausgelassen wurden. Er maß die Entfernung bis zur Tür, erwog alle Hindernisse, die ihm im Weg ständen, und wartete auf seine Gelegenheit.

Als die Bedienung sich nach der vierten Runde zum Gehen wandte, packte Joscelin ihr plumpes Handgelenk und zerrte sie zurück. Sie kam, wenn auch unter gespieltem Protest, zurück und kicherte mit hoher Stimme: »Hier, Bess«, sagte er. »Was hältst du von unserem gelehrten Freund?«

Ihr Blick zuckte einmal, zweimal zu Alf. Kalte, klare Augen, schrilles Gekicher. »Ach, der ist aber mal hübsch!«

»Hübscher als ich?«

Sie gluckste. »Ei nun, Herr, ich könnte wirklich nicht sagen ...«

»Gewiss könntest du. Weil er der Hübschere ist. Und weißt du was?« Joscelin senkte die Stimme, die nichtsdestoweniger durchdringend genug war. »Er hat noch niemals eine Frau gehabt.« Er dehnte das Wort ›Frau‹ ein wenig.

Wieder der rasche, abschätzende Blick. Alf sah weiter vor sich hin, doch er konnte ihr zunehmend irres Kichern hören. »*Wirklich* nicht?«

Und plötzlich saß sie auf seinem Schoß. Sie war warm und weich, und ihr enges Mieder quoll über; und sie stank.

Er schrak angewidert zurück. Sie legte es als Schüchternheit aus, drückte sich eng an ihn und schmiegte sich an seinen Hals.

Trotz all ihrem Drehen und Wenden empfand er nichts als Ekel. Vorsichtig, aber unwiderstehlich stellte er sie mit einer Kraft, die sie innehalten und ihn begaffen ließ, auf die Füße und reichte ihr seinen Krug. »Können wir bitte noch etwas Bier bekommen?«

»Bravo, Bruder!«, kreischte Joscelin. »Ein weiterer Sieg der heiligen Kirche. Oder vielleicht lagen wir nur mit dem, was wir anboten, falsch, Perkin! Perkin, Bursche, wo steckst du?«

Alf erhob sich. »Ich muss gehen.«

Alle drei zerrten ihn gemeinsam auf den Stuhl zurück. »Aber nein, Bruder«, schnurrte Joscelin. »Es muss doch recht eintönig sein, deine ganze Zeit mit Männern zuzubringen. Du brauchst Abwechslung.«

»Alle Betten gleichen einander«, gluckste der jüngste Knappe. »Wie ein Arsch dem andern.«

»Werte Herren«, sprach Alf vorsichtig, »ich wünsche Euch einen vergnüglichen Abend. Aber ich muss gehen.«

»Er kann ruhig warten, oder?« Joscelin lächelte ihn zuckersüß an. »Er wird warten müssen, bis wir einen Mann aus dir gemacht haben.«

Die anderen hielten ihn einer zu jeder Seite auf dem Stuhl fest und grinsten angesichts seines verbissenen Schweigens. Schließlich stieß er zähneknirschend hervor: »Ihr werdet des Wartens eher müde werden als ich.«

Joscelin schüttelte den Kopf. »Wir werden nicht warten. Kommt mit, Burschen. Und haltet ihn gut fest.«

Alf hatte das Gefühl, als säße er in einem Albtraum gefangen. Erinnerungsfetzen schossen durch sein Gehirn, ein mageres, blasses Kind, das mit Steinen und Keulen bedroht und als Wechselbalg und Hexenbrut beschimpft wurde; ein junger, von seinen Kameraden um seiner Fremdartigkeit verspotteter und verhöhnter Novize; ein Mann mit einem Jungengesicht, den man in den Pariser Seminaren wegen seiner Schönheit und seiner Schüchternheit foppte und zur Zielscheibe grausamer Streiche machte. Und der hilflos war, immer hilflos, bis ihm Morwin oder jemand anderer zu Hilfe eilte.

Das Zimmer, in das die Junker ihn schleppten, war ebenso stinkend wie der Schankraum unten und belegt. Nicht die duftende Bess lag auf dem Bett ausgestreckt, sondern eine jüngere, dünnere Frau, die unter ihrem Schmutz fast hübsch war. Er konnte das gut erkennen, da sie nichts übergeworfen hatte. Er wandte den Blick ab.

Seine Überwältiger lachten. Er wusste, was sie mit ihm vorhatten, doch seine Gegenwehr war kraftlos. Sie rissen ihm seine Kutte bis zum Nabel herunter, dass er mit bloßem Oberkörper dastand. Morwins Kreuz blitzte auf seiner Brust; Joscelin packte danach. Alf empfand einen kurzen, heftigen Schmerz; der Knappe hielt die gerissene Kette in der Hand und lächelte. »Hübsch«, sagte er und ließ sie in den Beutel gleiten, den er am Gürtel trug. »Dann wollen wir uns mal ansehen, was dein Rest taugt.«

Alf stürzte sich auf ihn. Die Knappen zerrten an ihm, rissen Haut ebenso wie Stoff in Fetzen, und zogen ihm die Kutte aus. Er versuchte vergeblich, sie zu packen; sie hielten ihn in eisernem Griff. Er hing keuchend in ihrer Umklammerung.

»Hübsch.« Joscelin pfiff leise. *»Wirklich hübsch.* Du bist ja eine richtige Schönheit, wie? Schau doch, Molly; sieh dir an, was Rom und Sodom für sich alleine beanspruchen wollen. Eine jämmerliche Schande ist das.«

Alf gelangte an einen Punkt jenseits aller Scham; es war ein kalter, ruhiger Punkt, jedoch keine Taubheit und nicht einmal ein Hinnehmen. Siebzig Jahre, dachte Alf. Siebzig Jahre, und er hatte nicht einmal zugeschlagen. So ein guter christlicher Mönch war er gewesen.

Tief in seinem Inneren regte sich Finsternis. *Nun ist genug damit,* flüsterte sie. *Genug.*

Er richtete sich auf. Ein Schulterzucken: Er hatte sie abgeschüttelt. Einer der Knappen trug ein Schwert; schneller als ein menschliches Auge ihm folgen konnte, fischte Alf es aus der Scheide. Kalter Stahl blitzte in seiner Hand.

Sie fürchteten sich nicht. Er war nicht geübt im Umgang mit Waffen – das war allgemein bekannt. »Potz Blitz«, plapperte der Jüngste. »Seht euch den Kirchenkämpfer an. Das Kreuz ist stärker als das Schwert, das wisst ihr doch.«

»Und falls es versagt, ergreift eine Bibel und werft damit«, fügte der Zweite hinzu.

»Oder aber«, stimmte Joscelin in ihren Chor mit ein, »wackle zum Schluss mit deinem weißen Hintern.«

Er hörte sie kaum. Seinen Händen war das Schwert vertraut, vertraut wie die eigenen Finger. Sein Arm wankte leicht unter dem stählernen Gewicht; sein Körper duckte sich kampfbereit.

»O komm«, spöttelte Joscelin. *»Das* ist nicht das Schwert, das du hier brauchst. Leg es nieder wie ein braver Junge und hör auf, der armen Molly Angst zu machen.«

»Molly hat keine Angst.« Alfs Stimme klang ungerührt. »Molly ist erregt, sie glaubt, sie würde mich bekommen, wenn ich mit euch fertig bin. Sie ist eine Närrin. Ich treibe keine Unzucht mit Tieren.«

Er fühlte ihren Zorn wie einen brennenden Nadelstich und schenkte ihm gar keine Beachtung. Die Knappen hatten zu zittern begonnen. Sein Gesicht war weiß und ernst; seine Worte stießen rasch zu und trafen einen nach dem anderen. Sie hatten einen lammfrommen Mönchsknaben entkleidet und ein Raubtier entdeckt.

Doch Joscelin, der so schlau sein wollte, begriff am langsamsten. Er lachte und zog sein eigenes Schwert. »Ei, Herr! Ihr wollt einen Zweikampf! Es ist zwar ein bisschen eng hier, aber ich werde Eurer Herausforderung mit Freuden Folge leisten.«

Die anderen waren rasch zur Seite gehuscht. Alf maß mit Blicken den, der übrig blieb. Sie waren fast gleich groß und gleich stark, doch der Knappe schwang eine schwerere Klinge. Seine eigene Waffe war kürzer und leichter und für nur eine Hand gedacht; ein Messerchen im Vergleich zu dem zweihändigen Breitschwert.

Joscelin tänzelte im Kreis; Alf folgte ihm. Der Knappe stand nun mit dem Rücken zur Tür; er wich durch sie hindurch, tat einen Satz, wirbelte herum und schoss davon, die Treppe hinab.

Alf durchschaute seine Gedanken. Entweder der Priester würde sich seiner Nacktheit erinnern und vor einer Verfolgung zurückschrecken, oder er würde nicht daran denken, hinterherlaufen und sich dem Gelächter der Menge unten preisgeben.

Alf packte mit fliegenden Fingern nach Schatten und schlang sie um seinen Körper. Sie blieben haften, wurden größer und bildeten ein Gewand wie aus dunklem Samt, umgürtet von einem flackernden Schwertschein.

Joscelin befand sich noch auf der Treppe. Alf setzte hinterher. Unten stießen sie aufeinander; dunkle Augen, weit aufgerissen vor Staunen, ihn so gut und schnell bekleidet zu sehen, und helle Augen, in denen wildes Licht loderte. Dieses Spiel nahm letztlich einen anderen Verlauf, als Joscelin das beabsichtigt hatte. Er versuchte ein leichtes, spöttisches Lächeln aufzusetzen, um die große, gebannte Zuschauerzahl zu täuschen. »Nun komm schon, Freund«, rief er. »Ich sagte dir doch, dass du sie haben könntest.«

Alf erwiderte nichts, aber seine Klinge stieß wie die Zunge einer Schlange zu. Eine boshafte Freude lag in seinem Umgang mit der Waffe, der aus den Muskeln selbst zu kommen schien: angeboren und völlig mühelos. Hätte er schon als Junge um diese Fähigkeit gewusst, hätte niemand ihn jemals zu peinigen gewagt. Hätte er geahnt, wie wundervoll das war, hätte er sich begeistert mitten in Richards Schlacht gestürzt. Doch er erkannte es jetzt, wurde sich klar, was er war. Vom Schlag der Raubkatzen, wie ein Leopard, wie ein Panther – schnell, stark und tödlich gefährlich.

Die geköderte Beute war zum Jäger geworden; und jetzt endlich begriff es auch Joscelin. Das Blut wich aus seinem Gesicht. Er blickte rasch um sich, suchte nach einer Bresche. Es gab keine. Eisiger Stahl schmiedete einen Käfig um ihn. Mit jedem Ausfall wurde der Käfig enger, bis sein Rand nur noch eine Haaresbreite von seinem Körper entfernt war.

Sein Blut würde köstlich schmecken. Doch noch süßer war sein Entsetzen. Alf lächelte ihn strahlend an und ließ säuberlich mit vollendetem Geschick jede einzelne seiner dunklen Locken auf den Boden rieseln. Er wagte nicht einmal zu atmen aus Furcht, es könnten die Ohren oder seine Nase oder gar der ganze Kopf folgen.

Als er vom Scheitel bis zum Nacken glattgeschoren war – und hinter ihnen Gelächter und Jubelrufe aufstiegen, Wetten geschlossen und bezahlt wurden –, beugte Alf sich dicht zu ihm heran. »Bin ich ein Mann?«, fragte er ganz leise.

Die Pupillen des Knappen waren von einem weißen Ring umgeben. Doch ein Rest seines Stolzes ließ ihn auflachen; es war ein scheußlicher, hohler Laut. »Noch nicht, Pfaffe, aber du gibst keinen üblen Barbier ab.«

Ein gereizter Panther schlägt zu. Alf schlug zu, allerdings mit einem letzten Hauch von Vernunft nicht mit der Schneide des Schwertes. Die Breitseite traf Joscelin unterhalb vom Ohr und fällte ihn lautlos.

Langsam drehte Alf sich um. Das Jubelgeschrei verstummte. Jemand reichte ihm grinsend einen Becher.

Er hielt das Schwert noch immer fest umklammert, als er vor ihnen allen davonlief.

Es hatte zu schneien aufgehört. Es blies ein bitterer Wind, der die Wolken vertrieb. Alf war dankbar für die Kälte auf seinem glühenden Gesicht. Er stolperte gegen harten Stein und erbrach sich. Selbst nachdem sein Magen völlig entleert war, hockte er noch vornübergebeugt und würgte vor seelischer Übelkeit. Leute kamen vorüber, die kein Mitleid hatten mit einem betrunkenen Soldaten. Schließlich richtete er sich schwankend auf. Sein aus Zauberei entstandenes Gewand lastete schwer auf ihm. Er riss daran, bis er sich auflöste und ihn nackt in der Kälte stehen ließ.

Seine Finger waren taub und lagen erstarrt um den Schwertknauf. Er zerrte es hinter sich her, hielt erneut an, weil ihm übel war und schließlich noch einmal. Er hatte gehasst, Zauberei angewendet und fast getötet. Er hatte Peinigung mit Peinigung beantwortet und nach Blut gelechzt.

Welche Rolle spielte das schon?, foppte ihn eine leise Stimme. *Du wirst niemals sterben. Du besitzt keine Seele. Nichts, was du tust, kann dir die ewige Verdammnis eintragen.*

»Aber mein Gewissen!«, schrie er.

Die Stimme lachte. *Wie kannst du ein Gewissen haben, wenn du keine Seele hast?*

»Ich habe eines. Und es quält mich.« Er fiel in einen Schneehaufen und blieb darin liegen. Nun kamen keine Eulen, ihn zu wärmen. Konnte er überhaupt erfrieren, wenn er unsterblich war?

Versuch's doch einfach! Sein zweites Ich klang, als wüsste es die Antwort bereits. *Du und deine Selbsttäuschungen*, fuhr es fort. *Du glaubst, du hättest ein Gewissen, weil deine Lehrer dir das eingeredet haben. Das ist nichts als Selbsttäuschung. Du kannst nicht sündigen.*

»Nein!«, schrie er. »Das ist finsterste Ketzerei.«

Wie sollte es? Du kannst weder verdammt noch gerettet werden. Dein Geist ist dein einziger Maßstab. Dein Geist und dein Körper. Du warst ein Narr, diese Frau abzuweisen und den Jungen am Leben zu lassen, nur aus Angst vor etwas, das dir nichts anhaben kann und nichts anhaben wird.

»Gott ist«, erwiderte er. »Er kann mir etwas anhaben.«

Wie? Und wenn, welcher Sinn läge in allem? Wenn es ihn gibt, hat er dich geschaffen, damit du ewig lebst. Er verweigerte dir die Belohnung, die er den Menschen vor die Nase hält. Er schenkte dir einen Körper voller Schönheit und Kraft und starker Männlichkeit; und doch wollte er, dass du das alles verleugnest, seinen Hochmut anbetest und ihm dafür dankst, dass er dir verbietet, das zu sein, wozu du geschaffen bist.

Alf drehte und wand sich und wollte dieser verlockenden, gefährlichen Stimme entkommen. »Ich diene ihm, so gut ich kann, um welchen Preis auch immer.«

Tatsächlich? Sieh dich doch an. Dein Gesicht führt Menschen vom Pfad der Tugend ab; dein Körper reizt sogar deine eigene Art zu lebhaftem Verlangen. Wenn du deinem widersinnigen Gott dienen wolltest, würdest du das Schwert nehmen, das du so fest umklammert hältst, dein Gesicht zerschneiden, deinen Körper verunstalten und dich deiner nutzlosen Männlichkeit entledigen.

Er zuckte mit den Schultern. »Ich darf nicht zerstören, was Gott mir geschenkt hat.«

Gelächter erklang, kaltes, höhnisches Gelächter. *Darf nicht, darf nicht. Reiß dich zusammen und lass deinen Körper tun, wozu er Lust hat. Die Frau, den Jungen, getrost auch den König, nimm sie alle und unterwirf sie dir. Sie sind nur Menschen. Sie werden dir die Füße küssen.*

»Nein«, keuchte er. »Nein.«

Die Elfenmaid, gurrte die Stimme. *Sie kostet dich nur eine Frage. Und sie ist kein übel riechendes Tier. Sie ist von deiner eigenen Art und wunderschön: Und sie begehrt dich. Geh. Nimm sie.*

Er drückte sich die Hände auf die Ohren, aber es war sinnlos. Die Stimme erklang in seinem Gehirn, foppte, versuchte und lockte ihn hinab in die Finsternis. Er war unsterblich, schön und mächtig. Er konnte zum Herrscher der Welt werden, er musste nur nach der Macht greifen.

Er hob den Kopf. Das Schwert lag halb vergraben im Schnee neben ihm. Tod wohnte ihm inne; Tod selbst für einen, der nicht älter werden würde. Und anschließend nichts. Besaß er keine Seele?

Er steckte den Schwertknauf in den Schnee, richtete die Spitze auf seinen Körper und beugte sich vor, bis sie oberhalb seines Herzens in die Brust stach.

14

Hast du den Verstand verloren?« Alf wich zurück und ließ das Schwert fallen. Eine Hand riss es hoch und schleuderte es fort. Er sollte niemals erfahren, wohin es fiel, denn Thea packte ihn und hielt ihn mit einer Kraft, welche die jedes Mannes überstieg. Ihr Gesicht war bleich, ihr Blick wütend; sie sah genauso bedrohlich aus, wie sie es auch war.

Er versuchte rasch, mit der Hand seine Blöße zu bedecken. Thea war zur Abwechslung bekleidet, sie trug seine eigene, dünne Kutte und Gwydions Umhang. »Selbst darin«, erklärte er, »bist du viel schöner als die andere.«

Sie warf ihm den Umhang um die Schultern und führte und zerrte ihn halb mit sich.

»Ich wollte sie nicht«, fuhr er fort. »Sie hat mich angeekelt. Sie war ein Tier; und sie stank. Sie hat mir zu einer Erkenntnis verholfen. Ich bin wirklich kein Mensch und kann die Menschen auch nicht ertragen.«

Sie schwieg. Sie hatte die Kapuze hochgeschlagen; er konnte ihr Gesicht nicht sehen.

»Ich kann sie nicht ertragen«, wiederholte er. »Heute Nacht hätte ich fast jemanden getötet. Letztendlich weiß ich nicht einmal, warum ich es nicht getan habe. Ich habe ihn entsetzlich gedemütigt, aber ich ließ ihn am Leben. Ich *ließ* ihn am Leben. Ich besaß die nötige Macht, Thea. Und ich wollte sie. Ich genoss sie.«

»Das ist keine Entschuldigung dafür, dass du dich in ein Schwert stürzen wolltest.«

Er schrak vor ihrer unvermittelten Heftigkeit zurück. »Du verstehst mich nicht.«

»Unglücklicherweise«, meinte sie, »eben doch.«

Sie sprach gegen seinen Rücken. Er hatte die Flucht vor ihr ergriffen.

Jehan saß noch spät in der Bibliothek des Bischofs und las bei Kerzenschein in einer sehr alten Handschrift. Sie war in Griechisch verfasst und dazu noch in eigentümlichem, gekrakeltem, schwierigem Griechisch; er wünschte, Bruder Alf käme und hülfe ihm, wie er das versprochen hatte. Die Kerze war erschreckend weit niedergebrannt, und er ließ sich immer noch nicht blicken. Niemals zuvor hatte der König ihn so lange aufgehalten.

Jehan rieb sich die Augen und gähnte. Ein bisschen würde er noch warten, dann ginge er zu Bett. Morgen früh hatte er Messdienst und anschließend Waffenübung und Unterricht bei Pater Michael, der gerade von Paris zurückgekehrt war.

Die Tür ging auf, eine vertraute braune Kutte tauchte auf. Er wollte aufstehen, um die richtigen Worte zu finden, ihn zu begrüßen und zu tadeln.

Alf wirkte blass, fast krank. Als er den anderen erst gar nicht zu Wort kommen ließ, klang seine Stimme schwach. »Komm mit. Schnell.«

Jehan erhob sich. »Was ist denn los?«

»Wir haben jetzt keine Zeit«, antwortete Alf. »Komm schon.«

Nach kurzem Zögern folgte ihm Jehan. Er bewegte sich schnell und lautlos und hatte die Kapuze über den Kopf gezogen. Als sie aus dem Bischofspalast in die Dunkelheit traten, konnte Jehan ihn nicht sehen; eine kräftige Hand umklammerte sein Handgelenk und zerrte ihn weiter.

Er roch mehr, als er sah, wo er sich befand. Heu, Pferde und Leder: ein Stall. Am hinteren Ende schimmerte ein schwaches Licht und beleuchtete eine weiße Gestalt. Fara. Alf führte ihn zu ihr.

Etwas lag im Stroh zu ihren Füßen; von ihm ging das Licht aus, das durch Falten dunklen Stoffs strömte. Jehan erkannte eine zusammengekauerte menschliche Gestalt, welche die Arme um den Kopf geschlungen hielt.

Er kniete zu Boden. Die Person war nackt unter dem Umhang und krampfte sich noch mehr zusammen, als er sie anfasste; da erkannte er sie. Er drehte sich mit entsetzten Augen zu seinem Führer um.

Alfs Kutte. Aber weder seine Haltung noch seine Größe, ja dieses bleiche Oval unter der Kapuze war nicht einmal sein Gesicht mit dem dunklen Haar und den dunklen, geschwungenen Brauen. Und es war auch nicht seine Stimme. Die seine klang wie Gold; die hier wie Silberglöckchen. »Ja, ich habe dich getäuscht; aber so konnte ich dich ohne großes Aufsehen hierher bringen.«

»Aber er ...«

Sie fiel ihm ins Wort. »Später. Das hier ist wirklich dein kleiner Bruder, und er braucht eine gehörige Dosis gesunden Menschenverstand.«

Jehans Blick wanderte von ihr zu Alf, und er bemerkte die Ähnlichkeit zwischen ihnen. »Was ist ihm zugestoßen? Wieso befindet er sich in diesem Zustand?«

Sie erzählte es ihm in knappen Worten. »Ihr«, fragte er, als sie mit ihrem Bericht fertig war. »Seid Ihr diese Frau?«

Sie lachte laut auf. Fara schnaubte, als sie es hörte. »Gütiger Gott, nein! Wäre ich an ihrer Stelle gewesen, befände er sich noch dort, und das wäre auch besser so.«

»Wer seid Ihr? Was macht Ihr hier?«

Ihre Augen funkelten ihn spöttisch an. »Erkennst du mich immer noch nicht? Dabei folge ich dir schon seit fast zwei Wochen auf den Fersen.«

Er gaffte sie wie vom Donner gerührt an. »Thea?«

»Thea«, bestätigte sie recht ungeduldig. Sie kniete neben Jehan und betrachtete Alfs reglosen Körper. »Weißt du, er ist fast von Sinnen. Nachdem er sich sein Leben lang etwas vorgegaukelt hat, war das Erwachen ziemlich jäh; er will dem nicht ins Auge sehen.«

»Warum nicht?«, fragte Jehan heiser. »Was wurde denn in ihm aufgerührt?«

»Die Wahrheit. Ihr Mönche habt ihn mit eurer Erziehung glauben machen wollen, er wäre ein Ringeltäubchen, aber er ist nun einmal zu einem Adler herangewachsen. Und jetzt hat er gerade entdeckt, dass er Krallen besitzt.«

»Kein Wunder, dass er so erschüttert ist.« Jehan strich liebevoll über die verspannte Schulter. »Bruder Alf. Es ist alles gut. Ich bin bei dir.«

Alf rührte sich nicht. Thea runzelte die Stirn, aber Jehan fühlte die Besorgnis hinter ihrer Ungeduld. »Ich kam auch nicht weiter mit ihm.«

»Hast du es ernsthaft versucht?« Wieder fasste Jehan nach Alfs Schulter. »Bruder Alf, es ist spät, und ich habe stundenlang auf dich gewartet, dass du mir bei dem Dionysius-Text hilfst, willst du nicht mitkommen und zu Bett gehen?«

Alf blieb so lange stumm, dass Jehan befürchtete, er hätte wieder versagt. Dann löste sich der Knoten, und Alf lag mit offenen Augen und leerem Blick auf dem Rücken. »Nein«, erwiderte er. »Ich kann nicht dorthin zurück. Ich habe eine Todsünde begangen. Ich wollte einen Menschen umbringen, und ich wollte mich töten.«

»Man hat dich herausgefordert«, erinnerte Jehan ihn ruhig, obgleich ihm nach Weinen zu Mute war. »Ich hätte bestimmt auch versucht, diesen Schweinehund umzubringen.«

»Trotzdem war es Sünde. Falls ich sündigen kann. Vielleicht besitze ich ja nicht einmal eine Seele, Jehan.«

Der andere schüttelte heftig den Kopf. »Das glaube ich nicht.«

Alf schien es nicht gehört zu haben. »Ich habe das *Gloria Dei* verfasst. Selbst in Rom lobte man es in den höchsten Tönen: ein Glanzstück theologischer Arbeit, der Triumph der Rechtgläubigkeit über die Ketzerei. Ich schrieb es im Eifer gewaltiger Anmaßung, in völliger Überzeugung seiner Richtigkeit. Es ist aufrichtig; ich weiß es, und Rom weiß es. Doch wenn ich ein Geschöpf der Finsternis, ein seelenloses Wesen bin, dessen anderes Ich ein Schwert ist, was nützen dann meine ganzen dünkelhaften Bestrebungen zur Frömmigkeit?«

»Logik«, stellte Thea fest, »ist etwas Wunderschönes. Aber du treibst sie zu weit. ›*Maus* ist eine Silbe‹, sagst du. ›Eine Maus frisst Käse. Demnach frisst eine Silbe Käse.‹«

Unwillkürlich musste Jehan lachen. »Sie hat recht, Bruder Alf. Auch wenn du anders bist; auch wenn du niemals alterst. Gott hat dich geschaffen, oder nicht? Er gab sich dir anscheinend zu erkennen, damit du dein *Gloria Dei* schreiben konntest.«

Alf schloss die Augen. »Und die Leute behaupten, ich wäre ein Wechselbalg, Teufelsbrut; und als ich zum Priester gesalbt wurde, verhängte das Öl einen Bann über mich und beließ mich als das, was ich war, ein siebzehnjähriger Junge.«

»Unfug!«, fuhr Thea ihn an. »Steh auf und sieh der Wahrheit ins Gesicht. Du suhlst dich im Selbstmitleid. Das hast du fast dein Leben lang getan. Und heute Nacht hast du nun festgestellt, dass du dich bei Gott und allen Heiligen eben auch erzürnen kannst; als ob nicht selbst der kläglichste menschliche Halunke dazu in der Lage wäre. Hat denn nicht sogar Jesus die Geldwechsler mit Peitschenhieben aus dem Tempel gejagt? Wolltest du ihn übertrumpfen?«

Er sprang mit funkelnden Augen hoch. »Wie kannst du es wagen, so mit mir zu reden?«

»Na also. Ein kleiner, ehrlicher Wutanfall – indessen ist deine Frömmigkeit falsch. Du solltest häufiger wütend und weniger fromm sein. Dann gerietest du nicht in Versuchung, Knappenjüngelchen mit dem Schwert zu barbieren.«

Alf sank zu Boden und vergrub den Kopf in den Händen. »Geh«, murmelte er. »Geh!«

»Bruder Alf«, ergriff Jehan das Wort. »Sie hat Recht. Du nimmst die Sache zu schwer. Du musstest St. Ruan verlassen, und der König wollte nicht auf dich hören, als du dich um Frieden bemühtest, und diese Dummköpfe von Knappen haben dich zu schändlich mit Worten traktiert. Natürlich bist du da außer dich geraten. Nun komm zu Bett und schlaf noch ein wenig. Morgen früh wirst du dich besser fühlen.«

Alf ließ sich von Jehan wieder auf die Beine zerren, doch er wollte nicht gehen. »Das Kreuz«, fiel ihm ein. »Morwins Kreuz. Joscelin hat es mir abgenommen. Und ich ... habe ganz vergessen ...«

»Armer kleiner Bruder.« Thea hielt einen blitzenden Silbergegenstand in die Höhe. »Das war viel zu kostbar, um es an einen wie ihn zu vergeuden. Ich habe es geborgen. Und auch die Kette geflickt.« Sie zog sie über Alfs Kopf und rückte das Kreuz auf seiner Brust zurecht.

Seine Hand suchte das kalte Silber, als könnte es ihm Trost spenden. Sie lächelte ihm halb spöttisch, halb mit einem anderen, schwer deutbaren Ausdruck zu und löste sich auf. Die weiße Jagdhündin wand sich unter Jehans fassungslosem Blick aus der Kutte und beschnupperte sie voller Abscheu. *Da hast du etwas, deine Blöße zu bedecken. Zieh es an und geh zu Bett.*

Alf zog sich mühsam die Kutte über, hob den Umhang auf und schüttelte das Stroh von beiden. Er hielt inne, um Faras Hals zu streicheln und sie in ihrer Besorgnis um ihn zu beruhigen; dann folgte er den anderen.

Einige Augenblicke nachdem sie gegangen waren löste sich ein Schatten aus den vielen übrigen und schlich hinterdrein.

15

Alf wurde nicht schlagartig wach wie gewöhnlich, sondern erwachte allmählich und voller Widerwillen.

Er setzte sich langsam auf. Sein Hände brannten: Er starrte auf sie hinab. Jede Handfläche war von zwei feinen, parallel verlaufenden Schnitten durchzogen. Er schloss die Finger darüber und stand auf.

Die Luft roch nach hellem Morgen mit einem Hauch Weihrauch, nach Brot für diesen Tag und dem Rauch von mehreren Küchenfeuern. Die Messe war längst vorüber; jedermann hatte sich an seine Arbeit begeben. Selbst Thea war unterwegs und ging ihren eigenen Beschäftigungen nach; wenn sie geistig mit ihm in Verbindung trat, geschah das knapp, schnell und in Gedanken verloren.

Er badete mit übertriebener Sorgfalt, als könnte Wasser die Erinnerung an den vorangegangenen Abend fortspülen. Als er sich anschließend anzog, entschied er sich für die Kleider, die Alun ihm geborgt hatte.

Der König suchte ihn. Doch etwas in seinem Inneren war zu Bruch gegangen. Er fühlte es, als er das Schwert ergriff, dass es noch nicht wieder gekittet war. Als er den Raum verließ, schlug er die Richtung zum Stall ein.

Er ritt alleine auf Wegen aus, die er von den Ausflügen mit dem König kannte. Vor ihm dehnten sich die Moore, Gebiete, die verlassen lagen, seit die Legionen am Hadrianswall entlanggezogen waren, der nun weiß, einsam und blendend im unsteten Sonnenlicht dalag. Fernab von der Stadt in einem Einschnitt zwischen den Bergen spiegelte ein kleiner, glasglatter See den wechselhaften Himmel.

Dort brachte er seine Stute zum Stehen, nahm ihr Sattelzeug und Zügel ab und verbarg beides im Heidekraut. Er verharrte still mit zurückgeneigtem Kopf und atmete tief die frische Luft ein. »Geh«, sagte er zu ihr. »Lauf, wohin du willst.«

Sie senkte den Kopf und stieß mit dem Maul liebevoll nach seinen Händen. Wollte er sie denn nicht begleiten?

Er strich ihre Stirnlocke glatt. »Ich muss nachdenken«, erklärte er ihr. »Und dort hinten kann ich das nicht. Aber du musst nicht in meiner Nähe bleiben. Geh! Lauf los.«

Sie verstand nicht, was er wollte. Sie drehte sich um und kniete zu Boden, um ihn zum Aufsteigen aufzufordern.

Er überlegte sich einen Einspruch, besann sich dann aber anders. Kaum hatte er sich auf ihren Rücken geschwungen, richtete sie sich auf und galoppierte davon.

Die Sonne stand tief, als sie zum Bergsee zurückkehrten. Eine weiße Jagdhündin bewachte den Sattel, erhob sich in ihrer Gestalt als Frau und musterte sie beide wohlgefällig. »Du siehst gut aus«, bemerkte Thea.

Alf glitt von Faras Rücken und ließ eine Hand auf ihrem Hals liegen. »Ich habe mich all meinen Pflichten entzogen.«

Thea schlang seinen Umhang um und half ihm, die Stute zu satteln und ihr die Zügel anzulegen. »Der König verlangt nach dir«, sagte sie, als sie die Gurte festschnallte.

»Ist er erzürnt?«

»Außer sich! Er hat bereits von deinem Abenteuer mit den Knappen erfahren. Die beiden Jungen reiten nach Hause, sobald er Geleitschutz für sie abstellen kann. Eigentlich wollte er nicht einmal das mehr für sie tun, aber

Aylmer hat auf ihn eingeredet, bis er halbwegs zur Vernunft kam. Was den jungen Herrn Joscelin betrifft, der ist in eine Zelle eingesperrt. Er wird sein Urteil bekommen, sobald Richard sich entsprechend beruhigt hat. Das wenigste, was ihm droht, ist Entlassung; Richard kann sich nicht entscheiden, ob er ihm den Kopf abschlagen oder ihn so zu belassen verordnet, wie du ihn zugerichtet hast.«

Alf fuhr bestürzt zu ihr herum. »Das kann er doch nicht machen! Diese Kinder haben schon genug durchgemacht, von der Furcht, in die ich sie versetzt habe, bis zur Lächerlichkeit, der sie sich selbst preisgegeben haben. Die bedürfen keiner weiteren Bestrafung mehr.«

»Bis auf eine gute Tracht Prügel.«

»Sie wussten doch gar nicht, was sie taten.« Er ergriff die Zügel. »Dann sollte ich wohl lieber umkehren und beim König vorsprechen.«

Thea packte ihn beim Arm. »Warte!« Er blieb stehen. Ihr Gesicht war blass und ernster, als er es jemals zuvor gesehen hatte. »Bruder, Richard ist nicht der Einzige, der aufgebracht ist. Die Geschichte wurde beim Erzählen weiter aufgebauscht. Noch bist du zwar in den meisten Fassungen der Held – aber nicht in allen. Manche sagen, du hättest mehr als nur deinen Heldenmut mit dem Schwert bewiesen. Sie sagten, du hättest Hexerei betrieben.«

»Das stimmt ja auch«, antwortete Alf.

Sie schüttelte ihn grob. »Bist du denn immer noch nicht wieder bei Vernunft? Reynaud und seine Bluthunde hatten eine vertrauliche Unterredung mit Bischof Foulques. Und der ist weder ein Freund Aylmers noch des Königs. Und sein Bruder ist die rechte Hand des leitenden Pauliner-Paters.«

Alf nickte ruhig. »Das weiß ich. Wirst du mich nun gehen lassen? Ich muss zum König.«

»Du bist *wirklich* völlig verrückt.« Aber sie ließ ihn los. Er stieg auf und lenkte das Pferd in Richtung Carlisle.

Während Fara sich schon in Bewegung setzte, fühlte er ein zusätzliches Gewicht im Kreuz des Pferdes; Arme schlangen sich um seine Taille. »Und jetzt«, sprach Thea in sein Ohr, »erzähl mir, was du weißt und ich nicht.«

Er drehte sich um und erschrak. Es war immer noch Thea, aber eine andere Thea im Kleid eines Bauernmädchens und mit braunem, sommersprossigem Gesicht. Sie lachte ihn an. »Ich musste doch einen Grund liefern, warum du den ganzen Tag unterwegs warst, oder?«

»Nein«, antwortete er. »Musstest du nicht. Steig ab und lauf als Jagdhündin neben mir her.«

»O nein. Den Gefallen werde ich dir nicht tun. Ich glaube, ich ahne, was du vorhast, kleiner Bruder, und das ist Dummheit.«

»Was habe ich denn vor?«

»Selbstopferung. Heiliges Martyrium. Dich ganz für die Sache des Elfenkönigs zu opfern.« Er schwieg dazu. »Nun sieh mal, wie gut ich dich kenne. Du bist in höchster Verzweiflung losgeritten. Du hast diese Verzweiflung den Winden entgegengeschrien; du hast gebetet und meditiert und schließlich deine Gelassenheit wiedergefunden. Und dann, siehe! Eine Offenbarung. Widersacher und falsche Propheten verschwören sich gegen dich. Was tun? Zu fliehen wäre das Klügste. Aber Klugheit war noch niemals eine deiner größten Tugenden. Warum also nicht ausharren und den Folgen deiner eigenen Torheit ins Gesicht sehen? Damit erreichst du den Aufschub, um den du gebetet hast, hältst Richard bis zum Frühjahr zurück und verschaffst Gwydion die Zeit, eine zweite Botschaft vorzubereiten. Und nicht zu vergessen machst du damit mit deinem eigenen Dilemma ein Ende. Die Bluthunde werden dich auf den Scheiterhaufen stellen, wenn du ihnen die Wahrheit sagst.«

»Ja«, gab er zu. »Das werden sie.«

»Was sagtest du doch zu Alun in Bezug auf Selbstmord?«

»Sein Leben hatte einen Sinn. Auf ihn warten seine Dame, sein Bruder, sein ganzes Volk. Und ich ... ich war ahnungslos. Ich begriff nicht recht, wessen ich alles fähig bin. Und ich war auch nicht sicher, ob es nicht doch eine Möglichkeit gäbe, die zwei Hälften meiner Persönlichkeit miteinander in Einklang zu bringen. Heute weiß ich es besser. Ich kann nicht gleichzeitig Mönch und Zauberer sein; ich kann nur eins von beiden sein. Selbst wenn ich mich bemühe, ein einfacher Mensch zu sein, sprengt meine Kraft die Ketten und verrät mich. Was ich auch unternehme, ich vernichte mich selbst. Warum also nicht zu einem bestimmten Zweck?«

»Edelmütig«, meinte sie. »Und dumm. Du kannst so alt werden, wie Menschen nur werden können, und du wirst doch das reinste Kind bleiben.«

»Bist du etwas anderes?«

»Wahrscheinlich nicht. Aber ich bin nicht im Kloster aufgewachsen. Ich bin gejagt worden, wie diese Bluthunde dich jetzt jagen.«

»Und du bist nicht erwischt worden.«

»Weil ich mich nicht erwischen lassen wollte.«

Er schwieg, seine Augen waren auf die Mauern von Carlisle geheftet. Doch er war sich Theas Anwesenheit stark bewusst. Eigentümlich, dachte er. Die Frauen in der Taverne hatten nur seinen Abscheu hervorgerufen; und sie hatten sich alle Mühe gegeben, ihn zu verführen. Thea, die voll bekleidet war und schicklich hinter ihm ritt, rief alle seine Konflikte ihn ihm wach und erweckte den Wunsch, seine Gelübde zu brechen.

Warum auch nicht?, fragte sein dunkles Ich in dem tiefen Keller, in welchen er es verbannt hatte. *Du strebst deinen eigenen Tod an. Du weißt, dass du weder die Verdammnis noch die Seligkeit erlangen kannst. Was für eine Rolle würde es also spielen, wenn du mit ihr nach deinem Willen verfahren würdest?*

Und ihr wäre es nur recht. Aber er war nicht dazu in der Lage. Er war ein Tor, wie sie gesagt hatte, und ein Feigling. Das sollte seine Grabinschrift werden.

Unmittelbar hinter dem Stadttor hielt die Stute an. Thea rutschte unter den Augen aller Wachen zu Boden. »Habt Dank, Herr«, sagte sie mit dem breiten Akzent des Nordens.

Alf errötete. Leute gafften; die meisten wussten, wer er war. Er lenke die Stute ohne ein weiteres Wort schnell herum.

»Danke für den Ritt!«, kreischte sie hinter ihm her. Irgendwo lachte jemand.

16

Jehan war gerade bei der Waffenübung, als ein Mönch ihn zu Bischof Aylmer rief. Er war gegen zwei oder drei der jüngeren Heerpriester mit der Lanze angeritten; und er war seit über einem Jahr aus der Übung. Schlecht geführte Streiche oder überlangsame Reaktionen hatten den hölzernen Sarazenen öfter herumwirbeln lassen, als er zählen konnte, um seine Hiebe mit mindestens gleicher Wucht zurückzugeben. Ihm tat der ganze Körper weh; er war froh, dass er aufhören konnte.

Nachdem er seine schwer gepolsterte Übungsrüstung abgelegt, gebadet und sich frisch bekleidet hatte, meldete er sich an der Tür zu Bischof Aylmers Bibliothek. Dort schimmerten Lampen, denn die hohen, schmalen Fenster ließen nur wenig Licht ein; Aylmer stand an der gegenüberliegenden Wand und hörte zu, was sein Sekretär aus einer Stiftungsurkunde vorlas. Als Jehan eintrat, schickte er den Mann fort und winkte. »Ah, Jehan. Wie ging es beim Lanzenstechen?«

Jehan grinste wehmütig. »Entsetzlich«, antwortete er. »Ich glaube, mein Vater hat Recht. Ich bin verweichlicht.«

»Lass dir Zeit«, riet Aylmer. »Wie ich höre, bist du im Schwertkampf besser.«

»Ein wenig, Euer Exzellenz.«

Aylmer wies auf einen Stuhl. Jehan setzte sich vorsichtig, um seine zerschundenen Muskeln zu schonen; der Bischof beobachtete es erheitert. »Wie alt bist du jetzt?«, wollte er wissen.

»Gerade sechzehn, Euer Exzellenz.«

»So?« Aylmers Braue zuckte in die Höhe. »Demnach wirst du noch ziemlich wachsen.«

»Mein Vater ist ein großer Mann. Und mein Bruder Robert ebenfalls. Die anderen sind noch zu jung, als dass man ein endgültiges Urteil abgeben könnte, aber sie sind alle kräftige kleine Ungeheuer. Sogar meine Schwester Alys.«

Der Bischof lächelte selten herzlich. »Ja, ich habe von den Sevignys gehört. Ein heldenhafter Haufen.«

»Wir sind ein eigener Schlag«, sagte Jehan.

»Das seid ihr«, stimmte Aylmer ihm zu. »Pater Michael lobt deine Lernfähigkeit. Sogar in höchsten Tönen.«

Jehan rieb über eine Schwiele an seiner Schwerthand und seufzte unwillkürlich. Pater Michael war beim Anblick seines neuen Schülers nicht begeistert gewesen. Ganz im Gegenteil. War er, der zu Füßen der größten Gelehrten des Christentums gesessen hatte, dazu verurteilt, diesem gewaltigen Ochsen von Grafensohn Grammatik beizubringen?

Er hatte aus seiner Verachtung kein Geheimnis gemacht. »Kannst du Latein?«, hatte er sich in der Landessprache erkundigt.

»Ja«, hatte Jehan in der gleichen Sprache geantwortet.

»Aha.« Der Priester hatte seinen Spott kaum verhehlt. »Sag auf Lateinisch: ›Der Junge sieht den Hund.‹«

Jehan hatte gehorcht. Und auch weiterhin gehorcht, weil es ihn erheiterte, obgleich seine gute Laune allmählich verflog. Als Pater Michael schließlich noch einen einfältigen Satz formulierte, hatte er auf Lateinisch, wie es ihn Meister Peter gelehrt, Bruder Osric verfeinert und Bruder

Alf vervollkommnet hatte, gefragt: »Pater, das mag ja recht erheiternd sein, aber ist es letztlich nicht doch ziemlich langweilig? Könnten wir nicht ein wenig Vergil lesen? Oder vielleicht etwas Martianus?«

Er musste jetzt noch lächeln, wenn er sich an Pater Michaels Gesicht erinnerte. Voller Zweifel zuerst, zeigte es dann Ungläubigkeit und schließlich unbändige Freude. »Gütiger Gott!«, hatte er gerufen. »Der Ochse besitzt ja Verstand!«

Aylmer hatte sowohl das Seufzen wie das Lächeln bemerkt. »Irgendwelche Schwierigkeiten, Junge?«

»Nein«, antwortete Jehan. »Keine ernsthaften. Inzwischen müsste ich mich daran gewöhnt haben, wie die Menschen auf mein Äußeres reagieren. Ich habe so einen riesigen Körper und so ein dümmliches Gesicht. Aber in meinem Inneren bin ich in Wirklichkeit ein mageres Mäuschen, das die Nase in ein Buch steckt.«

Aylmer lächelte schallend. »He, Junge! Du gefällst mir. Hier, nimm einen Apfel. Sie stammen aus deinem St. Ruan, der Apfelinsel selbst.«

»Tatsächlich?« Jehan nahm einen aus der Schale auf dem Tisch. »Sie nennen die Gegend auch Ynys Witrin, wisst Ihr. Ich habe auch gehört, die wahre Insel sei nicht von dieser Welt.«

»Das Reich der ewigen Jugend. Ja.« Während Jehan an seinem Apfel knabberte, schlenderte Aylmer an den Buchreihen entlang, hielt inne und betrachtete einen Titel. Schließlich drehte er sich um. »Glaubst du, es gibt tatsächlich einen solchen Ort?«

»Es gibt vieles innerhalb und außerhalb dieser Welt, das

ich nicht kenne. Vielleicht gibt es ein wirkliches Ynys Witrin oder Tir-na-n'Og oder Elysium. Vielleicht sind das alles auch nur andere Namen für Himmel.«

»Vielleicht«, meinte Aylmer. Er trat an den Tisch und nahm Jehan gegenüber Platz. »Manche sagen, das geheimnisvolle Reich läge just jenseits des Meeres in Rhiyana.«

»Das habe ich auch schon vernommen.«

»Deine Mutter ist doch Rhiyanerin, nicht wahr?«

»Ja, Euer Exzellenz. Sie ist die Tochter des Grafen von Caer Dhu.«

»Mit dem König verwandt, nach allem, was ich gehört habe.«

Jehan aß seinen Apfel zu Ende und stellte das Kerngehäuse aufrecht auf den Tisch. »Entfernt. Sie lebte niemals bei Hofe. Sie wurde von einem Edelmann und seiner Dame in Poictesme aufgezogen und heiratete meinen Vater, als sie fast noch ein Kind war.« Seine auf Aylmer gerichteten Augen waren groß, blau und arglos. »Wollt Ihr etwas über Gwydion erfahren, Euer Exzellenz?«

Die Wange des Bischofs zuckte. »Ein wenig schon«, gab er zu. »Hast du in St. Ruan häufig mit dem rhiyanischen Ritter gesprochen?«

»Ich habe ihn gepflegt«, antwortete Jehan. »Er schlief viel. Manchmal redete er. Aber er war kein gesprächiger Zeitgenosse. Vielmehr war er sehr ruhig, wenn er nicht gerade etwas mitzuteilen hatte.«

»Wie sah er aus?«

Jehan zuckte mit den Schultern. »Wie ein Rhiyaner. Groß, schwarzes Haar, graue Augen. Ein Gesicht wie ein Falke.«

»Jung?«

»Ziemlich. Alt genug, Ritter zu sein, aber nicht viel älter.«

»Von vornehmer Herkunft?«

»Ja.« Jehan kippte das Kerngehäuse des Apfels um und ließ es von Hand zu Hand rollen.

»Stammte er vom Elfenvolk ab?«

Der Apfel blieb liegen. »Gibt es sie tatsächlich?«, fragte Jehan mit leicht überraschtem Ton.

»Es wird behauptet.« Aylmer rückte sich in seinem Stuhl zurecht und seufzte. »Es wird behauptet. Wusstest du, dass es den Pauliner-Mönchen untersagt ist, in Rhiyana zu predigen und Klöster zu gründen?«

»Tatsächlich? Warum denn?«

»Es ist ein Befehl des Königs. Die alten Orden reichen aus, meinte er, und die Kirche stehe in seinem Reich in voller Blüte. Sie benötigt keine Bluthunde, ihre Abtrünnigen zu jagen.«

»Oder seine Elfen? Sofern es sie gibt«, fügte Jehan hinzu.

»Sofern es sie gibt«, stimmte Aylmer zu. »Sag mir, wo ist eigentlich Bruder Alfred geboren?«

Jehan erstarrte. Mit Bruder Reynaud kam er zurecht; trotz all seiner Verschlagenheit war der Mann ein Dummkopf. Bischof Aylmer war dagegen etwas ganz anderes.

»Er wurde in der Nähe von St. Ruan geboren«, antwortete er. »Wo genau, weiß man nicht. Er war eines der Waisenkinder der Abtei. Es leben immer ein paar im Kloster. Die meisten legen irgendein Gelübde ab, wenn sie erwachsen sind – weil sie dann das klösterliche Leben gewöhnt sind, versteht Ihr. Sie wissen dann schon gar nicht mehr so genau, woher sie stammen, und so geht es allen anderen ebenfalls.« Er hielt inne. »Bruder Alfred ist kein Rhiyaner, wenn Ihr das meint. Ich denke, er ist vielleicht Sachse.«

»Ihr beide seid enge Freunde?«

»Darüber bin ich mir nicht ganz im Klaren«, meinte Jehan. »Ich habe ihn stets bedrängt, mir bei meinen Büchern zu helfen. Eine Zeitlang war er mein Lehrer. Dann kamen wir hierher.«

»Er hat dich unterrichtet?«

»Nun ja. Einer musste es tun.«

Aylmer lächelte nicht, aber seine Augen blitzten. »Ist es nicht eigentümlich, dass er dein Lehrer sein sollte? Ihr müsst doch ungefähr im gleichen Alter sein.«

»Im Grunde genommen ist das nicht verwunderlich. Schließlich hat er immer dort gelebt. Er ist ein brillanter Kopf.«

»Wie sein Namensvetter, der andere Alfred? Ich habe immer davon geträumt, als Schüler zu Füßen des großen Gelehrten zu sitzen. Aber ich hatte niemals das Glück; und als ich mich im vergangenen Jahr in St. Ruan aufhielt, war er krank und konnte niemanden empfangen.«

»Ich kann mich noch daran erinnern«, bestätigte Jehan. »Ich war gerade erst in die Abtei gekommen.«

»Tatsächlich? Ich habe dich nicht gesehen. Allerdings sah ich sehr wohl den jungen Bruder Alfred. Er fiel mir als bemerkenswerter junger Mann ins Auge.«

»Und heute erscheint er Euch nicht mehr so? Erkundigt Ihr Euch deshalb nach ihm?« Jehans Fäuste ballten sich unwillkürlich. »Das ist nicht wahr, Euer Exzellenz. Er verkörpert alles, was Ihr in ihm saht. Aber er hat Probleme. Er ist das weltliche Leben nicht gewöhnt, hat niemals angestrebt oder erwartet, des Königs Freund zu werden, und die

Menschen gehen grausam mit ihm um. Sie können es nicht ertragen, dass jemand gleichzeitig gut, klug und schön ist.«

Nun trat das Lächeln des Bischofs offen zutage. »Ei, Bursche, kein Grund, mich anzuschreien. Ich beurteile einen Menschen immer gerne nach den Aussagen jener, die ihn lieben; und nach dieser Einschätzung gibt es wenige seinesgleichen.«

»Und nach keiner anderen«, murmelte Jehan.

»Ich glaube nicht. Aber die Sache hat noch eine zweite Seite. Bruder Alfred besitzt tatsächlich Freunde von höchstem Rang. Unglücklicherweise sind seine Gegner ebenso mächtig und außerdem zahlreicher.«

»Die Bluthunde!«

Aylmer kniff die Augen zusammen. »Du weißt von ihnen?«

»Sie versuchten, mich über Bruder Alfred auszuhorchen. Wer er ist, was er ist, was ich über ihn weiß.«

»Gestern Abend«, berichtete Aylmer und beobachtete ihn unter dichten Brauen hervor, »ist es in einer der Schenken der Stadt zu einem Tumult gekommen. Und Bruder Alfred soll im Mittelpunkt des Ganzen gestanden haben.«

Jehan blieb reglos mit starrer Miene sitzen.

»Es kam zu ungewöhnlichen Zwischenfällen«, fuhr der Bischof fort. »Besorgnis erregende, wie manche meinen. Hast du jemals versucht, einen Mann mit einem Schwert zu barbieren?«

»Ihn barbieren? Mit einem *Schwert?*« Jehan lachte. »Es ist schon schwierig genug, einen sauberen Streich zu führen.«

»Nach den Geschichten, die mir zu Ohren kamen, hat unser zarter Bruder, der von Kindheit an in einer Abtei großgezogen wurde, einen Mann mit einem Schwert so gut barbiert wie ein Arzt mit einem Skalpell.«

Es trat eine lange Pause ein. »Euer Exzellenz«, brach Jehan das Schweigen. »Ich habe Bruder Alf vergangene Nacht gesehen. Ihm war entsetzlich übel. Nicht, dass er betrunken war. Nur von großer Übelkeit befallen. Und die war eher seelisch als körperlich. Er wollte sterben, Euer Exzellenz.«

Das überraschte Aylmer völlig. Er beugte sich vor. »Was?«

»Er wollte sterben. Ein ... ein Freund fand ihn. Hielt ihn davon ab und kam mich holen.«

Jehan glaubte, Aylmers Gesichtsausdruck deuten zu können. Zutiefst erschreckt und ... besorgt? »Warum? Was war geschehen?«

»Ich weiß es nicht genau. Ich glaube ... die Geschichten könnten zutreffen. Aber er ist kein Teufel, Euer Exzellenz. Und auch nicht irgendeines Teufels Diener.«

»Gott allein weiß«, murmelte Aylmer, »wie sehr ich das glauben möchte.«

»Ihr werdet ihn lieb gewinnen«, gab Jehan fest seiner Überzeugung Ausdruck. »Die besten Menschen gewinnen ihn alle lieb. Doch alle übrigen hassen ihn. Und dieser Hass ist der Grund, warum die Bluthunde hinter ihm herjagen.«

»Es ist mehr als das, Junge.«

»Nicht viel mehr«, widersprach Jehan heftig. »Er ist so weit mehr Gottes Geschöpf als wir anderen alle. Die Welt versetzt ihn in tödliche Angst. Letzte Nacht versuchte er, ihr zu entkommen. Und er möchte es immer noch. Und jetzt ist die Jagd eröffnet. Er wird sich seinen Jägern geradewegs in die Arme werfen.« Er schlug mit der Faust auf den schweren Tisch, dass der zu wackeln begann. »Warum können die Leute ihn bloß nicht in Ruhe lassen?«

»Weil«, antwortete Aylmer, »er kein gewöhnlicher Mensch ist. Ich werde versuchen, ihn zu schützen, wenn ich das kann. Aber es wird mir vielleicht nicht gelingen.«

»Niemandem wird es gelingen. Und er wird sterben und ich ... ich werde denjenigen umbringen, der seine Hand gegen ihn erhebt!« Jehan sprang auf und lief blindlings zur Tür.

Das Kerngehäuse des Apfels war zu Boden gefallen. Aylmer hob es auf und stellte es sorgsam aufrecht auf den Tisch und blieb eine lange Weile regungslos sitzen.

17

Alf blieb in der Tür zum Schlafzimmer des Königs stehen. Es war ein kleiner Raum, kaum größer als eine Zelle, der von einem großen geschnitzten, mit Vorhängen verhüllten Bett beherrscht war; Richard hatte die nackten Wände mit mehreren Lagen Wandteppichen verkleidet und einen orientalischen Kohlekessel aufgestellt, der sein Bestes tat, die nordische Kälte zu vertreiben.

Der König saß in Kniehose und pelzgesäumten Tappert neben dem Kohlebecken und spielte mit Graf Hugo Schach. Über ihnen hing eine Lampe, die leicht im Luftzug schaukelte, der die schweren Tapisserien anhob; sie warf ein unstetes Licht über das Brett und die geschnitzten Figuren. Die weißen Springer waren Streiter Allahs, die ihre gebogenen Krummsäbel schenkten, die schwarzen schwer und klobig in Kettenhemden auf ihren fränkischen Schlachtrössern; der weiße König war ein Sarazenensultan, der schwarze ein Christ mit einer Krone aus Kreuzen und Blättern.

Richard schob den schwarzen Turm vor den elfenbeinernen Sultan. »Schachmatt, Euer Gnaden«, verkündete er.

Graf Hugo blickte finster auf das Brett. »Schachmatt«, stimmte er schließlich zu, »Sire.«

Der König lächelte ihm zu; es war ein gespielt freundliches Lächeln. »Ein gutes Spiel, Herr. Und«, fügte er hinzu, »nun eine gute Nacht.«

Alf trat beiseite, um Hugo vorbeizulassen. Der Graf blickte ihn an, erschrak und bekreuzigte sich.

Das Gift breitete sich schnell aus. Alf betrat den Raum und ließ den Türvorhang hinter sich fallen.

Richard stand neben dem Schachbrett. Seine Augen funkelten hell. »Nun, Bruder«, sprach er ihn an. »Du kommst später als gewöhnlich.«

Alf verbeugte sich leicht und schwieg. Sein Blick ruhte auf dem Schachbrett, wo ein weißer Läufer neben dem Frankenkönig stand.

»Setzt Euch«, befahl ihm der König.

Er gehorchte und ließ sich auf dem Stuhl nieder, von dem sich der Graf erhoben hatte. Richard nahm den Ebenholzkönig hoch und drehte ihn in den Händen. »Ich mag dieses Spiel sehr«, sagte er. »Emir Saladin hat es mir zur Erinnerung an unsere Kämpfe und unseren Waffenstillstand geschenkt.«

»Befindet Ihr Euch jetzt im Krieg gegen mich?«, erkundigte Alfred sich ruhig.

Richard stellte die Schachfigur mitten auf das Brett und holte aus einem Schrank eine Reiseflasche und zwei silberne Becher. Er füllte beide und reichte einen davon Alf. »Ihr wart den ganzen Tag unterwegs«, stellte er fest. »Warum?«

»Ich musste allein sein.«

»Sehnsucht nach dem Kloster?«

Alf schüttelte den Kopf.

»Lügner.« Richard setzte sich bequem und nippte an seinem Becher. »Dort ist es ruhiger, nicht wahr? Keine Krieger. Keine Könige. Und keine betrunkenen Knappen.«

Alf blieb unter dem scharfen Blick des Königs ganz still sitzen. »Sie wussten nicht, was sie anrichteten.«

Richard stieß eine Verwünschung aus. »Sie wussten es, die Pest möge über sie kommen. Sie wussten genau, was sie taten.«

Alf schaute hoch; es war ein überraschender, silbern blitzender Blick. »Nein«, widersprach er. »Sie wussten es nicht. Sonst hätten sie es niemals gewagt.«

Der König hielt inne. Das war ein Alf, wie er ihn noch niemals erlebt hatte: funkelnd, reizbar und gefährlich. »Man hat mir eine hübsche Geschichte von Schwertern und Hexerei und einem Mönch erzählt, der sich in einen Teufel verwandelt hat«, fuhr er fort. »Bist du ein verkleideter Elfenritter?«

»Ich bin gewiss kein Ritter.«

»Aber ein Meister im Umgang mit dem Schwert. Zwanzig Männer schwören darauf, unter ihnen mein Waffenmeister.«

Alfreds Finger verkrampften sich um sein Trinkgefäß. »Ich ... gehe Waffen aus dem Wege. Sie bringen mich in Versuchung.«

»Reizvoller als Frauen, nicht wahr? Ich hätte dich zu gerne gesehen. Thierry war den Tränen nahe. Dieser köstliche Griff, diese vollkommene Beherrschung, vergeudet an einen frommen Kahlkopf.«

»Nicht vergeudet«, verbesserte Alf ganz leise. »Tief und sicher vergraben. Ich glaube ..., ich glaube, ich bin von Natur aus ein Mörder.«

»Sind wir das nicht alle?«

Alf löste mühsam seine Finger. Sie hatten den Rand des Bechers zu einem engen Oval zusammengedrückt. Er stellte ihn ab und wischte sich die Hände an den Hosen. »Vielleicht steckt es tatsächlich in allen Menschen«, überlegte er laut, »aber ich bin schlimmer als die meisten. Oder wäre es, hätte Gottes Gnade mich nicht nach St. Ruan geführt.«

»Gottes Gnade!« Richard schnaubte verächtlich. »Gottes Hohn. Mit der großzügigen Hilfe von Mutter Kirche. Sieh dir doch an, was sie aus dir gemacht haben – eine Zielscheibe für jeden dahergelaufenen Rotzjungen. Aus dir, der du draußen auf den Kampfplätzen stehen und den Flammenträger selbst herausfordern müsstest, sich mit dir zu messen.«

»Was immer ich hätte sein sollen, das bin ich nun. Und ich bedaure, dass ich meinen Zorn jemals meine Vernunft überwältigen ließ. Es war unverzeihlich.«

»Nein.« Alf ließ sich auf ein Knie nieder. »Sire. Vergebt den Jungen, die mich verhöhnt haben. Ein nächtlicher Aufruhr ist nicht wert, dass dafür drei Edelleute in Ungnade fallen.«

Der König zog die Brauen zusammen. »Wirklich nicht?«

»Niemals, Sire. Sie werden mich nicht noch einmal belästigen. Dessen kann ich Euch versichern.«

»Als sie dich angriffen, führten sie ihren Angriff in Wirklichkeit gegen mich. Und sie wussten es. Und sie sind sich im Klaren, dass sie gut davonkommen, wenn ich sie nur nach Hause schicke.«

»Unehrenhaft, Euer Majestät; und einer liegt in Fesseln. Wollt Ihr alle seine Verwandten zu Feinden erklären, nur weil ihm ein Ulk missglückt ist? Genügt es nicht, dass ganz Carlisle über ihn lacht?«

»Bei Gott, nein!«

Alf stand auf. »Dann, Sire, seid Ihr ein Tor.«

Noch bevor er an der Tür anlangte, hatte ihn der König schon gepackt und wirbelte ihn herum.

Die Hand auf Alfs Arm war von brutaler Härte. Sein Blick wanderte zu dem wütenden Gesicht empor. »Verzeiht ihnen«, bat er.

Richards Kiefer malmten. Seine Finger spannten sich und ließen dann unvermittelt los. »Du«, schleuderte er ihm mit belegter Stimme entgegen. »Du verdammter, frommer, Predigten haltender Pfaffe.«

Alf lächelte schwach. »Das alles«, stimmte er ihm zu, »mag ich wohl sein. Lasst die Knappen frei.«

»Ich werde dich aburteilen, wie ich sie abgeurteilt habe. Sie lösten den Streit aus, doch du warst es, der zur Waffe griff.«

Alf schwieg. Sie standen Auge in Auge, fast Körper an Körper; er konnte den Zorn des Königs als körperlich greifbar, als eine Woge weiß glühender Hitze fühlen.

Unvermittelt wandte Richard sich ab, stapfte zu dem Schachbrett zurück und machte sich daran, die Figuren neu aufzustellen. Alf beobachtete ihn. Er hielt inne, mit dem König und seinem ebenhölzernen Springer in der Hand. »Zwei davon werde ich dir schenken. Aber nicht den Schlimmsten von ihnen.«

»Alle drei«, beharrte Alf. »Gerade auch Joscelin.«

Richard warf einen raschen, boshaften Löwenblick über seine Schulter zurück. »Missbrauche meine Großmut nicht, Pfaffe.«

»Alle drei«, wiederholte Alf. »Verzeiht ihnen.«

Der König beachtete ihn gar nicht, stellte eine Doppelreihe Bauern auf: ebenhölzerne Soldaten und elfenbeinerne Sarazenen. Als alle standen, betrachtete er sie mit verschränkten Armen.

Mit einem langen Schritt stand Alf neben ihm. »Ich

nehme Euer Geschenk der beiden Jungen dankbar an. Aber gebt mir auch Joscelin.«

»Nein.«

»Was habt Ihr mit ihm vor?«

Seine sanfte Hartnäckigkeit brachte Richard erst in Wut, bis er schließlich eine Art heitere Gelassenheit erreichte. »Ich werde dem Narren den Kopf scheren lassen und ihn in ein Kloster stecken.« Der König fletschte die Zähne. »Das müsste dich doch zufrieden stellen.«

»Nein«, entgegnete Alf. »Das tut es nicht. Lasst ihn frei.«

»Pfaffe«, fauchte Richard, »du hast alles bekommen, was zu bekommen war. Verschwinde aus meinen Augen, ehe ich es mir wieder anders überlege.«

Alf wich keinen Schritt zurück. »Joscelin«, wiederholte er. »Lasst Joscelin frei.«

Des Königs Hand schoss schneller hoch, als man denken kann. Doch Alf wehrte sie noch schneller ab und hielt sie fest. Ein Augenblick eisiger Stille trat ein.

In Richards Augen glühte ein Funke auf. Er mühte sich mit ganzer Kraft, sich aus der Umklammerung des andern zu befreien.

Alf schwankte ein wenig, ließ aber nicht los. Richard hielt keuchend inne und starrte auf die schmalen, weißen Finger. Sie sahen aus, als würden sie auf ein Wort hin zerbrechen. Doch sie hielten ihn wie Stahlreifen umfangen.

Der Funke schwoll an. Richard blickte von der Hand zu dem Jungen dahinter und in dessen bleiches Gesicht. »Lass mich los«, sagte er, und es war weder ein Befehl noch eine Bitte.

Alf gehorchte.

Richard rieb sein Handgelenk, ohne ein Auge von Alf zu lassen, als sähe er ihn zum ersten Mal. »Zwei sind frei«, entschied er endgültig. »Das hast du erreicht. Aber der Dritte wird büßen.«

»Wie?«

»Entweder wird er zu Kreuze kriechen, dich um Verzeihung für seine Sünden bitten und davonkommen, oder ich schicke ihn ins Kloster.«

Alf öffnete den Mund; Richard schnitt ihm das Wort ab. »Schluss damit! Weiter werde ich nicht mehr gehen!«

Langsam senkte Alf den Kopf. »Ja, Sire«, murmelte er. »Bin ich entlassen?«

»Geh, verdammt noch mal. *Geh!*«

Der Zorn des Königs hatte Joscelin nicht in den Kerker des Grafen geschickt. Der Knappe ruhte einigermaßen behaglich in einer finsteren Kammer hinter den Stallungen, wo er ein Strohlager zum Schlafen hatte und nur an einer einzigen Fußkette gefesselt lag.

Er kauerte auf der Strohpritsche, hatte den Umhang über den kahl geschorenen Schädel gezogen und verharrte auch reglos, als sein Wächter eine Fackel in eine Wandnische steckte, welche die Zelle in helles Licht tauchte. Der Mann stieß in unsanft mit dem Fuß. »Wach auf, Bürschchen. Du bekommst Gesellschaft.«

»Ich werde alleine mit ihm sprechen«, sagte Alf. Joscelin schrak beim Klang seiner Stimme etwas zusammen und spähte durch zusammengekniffene Lider; er sah nur einen verhüllten Schatten hinter der kleineren, breiteren Gestalt des Wärters.

Der Mann zog sich mit einer Münze in der Faust und einem segensreichen Handauflegen durch Alf zurück, was eine angemessene Belohnung für die nächtliche Mühe war.

Alf hockte sich neben das Strohlager und wartete, dass Joscelin ihn ansah. Der Knappe erinnert kaum mehr an den eleganten jungen Mann, der den hilflosen Mönch hatte quälen wollen, wie er nun so schmutzig und zerlumpt ohne seine dunklen Locken dalag. Als seine Augen sich schließlich an das Licht gewöhnt hatten, erkannte er das Gesicht in der Kapuze und verzog die Lippen: »Nun, hübscher Bruder«, spottete er. »Kommst du, dein Opfer zu verhöhnen, ehe es zum Richtblock geführt wird?«

»Nein«, entgegnete Alf. »Ich habe mit dem König geredet. Er hat versprochen, Euch freizulassen. Unter einer Bedingung.«

Hoffnung loderte in den dunklen Augen auf, auch wenn die Stimme unvermindert spöttisch klang. »Ach ja. Es gibt immer eine Bedingung. Wie lautet sie denn? Muss ich dir in den Hintern kriechen?«

Alf errötete unwillkürlich. »Ihr müsst mich um Verzeihung bitten.«

»Das kommt auf das Gleiche heraus«, meinte Joscelin. »Und wenn ich das nicht mache?«

»Wandert Ihr ins Kloster.«

Joscelin gähnte, streckte sich und rasselte mit seiner Fußfessel. »Ist das alles? Und ich lag schon da und sprach das Vaterunser für mein Seelenheil. Seine Majestät verweichlicht.«

»Das glaube ich nicht.«

»Du natürlich nicht.«

»Wenn Ihr des Königs Bedingung erfüllt, seid Ihr frei. Ganz frei.«

»Um unehrenhaft in den Schoß meiner Familie zurückgejagt zu werden.«

»Nein.«

»Dann ist er wirklich verweichlicht. Was für ein Jammer. Es gab Zeiten, da hätte er mir die Ohren abgeschnitten, wenn ich mich mit einem Milchbübchen auf einen Kampf eingelassen und verloren hätte.«

»Demnach wollt Ihr Euch für das Kloster entscheiden?«

Joscelin lehnte sich zurück und schloss die Augen. »Vielleicht«, meinte er. »Das ist doch kein schlechtes Leben. Wein, Gesang, ab und zu einmal ein Mädchen, und Knaben, so viel das Herz begehrt.«

»Glaubt Ihr tatsächlich, dass das so ist?«

Er schlug ein dunkles, spöttisches Auge auf. Und an seinem Grunde loderte tiefster Hass. »Hübsches Brüderchen. Ich weiß, dass es so ist. Stell dich nicht so viel heiliger, als du bist!«

»Ihr braucht Euch nur bei mir zu entschuldigen und nehmt wieder Euren Platz und Eure Stellung von vorher ein.«

Ein Beben durchlief Joscelins Körper. »O nein«, widersprach er. »Es wird nicht mehr dasselbe sein.«

»Irgendwann einmal wird Eure Schmach vergessen sein.«

»Wenn du nicht den Mund hältst«, drohte Joscelin ruhig und gelassen, »werde ich ihn dir verschließen. Hau ab und lass mich schlafen.«

»Joscelin ...«

»Joscelin«, äffte er ihn bitter nach. »Joscelin! Sei ein lieber Junge, Joscelin. Lächle doch, Joscelin. Verbeug dich vor dem hübschen Bruder, Joscelin. Und vergiss den König, Joscelin. Er hat einen neuen Liebling gefunden und braucht dich nicht mehr.« Er lachte; es war ein heiserer, eigentümlicher Laut. »So, nun habe ich die Katze aus dem Sack gelassen. Ich bin eifersüchtig, in Gottes Namen! Mein Gebieter hat einen neuen Liebsten, einen wunderschönen Jungen, und wenn er sich herablässt, den alten noch eines Blickes zu würdigen, dann hat er gerade noch ein Lächeln, ein Wangentätscheln und für einen Penny Mitleid für ihn übrig.«

Alf griff ohne nachzudenken nach ihm, wie er es getan hätte, um Jehan zu trösten.

Joscelin wehrte seine Hände heftig ab. »Nimm deine schmutzigen Klauen von mir!«

Einen Augenblick lang musterten sie einander totenbleich. Alf voller Entsetzen und Mitgefühl, Joscelin voller Hass.

»Joscelin«, wollte er freundlich richtig stellen. »Ich bin nicht der Liebste des Königs.«

Wieder das schreckliche Lachen ohne jede Erheiterung. »Erzähl keine Lügen, hübscher Pfaffe. Wir sind hier doch alle gute Sodomiten.«

Alf schüttelte den Kopf. »Glaub mir. Ich nicht.«

»Lügen, nichts als Lügen. Hau ab und nimm sie mit.«

»Ich werde Euch alles verzeihen, was Ihr mir angetan und an den Kopf geworfen habt, wenn Ihr nur darum bittet.«

»Nimm das für deine Verzeihung!« Joscelin spie ihm ins Gesicht.

Langsam und sorgfältig wischte Alf den Speichel von der Wange. Und ebenso behutsam sagte er: »Lasst mich rufen, wenn Ihr es Euch anders überlegt habt.«

Joscelin lachte. Sein Gelächter klang Alf noch lange in den Ohren.

18

Wenn Aylmer nicht schlafen konnte, fand er häufig Frieden in der luftigen Stille der Kathedrale, obgleich sie von winterlicher Kälte durchflutet war und nur das Ewige Licht über jedem Altar brannte. In jener Nacht hatte er wach gelegen und die große Glocke jede Stunde einläuten hören, bis er schließlich aufstand, die braune Kutte seines alten Ordens überzog, einen Schritt über den Novizen, der als sein Knappe auf seiner Türschwelle schlief, hinwegtrat und leise den Raum verließ.

Um diese finstere Zeit zwischen Komplet und Nachtmesse lag die Kathedrale verlassen. Er verbeugte sich tief vor dem Hauptaltar, murmelte einen Gruß und ein Gebet und schlug den Weg zur Marienkapelle ein.

In der Dunkelheit konnte er die auf den Steinen vor dem Altar flach ausgestreckte Gestalt nicht sehen, bis er darüber stolperte. Ihr entwich ein Keuchen; dann rollte der Betreffende sich schnell zur Seite und erhob sich halb.

Er wusste, um wen es sich handelt, noch ehe er das Gesicht erkannte; diese raubtierhafte Geschmeidigkeit war unverkennbar. Er streckte eine Hand aus; Alf zögerte zuerst, ließ sich aber dann vom Bischof auf die Beine zerren. Er sah sehr blass aus und hatte Ringe unter den Augen.

Aylmer seufzte innerlich. Das hatte ihn wach gehalten, und es schien ihn auch nicht loslassen zu wollen. »Komm in die Sakristei«, forderte er ihn auf. »Dort ist es wärmer.«

Einen Augenblick lang glaubte er, Alf würde ablehnen. Doch als Aylmer sich umdrehte, folgte ihm der andere.

Als der Bischof in der Sakristei eine Lampe entzündete,

blieb Alf mit fest um sich geschlungenem Umhang zwischen all den weihevollen Gegenständen stehen. In diesem Augenblick und in diesem besonderen Licht wirkte er fast nicht wie ein Mensch: eher wie ein Geschöpf des unzugänglichen Gebirges, das in die Falle eines Netzes aus Eisen und Heiligkeit gelaufen war.

Aylmer nahm auf einem niedrigen Schemel Platz. »Nun, Bruder«, begann er. »Nach deinem Aussehen zu schließen, hast du Schweres hinter dich gebracht.«

Alf schauderte, doch nicht vor Kälte. »Nichts besonders Schweres, Euer Exzellenz. Nur ... die üblichen Anforderungen des Lebens.«

»Die nicht die einfachsten sind, nach allem, was ich gehört habe. Du hast dich heute Abend mit dem König gestritten?«

Alf presste die Lippen zusammen. »Wie habt Ihr das erfahren?«

»Er hat mir eine Nachricht geschickt.«

»Er entlässt mich aus seinen Diensten?«

»Die Nachricht lautet: ›Bruder Alfred bricht morgen zur dritten kanonischen Stunde mit dem König zu Pferd auf. Und richtet ihm aus, er soll seine verdammten Pfaffenröcke zu Hause lassen.‹«

Trotz all seines Kummers musste Alf unwillkürlich lächeln. Es war ein dünnes Lächeln, fast eine schmerzliche Grimasse. »Er verzeiht ebenso schnell, wie er verurteilt. Und ich habe ihm reichlich zu verzeihen gegeben.«

Aylmer lehnte sich gegen eine üppig mit Schnitzereien verzierte Truhe. »Erst die Edelknappen des Königs und jetzt der König selbst. Du gibst dir alle Mühe, dir Feinde zu machen.«

»Sie machen sich selbst dazu.«

»Um einen Krieg vom Zaun zu brechen, bedarf es immer zweier, Bruder.«

»Das ist wahr, Euer Exzellenz. Es bedarf eines Angreifers. Und eines Opfers.«

»Siehst du dich denn als Opfer?«

»Lieber das und tot als leben und ein Mörder sein.«

»Empfindest du den Drang, jemanden zu töten?«

Zum ersten Mal sah Alf ihm direkt in die Augen. In den seinen stand ein eigentümlicher Schimmer. »Ich wäre dazu fähig, Euer Exzellenz. Ich wäre wahrscheinlich zu jeder Tat fähig, die einen Menschen in die Verdammnis stürzen könnte.«

Aylmer stand auf und öffnete die Truhe. Darin fand er eine violette Stola. Als er sie emporhob, hielt Alfs Hand ihn zurück. Sie fühlte sich mager, kalt und nicht ganz ruhig an. »Nein, Euer Exzellenz. Verschließt das nicht unter dem Siegel des Beichtgeheimnisses.«

»Ob ich nun die Stola trage oder nicht«, widersprach Aylmer, »besteht dieses Siegel. Ich kann allerdings keine Absolution versprechen.«

»Ich erbitte auch keine Absolution. Und auch kein Stillschweigen.«

»Lass das für den Augenblick getrost mich entscheiden.«

Der Bischof kehrte mit der Stola in der Hand zu seinem Platz zurück. Nach einem Augenblick kniete Alf ihm gegenüber zu Boden.

»Ich glaube«, erklärte Aylmer, »du kannst dir den Schmerz ersparen, mir ein oder zwei Wahrheiten zu offenbaren. Die Pauliner-Mönche haben Grund, hinter dir her zu sein. Nicht wahr?«

Alf nickte knapp.

»In ihren Augen guten Grund. Du selbst verhältst dich nicht gerade vorsichtig im Hinblick auf deine Person.«

»Ihr wisst«, flüsterte Alf. »Ihr wisst demnach ...«

»Genug«, beendete der Bischof den Satz für ihn. »Hättest du dein Geheimnis bewahren wollen, würdest du niemals einen Auftrag für den rhiyanischen König übernommen haben. Und schon gar nicht einen, der dich zu mir führte. Ich hab Gwydion in Caer Gwent meine Aufwartung gemacht. Ich habe seinen Hof erlebt. Ich weiß, wie Elfen aussehen. Und«, fügte er hinzu, »in gewissen Umfang, wessen sie fähig sind.«

»Demnach«, folgerte Alf, »glaubt Ihr, ich wäre einer von ihnen.«

»Ich weiß, dass du es bist.«

Alf atmete schaudernd ein. »Wie ... wie lange schon?«

»Seit ich dich das erste Mal sah.«

»Aber Ihr habt niemals ...« Alf verstummte. Er war selten verlegen, Aylmer hatte sich bis jetzt niemals anmerken lassen, dass er Bescheid wusste. Nicht einmal im Geiste.

Unter Mühen erlangte Alf seine Beherrschung wieder. »Ich wollte bei Euch die Beichte ablegen«, erklärte er. »Ich sammelte gerade Mut dazu; aber Ihr kamt früher, als ich erwartet hatte.«

»Was hat dich zu dem Entschluss geführt, dich mir anzuvertrauen?«

Das Gesicht des Bischofs war streng, sein Blick abweisend. Und völlig furchtlos, obgleich er wusste, welche Kräfte Alf besaß. Es sehr wohl wusste. Gwydions Leute machten in ihrem eigenen Land kaum ein Hehl daraus.

Alf erwiderte seinen Blick ohne jede weitere Tarnung;

der Bischof sah ohne das geringste Erstaunen in die hellen, nicht menschlichen Augen.

»Euer Exzellenz«, bekannte Alf. »Ich bin es müde. Ich könnte lügen und mich für einen Menschen ausgeben, aber ich habe es satt.«

»So satt, dein Leben in Gefahr zu bringen?«

Alf rang nach Luft, als hätte er einen Schlag bekommen. Doch er antwortete wahrheitsgemäß. »Ja, so sehr.«

»Du bist zu jung, um dir dessen so sicher zu sein.«

»Nein«, entgegnete Alf. »Ich bin nicht jung.«

Aylmer hielt inne. Nur einen kurzen Atemzug, aber lange genug für eine schnelle Gedankenkette und plötzliches Begreifen. Alf stellte fest, dass der Bischof keine Überraschung zeigte. »Alfred von St. Ruan«, hob er langsam an. »Alfred von St. Ruan. Ich war zu stolz zu begreifen, was du warst, und zu blind zu erkennen ... Doch wenn das *Gloria Dei* von dir stammt ...«

»Es stammt von mir.« Alf hatte die Fäuste geballt. »Ich wünschte bei Gott, ich hätte niemals die Feder übers Pergament geführt.«

Er schaute hoch. Zu seiner Überraschung lachte Aylmer leise, dass sein Körper vor Erheiterung zuckte.

Der Bischof wischte sich über die tränenden Augen und bemühte sich, seine Fassung wiederzuerlangen. »Verzeih mir, Bruder. Aber wenn ich der Herrgott wäre und wollte der ganzen Schar von Theologen und Kirchenrechtlern vorführen, was für völlige Narren sie sind, würde ich genauso verfahren, wie er es getan hat. Sie nämlich dir zum Fraß vorwerfen.«

»Es war die reine Hybris, dass ich es wagte, das zu schreiben. Doch ich hatte es niemals als Verhöhnung betrachtet.«

»Ich auch nicht. Aber diese Haarspalter werden immer überheblicher in ihrer Überzeugung, der Mensch sei das Maß aller Dinge, das Zentrum des Universums, der Makrokosmos im Mikrokosmos, du zeigst ihnen, dass zur Schöpfung weit mehr gehört, als sie sich jemals träumen ließen.« Aylmer schüttelte den Kopf und hustete. »Bruder, verehrter Lehrer, du hast meinen Glauben wieder aufgerichtet.«

Einen Augenblick lang konnte Alf ihn nur fassungslos anstarren. »Euer Exzellenz, ich verstehe Euch nicht.«

Die Augen des Bischofs ruhten strahlend auf ihm. »Was! Du kannst die Mysterien des Paradieses enthüllen und bist nicht in der Lage, einem Klumpen Lehm seinen Sinn abzugewinnen?«

»Nach streng kanonischen Regeln müsstet Ihr die verfluchte Hexenbrut der Verdammnis preisgeben.«

Aylmer schüttelte den Kopf. »Nein, Bruder. Ich bin Bischof; ich bin ein Mann Gottes; aber Gott und all seinen Engeln sei Dank, dass ich kein Kirchenrechtler bin. Ich urteile nach dem, was ich sehe und höre, nicht danach, was einige ausgetrocknete Autoritäten mir zu tun vorschreiben.«

»Ich habe Zauberei betrieben.«

»Finstere Rituale? Anrufung von Teufeln? Verfluchungen und Verwünschungen?«

»Gütiger Gott, nein!«

»Nicht einmal einen bescheidenen Liebestrank?«

Alfred war nach Lachen und Weinen zu Mute. »Euer Exzellenz, ich vermag Menschen noch weniger abzuschätzen als ausgetrocknete Autoritäten. Aber ich weiß, als was Ihr mich betrachten müsstet; und wie andere mich betrachten werden, falls die Wahrheit bekannt wird.«

»Nicht falls«, berichtigte ihn Aylmer. »Wenn, Bruder, bin ich geneigt, dich fortzuschicken. Zurück nach St. Ruan, wenn du das wünschst, obgleich du dort wahrscheinlich nicht sicherer wärst. Oder nach Rhiyana, wo Gottes Bluthunde keinen Zutritt haben.«

»Ich möchte nicht fort, Euer Exzellenz. Und wenn Ihr meine Art kennt, wisst Ihr, dass nichts mich halten kann, wenn ich mich nicht halten lassen will.«

Der Bischof zog finster die Stirn kraus. »Das weiß ich. Und ich weiß auch, dass man sich mit einem Meister der Logik nicht streiten kann. Und wenn ich es dir befehle?«

»Ich fürchte«, erklärte Alf freundlich, »dass ich in diesem Falle nicht gehorchen werde.«

»Warum? Wozu tust du das?«

»Wie ich sagte: Ich bin erschöpft. Und ein Prozess und eine Hinrichtung, falls es dazu kommen muss, werden den König hier lange genug aufhalten, dass er nicht mehr seinem Untergang in den Sümpfen entgegeneilen kann.«

»Willst du wirklich sterben?«

»Ich möchte diesen toten Punkt überwinden. Beim König, bei den Bluthunden und mir selbst. Und wenn ich dazu sterben muss, ja. Ja, ich will es.«

»Und wenn nicht?«

Alf schwieg einen langen Augenblick. »Wenn nicht ..., dann soll es geschehen.«

»Ich kann dich verstehen«, gab Aylmer zu. »Ich denke, du handelst töricht, aber ich verstehe dich. Und ich werde alles in meiner Macht Stehende tun, dich davon abzuhalten, dich umbringen zu lassen.«

»Nein, Euer Exzellenz. Ihr werdet alles Mögliche tun, dafür Sorge zu tragen, dass der König hier bleibt und keinerlei Anstrengung unternimmt, mich zu schützen. Falls nötig, werdet Ihr um des Königs willen dazu sogar meine Feinde unterstützen. Er darf nicht gegen Gwynedd zu Felde ziehen.«

»Und du darfst nicht auf den Scheiterhaufen gehen.«

»Das ist mir gleichgültig. Ganz Anglia hängt auf Gedeih und Verderb von Richard ab.«

»Hast du jemals erwogen, was er mit den Männern anstellen wird, die dich verurteilen? Und was sie ihm antun können?«

»Für ihn besteht dabei keine Lebensgefahr, und der Bestand seines Reiches steht nicht auf dem Spiel.«

»Du wirkst äußerlich wie ein halbwüchsiger Unschuldsengel. Doch du bist so gerissen wie ein byzantinischer Höfling. Und ein gutes Stück kaltblütiger.« Der Bischof erhob sich; die violette Stola hielt er noch immer in Händen. »Ich habe deine Beichte gehört, Absolution kann ich dir nicht gewähren.«

»Ihr wisst, dass ich keine wünsche.«

Aylmer küsste die Stola, legte sie beiseite und blieb mit Alf zugewandtem Rücken stehen. »Geh zu Bett«, gebot er.

Alf zögerte. Aylmer rührte sich nicht von der Stelle. Nach einem Augenblick stand Alf auf, verneigte sich und ging.

19

Alf zog sich in die Zelle zurück, die er mit Jehan teilte, und suchte in dem Behältnis ihrer gemeinsamen Habe nach den Büchern, die er von St. Ruan mitgebracht hatte. Sie lagen, liebevoll in Leder geschlagen, ganz zuunterst: die fünf Kostbarkeiten, die er von allem, was er zusammengetragen hatte, am höchsten schätzte. Er wickelte sie vorsichtig aus und löste eines von den übrigen.

»Bruder Alfred.«

Er warf einen Blick über seine Schulter. Im Türrahmen stand Reynaud und lächelte wie stets sein nichts sagendes Lächeln; an der Oberfläche war er ganz Freundlichkeit, und dahinter lauerte das Jagdfieber des Spürhundes.

Alf ließ sich genügend Zeit, den Inhalt der Truhe ordentlich zurechtzurücken und den Deckel zuzuklappen.

Der Pauliner-Mönch nickte angesichts Alfs Kutte. »Heute nicht zur Jagd mit dem König, Bruder?«

»Nein«, antwortete Alf. »Ich soll ihn bei seiner Rückkunft erwarten. Mittlerweile steht es mir frei«, er klemmte das Buch unter den Arm, »mich zu vergnügen.«

»Gesegnete Freizeit«, seufzte Reynaud. Und Ihr habt nichts anderes vor, als zu lesen?«

Alfs Lächeln war eine eisige Spiegelung von Reynauds. »Ich lese lieber, als dass ich jage; ich fühle mich immer auf Seiten des Opfers.«

»Selbst bei einem schwarzen Keiler?«

»Warum nicht? Am Ende liegt er mit einem Apfel im Maul auf dem Tisch und ist gerade so tot wie ein Hirsch oder ein Kaninchen.«

»Doch ehe er stirbt, wehrt er sich noch kräftig.«

»Erwartet Ihr, dass er sich zum Christentum bekehrt und die Brust den Speeren entgegenreckt?«

Reynaud spreizte abwehrend die Hände. »In Wortgefechten kann ich mit einem Philosophen nicht mithalten. Meine Fähigkeiten liegen nun einmal auf anderen Gebieten.«

»Und wo«, wollte Alf wissen, »wäre das?«

Er zuckte nachdrücklich mit den Schultern. »Auf Gebieten, die weit entfernt sind von Philosophie oder dem Dienst an Königen. Ich predige auf meine bescheidene Weise Gottes Wort, ich diene seinen Dienern; ich gehe, wohin er mich befiehlt.«

»Wie wir alle.« Alf warf einen vielsagenden Blick zur Tür. » Habt Ihr Pflichten zu erfüllen, Bruder?«

»Nichts Dringliches. Außerdem haben wir ausnahmsweise strahlendes Wetter. Begleitet mich doch zu einem Spaziergang.«

Alf sog scharf die Luft ein. Reynauds Gesellschaft bedeutete ständige Gefahr – sie umgab ihn, umhüllte ihn. Doch diese ruhige Aufforderung traf Alf wie ein Tritt in die Magengrube. Einen Augenblick lang hatte er durch die verschleierten Augen hindurchgesehen und das Aufflackern wilder Emotionen erkannt. Hass und Hoffnung und sengende Leidenschaft. Die innere Verfassung des Raubtieres, ehe es zum Sprung an die Kehle ansetzt.

Alf entspannte sich unter großer Mühe. »Danke, Bruder, aber ich habe mich auf einen ruhigen Vormittag gefreut.«

Reynaud schüttelte tadelnd das Haupt. »Ihr wollt Euch in einer kalten Bibliothek verschanzen? Was für ein Jammer. Kommt mit hinaus und lasst Euch von der Sonne wärmen.

Dann könnt Ihr mit klarerem Kopf an Euer Buch zurückkehren.«

Doch in Reynauds Sinnen standen eine vergitterte Zelle und Ketten und der finstere Schatten des Scheiterhaufens. Alf zuckte angesichts des Entsetzlichen zurück.

In fünf Tagen würde Richard mit einer Hundertschaft Ritter im Gefolge aufbrechen, um Gwynedd anzugreifen, und in den Sümpfen würde die Flamme des Krieges entzündet.

Alf mühte sich, sein Zittern zu unterdrücken. Sein Entschluss stand längst fest. Sollte er nun, da der entscheidende Moment kam, zurückweichen?

Er seufzte und zuckte mit den Schultern. »Nun gut«, meinte er. »Auf einen kurzen Spaziergang.«

Reynaud lächelte. »Einen ganz kurzen. Ja. Kommt mit, Bruder.«

Jehan spähte um die Ecke. Der Innenhof lag leer, der zertrampelte Schnee schmolz unter der unsteten Sonne zu Pfützen. Er raffte seine Kutte hoch und lief an der Mauer entlang in den Schatten eines Eingangs. Noch immer folgte ihm niemand. Nach einer kleinen Weile schob er die Tür auf, schlüpfte in den Gang und hielt im Stallhof inne. Der Hund, der dort an der Kette lag, wedelte mit seinem räudigen Schwanz; er begrüßte ihn und fütterte ihn mit einem Stückchen Käse. Während das Tier die Bestechungsgabe verschlang, marschierte er kühn in den Stall.

Vor ein oder zwei Tagen hatte er entdeckt, dass man sich in einer Ecke der Heubühne in der Nähe des Taubenschlags niederlassen konnte, ohne dass einen irgendjemand, der hereinkam, bemerkte. Hier herrschte genügend Licht, um zu lesen, und wenn man sich tief ins Heu eingrub, war es auch behaglich warm. Und niemand käme je auf den Gedanken, hier nach einem zu suchen.

Mit zufriedenem Seufzen ließ er sich in seinem Versteck nieder; bewaffnet war er mit Pater Michaels wertvoller Abschrift der Almagest und einer Tasche voll getrockneter Feigen. Wenn er Glück hatte, konnte er hier lesen, bis die Zeit für die Waffenübung gekommen war, und sich beredt vor einer Bestrafung retten, weil er sich vor dem Küchendienst gedrückt hatte.

»Dazu müsstest du schon in der Lage sein, was sollte sonst die ganze Bildung?«

Jehan verschluckte sich an einer Feige. Thea saß in den Kleidern eines Bauernmädchens rittlings auf einem Balken und lachte über seinen Schrecken. Als er wieder zu Atem kam, ließ sie sich neben ihn fallen und stibitzte eine Feige. »Hm! Die sind lecker. Wo hast du sie aufgetrieben?«

»Beim Frühstück mitgehen lassen.« Er blickte sie mit einem Stirnrunzeln an. »Du lässt dich kaum noch sehen. Wo hast du gesteckt?«

Sie zuckte mit den Schultern. »Mal hier, mal da. Den Leuten Rätsel aufgeben. Wessen Hund ich bin, wessen Magd ich bin und was ich vorhabe.«

»Alle waren überzeugt, dass du mir gehörtest, bis ich sagte, dass dem nicht so wäre. Ich habe eine Geschichte erfunden, wie du uns vom See an gefolgt wärst; dass du vielleicht einem der Aufständischen gedient hast.«

»Ich bin eine Aufständische.«

»Darauf wäre ich niemals gekommen.«

Sie lachte wieder und schüttelte ihr Haar aus dem lockeren Knoten. »Ich spiele gern die Bauernmagd. Heute ist

Markttag; ich habe einen Korb Eier verkauft und einen Penny verdient. Den habe ich dann einem Bettler am Westtor geschenkt. Er hat mir alles erzählt, was hier vorgeht. Erstaunlich, wie viel die einfachen Leute wissen. Der König sollte gar nicht auf seine Grafen und Kundschafter achten, sondern auf das Volk in der Stadt hören.«

Jehan betrachtete sie und seufzte leise. Sie war fast unerträglich schön, aber ihre Sprache war so real und bodenständig wie ihr verschlissener Kittel. Sie passte sich mühelos an das an, was sie war. Sie *war* einfach.

»Ich wünschte, Bruder Alf wäre wie du«, sagte er.

Sie hielt mit zur Seite geneigtem Kopf inne und lächelte fest. »Das ist er. Aber er hat sein Leben in dem Bemühen zugebracht, etwas anderes zu sein.«

»Warum bist du nicht so wie er?«

»Zum einen bin ich nicht im Kloster aufgewachsen. Meine Mutter war Griechin, Ärztin. Mein Vater war ein levantinischer Kaufmann. Bei uns gingen ständig Unmengen von Leuten ein und aus.«

»Und du bist von zu Hause fort?«

»Eines Tages war ein Prinz aus der Lombardei bei uns zu Gast. Er war der hässlichste Mann, den ich jemals gesehen habe, und stank wie eine seiner Ziegen, aber er war klug und gerissen, und ich war es leid, immer an ein und demselben Ort zu leben. Ich lief mit ihm davon.«

»Hat er dich geheiratet?«

»Natürlich nicht. Er hatte bereits eine Ehefrau. Und drei Mätressen und ein gutes Dutzend Kinder. Nach einer Weile trennten wir uns in bestem Einvernehmen, und ich zog weiter und nahm jede Gestalt an, die mir gefiel; und ich gelangte nach Rhiyana zum König.«

»Gwydion?«

»Für uns«, erklärte sie und meinte es nur halb im Spott, »gibt es nur einen König.«

Jehan lag auf dem Bauch und hatte das Kinn in die Hände gestützt. »Bruder Alf sollte zu ihm gehen. Ich wette, er wüsste, was mit einem Mönch anzufangen ist, der auch Elfenmann ist.«

»Vielleicht«, gab sie zu. Sie fuhr mit den Fingern durch ihr prachtvolles Haar, das so weich wie chinesische Seide war und sich bis zu ihrer Taille lockte. »Wenn es nach dem Willen des kleinen Bruders geht, wird sein Kummer bald ein Ende durch Feuer und Kirchenbann finden.«

»Ich werde ihn davon abbringen«, murmelte Jehan leidenschaftlich. »Ich werde ihn aufhalten.«

Sie blickte ihn mit hochgezogenen Brauen an. »Willst du das? Dann solltest du dich beeilen. Die Bluthunde haben ihn heute früh abgeholt.«

Jehan sprang auf. Die Tauben flatterten aufgeregt davon. *»Was?«*

Thea fing eine herabsegelnde Feder. »Er ging freiwillig mit«, verbesserte sie sich.

»Sie werden ihn umbringen!«

»Das ist anzunehmen«, stimmte sie ihm zu.

Er zerrte sie in die Höhe, als wäre sie ein Bündel Heu, und schüttelte sie. »Wo ist er? *Wo ist er?«*

»Du wirst ihm nicht zu Hilfe eilen.«

»Bei Gottes Füßen!«

»Gott«, erinnerte sie ihn, »hat erstens einmal keine körperliche Gestalt. Folglich ...«

»Halt den Mund, verdammt noch mal!«

Sie schwieg. Jehan schwieg lange Zeit ebenfalls. Ganz

vorsichtig löste er dann seine Finger von ihren Schultern. »Wo ist er?«, erkundigte er sich schließlich ruhig.

»Du wirst ihn nicht suchen. Du wirst zu Bischof Aylmer gehen und ihm erzählen, was vorgefallen ist. Dann tust du genau, was er dir aufträgt.«

»Bischof Aylmer kann nicht ...« Jehan hielt inne. Langsam sagte er: »Ich werde gehen. Wo ist Bruder Alf?«

»In der Abtei St. Benedikt«, antwortete Thea.

Er bückte sich und hob das Buch auf, das ihm vom Schoß gefallen war. Es lag aufgeschlagen da. Er schloss es liebevoll und strich mit den Fingern über den abgegriffenen Einband. »Begleite mich«, bat er.

Als er den Stall verließ, trottete die weiße Hündin hinter ihm her.

»Das ist der Mann.« Finger fassten nach Alfreds Kinn und drehten sein Gesicht hierhin und dorthin. Sie waren sanft, ohne Boshaftigkeit, wie die weiche Stimme auch. »Er sieht eindeutig wie Elfenbrut aus. Aber andererseits?«

»Bruder?«, fragte der andere mit einer Spur von Anspannung.

»Andererseits ließ er sich beim ersten Versuch von Euch mitführen.«

»Ließ sich mitführen, Bruder? Er wehrte sich wie Satan selbst!«

»Er ließ sich von Euch mitführen«, wiederholte der andere.

»Erst als Bruder Raymond ihn mit einer eisenbeschlagenen Keule niederschmetterte. Nachdem wir ihn endlich zu fassen bekamen.«

Alf blieb ganz still liegen und atmete kaum. Sein Kopf

fühlte sich an, als wäre er zwischen Hammer und Amboss geraten; der ganze Körper tat ihm weh. Die Erinnerung kehrte bruchstückhaft zurück: eine verlassene Straße, Männer in dunklen Kleidern, ein schneller, heftiger Kampf und dann hereinbrechende Finsternis.

Und Stimmen. Eine näselnde, unterwürfige erkannte er. Gleich, wenn die Schmerzen etwas nachließen, würde ihm der Name wieder einfallen.

Die sanfte Stimme ergriff wieder das Wort: »Bewach ihn so geschickt du nur kannst. Aber geh sanft mit ihm um.«

»Sanft!«

»Ja. Sanft. Lass mich rufen, wenn er zu sich kommt.«

Erst als die Stimmen längst verstummt waren, schlug Alf die Augen auf. Er lag auf einer Pritsche in einem kleinen, kalten Raum; es war kein Verlies, denn ein Fensterschlitz ließ Licht hereinfallen, aber Stäbe vergitterten die Öffnung: neu geschmiedetes Eisen, das erst kürzlich an dem Stein angebracht worden war. Auch die Tür war neu, schwer und mit Eisenscharnieren befestigt; er selbst war in Eisen geschlagen, Hand- und Fußfesseln, in die Kreuze eingeritzt warcn.

Er setzte sich ganz vorsichtig auf. Er trug noch immer seine Kutte und sein Silberkreuz; neben ihm stand ein Krug und die vertraute Form seines Buches.

Der Krug enthielt Wasser, geweihtes Wasser, was nicht gerade für die Intelligenz seiner Überwältiger sprach. Wenn ein Teufel ein Kreuz direkt auf der Haut tragen und die heiligen Messgefäße berühren konnte, dann vermochten solche weihevollen Vorsichtsmaßnahmen nichts gegen ihn.

Er trank ein wenig, um seinen brennenden Durst zu bekämpfen, und spritzte sich ein, zwei Tropfen ins Gesicht. Behutsam tastete er seinen schmerzenden Schädel ab. Kurz über dem Ansatz fühlte er eine große Beule, die von all seinen Verletzungen am schlimmsten war, obgleich sein ganzer Körper Spuren eines Kampfes aufwies.

Er stand langsam und benommen auf. Obgleich er in Ketten geschlagen war, konnte er sich in seiner Zelle bis hin zur Tür bewegen. Durch ihr eisernes Gitter sah er ein Stück steinernen Gang und den Hinterkopf eines Mannes, der sich wie erschreckt umdrehte, und das Gesicht eines Fremden hatte. Ein Ausbruch von Angst und Feindseligkeit wogte gegen Alfs Gehirn, das sich vor Schwindelgefühl drehte; er schrie auf, taumelte rückwärts und stürzte halb gegen die Wand.

Die Angst ließ nach. Er kauerte sich heftig zitternd auf die Pritsche und kämpfte gegen die aufsteigende Übelkeit an.

Eisen scharrte auf Eisen. Die Tür ging auf.

Alf hob den Kopf, Reynaud lächelte auf ihn herab. »Endlich wieder wach, Bruder? Wie fühlt Ihr Euch?«

Er zuckte zusammen. Der Schlag auf seinen Kopf hatte seine ganze Geisteswehr außer Kraft gesetzt; er vermochte sich gegen den Zorn des anderen nicht zu schützen.

Reynaud lächelte zwischen zusammengebissenen Zähnen hervor. »Glaubt Ihr, ich hätte Euch verraten?«

»Beträgt der Preis immer noch dreißig Silberlinge?«

»Das«, meinte Reynaud, »könnte Euch als Gotteslästerung ausgelegt werden.«

Alf schluckte bittere Galle hinab. »Ich begleite Euch aus Höflichkeit auf einen Spaziergang und laufe in einen

Hinterhalt. Und als ich aufwache, liege ich in Ketten. Beweist Ihr so Eure Freundschaft?«

Es war schon einigermaßen tröstlich, Reynauds Unbehagen zu beobachten. Doch Selbstgerechtigkeit überflutete die aufkeimenden Schuldgefühle und ertränkte sie. »Ich tat, wie mich geheißen.«

»Von wem? Dem Sanhedrin?«

Reynauds Hand zuckte hervor. Alf wich blitzartig aus, doch der Schlag traf ihn an der Seite. Es dröhnte ihm in den Ohren, und ihm drehte sich der Magen um.

Reynauds Zorn wurde zu Ekel und dann zu Bestürzung. Eine entschiedene, aber sanfte Persönlichkeit kam Alf zu Hilfe, während eine ruhige Stimme gebot: »Geh in meine Zelle, Reynaud. Ich werde später zu dir kommen.«

Der Pauliner-Mönch war verschwunden. Der andere hielt Alf, bis er sich wieder einigermaßen erholt hatte, wusch ihn ab und kleidete ihn in eine neue, eine schwarze Kutte. »Verzeiht, Bruder«, bat der Mann, »aber wir haben hier nur Benediktinertrachten.«

Er trug allerdings das Grau und Weiß der Pauliner: ein hochgewachsener, magerer Mann mit dem Aussehen eines byzantinischen Heiligen. Sein Gesicht war glatt, die Haut so frisch wie die eines Jungen, doch sein Haar war weiß; Alf spürte, wie eine große Last von Jahren auf ihm ruhte.

Er folgte Alfs Blick auf seine eigene Kutte und lächelte. »Und Pauliner-Kutten«, berichtigte er. »Aber ich nahm an, dass Ihr die nicht würdet haben wollen.«

»Ihr solltet sie eigentlich auch nicht mögen«, meinte Alf.

Das Lächeln des anderen erlosch. »Oder sagen wir, sie wäre nicht angemessen.«

»Nein, der Gefangene soll nicht die Tracht seiner Überwältiger tragen.«

»Ihr sprecht weise und richtig, junger Bruder. Wenngleich es bitter klingt.«

»Habe ich dazu nicht allen Anlass?«

Der Mönch zuckte mit den Schultern. »Ich kann es verstehen, allerdings nicht dulden.«

»Sollten unsere Lagen jemals umgekehrt sein, würde ich gerne hören, wie Ihr das wiederholt.«

Der Mönch lächelte wieder. »Vielleicht würde ich es unter diesen Umständen nicht sagen. Schließlich bin ich ein Mensch.« Er hielt inne und schien sich an etwas zu erinnern, das er vergessen hatte; er stellte sich vor: »Ich bin Bruder Adam.«

»Meinen Namen kennt Ihr wohl.«

»Tatsächlich?«

Alf seufzte. »Aha. Das Spiel beginnt also. Ich heiße Alfred.«

»Oder auch Alf?«

»Das auch«, gab er zu. »Reynaud hat Euch gut informiert. Er war nicht erfreut darüber, dass er mich sanft behandeln sollte.«

»Ihr habt es mitgehört?«

Alf wollte nicken, überlegte es sich dann aber anders. »Ja«, antwortete er. »Ich habe es gehört.«

Bruder Adam lächelte wieder, wenngleich diesmal etwas schief. »Ich sehe schon, ich muss Euch sorgfältiger im Auge behalten.«

»Reynaud war nicht begeistert. Aber er gab sich Mühe, Eure Anweisung zu befolgen, bis ich ihn herausgefordert habe. Seid nicht zu streng mit ihm.«

»Und weshalb habt Ihr ihn herausgefordert?«, erkundigte sich Bruder Adam.

»Ich war wütend. Unverzeihlich, aber verständlich. Niemand freut sich, wenn er hintergangen wird.«

»Aha«, sagte Bruder Adam, »aber wenn er Euch eröffnet hätte, was seine Absicht war, wärt Ihr vermutlich nicht mitgekommen.«

»Vielleicht doch«, widersprach Alf.

»Selbst um in Ketten geschlagen zu werden?«

Alf schüttelte eine der eisernen Fesseln. »Sie sind nicht gerade angenehm«, stellte er fest. »Würdet Ihr mich davon befreien, wenn ich verspräche, mich zu fügen?«

Adams Blick war traurig. »Nein, Bruder. Das würde ich nicht. Gewisse Leiden sind unumgänglich, versteht Ihr? Die kann ich Euch nicht ersparen.«

»Auf wessen Befehl hin? Warum bin ich überhaupt gefangen?«

»Zwei Fragen«, meinte Bruder Adam. »Vielleicht wisst Ihr die Antworten auf beide.«

Alf setzte sich auf. Er hatte bohrende Kopfschmerzen, aber er wollte nicht still liegen bleiben. »Ihr habt mich in Eurer Gewalt, und diese Kutte ist eine benediktinische. Steckt Bischof Foulques dahinter? Will er durch mich ein Lösegeld erwirken?«

»Bruder«, mahnte Adam mit freundlichem Tadel, »Eure Ahnungslosigkeit klingt falsch. Der Bischof weiß von unserem Vorgehen und heißt es gut, aber der Sinn des Ganzen dürfte Euch doch wohl bekannt sein.«

Alf musterte ihn aus großen, grauen menschlichen Augen. Seine Furcht war nicht ganz gespielt. »Ich bin kein Ketzer!«

»Das werden wir prüfen.«

»Gütiger Gott!« Alf kniete zu seinen Füßen nieder und bot den Anblick eines stolzen Jungen, der sich plötzlich der ganzen Gefahr bewusst geworden war. »Bitte, Bruder, Dom, ich bin Mönch, Priester. Ich habe Gott geliebt und ihm mit der ganzen Kraft meines Glaubens gedient. Wollt Ihr mich leiden lassen, weil zwei Bischöfe einander grollen und ein Graf und ein König sich nicht gut gesinnt sind?«

»Wir spielen nicht die weltlichen Spiele«, erklärte Adam ihm so freundlich wie je. »Legt Euch nieder, Bruder. Es geht Euch noch nicht wieder so gut, dass Ihr aufstehen dürft.«

Alf ließ sich wieder zu Bett legen, doch er fasste nach der Hand des anderen, wobei seine eigene schwach und zittrig war. »Ich bin kein Ketzer, Bruder. Ich schwöre es bei allen Heiligen.«

»Das mag wohl sein«, antwortete Adam, »doch der Hauptanklagepunkt ist nicht der der Ketzerei.« Er löste seine Hand aus Alfs Griff. »Schlaft nun. Ich werde später wiederkommen.«

»Bruder!«, schrie Alf. »Um Gottes willen – wessen sonst soll ich mich schuldig gemacht haben?«

Die dunklen Augen blieben ruhig. »Hexerei«, antwortete Bruder Adam. Und noch während er sprach, fiel die Tür hinter ihm zu.

Danach lag Alf lange auf dem Rücken und drehte sich schließlich auf den Bauch. Er empfand keine Übelkeit mehr, nur noch körperliche Zerschlagenheit und Erschöpfung.

Er ruhte mit der Wange auf dem Arm über der Handfessel. Das Gewebe der schwarzen Kutte war zart und weich. Er fühlte deren geringes Gewicht auf seiner zerschürften Haut.

Bruder. Auch dieser Griff nach seinem gequälten Geist war leicht. Er sah Alun in einer sonnigen Ecke im Kloster St. Ruan sitzen, er wirkte bis auf einen Verband an Hand und Arm völlig wiederhergestellt. Sein Bein war unter der geborgten Kutte nicht sichtbar, aber beide Knie waren zum Sitzen angewinkelt; er umfasste das rechte. *Gestern wurde der Verband abgenommen,* teilte er mit. *Früher als Ihr vorhersagtet, Bruder.*

Alf musste trotz seiner misslichen Lage lächeln. *Veranstaltet Ihr schon wieder Wettrennen?*

Noch nicht ganz. Die Leichtigkeit wich aus Aluns Gedanken. *Was ist los? Was ist geschehen?*

Etwas, das ich mir selbst zuzuschreiben habe, antwortete Alf. *Habt Ihr Kilhwch benachrichtigt?*

Ja. Alun erhob sich. Seine grauen Augen blickten streng, als er auf seinem gesunden Bein und dem schwächeren um das Gleichgewicht kämpfte. *So wollt Ihr den Krieg hinauszögern, bis unser Kurier zu Richard gelangen kann. Wer hält Euch gefangen? Der König selbst?*

Die Bluthunde Gottes.

Alf wurde schwindelig. Aluns Gelassenheit verflog und ließ einen Augenblick lang die Feuersglut sehen, die darunter tobte. *Gott im Himmel! Wollt Ihr Euch selbst vernichten?*

Es dauerte eine ganze Weile, bis Alf wieder ruhig denken konnte. *Euer Gnaden,* brachte er vor, *ich tue, was ich tun muss. Richard wird hier sein, wenn Euer Kurier eintrifft.*

Wenn Morwin herausfindet, in was er Euch geschickt hat, sagte Alun, *wird diese Erkenntnis ihn umbringen.*

Er wollte, dass Ihr gesundet, nicht, dass Ihr ums Leben kommt.

Vielleicht gehört beides zusammen. Alf ballte die Fäuste. *Herr, versprecht mir. Verschweigt ihm, was geschehen ist. Wenn ich es überlebe, wird es keine Rolle spielen. Wenn ich umkomme ..., ist das nicht seine Schuld. Nicht einmal Gottes, obgleich er mich zu dem gemacht hat, was ich bin.*

Alun reckte ihm durch die Gedankenwelt die Hände entgegen. *Alf. Kommt zu mir. Jetzt sofort.*

Sein Befehl war stark. Doch Alf konnte ihm widerstehen. *Nein. Lebt wohl, Herr. Erholt Euch rasch. Und bestellt dem Abt meine herzlichsten Grüße.* Er raffte die Reste seiner Geisteswehr zusammen und baute sie so fest wie möglich auf. Große Furcht erwuchs in ihm, der Rhiyaner könnte sie niederreißen und ihn verleiten, von seiner Absicht abzulassen.

Aber Alun griff nicht an. Als Alf kurz einmal nachprüfte, wo er steckte, war er fort. Er hinterließ nicht die geringste Spur.

20

Der schmale Fensterschlitz ließ gerade genügend Licht einfallen, dass ein Mensch dabei lesen konnte, und für Alfs Augen war das mehr als genug. Er saß mit dem Buch in der Hand darunter und las so ruhig, als befände er sich in der Bibliothek von St. Ruan.

Bruder Adam sah ihm lange Zeit durch das Gitter hindurch zu. Alf schien nicht zu bemerken, dass er beobachtet wurde, obgleich er keinerlei Überraschung zeigte, als der Mönch eintrat. Er schaute nicht einmal hoch.

»Guten Morgen, Bruder«, sagte Adam. »Habt Ihr gut geschlafen?«

Alf blickte zu ihm auf. Seine Augen glänzten und wirkten traumverloren. »Guten Morgen«, antwortete er.

Adam entdeckte neben der Pritsche einen Teller, dessen Inhalt unberührt geblieben war. »Ihr habt noch nicht gefrühstückt?«

»Ich bin nicht hungrig.« Alf beugte sich wieder über sein Buch.

Der andere blieb vor ihm stehen. »Was lest Ihr?«

Mit einem Seufzen lenkte Alf seine Aufmerksamkeit endgültig von seinem Buch auf seinen Gefängniswärter. »Boethius«, gab er zur Antwort.

»Der Gefangene und die Dame Philosophie. Sehr passend.«

»Ja«, gab Alf recht. »Es passt. Vielleicht nur allzu gut. Der Gefangene wurde hingerichtet.«

»Aber die Philosophie hat ihn vollständig getröstet, ehe er starb.«

»Wirklich? Ich habe da so meine Zweifel.«

»Falls Ihr unschuldig seid«, meinte Adam, »werdet Ihr nicht sterben.«

»Ich bin nicht sicher, ob ich Euch das glauben kann.«

»Leugnet Ihr, Hexerei betrieben zu haben?«

Alf starrte auf das Blatt, ohne die Worte zu erkennen, die dort geschrieben standen; er sah vielmehr seine Wahlmöglichkeit zwischen Wahrheit und Lüge, Tod und Leben und Kilhwchs Kurier, der unermüdlich durch die Berge von Gwynedd ritt. »Was meint Ihr mit Hexerei?«, erkundigte er sich.

»Wisst Ihr das nicht?«

Mit dem Daumen zeichnete Alf das Kreuz nach, das in eine der Fesseln geritzt war. »Manche behaupten, ich hätte den König verhext. Das habe ich nicht. Er sieht mich gerne an. Und er hört mir gerne zu. Das hat nichts mit Hexerei zu tun.«

»Außer mit der althergebrachten von Venus.«

»Jupiter hatte seinen Ganymed«, hielt ihm Alf entgegen, »Achilles seinen Patroclus, aber Richard besaß niemals seinen Alf. Weder durch Hexerei noch durch andere Mittel.«

»Und doch hättet Ihr ihn verhexen können, wenn Ihr das gewollt hättet.«

»Wie denn, Bruder? Habt Ihr unter meinem Kopfkissen ein Zauberbuch gefunden?«

Bruder Adam setzte sich auf die Pritsche. »Es gibt zwei Arten Zauberer«, erklärte er. »Zum einen die eigentlichen Zauberer, Männer von menschlichem Blut und menschlicher Herkunft, deren Verwünschungen das Werk von Kunst und Geschicklichkeit sind, wobei ihnen die Zauberbücher, die Ihr erwähnt, und verschiedene von Menschen oder Teufeln geschaffene Werkzeuge helfen. Es sind Astrologen, Alchimisten, Wahrsager und Naturheiler. Sie sind weit verbreitet und leicht aufzuspüren und können oft auf den rechten Weg zurückgeführt werden. Doch es gibt einen zweiten, selteneren Schlag, den wir Hexen, Elfenwichte, Bergbewohner nennen. Sie erringen ihre Kräfte nicht durch Studium und Kunstfertigkeit; sie benötigen keine Zauberbücher, keine Pülverchen, Liebestränke, Verwünschungsformeln oder Bannsprüche. Nein. Die Zauberkraft ist ihnen angeboren und beherrscht sie vom Augenblick ihrer Empfängnis an.«

Alf lachte leise und ungläubig. »Ihr haltet mich also ... wofür? Für einen Wichtelmann aus den Bergen? Habt Ihr den Verstand verloren?«

Aus einer Tasche in seiner Kutte förderte Adam eine Silberscheibe zutage, die nicht größer war als seine Handfläche. Als er sie in die Höhe hielt, sah Alf darin das Spiegelbild seines Gesichts. »Schaut!«, wies Adam ihn an. »Was seht Ihr?«

»Mich selbst.«

»Habt Ihr jemals zuvor ein solches Gesicht gesehen?«

Alf errötete. »Ich ... ich bin nicht hässlich. Aber das ist nicht meine Schuld.«

»Ist Eure Schönheit gewöhnlicher, menschlicher Natur?«

Alf wandte sich von dem Spiegel ab. »Muss ich wegen meines Aussehens verurteilt werden?«

»Das Aussehen ist nicht der Grund, sondern der Beleg für den Grund. Gott hat die Elfenrasse gezeichnet, damit man sie in der Masse der Menschen erkennen kann – er hat ihnen übermäßige Schönheit verliehen, ein strahlendes Äußeres im Gegensatz zur Finsternis ihrer Herzen.«

»Ich bin Priester«, hielt ihn Alf, mühsam beherrscht, entgegen. »Ich bin ein Mann Gottes.«

»Wirklich?«

»Das Taufwasser hat mir nicht das Fleisch von den Knochen gelöst; die Salbe meiner Priesterweihe hat mich nicht heulend in die Finsternis geschleudert. Unzählige Male habe ich bei der Messe die Hostie emporgehalten, und nicht einmal hat ein Blitz mich zu Boden geschleudert.«

»Für all diese Behauptungen habe ich nur Euer Wort.«

Alf erhob sich zitternd. »Prüft mich. Gebt mir das geweihte Brot; lasst mich vom Messwein trinken. Sprecht die Messe vor mir – ja, sprecht die Exorzismusformel. Ich bin kein Hexer und kein Teufel; ich bin lediglich Alfred von St. Ruan.«

Adam nickte langsam, fast wie vor sich selbst hin. »Das behauptet Ihr. Wie ich hörte, wart Ihr ein Findelkind.«

»Meine Mutter starb; wer mein Vater war, weiß ich nicht. Ich wurde am Kloster ausgesetzt wie hundert andere Kinder vor und nach mir auch.«

»Von drei weißen Eulen?«

Plötzlich erstarrte Alf. »Eulen? Wer hat Euch denn das erzählt?«

»Man hört ringsum so allerhand Gerüchte.«

»Eulen.« Alf schüttelte den Kopf. »Das ist doch absurd.«

»Ihr betratet diese Stadt in Gesellschaft eines Hundes. Eines wunderlichen Jagdhundes, weiß mit roten Ohren, so wie er nach den Erzählungen alter Leute dem Herrn der Anders-Welt auf dem Fuße folgen oder im Gefolge der Wilden Jagd daherlaufen soll.«

»Weil«, erklärte Alf mit mühsam aufgebrachter Geduld, »solche Tiere in ganz Anglia gezüchtet werden. Oder weil

Arawn oder Herne der Jäger ein ganzes Rudel davon hatten.«

»Woher stammt dann Eure Hündin?«

»Sie gehört nicht mir. Sie lief uns nach; vielleicht gehörte sie einem der Rebellen, die von des Königs Leuten erschlagen wurden. Sie kommt und geht, je nachdem ob einer von uns geneigt ist, sie zu streicheln oder zu füttern.«

»Tatsächlich«, spöttelte Bruder Adam. »Leugnet Ihr, Hexerei betrieben zu haben?«

Alfred reckte das Kinn in die Höhe. »Ja«, erwiderte er. »Ich bestreite, schwarze Magie betrieben zu haben.«

Adam stand gleichmütig auf. »So. Ich bedaure, Euch beim Studium von Meister Boethius gestört zu haben.«

Der andere starrte ihn an. »Ihr wollt mich nicht gehen lassen?«

»Ich kann nicht.« Bruder Adam zeichnete seinen Segen in die Luft. *»Dominus vobiscum.«*

»Et cum spiritu tuo«, antwortete Alf und schlug eher trotzig als demütig das Kreuz.

Adam lächelte und verließ den Raum.

Die Axt schwenkte himmelwärts, verharrte einen Augenblick vor der Sonne und stieß dann blitzend herab. Ihr Opfer fiel, säuberlich in zwei Hälften gespalten.

»So viel für die verfluchten Bluthunde«, murmelte Jehan.

Er stellte ein anderes Scheit auf den Hackklotz und ließ es den Weg des Vorangegangenen beschreiten. Diese Plackerei verschaffte ihm einen eigentümlichen, schrulligen Trost. Zumindest tat er etwas, wenngleich auch nicht das, was er wollte.

Er blickte finster auf den Hackklotz, sah darauf Reynauds mageres, kantiges Gesicht und hieb mit voller Kraft zu.

»Ein guter Schlag!«

Er knirschte mit den Zähnen. Gesellschaft war das, was er jetzt am wenigsten brauchte und wollte. Er griff nach einem Holzscheit, raffte seine Kutte ein Stück höher und hob die Axt.

»Und nochmals«, sagte sein Zuschauer, »ein guter Hieb.«

Er drehte sich mit finsterem Blick um und erstarrte. Im Schlamm des Gemüsegartens stand alleine und unbewaffnet der König und lachte über seine fassungslose Miene.

Er ließ die Axt fallen, kniete nieder und beugte den Kopf. »Sire«, stammelte er. »Majestät. Ich wusste nicht ...«

Der König fiel ihm ins Wort. »Steh auf. Du bist hier nicht bei Hofe.« Seine Worte klangen streng, doch in seinen Augen funkelte noch die Erheiterung.

Jehan erhob sich. Nur ein einziger Anlass konnte den König alleine hierher geführt haben; dieses Wissen verwandelte seinen Schreck in etwas wie Furcht. Langsam rollte er unter den Blicken des anderen seine Ärmel herunter und ließ seine Kutte wieder auf die Füße hinabsinken, wie es sich gehörte. Doch sein Gesicht konnte er nicht verbergen. Er beherrschte es, so gut es nur ging, und sagte: »Ihr habt mich erschreckt, Sire. Ich dachte, es wäre einer der Mönche.«

»Ich sehe nicht gerade wie ein Priester aus, oder?« Richard musterte den Stapel frisch gehackten Holzes, hob die Axt auf und prüfte ihre Ausgewogenheit. »So also bildet Aylmer seine Ritter aus. Praktisch. Ich sollte es einmal bei meinen eigenen Leuten versuchen.«

»Nur wenn Ihr Axtkämpfer wollt, Sire«, warf Jehan ein.

»Da magst du wohl recht haben. Es taugt nichts, Holz mit dem Schwert zu spalten. Wenn ich allerdings die Schwertkämpfer zur Getreideernte und die Streitkolbenleute zur Schafschlächterei einsetzen könnte ...«

Jehan lachte. »Und die Lanzenträger könnten mit Kühen üben, und was würde Bischof Aylmer sich als Buße ausdenken?«

»Du bist bestraft worden, wie?«

»Ja, Sire.« Jehan blickte beschämt zu Boden. »Ich habe auf der Heubühne gelesen, anstatt in der Küche zu arbeiten. Also hacke ich jetzt Holz und pumpe Wasser, bis mein Herr bereit ist, mich gehen zu lassen.«

Zu Richards Ehre muss gesagt werden, dass er weder die Stirn runzelte noch lächelte. »Und wann wird das sein?«

Der Novize zuckte mit den Schultern. »Wenn er es für richtig hält, Sire. Aber gemessen an den üblichen Bestrafungen ist das noch ganz gut. Man hätte mir genauso gut eine Tracht Prügel verabreichen können. In meiner alten Abtei hätte ich die bestimmt bekommen.«

»Du wirkst eigentümlich unbußfertig.«

Jehan schaute hoch. »Ei, Sire! Ich bin voller Reue, dass ich meine Tage hier anstatt auf dem Turnierplatz verbringen muss.«

Der König grinste und stellte ein Holzscheit aufrecht auf den Block. Er maß ihn mit dem Auge, hob die Axt und ließ sie niedersausen. Das war kein übler Streich, dachte Jehan, der gleichermaßen erheitert und erstaunt war, dass ein König von eigener Hand die Arbeit eines Gemeinen versuchen wollte.

»Sire«, sagte er. »Ihr solltet wirklich nicht ...«

»Ich sollte wirklich nicht hier sein.« Richard probierte

einen zweiten Hieb. »In Wirklichkeit bin ich auch überhaupt nicht hier. Ich habe mich mit Bischof Aylmer zu einer vertraulichen Unterredung zurückgezogen.«

Jehan schwieg. Der König setzte die Axt ab und wischte sich die Hände an den ledernen Reithosen. »Das ist leichtere Arbeit, als Köpfe abzuschlagen. Ein Holzscheit kann sich nicht wehren.«

»Um so schlimmer für das Scheit«, meinte Jehan. Er rührte sich nicht, seine Arbeit wieder aufzunehmen. »Hat Bischof Aylmer Euch hierher gesandt, Euer Majestät?«

»Bischof Aylmer wartet ungeduldig in meinem Arbeitszimmer.« Die gute Laune war aus Richards Gesicht gewichen; seine Augen funkelten. »Und wieso erledigt Seine Majestät von Anglia nun seine Botengänge höchstpersönlich? Ist es das, was du insgeheim denkst?«

Nach einem Augenblick des Zögerns nickte Jehan.

Der König nickte ebenfalls, und zwar heftig. »Manche Angelegenheiten kann nicht einmal ein König seinen Untergebenen übertragen. Oder er gibt sie weiter, und sie gehen unter, dass er sie nie mehr zu sehen bekommt. Das, mein Junge, nennt man dann ›dem König zu Willen sein‹.«

»Es nennt sich auch ›die Beweise vertuschen‹.«

Richard lachte knapp. »So. Du bist gerissener, als du aussiehst. Bist du gerissen genug, um die Wahrheit zu sagen?«

»Das kommt darauf an, was Ihr wissen wollt, Sire.«

»Nichts Theologisches. Nicht einmal etwas Persönliches. Nur etwas ganz Einfaches. Es ist so einfach, dass ich volle drei Tage über dem Versuch zugebracht habe, es herauszufinden, was für meinen Krieg alles andere als förderlich war. Meine Beauftragten wurden von Pontius zu Pilatus geschickt, bis klar war, dass ich mich selbst darum kümmern musste, wenn ich überhaupt etwas in Erfahrung bringen wollte.« Der König neigte sich näher zu ihm hin, so nahe, dass Jehan nichts anderes mehr sehen konnte als das Glitzern seiner Augen. »Wo ist Bruder Alfred?«

Jehan blinzelte. »Bruder Alfred, Sire?«

»Bruder Alfred«, wiederholte Richard wie gegenüber einem dummen Kind. »Der große Blonde? Kannst du dich nicht an ihn erinnern?«

»Sire«, fragte Jehan, »seid Ihr nur um seinetwillen hierher gekommen? Aber warum gerade zu mir?«

Der König trat mit finsterer Miene zurück. »Nur um seinetwillen. Ja. Und zu dir, du junger Fuchs mit dem Gesicht eines Ochsen, weil er dich seinen Freund nannte. Eine Gnade, die er mir nicht zuteil werden ließ. Wo ist er?«

»Habt Ihr ihn nicht gesehen, Sire?«

»Junge«, sagte Richard ganz leise. »Ich habe Alfred nicht mehr gesehen, seit er vor drei Tagen versprach, nach der Jagd bei mir seine Aufwartung zu machen, es aber nicht tat. Ich glaubte, es wäre wieder eine seiner Launen. Doch er kam auch nicht am nächsten Tag, als ich ihn rufen ließ, und der Page, den ich schickte, erhielt zur Antwort, dass er nicht zu dem Mönch vorgelassen wurde, nicht einmal auf Befehl des Königs. Also sandte ich noch einen Boten los und noch einen. Heute morgen hörte ich ein Gerücht, Bruder Alfred könnte nicht kommen, weil er nicht hier wäre. Mehr noch: Er habe vor drei Tagen die Stadt verlassen und sei niemals zurückgekehrt.« Der König sprach noch leiser, es war beinahe ein Flüstern. »Wohin ist er gegangen?«

Jehan fuhr sich mit der Zunge über die Lippen. »Sire. Er ist fort. Aber ich kann Euch nicht sagen, wohin.«

»Kannst nicht? Oder willst nicht?«

»Kann nicht, Euer Majestät. Er ging spazieren, wie Ihr gehört habt. Seither hat niemand mehr ihn zu Gesicht bekommen. Wir ... wir glauben ..., dass ihn jemand entführt hat.«

»Und warum soll er nicht einfach weggelaufen sein?«

»Sire«, ereiferte sich Jehan, »wenn Ihr ihn kennt, wisst Ihr, dass das nicht seine Art ist. Er hat Launen und tut gelegentlich merkwürdige Dinge, aber er würde niemals davonlaufen, ohne jemandem Bescheid zu sagen. Und schon gar nicht zu Fuß, mit nichts bei sich als seiner Kutte und einem Buch.«

Richard kniff die Augen zusammen. »Du hast ihn weggehen sehen?«

»Nein, Sire. Ich wünschte bei Gott, ich hätte! Aber ich spielte den Faulpelz, und als ich zurückkam, war er ... verschwunden.« Jehan gab sich alle Mühe, mit fester Stimme zu sprechen. »Ich weiß, dass ihn jemand verschleppt hat. Ich bin ganz sicher.«

»Überfallen«, murmelte Richard. Und lauter: »Er hat dir keine Nachricht zukommen lassen?«

»Nein, Sire.« Jehans Ruhe war nun völlig dahin. »Sire, glaubt Ihr denn nicht, dass ich alles versucht habe, was in meiner Macht steht? Ich habe sogar bei Bischof Aylmer vorgesprochen und ihn zu bewegen versucht, dass er Suchtrupps ausschickt. Als er mir beschied, ich sollte warten, habe ich ihn angebrüllt. Deshalb muss ich auch länger Buße tun als nur ein oder zwei Tage. Er ... er riet mir, geduldig zu sein und ihn machen zu lassen, was er wollte ... und ich sollte mit niemandem darüber sprechen.«

»Das hat er gesagt?«

Der Ton des Königs ließ Jehan aufschreien: »Er ist kein

Verräter! Das weiß ich genau! Aber er äußerte, wenn Bruder Alfred entführt worden ist, müssten seine Überwältiger Eure Feinde sein. Sie haben keine Lösegeldforderung gestellt; demnach wollten sie wohl, dass Ihr ihn sucht und in die Falle lauft und vielleicht umgebracht werdet. Deshalb hat mein Herr Euch die Wahrheit verschwiegen. Er will Bruder Alf selbst ausfindig machen und Euch vor der Gefahr bewahren.«

»Der Tor!«, rief Richard. »Er wird einen Leichnam oder gar nichts anderes finden als vermutlich den Tod.«

»Sire!«

Richard hörte ihn kaum. »Ich werde ihn finden. Ich rufe Gott zum Zeugen an, dass ich ihn lebend und wohlauf finde, und er wird mir sagen, dass ich verrückt war, es zu versuchen.«

»Euer Majestät«, sprach Jehan zitternd, aber fest entschlossen, »das dürft Ihr nicht. Euer Hof ... Euer Krieg mit Gwynedd ...«

»Zum Teufel mit dem Hof! Zum Teufel mit dem Krieg! Zum Teufel mit der ganzen Welt. Ich werde diesen Jungen zurückbekommen, oder ich werfe meine Krone auf den Misthaufen!«

»Er ist doch nur ein Mann.«

»Er ist nur mein Freund.«

Noch lange, nachdem der König fort war, stand Jehan da und zitterte unaufhörlich und unkontrollierbar.

Als er seinen Körper schließlich wieder in der Gewalt hatte, setzte er sich auf den Hackklotz und atmete tief ein. Nun würde der König ausreiten und nach einem Verräter suchen. Genau das war der Wunsch von Bischof Aylmer; er hatte Richard geradezu herausgefordert. Aber in St. Benedikt würde er nicht nach ihm suchen. Auch dafür würde der Bischof Sorge tragen. Und wenn der König erst einmal fernab auf einer sinnlosen Suche unterwegs und der Krieg in Gwynedd vergessen war, konnte die Kirche sich wieder ihren eigenen Geschäften zuwenden.

Und der demütigste ihrer Novizen würde warten und beten und versuchen, nicht daran zu denken, was die Bluthunde vielleicht gerade mit Bruder Alf anstellten. Jehan erhob sich, packte die Axt und widmete sich wieder verbissen seiner Buße.

Bruder Adam seufzte erschöpft. »Wollt Ihr nicht beichten?«

»Nein«, antwortete Alf, gleichermaßen am Ende. »Ich bin kein Anhänger Satans. Ich verstehe nichts von schwarzen Künsten.«

»Aber mehr von Dialektik, als man das einem Menschen zutrauen sollte, geschweige denn einem von der Brut der Finsternis.« Adam schüttelte den Kopf. »Bruder, ich habe alles getan, was ich konnte. Man bedrängt mich, Gewalt anzuwenden. Wollt Ihr das unbedingt?«

Auch dieses Argument kannte Alf schon. Ungerührt entgegnete er: »Meine Antwort bliebe die gleiche.«

Adam schaute auf ihn hinab, wo er als düstere Gestalt im Kerzenschein auf seinem Strohlager saß. Er erwiderte den Blick ausdruckslos. Seit seiner Gefangenschaft hatte er nichts gegessen; er empfand ein Gefühl von Leichtigkeit, Leere, fast Unbekümmertheit. Dieser anhaltende Widerstand nach vier Tagen und vier Nächten ergebnislosen Verhörs war zu einem Spiel geworden. Sein Kontrahent war ausgezehrt, unrasiert und hatte Ringe unter den Augen; als

Alf nach seinem eigenen Gesicht fasste, fühlte er die Knochen unter der Haut hervorspringen.

»Bruder«, versicherte er. »Ich werde kein Verbrechen eingestehen, das ich nicht begangen habe. Nicht einmal, um Euch Schmerzliches zu ersparen.«

»Nicht einmal, um es Euch zu ersparen?«

Alf schüttelte den Kopf.

»In jenem äußersten Fall werde nicht ich derjenige sein, der Euch verhören wird«, warnte ihn Adam. »Bruder Reynaud wird die Ehre haben. Er ist für seine Geschicklichkeit bekannt.«

»Das wundert mich nicht«, murmelte Alf.

»Das war nicht sehr großherzig.«

»Er ist es auch nicht.« Alf legte sich zurück.

Es trat eine Pause ein. Als das Schweigen sich unerträglich in die Länge zog, legte der andere ihm eine eisige Hand auf die Stirn. »Ihr fühlt Euch sehr warm an. Aber Ihr seht nicht fiebrig aus.« Er führte seine Kerze dicht heran. Alf wandte das Gesicht ab.

»Seltsam«, stellte Adam fest. »Um diese Jahreszeit müsstet Ihr in diesem Raum blau gefroren sein vor Kälte. Doch ich habe Euch nicht einmal frösteln sehen.«

Daraufhin überlief Alf ein Schauer; aber Adam schüttelte den Kopf. »Zu spät, Bruder. Euer Meister hat Euch starke Abwehr gegen alles verliehen, was Eurer Art schadet – kaltes Eisen und geweihte Dinge. Warum, so frage ich mich, hat er es unterlassen, Euch das Höllenfeuer zu nehmen, das Euch wärmt?«

»Wenn es Höllenfeuer wäre«, zischte Alf aus zusammengebissenen Zähnen hervor, »würde es Euch die Hand verbrennen.«

»Wäre es dazu im Stande, Bruder?«

»Es ist kein Höllenfeuer.«

»Was soll es dann bitte schön sein?«

»Meine eigene Körperwärme. Das ist alles.«

»Eine zu schlichte Erklärung für eine so unerklärliche Erscheinung.«

»Unerklärlich?«, fragte Alf. »Wohl kaum. Ich bin heftig erzürnt. Man hält mich gegen meinen Willen fest. Man wirft mir schwarze Magie vor. Und Ihr droht mir mit Folterung. Und Ihr wundert Euch noch, dass mein Zorn mich warm hält?«

»Wenn alle Menschen so geschaffen wären, würden wir keine Kleidung benötigen. Dann würde der Zorn ausreichen.«

»Wohl kaum für die Keuschheit«, meinte Alf.

Adam schwieg, hielt die Lider gesenkt, beobachtete Alf jedoch unablässig darunter hervor.

»Die Abtei St. Ruan«, fuhr er schließlich fort. »Ihr wurdet dort aufgezogen, sagt Ihr. Habt Ihr jemals bedacht, dass Eure Brüder auch darunter leiden werden, wenn Ihr verstockt bleibt und dafür bestraft werdet? Denn als das, was die Abtei ist, und bei ihrer Lage wussten die Mönche doch gewiss, wen sie in ihrer Mitte beherbergten: ein Wesen jener älteren Rasse, die hier herrschte, ehe das Evangelium des Herrn in Anglia Einzug hielt.«

»Meine Brüder sind keines Vergehens schuldig. Sie haben nichts erkannt, weil ich nicht mehr und nicht weniger als einer von ihnen bin.«

Adam schüttelte langsam den Kopf, halb zur Verneigung, halb in bekümmertem Tadel.

Alf setzte sich auf. »Sie sind nicht schuldig. Es gibt keine Urrasse.«

»In diesem Punkt, Bruder, lügt Ihr rundheraus. Denn ich habe sie gesehen. Ich habe sie mit meinen eigenen Augen gesehen.«

»Aber gewiss nicht in Ynys Witrin, Bruder Adam. Das weiß ich genau. Im Kloster St. Ruan treiben sie nicht ihr Unwesen. Dort ist Christus der Herr; sein Kreuz erhebt sich über dem Meneth.« Alf rang seine Hände. »Klagt mich an, wenn Euch nichts anderes übrig bleibt. Aber im Namen Gottes, der uns beide geschaffen hat, lass meine Brüder in Ruhe!«

Wieder hielt Adam inne und überlegte. »Wenn Ihr gesteht, kann ich St. Ruan vielleicht aus dem Prozess heraushalten.«

»Ich mache keine Geschäfte mit Lügen«, erklärte Alf. »Und es wäre nicht klug von Euch, Eure Drohung über meine Person hinaus auszudehnen. Vergesst nicht, dass Euer Orden recht neu und noch lange nicht so mächtig ist, wie er es gerne wäre; dagegen ist St. Ruan sehr bedeutend, sehr wohlhabend und sehr, sehr alt. Würdet Ihr es wagen, es mit einer so gewaltigen Macht aufzunehmen?«

»Würdet Ihr es wagen, Euch darauf zu berufen?«

Die Eiseskälte wich aus Alfs Stimme und kroch ihm bis ins Mark. »Ich bin das geringste seiner Kinder. Ich werde es nicht mit dieser Schmach besudeln.«

»Es wäre nichts Schändliches daran, sofern Ihr unschuldig seid.«

»So bin ich denn im Voraus verurteilt. Ich beteuere meine Unschuld – man verurteilt mich, zu gestehen. Ich spreche von Schmach – das muss Schuldgefühl sein und nicht üble, neidvolle Lüge. Wohin ich mich auch wende, was ich auch sage, nichts vermag mich zu entlasten. Mein eigenes Gesicht führt man noch als Beweis gegen mich an.«

»So ist es«, bestätigte Adam. »Und so muss es sein, bis die Wahrheit ans Tageslicht kommt.«

»Die Wahrheit, wie sie euch genehm ist.«

»Die Wahrheit Gottes.« Adam bekreuzigte sich und seinen Gefangenen. »Möge er Euch bewahren und endlich Eure Zunge lösen.«

Alf beantwortete das nur mit Schweigen und indem er ihm den Rücken zukehrte.

Alf lag in der Dunkelheit, genoss seine Einsamkeit und die Stille, die nicht durch das leise, tödliche Verhör durchbrochen wurde. Nur allzu bald würde es wieder beginnen, um ihn zu zermürben und seine Schwachstellen zu finden.

Letzen Endes würde er gestehen. Aber nicht leicht und nicht schnell.

Du wirst möglicherweise keine Wahl haben.

Theas Stimme. Er verschloss sein Denken gegen sie.

Lange Stille trat ein. Draußen schnarchte leise sein Wärter.

Der Riegel wurde zurückgeschoben. Das Schnarchen hielt unvermindert an. Alf drehte sich um, denn das war nicht Adams gemächlicher Schritt in den Sandalen. Der nun war lautlos bis auf das leise Rascheln von Kleidern. Er konnte nicht mehr als eine schwarz verhüllte Gestalt mit Kapuze erkennen.

»Thea!«, flüsterte er aufgebracht. »Wirst du denn niemals begreifen ...«

Sie drückte ihm die Hand auf den Mund. »Pst, kleiner

Bruder. Auf die sicherste Art wolltest du nicht mit mir reden, und ich lasse mich nicht abweisen.«

»Wenn jemand kommt und dich sieht ...«

»Werde ich unsichtbar, unhörbar und unberührbar sein.« Sie kniete neben ihm. Von der Laterne des Wächters draußen fiel genügend Licht herein, dass sie mit ihren guten Augen sehen konnte, doch ihre Finger tasteten sein Gesicht ab. »Du bestehst nur noch aus Haut und Knochen. Aber«, sie begutachtete trotz seines Widerstandes den Rest seines Körpers, »sie haben dich bislang noch nicht misshandelt. Vermutlich bedauerst du das auch noch.«

Ihre Hände hatten auf seinen Schultern innegehalten. Er wollte sie abschütteln, tat es aber nicht. *Lieber dort,* dachte er, *als anderswo* ...

Sie lachte ganz leise. »Ei, kleiner Bruder! Die Gefangenschaft hat dir gut getan. Sie hat dir ein bis zwei Schichten Schamhaftigkeit abgepflückt.«

»Ist das der einzige Grund, warum du gekommen bist?«

»Nein.« Sie ließ ihn los und hockte sich auf die Fersen. »Ich habe euch belauscht. Du hast deine Kräfte kaum eingesetzt, wie?«

»Nur bei meinem Verhörführer, und nur ein kleines bisschen.«

»Das hatte ich befürchtet. Du weißt wahrscheinlich nicht, was geschehen ist.«

»Der König sucht in weiter Ferne nach mir. Bischof Aylmer wartet darauf, dass die Bluthunde sich verraten. Und Kilhwchs Kurier ist unterwegs.«

»Dann bist du besser informiert, als ich dachte«, wunderte sich Thea. »Wusstest du, dass deine Verhandlung am St.-Nikolaus-Abend stattfinden soll?«

Alf sog scharf den Atem ein. »Nur noch zwei Tage – aber sie wollten doch mein Geständnis abwarten?«

»Die Bluthunde schon. Aber Graf Hugo und sein Schwachkopf von Bischof sind nervös geworden. Sie bestanden darauf, dass du sicher abgeurteilt und verbrannt bist, ehe der König zurückkehrt. Aylmer werden sie vom Prozess in Kenntnis setzen – aber entschieden zu spät, als dass er irgendwelchen Widerstand organisieren könnte. Wenn Richard dann wieder auftaucht, können sie behaupten, es wäre eine reine Kirchenangelegenheit gewesen; dass Aylmer benachrichtigt war und das Urteil direkt vollstreckt wurde, um öffentlichen Aufruhr gegen den Furcht erregenden Hexer zu verhindern. Alles peinlichst genau nach Recht und in der vorgeschriebenen Form. Und von dir bleibt ein Häufchen Asche, und er wird verloren haben, was er am meisten liebt.«

»Nein«, widersprach Alf. »Er liebt mich nicht. Er liebt mein Gesicht. Er begehrt meinen Körper.«

»Er liebt dich«, sagte Thea. »Gott weiß, warum.«

Alf ballte die Fäuste. »Du gibst dir alle Mühe, mir das auszureden. Es wird dir nicht gelingen. Ich weiß, was ich tue. Ich habe alle Folgen erwogen. Ich werde mich nicht davon abbringen lassen.«

»Du«, warf sie ihm mit dünner, kalter Stimme vor, »bist das selbstsüchtigste Wesen, das ich jemals kennen gelernt habe.«

»Warum? Weil ich jetzt nicht mit dir aus dieser Zelle marschiere und meine Pflichten und Sorgen vergessen will, um mich von dir verführen zu lassen, wie du es seit unserer ersten Begegnung versuchst?«

»Dich verführen? Dich? Einen bleichsüchtigen, rückgratlosen, heuchlerischen Pfaffen?«

»Du redest genau wie der König«, sagte er. »Bildest du dir auch ein, mich zu lieben?«

Als er wieder sehen konnte, war sie verschwunden. Er lag, wo sie ihn zu Boden gefällt hatte, und in seinem Kopf drehte sich alles. *Frauen,* dachte er verschwommen, *sind schwache, rachsüchtige Wesen, die sich mehr mit Tränen als mit Schlägen durchzusetzen pflegen.* Aber die hier besaß eine kräftigere Hand als Löwenherz.

Fast hätte er sie zurückgerufen. Er hatte ihr wehtun wollen; und doch hatte er es nicht getan. Es wäre besser für sie beide, wenn sie sich nicht wiedersähen.

Er drückte seine Hand auf die prickelnde Wange und legte sich auf die Seite und versuchte, in seinem Denken Leere zu schaffen.

21

Das Stiftshaus von St. Benedikt stellte eines der Wunder des Nordens dar: Ringförmig aus blass goldenem Gestein erbaut, wurde sein Gewölbe von vielen Säulen getragen, wovon eine jede ein gemeißelter Engel war. Zwischen St. Gabriel und St. Michael saß unter einem vergoldeten Bogen Bischof Foulques. In seiner Tracht und Mitra und mit dem Messdiener, der seinen juwelenbesetzten Bischofsstab hütete, wirkte er weniger wie ein lebendiger Mensch als wie ein Standbild auf einem Grab. Sein langes, bleiches Gesicht wies so wenig Leben oder Farbe auf, als wäre es in Wachs gegossen.

Zu seiner Rechten, unter kleineren und schmucklosen Bögen, saßen Gestalten in grauen und schwarzen Kutten, Mönche des St.-Benedikt- und des St.-Paul-Ordens. Zu seiner Linken und etwas abseits saßen Bischof Aylmer, wie er direkt von der Messe herbeigeeilt war. Im Widerspruch zur prunkvollen Aufmachung seines Bischofsbruders stellte seine Bescheidenheit einen Tadel dar.

Jehan neben ihm fühlte sich noch riesenhafter und abstoßender als gewöhnlich, da er in eine schmale Nische eingequetscht stand, wo zu beiden Seiten nicht mehr als ein Fingerbreit Raum blieb. Er kämpfte gegen den Drang an, sich so klein wie möglich zu machen, und blieb aufrecht und still mit gestrafften Schultern und den Händen auf den Knien sitzen. Die Mönche gegenüber starrten sie an und tuschelten. Die hatten nicht damit gerechnet, dass Bischof Aylmer, der erst vor einer Stunde benachrichtigt worden war, erscheinen würde. Und, so vermutete

Jehan, sie hatten schon gar nicht erwartet, dass er persönlich kam.

Reynaud befand sich nicht in ihrer Mitte. Nach einem ersten raschen Blick schenkte Jehan ihnen keine weitere Beachtung mehr.

Ein Mann in Pauliner-Tracht trat ein, kniete vor Bischof Foulques nieder und murmelte ihm etwas ins Ohr. Der Bischof nickte einmal mit herrischer Miene.

Es trat eine Pause ein, dann rührte sich etwas an der Tür und hallte durch den Saal wider. Jehan erstarrte.

Vier Pauliner-Mönche stapften in die Halle, untersetzte Männer mit harten, finsteren Gesichtern. In ihrer Mitte ging ihr einziger Gefangener.

Jehan sog bebend den Atem ein. Bruder Alf bewegte sich mit der gleichen leichten Anmut wie stets, obgleich seine Hände mit Ketten gefesselt waren; er wies keine Anzeichen von Misshandlungen auf. Doch er war Besorgnis erregend abgemagert, schwarze Schatten lagen um seine Augen, und seine Haut war so bleich, dass sie fast durchsichtig wirkte.

Seine Wachen ließen ihn abseits zur Linken des Bischofs mit nach außen gewandtem Gesicht stehen. Falls er Jehan erkannte, ließ er es sich nicht anmerken. Sein Blick war eigentümlich verschleiert und verzückt, als befände er sich in Trance.

Bischof Foulques erhob sich langsam. Der Messdiener drückte ihm den Bischofsstab in die Hand; er umfasste ihn fest und strich seinen Priesterrock glatt. »Meine Brüder«, hob er an, »wir haben uns hier in des Heilands Namen kraft der Heiligen Kirche versammelt. Der Herr sei mit Euch.«

»Und mit deinem Geiste«, entgegneten die Mönche.

»Oremus«, forderte der Bischof sie auf. »Lasset uns beten.«

Jehan hörte kaum die lange Feier mit Gebet, Kirchenlied, erneutem Gebet, Segnung und Anrufung des Himmels, damit der Gerechtigkeit herbeiführte. Seine Augen und sein Denken waren auf die hohe, schmale Gestalt des Gefangenen gerichtet.

Die Gebete verstummten; ein Mönch trat vor. Es war derjenige, der Bischof Foulques etwas zugeflüstert hatte. Er hielt nun eine Pergamentrolle in der Hand und begann mit sanfter, klarer Stimme vorzulesen.

»Wir versammeln uns hier, meine hochwürdigste und erhabenste Exzellenz, um Euer Urteil zu hören. Vor Euch steht ein mit dem heiligen Öl der Priesterschaft Gesalbter und am Altar des allerhöchsten Gottes Geweihter, der jedoch der schrecklichsten und ruchlosesten Verbrechen beschuldigt wird, die alle menschlichen und göttlichen Gesetze kennen. Nach den Aussagen vieler Zeugen und denen des Gefangenen selbst haben wir es für recht und billig gehalten, ihn vor dieses Gericht zu stellen. Also behaupten wir mit Gott als unserem Zeugen, dass dieser Gefangene, in der Welt bekannt als Alfred, einstmals von St. Ruan bei Ynys Witrin, heute im Gefolge des Lordkanzlers Seiner Majestät, in Wahrheit ein unheiliges, unreines Wesen ist, ein Wechselbalg, Hexer und Diener des Höllenfürsten; dass er wohlwissend und gotteslästerlich gegen seine heiligen Gelübde verstoßen hat und Seine Majestät den König und den Lordkanzler seiner Majestät mit einem Zauber belegt hat, der sie blind für seine dämonischen Ursprünge und gefügig für seine höllischen Absichten machte.«

Jehan knirschte mit den Zähnen. Aylmer hielt sein Handgelenk umklammert, weil er sonst aufgesprungen wäre. So blieb er zwangsläufig reg- und hilflos sitzen, während die Stimme ihr Netz aus Lügen und Halbwahrheiten wob.

Als der Mönch fortfuhr, wurde Jehans Zorn zu Eiseskälte. In der grausamen Klarheit gewahrte er etwas Seltsames, einen schwachen, aufreizenden Nachhall am Ende jeder Pause. Zuerst traute er seinen Ohren nicht; doch mit jedem kurzen Schweigen hörte er das Echo deutlicher. Als der Sprecher schließlich verstummte, erklang kein Echo mehr, nur ein schwaches, entferntes *»Amen!«*.

Bruder Alf hatte die Anklageschrift ausdruckslos mit angehört. Doch sein Blick hatte das Ziellose verloren und war umhergeschossen, als suchte er etwas. Andere schauten sich ebenfalls voller Unbehagen im Raum um. Einer der Mönche bekreuzigte sich.

Bischof Foulques schenkte der Geisterstimme keine Beachtung.

»Wir haben die Beschuldigungen gehört«, stellte er fest. »Schreiten wir nun zu den Zeugenaussagen.«

Ertönte da ein kicherndes Hohngelächter?

Der Pauliner-Mönch legte seine Schriftrolle beiseite, kniete vor dem Bischof nieder und nickte dem Mann zu, der die Tür bewachte. Er öffnete sie, um einen jungen Mann einzulassen, der gleichermaßen arrogant wie ängstlich wirkte. Sein Blick schoss einmal zu Alf und sofort wieder fort. Er verbeugte sich tief vor Bischof Foulques, zögerte und verneigte sich dann ebenso vor Aylmer.

Als er sich aufrichtete, lächelte ihm der Mönch zu. »Ei, Herr, Ihr kommt zur rechten Zeit.« Er winkte; ein Gehilfe brachte einen Schemel und stellte ihn vor den Bischof. Als der junge Mann darauf Platz nahm, fuhr der Mönch fort: »Ihr müsstet Sir Olivier de Romilly sein, nicht wahr?« Der Ritter nickte. Wieder lächelte der Mönch. »Und ich bin Bruder Adam von Ely. Den Herrn Bischof kennt Ihr, vor ihm sollt Ihr sprechen, auch wenn ich es bin, der Euch befragt.«

Sir Olivier strich eine Falte in seiner blutroten Hose glatt. »Und die anderen?«, erkundigte er sich.

»Sie werden zuhören«, erklärte Bruder Adam. »Ich werde sprechen, und mein Herr wird das Urteil fällen.«

Der andere nickte.

Adam machte eine Pause. Nach einer kleinen Weile hob er an. »Vor einigen Tagen habt Ihr mir eine Geschichte erzählt. Vielleicht wäre es für meinen Herrn am besten, wenn Ihr sie ihm jetzt genauso wiederholt, wie Ihr sie mir berichtet habt.«

Olivier gehorchte. Er wollte dabei weder Alf noch den schweigenden Bischof ansehen; lieber sprach er zum heiligen Michael mit seinem Flammenschwert in hohen, schnellen Tönen, als sagte er etwas Auswendiggelerntes auf.

»Vor etwa vierzehn Tagen ritt ich mit dem König gegen Graf Rahere und seine Rebellen. Wir schlugen uns in den Bergen bei Windermere; ein harter Kampf wie stets, doch wir trugen den Sieg davon. Ich war einer jener, die ihren Preis dafür bezahlten. Ich trat gegen einen Mann mit einer Streitaxt an – er muss ein Wikinger gewesen sein, wie sie in alten Legenden erwähnt werden, ein blonder Hüne von einem Mann. Mein Schwert zerbrach an seiner Axt; er zerrte mich vom Pferd und schlug mich nieder.

Ich war schwer verwundert. Sehr schwer verwundet, Bruder, Euer hochwürdigste Exzellenz. Mein Freisasse schleppte mich zum Zelt, wo die Doktoren waren. Dort hielten sich Fremde auf. Sie standen den Ärzten bei.«

Olivier hielt inne. Die Zuhörer beugten sich gespannt vor. Bischof Foulques zog die Stirn kraus.

»Sie standen den Ärzten bei«, wiederholte Olivier. »Ich dachte mir nichts weiter dabei. Man denkt nicht groß, wenn einem eine Axt in der Schulter steckt. Einer von ihnen trat zu mir. Er reichte mir Wasser. Ich war sehr froh darüber. Dann ... berührte er mich.«

»Ja?«, murmelte Adam, und die Pause zog sich unerträglich in die Länge.

»Er berührte mich. Ich erinnere mich noch, wie er mich angeschaut hat – nicht mein Gesicht, sondern meine Schulter. Ich dachte, es müsste ein Gelehrter sein, obgleich er wie ein Ritter gekleidet war. Ich wunderte mich und fand es eigentümlich, dass ich überhaupt denken konnte. Und dann ... wurde mir alles klar.« Olivier schauderte. Ich fühlte keinen Schmerz. Überhaupt keinen. Nur eine Art Wärme, wie einen Sonnenfleck.«

»Und Eure Wunde?«

Oliver fasste nach seiner Schulter und beugte sich vor. »Ich war völlig blutbesudelt. Aber es war nichts zu sehen.«

»Keine Narbe?«

»Bruder, Ihr wisst sehr wohl ...« Er hielt inne und fasste sich. »Eine Narbe war da, Herr. Aber keine Wunde. Und das habe ich bei heiligen Gebeinen beschworen.«

»Kann mein Herr es vielleicht einmal sehen?«

Jehan hatte gefühlt, wie ihm bei der Erzählung des Ritters alles Blut aus dem Gesicht gewichen war. Als der nun seine Schulter und die tiefe, deutliche Narbe enthüllte, schluckte der Novize bitteren Speichel hinab. Er hatte nichts von dieser Heilung gewusst; Bruder Alf hatte niemals darüber gesprochen. Was ihm verdammt ähnlich sah. Hatte er selbst zu diesem Zeitpunkt schon seinen Tod gesucht?

Er wirkte ungerührt, obgleich die Augen, die nun zu ihm wanderten, eine Art von Entsetzen ausdrückten.

»Gefangener«, wandte sich Bischof Foulques an ihn – keinen Namen, keinen Titel. »Hast du etwas vorzubringen?«

Alf holte Luft, um zu sprechen. In die Stille hinein sang eine dünne, unheimliche Stimme: *»Kyrie eleison!«*

Er presste die Lippen aufeinander. »Nein«, antwortete er, »nein, Herr, ich habe nichts zu sagen.«

Adam wandte sich an ihn. »Nein, Bruder? Stimmt es, was der edle Herr hier berichtet? Hast du deine Hexenkünste an ihm ausgeübt?«

»Und er heilte sie alle«, sang die atem- und körperlose Stimme, *»und die Menge staunte, als sie den Stummen sprechen, den Verkrüppelten geheilt, den Lahmen gehen und den Blinden sehend sah; und sie lobpriesen den Gott Israels.«*

Alf warf den Kopf zurück wie ein aufgescheuchtes Wild.

Gelächter klang durch den Saal. Bischof Foulques erhob sich halb. Olivier zog seinen Dolch, wirbelte herum und suchte wie von Sinnen nach dem Feind.

Einzig und allein Bruder Adam schien unbeeindruckt. »Die Luft ist voller Hexerei«, erklärte er. Er zeichnete ein Kreuz über Oliviers Kopf. »Geht und fürchtet Euch nicht. Nichts Böses kann Euch widerfahren.«

Olivier zog sich bleich und zitternd mit dem Dolch in der

Hand zurück. Einer nach dem anderen nahmen die Mönche wieder ihre Plätze ein. Der Bischof saß ebenfalls wieder; sein Messdiener strich ihm das Priestergewand glatt und setzte wieder die Mitra auf, die ihm vom Kopf gefallen war.

Bruder Adam betrachtete sie der Reihe nach und war sich seines Sieges so völlig sicher, dass Jehan ihn am liebsten zu Boden geschlagen hätte. »Ihr habt hier die sicheren und eindeutigen Beweise gehört, Brüder«, legte er dar, »dass wir es mit dem Werk des Widersachers zu tun haben. Denn ist es Art der Dämonen, heilige Dinge zu verspotten. Ich möchte Euch nun von einer nicht allzu weit zurückliegenden Nacht berichten lassen, in der unser Gefangener vor aller Augen sein Wesen kundtat.«

Jehan kannte den neuen Zeugen nicht, einen Mann in der Tracht eines Benediktiner-Novizen. Er hatte ein hübsches, längliches Gesicht und die Miene eines Edelmannes, aber irgendein rücksichtsloser Barbier hatte ihm die Haare bis auf ein paar Stoppeln geschoren.

Doch daran erkannte Jehan ihn dann. Er bemerkte den trägen, gönnerhaften Blick des Fremden, seinen Ausdruck weltlichen Überdrusses. Als er sprach, richtete er seine Worte an Alf. »So, Bruder. Du siehst gut aus in Ketten.«

»Ihr dafür recht schlecht in der Kutte«, entgegnete Alf.

Joscelin lächelte. »Vielleicht liegt das an deiner stümperhaften Barbierkunst.«

»Bruder«, mahnte Adam mit dem ersten Hauch von Schärfe, den Jehan von ihm vernommen hatte. »Ihr seid hier, uns Eure Geschichte zu erzählen.«

»Das bin ich«, stimmte Joscelin ihm ungerührt zu. »Nun denn, womit soll ich beginnen?«

»Mit dem Anfang«, schlug Adam vor.

Joscelin machte es sich behaglicher. »So. Der Anfang. Kein schlechter Platz, nicht wahr, hübscher Bruder?« Er nahm Adams Blick wahr und zog eine Grimasse. »Also. Ich werde anfangen. Ich war zu jenem Zeitpunkt Edelknappe des Königs und recht stolz darauf. Vor etwas über einer Woche ging ich abends mit Freunden aus, um mich zu vergnügen. Unterwegs begegnete uns der Schönling dort drüben.«

Jehan ballte die Fäuste. Olivier hatte nach bestem Wissen und Gewissen die Wahrheit gesprochen, doch das hier war eine verzerrte, nicht wiederzuerkennende Wahrheit. So wie Joscelin das schilderte, hatten er und die anderen Knappen Alf aus reiner Gutmütigkeit mitgenommen, und in seinen Worten lag leichter Tadel für Alfs angebliche, gänzlich unklerikale Neigung zum Bier.

»Und zur Magd, die bediente«, erklärte Joscelin mit einem schrägen Blick, aus dem halb der bewundernde, junge Knappe, halb der frisch geschlüpfte Kirchenmann sprach.

Alf wäre, wenn auch widerwillig, mit ihnen nach oben gegangen, behauptete Joscelin. »Wir taten Unrecht, wie ich gerne zugeben will, meine Herren, aber wir waren betrunken, und er ebenfalls. Wir haben ihn aus seiner Kutte geschält.« Er hielt inne, schüttelte den Kopf und seufzte. »Brüder, im Angesicht Gottes, es war gefährlich, ihn anzublicken. Nacktheit an sich ist freilich schon Sünde, doch wenn sie mit einem solchen Körper einhergeht ... *mondieu!* Er sieht wie ein hübscher dummer Junge aus, wie ein Mädchen, dem man die Haare abgeschnitten hat, aber der Rest seines Körpers ...«

»Ihr zogt ihn also aus«, fiel Adam ihm ins Wort. »Was weiter?«

Ein oder zwei Zuhörer lehnten sich mit schlecht verhohlener Enttäuschung zurück. Joscelin seufzte und setzte seine Erzählung fort. Plötzlich hätte Alf ein Schwert in der Hand gehabt. Joscelin hätte versucht, ihn zu beruhigen; doch Alf hätte ihn bedroht, so dass der Knappe ihn in den Schankraum hinabgelockt hätte, damit der Mönch vielleicht durch die Blicke der Öffentlichkeit erschräke und zu Sinnen käme.

Doch das tat er nicht. Er hüllte sich in ein Gewand aus Finsternis, übte mit dem Schwert seine Hexerei aus und verschwand unter den Augen von fünfzig fassungslosen Männern.

Adam nickte, als er zu Ende war. »Wir haben eine Reihe von Zeugen gefunden und befragt«, sagte er, zog ein gefaltetes Dokument aus seiner Tasche und reichte es dem Bischof. »Hier, Euer hochwürdigste Exzellenz, sind ihre gesammelten Aussagen. Alle haben einzeln und gleichermaßen beschworen, dass er seinen Körper mit nichts Stofflicherem als Schatten bekleidete und aus ihrer aller Mitte verschwand. Wir haben seine Kutte und seinen Umhang aus dem Zimmer des Wirtshauses als Beweis, dass er dort war, sichergestellt.«

»Und fuhr von dort gen Himmel auf, halleluja!«

Nicht wenige von ihnen hatten es erwartet, und doch versetzte diese unheimliche Stimme sie in abergläubisches Entsetzen. Bruder Adam hob seine Arme. »Im Namen des Vaters, des Sohnes und des Heiligen Geistes gebiete ich dir zu schweigen!«

Einen langen Augenblick lang hielt alles den Atem an. Die Stimme schwieg. Nach und nach entspannten sich alle, obgleich sie nach wie vor beklommen um sich schauten, sich bekreuzigten und ein Gebet murmelten.

Adam ließ die Arme sinken.

Gespenstisches Gelächter verhöhnte ihre Torheit.

Röte fleckte Bruder Adams bleiches Gesicht. »Brüder«, ergriff er wiederum das Wort, »mein Herr Bischof, gewiss ist euch allen klar, dass das Böse unter uns weilt. Vor euch steht einer seiner Diener. Den anderen habt ihr gehört; und zu dem habe ich einiges zu sagen. Denn ich habe durch Zeugenaussagen erfahren, dass der Beschuldigte seine Zauberei nicht alleine ausübt. Eine Vertraute steht ihm bei, ein Geschöpf der Finsternis, das häufig die Gestalt einer weißen Jagdhündin annimmt. Es ist ein gerissenes Geschöpf, gerissener, wie ich meinen möchte, als sein Herr, denn wir waren nicht in der Lage, es zu fassen. Und doch sind da viele, die es gesehen haben, und ein Mann hat diese Gehilfin direkt bei ihrem Hexenwerk beobachtet.« Er nickte Joscelin zu, der auf seinen Platz bei den Mönchen zurückkehrte, und hob die Stimme. »Bruder! Du kannst hereinkommen.«

Es war Reynaud, der nun vor dem Richter Platz nahm, dieses verhasste Gesicht, dieses verhasste Lächeln. Olivier hatte aus Angst, Joscelin aus Boshaftigkeit Zeugenschaft abgelegt, dieser Mann jedoch tat es aus reinem Eifer. Er hatte Alf aufgestöbert, er hatte die Jagd eröffnet; nun beugte er sich herab, seinem Opfer die Kehle durchzuschneiden.

Er sprach ruhig, gemessen, ganz ohne die falsche Freundlichkeit, die Jehan stets erlebt hatte. Vom ersten Tag an, da Alf ins Lager gekommen war, hatte er ihn beobachtet, alles vermerkt und beurteilt, und nur weniges war ihm entgangen. Sein Bericht schloss Oliviers, Joscelins und viele andere Zeugenaussagen mit ein und fügte sie zu einem größeren Ganzen, dem Bild eines Hexers, zusammen.

Und seiner Vertrauten. »Eine weiße Jagdhündin«, sagte er. »Mit roten Ohren wie die Tiere im heidnischen Aberglauben und mit Augen, in denen sich die Verschlagenheit eines Höllenkindes spiegelt. Doch dieses Wesen kann auch, wenn es will, aufrecht in menschlicher Gestalt einhergehen.«

»Und wie sieht die aus?«, fragte ihn Adam.

»Eine Schattengestalt in Mönchskutte, aber mit der Stimme einer wunderschönen Frau.«

Und er berichtete Wort für Wort von der Nacht im Stall. Während er sprach, wanderten viele Augen zu Jehan; er erwiderte die Blicke. »Ja!«, hätte er am liebsten geschrien. »Ich war dort. Ich wusste alles! Verbrennt mich auch!«

Er konnte nicht sprechen. Seine Zunge fühlte sich dick und bleiern an; als er Worte zu bilden versuchte, verschwommen seine Gedanken. So blieb er schweigend sitzen und kochte innerlich vor Wut.

Endlich kam Reynaud zum Ende. Die Mönche rutschten unruhig hin und her und murmelten: »Das *Gloria Dei?«*, sagte jemand in fassungslosem Ton. »Er schrieb das *Gloria Dei?«*

»Teuflisches Blendwerk«, antwortete Reynaud unerschütterlich, »dazu angetan, den jungen Novizen vom rechten Weg abzubringen.«

Jehan sprang auf.

In diesem Augenblick wurde die Tür aufgestoßen. Ein sich balgendes Menschenknäuel drängte herein: Das Grau und Weiß der Pauliner, das Schwarz der Benediktiner und mittendrin ein Wirbelwind.

Der Tumult löste sich auf. Sein Kern warf sich nach vorn, voll auf Reynaud. Gemeinsam fielen sie zu Boden.

Jehan stürzte sich in das Getümmel. Ein wildes Durcheinander von Gesichtern – dahinter das von Bischof Foulques, das sich vor Entsetzen aufzulösen schien – eine zweite Gestalt, eine Mähne bronzegoldfarbenen Haars. Jehan starrte in Theas weit aufgerissene, leidenschaftlich funkelnde Augen.

Adams Stimme erhob sich über den Tumult. »Was ist das?«

Die Rauferei löste sich in einzelne Gestalten auf. Reynaud sank stöhnend in die Arme seiner Mitbrüder, sein Gesicht blutete aus einem Dutzend tiefer Kratzer. Sonst war niemand zu Schaden gekommen.

Jehan ließ Thea los und wich zurück. Sie stand mit wild ins Gesicht fallender Mähne da und atmete schwer. Ihr Kleid war zerrissen und zerfetzt; weißes Fleisch schimmerte hindurch.

Sie warf ihr Haar in den Nacken. Einige wichen vor ihr zurück, andere schoben sich näher heran. Sie hieß sie alle mit einem Blick ihrer großen, goldenen, wilden Katzenaugen stehen bleiben. Ihre Schönheit griff Jehan ans Herz.

Wieder fragte Adam: »Was ist das?«

Sie war es, die darauf antwortete. Ihre Stimme kannten schon alle, obgleich die nun von Kehle, Zunge und Lippen kam, eine, im Gegensatz zur anderen, lebendigen Stimme. »Ich bin nicht *was*. Ich bin *wer*. Ist es ein Werk eurer berühmten christlichen Nächstenliebe, eine harmlose Frau zu verwunden?«

Einer der Mönche rief: »Sie ist ein Dämon! Sie ist vor unseren Augen erschienen. Sie wollte uns fortlocken. Bruder Andreas tat, als wollte er ihr folgen, und ich schlug mit der Breitseite meines Messers nach ihr.« Er hielt eine kleine

Klinge hoch, die zu stumpf war, um auch nur etwas anderes als Brot zu schneiden.

Sie wirbelte zu ihm herum. Er hob das Messer; sie wich zurück. »Auweh«, schrie sie, »er hat mich getroffen. Er möge in seine Hölle fahren! Er hat mich schrecklich verbrannt.« Über ihre Handfläche zog sich eine lange, rote Schwiele. Sie barg sie an ihrer Brust. »Ich werde Wiedergutmachung fordern.«

Adam betrachtete sie mit einem unseligen Gemisch aus Triumphgefühl und Entsetzen. »Was für ein Wesen ist das, das sich an der Breitseite einer Klinge verbrennen kann?«

»Die Klinge war aus Eisen«, rief sie mit einem Schaudern und hielt ihre verletzte Hand fest an sich gedrückt. »Verwünschtes Eisen. Hätte er mich nicht damit getroffen, wäre mir nichts geschehen.«

»Du hättest niemals kommen dürfen!«

Aller Augen wanderten zu Alf. Er hatte seinen eigenen Kampf ausgefochten, sich von seinen Wärtern zu befreien. Zwei hielten ihn immer noch fest, obgleich er sich nicht mehr widersetzte. »Du hättest niemals kommen dürfen«, wiederholte er.

»Was? Und so ein großartiges Spektakel versäumen?«

»Es ist kein Spektakel, weder für dich noch für mich. Um Gottes willen, flieh, solange du noch kannst.«

»Ich kann nicht«, sagte sie. »Ich bin gebunden.«

»Du bist nicht mehr gebunden als ...«

»Kleiner Bruder«, erklärte sie ihm halb spöttisch, halb zärtlich, »selbst in den Höhlenbergen weiß man, was Ehre ist.«

»Das heißt nicht, dass du mit mir sterben musst!«

»Nein?« Sie wandte sich von ihm ab und Bruder Adam

zu. »Euer sittenstrenger Heiliger, Herr, ist ebenso dumm, wie er schön ist. Traurigerweise sah ich ihn durch den Wald reiten, und er war so schön wie die Prinzen meiner eigenen Rasse; ich habe mein Herz an ihn verloren. Aber niemals kam ein größerer Narr aus einer Abtei. Wollte er mit mir tanzen? Wollte er sich von mir vorsingen lassen? Wollte er mein Buhle werden? Nein, nein und abermals nein: Der Herr möge ihm gnädig sein, hebe dich hinweg von mir, Satan, und schon war er wieder bei seinen Gebeten. Gebete, fürwahr! Ausgerechnet er, der so schön ist, dass selbst eine Göttin nichts Besseres verlangen könnte.«

Adams Nüstern blähten sich. Da war ein Geschenk, das es würdig war, dem Papst selbst zu Füßen gelegt zu werden: nicht nur eine Hexe und Ketzerin, sondern ein wirkliches Kind der alten Finsternis. »Bist du dir darüber im Klaren, dass das hier ein Prozess ist und Bruder Alfred schwerer Verbrechen gegen die Kirche beschuldigt wird?«

»Verbrechen! Der weiß ja nicht einmal, wie man sündigt!«

»Er wird der Zauberei beschuldigt, und darauf steht die Todesstrafe.«

»Er?« Sie lachte, jenes gleiche zügellose Lachen, das körperlos durch das Dachgewölbe gehallt war. »Dieses Kind hätte unbemerkt zwischen uns umhergehen und als einer der unsrigen gelten können, doch er ist ganz und gar ein Sohn der Erde.«

»Der Beweis ...«

»Lügen«, sagte sie. »Lügen und verzerrte Wahrheiten.«

Plötzlich rührte sich Bischof Foulques, um mit seinem Bischofsstab auf den Boden zu stoßen. »Das ist reiner Hohn! Bruder, schaff uns dieses Geschöpf aus den Augen.«

Sie betrachtete ihn voller Verwunderung. »Ach! Die Steine können sprechen?«

Röte überzog seine wächsernen Wangen. »Adam! Tu, wie ich dich geheißen!«

Aylmer erhob sich. Während des ganzen Durcheinanders hatte er sich nicht gerührt und nichts gesagt und keine Anzeichen von Furcht oder Überraschung gezeigt. Als er aufstand, war es, als sei einer der gemeißelten Engel von seinem Säulenfuß getreten. »Mein Herr Bischof«, erhob er seine Stimme, »wenn ich recht verstehe, wünscht Ihr die Schuld eines Hexers festzustellen. Die Brüder haben ihre Beweise gewissenhaft zusammengetragen, wenngleich mir ihre Vorgehensweise einigermaßen fragwürdig und ihre Motive verwirrend erscheinen. Es beunruhigt mich besonders, dass von diesem Gericht keinerlei Anstrengung unternommen wird, die Unschuld des Angeklagten zu verteidigen. Und nun scheint es mir, dass diese Dame, wie regelwidrig ihr Auftreten und ihre Herkunft auch sein mögen, sich genau darum bemüht hat. Wollt Ihr sie davon abhalten?«

Foulques schien kurz vor einem Schlaganfall zu stehen. »Sie ist in einen Akt kirchlicher Rechtsprechung eingedrungen und hat ...«

»Recht?«, fragte Aylmer. »Ist es rechtens, dass man es ablehnt, eine Aussage zur Entlastung einer Person anzuhören? Am Hofe Seiner Heiligkeit in Rom hat sogar der Teufel einen eigenen Advokaten.«

Während Aylmer sprach, war Adam neben Foulques getreten und hatte ihm dringlich etwas ins Ohr geflüstert. Er schüttelte mit finsterem Blick den Kopf; Adam ließ nicht locker. Schließlich nickte der Bischof mit deutlichem Widerwillen.

Adam trat vor Bischof Aylmer. »Mein Herr wird ihre Aussage zulassen. Doch sie soll sich bewusst sein, dass diese zu ihrem eigenen Prozess und einer möglichen Verurteilung führen kann; denn wir sind verpflichtet, alle Werke und Geschöpfe Satans zu vernichten.«

»Dann«, warf Thea an, »würdet Ihr gut daran tun, auch Euren König zu verbrennen.«

Aylmer betrachtete sie einen langen Augenblick. »Mag sein, dass es noch dazu kommt, meine Dame«, gab er zu. »Wenn schon der Freund des Königs in Gefahr schwebt, wie sollte da der König selbst sicher sein?«

»Der König ist verhext worden«, erklärte Adam heftig. »Wir bemühen uns, ihn vor solchem Bösen zu bewahren und die Quelle dessen zu vernichten.«

Aylmer nickte vor sich hin. »Ah ja. Ich bin also auch verhext. Nun denn, fahrt mit Eurem Popanz fort.« Er winkte. »Komm hierher, Jehan. Setz dich zu mir, dass wir uns unterhalten lassen.«

Adam schenkte ihm einfach keine Beachtung. Er schaute sich um, sah, dass ein Mann mit gezücktem Schwert die Tür bewachte, und wandte sich an Thea. »Du sagst, du seiest gebunden? Wie meinst du das?«

Sie wies auf den Mönch mit dem Messer. »Er hat mich mit Eisen berührt, und dessen Zauber ist mächtiger als meiner. Ich kann nur weggehen, wenn er mich dazu auffordert.«

»Tatsächlich.« Adam wies auf den Schemel. »Setz dich.«

»Ich möchte lieber stehen.«

Er drängte sie nicht. »Nun gut. Zuerst dein Name.«

»O nein«, widersetzte sie sich. »Das Eisen schlägt mich schon ausreichend in Euren Bann. Ich werde Euch nicht durch meinen Namen zusätzliche Macht über mich verleihen.«

Reynaud schüttelte die Hände ab, die ihn gestützt hatten. »Thea. Sie nannten sie Thea.«

Sie verzog den Mund. »Schakal. Aasgeier. Ich habe gewittert, wie du hinter uns her warst. Ich wünschtet beim Annwn, ich hätte getan, wie mir zu Mute war, und dir die Kehle durchgeschnitten.«

»Du heißt Thea?«, fragte Adam ruhig.

Ihr Blick ruhte glühend auf ihm. »Ja. Aber das verleiht Euch keine Kraft über mich. Es ist nicht mein wirklicher Name.«

»Nun, dann eben Thea. Kein Name dieser Gegend.«

»Und nicht der wahre.«

»So.« Adam betrachtete sie von oben bis unten. »Du stammst vom Elfenvolk?«

»Sagte ich das nicht bereits? Ich sah Euren Bruder Alfred, als er durch Bowland ritt; ich folgte ihm.«

»In Gestalt einer weißen Hündin?«

»Einer Hündin?« Sie warf den Kopf zurück. »Sollte ich mich so weit entwürdigen? Ich folgte ihm. Hin und wieder ließ ich mich bei ihm sehen. Er wollte nichts von mir wissen. Er ist ja der reinste kleine Heilige. Entweder versuchte er mich zu exorzieren oder er gab sich alle Mühe, eine Christin aus mir zu machen. Ich versuchte ihn mit meinem Zauber; er überwand ihn mit Gebeten.«

»Zauber?«, fragte Adam nach. »Welcher Art?«

»Folgender«, keifte sie zurück. »Eines Abends schleppten ihn drei junge Flegel in eine Taverne. Ich wollte, dass er ein Mann anstelle eines brabbelnden Pfaffen ist – aber der Graue Mann soll uns beide holen, ehe ich zulassen werde, dass eine sterbliche Frau ihn bekommt. Ich gab ihm ein Schwert und die Fähigkeit, es zu benutzen; ich hüllte ihn in Zaubereien, und er entkam. Glaubt Ihr vielleicht, er hätte mir dafür gedankt? Nein, bei allen Göttern! Er verwünschte mich und schickte mich fort.«

»Das ist nicht wahr!«, schrie Alf.

Sie hob die Hand. Er keuchte und schwankte. »Liebe macht blind«, argumentierte sie, »und den Liebenden zum völligen Narren, warum sonst würde ich das alles ertragen? Seht nur, wie er versucht, mich zu retten, der nicht ein freundliches Wort für mich hatte, als ich ihn um seine Liebe bat.«

»Du behauptest also, er hätte keine Hexerei praktiziert?«, wollte Adam von ihr wissen.

»So ist es«, erklärte sie.

»Die ihm zugeschriebenen Hexenkünste waren also in Wirklichkeit deine.«

»Keine Hexenkünste«, widersprach sie. »Wir treiben es nicht mit den Mächten der Finsternis. Doch die Zauberkünste waren meine. Ich habe mich erniedrigt, um sein eisernes Herz zu gewinnen, ich ebnete seinen Weg, ich wärmte das Wasser, mit dem er sich wusch, ich heilte den Mann, den er pflegte, ich gab ihm eine Jagdhündin als Schutz bei. Alles umsonst. Er ist so kalt wie ehedem.«

Er blieb so stumm stehen, wie Jehan gestanden hatte, und war aschfahl von der Anstrengung seines Widerstands. Sie betrachtete ihn traurig. »Kleiner Bruder, ich wusste nicht, dass die Menschen versuchen würden, dich für mein Tun zu verbrennen.«

»Du sagst, er sei menschlicher Abstammung?«

»Durch und durch.«

»Wir haben gewisse Beweise zusammengetragen ...«

»Unfug«, erklärte sie. »Schaut ihn Euch an! Keiner vom wahren Blute könnte ein Kreuz oder solche Ketten tragen. Eure ganzen so genannten Beweise sind ein Popanz!«

»Ebenso wie deine Zeugenaussage!«, sprudelte Reynaud hervor. »Ich behaupte, ihr seid beide Hexen und Zauberer. Ihr habt euch gegenseitig unterstützt und ermuntert, und dafür solltet ihr beide auf den Scheiterhaufen wandern.«

Sie spie ihn an. »Elender Köter! Du würdest deine Seele dafür geben, an unseren Knochen nagen zu können!«

»Ruhe!«, gebot ihr Adam. Zu Foulques sagte er: »Euer Exzellenz, ich bin geneigt, Bruder Reynaud recht zu geben. Ich wusste nichts von der Existenz und der Einmischung dieser Frau. Welch beides die Anklagepunkte etwas verlagert. Ich glaube durchaus, dass sie ihre Hexenkunst so eingesetzt hat, wie sie das eben schilderte, doch von der Unschuld des anderen bin ich nicht überzeugt. Gewiss war er ihr in gewissem Maß zu Willen; er bediente sich im Gasthof ihrer Fähigkeiten, die sie ihm verliehen hatte, was immer er ihr später erzählt haben mag.«

»Teuflisches Blendwerk, wie du selbst sagtest«, fiel sie ihm ins Wort. »Du kannst es nicht nach deinen Bedürfnissen drehen und wenden, wie du willst, Schakal. Wenn unser kleiner Bruder hier, dieses bartlose Jüngelchen, euer größter Theologe ist, dann muss er freilich von unserem Blute sein, denn das von ihm verfasste Buch ist doppelt so alt wie sein Antlitz. Aber das ist nicht möglich, oder? Du hörtest nicht, was du zu hören glaubtest, was du in deiner Gier, seinen Tod zu bewirken, hören wolltest.«

»Hexe!«, fauchte Reynaud.

»Ich bringe dich in Wut. Du kannst es nicht ertragen,

dass ich ihn begehre und nicht dich. Wenn ich verspräche, dich zu nehmen, würdest du alles in deiner Macht Stehende unternehmen, meine Freilassung zu erwirken. Du würdest sogar versprechen, ihn zu befreien – aber das wäre eine Lüge.«

Unter den deutlichen Spuren ihrer Nägel hatte sich sein Gesicht in eine wutverzerrte Maske verwandelt. »Teufel! Versucherin!«

»Aber keine Lügnerin«, erwiderte sie. »Du bist derjenige, der lügt. Du möchtest seinen Tod zu deinem Ruhm und zum Kummer des Königs. Du hast dir nicht die Mühe gemacht, alle die Mitwisser unseres Bruders zu erwähnen, die ihn großzogen und ausbildeten und einen Mönch aus ihm machten – es sind zu viele, sie sind zu weit fort und zu mächtig. Du hast nicht einmal Meister Jehan zur Rechenschaft gezogen, obgleich er nach deiner Aussage ebenso schuldig ist wie wir – aber er spielt für dich keine Rolle und hat außerdem Verwandte, die ihn rächen könnten. Die Verwandtschaft des Königs ist ihm feindlich gesinnt und treibt dich an, und der kleine Bruder hat keine solchen Verwandten.«

Adam trat zwischen die beiden. »Wir handeln nicht auf Geheiß einer weltlichen Macht. Unsere Aufgabe ist es, die Gegner der Kirche ausfindig zu machen und zu vernichten. Hier an diesem Gericht urteilen wir nach dem Gesetz, das besagt: ›Niemand finde sich bei dir, der seinen Sohn oder seine Tochter durchs Feuer gehen lässt, niemand, der Wahrsagekünste, Zeichendeuterei, Geheimkünste und Zauberei betreibt, niemand, der Bannungen vornimmt, einen Toten- oder Wahrsagegeist befragt oder Auskunft bei den Toten sucht. Denn ein Gräuel für den Herrn ist jeder,

der solches tut.‹ Was die Strafe betrifft, ist das Gesetz höchst einfach und unmissverständlich: ›Eine Zauberin darfst du nicht am Leben lassen.‹«

Es trat Stille ein. Thea schien endlich begriffen zu haben, wessen sie sich bezichtigt hatte. Ein Zittern durchlief ihren Körper, sie wich einen Schritt zurück und schreckte zusammen, als ihr Bewacher das Messer hob. Sie blieb völlig reglos stehen. »Bruder Alfred ist kein Zauberer. Wenn jemand sterben soll, dann bin ich es, obgleich das Leben auf dieser Erde köstlich und der Himmel mir versperrt ist, denn es heißt, ich besäße keine Seele.«

»Die Hölle wird dich dankbar aufnehmen«, murmelte Reynaud.

Sie fauchte ihn an: »Der Herr der Finsternis ist mein erbitterter Feind und der meines ganzen Volkes. Wir haben seine Pläne zu häufig und zu gründlich durchkreuzt. Dich würde er dagegen mit offenen Armen empfangen.«

Sie wandte sich an den Bischof. »Das hier ist kein Prozess. Das ist eine Versammlung von Gegnern des Königs zu dem einzigen Zweck, zu vernichten, woran ihm wirklich liegt. Der hier – glaubt an das, was er tut, was um so schlimmer für ihn ist. Aber alle ihr Übrigen würdet auf ein Kruzifix knien, um dann darauf zu spucken.« Über all die entsetzten Aufschreie und Zurufe, sie zu packen und niederzuwerfen, lachte sie ohne Erheiterung. »Ach, ihr Sterblichen! Die Wahrheit brandmarkt euch wie kaltes Eisen. Soll ich noch einmal zuschlagen? Ihr werdet den kleinen Bruder verbrennen. Der Scheiterhaufen steht bereit; ihr müsst ihn nur noch festbinden und das Feuer entzünden. Und dann wird der König zurückkehren. Was dann, Herr Bischof? Er ließ Euch gewähren, solange Ihr in Eurem Kloster bliebt und geheime Pläne gegen ihn schmiedet. Doch jetzt erklärt Ihr ihm die offene Feindschaft.«

»Er wird nicht Hand anlegen an einen Mann Gottes«, versicherte Adam. »Er wird es nicht wagen.«

Wieder lachte sie, nun ganz frei und fast freudig. »Seid kein Tor. Er wird von dieser Abtei keinen Stein auf dem anderen lassen, euch Bluthunde ins Meer treiben und diese Marionette von Bischof in Stücke reißen und den Hunden vorwerfen.«

»Interdikt ... Kirchenbann ...«

»Du faselst, frommer Bruder. Frag Bischof Aylmer, ob Anglia oder sein König für an Verrätern genommene Rache werden büßen müssen.«

»Ruhe!« Bischof Foulques war aufgesprungen und bebte am ganzen Körper vor Erregung. »Der Prozess wird fortgesetzt. Und ich will kein Wort mehr von dir hören, Hexe; oder ich werde dich hinauswerfen, Gott sei mein Zeuge.«

»Mein Herr Bischof«, meinte Adam besänftigend, »sie wird fortan schweigen. Wir haben unsere Beschuldigung vorgetragen. Wir sind der Ansicht, der Gefangene ist schuldig im Sinne der Anklage und überantworten ihn Eurem Urteil.«

Es dauerte sehr lange, ehe Bischof Foulques antwortete. Er hatte sich wieder in der Gewalt; in seinem Gesicht war die Zornesröte wieder der früheren Blässe gewichen. Er schien tief in Gedanken versunken, runzelte die Stirn, warf rasche Blicke zu Alf, Thea und Aylmer: Blicke voller Hass und nacktem Entsetzen. Sein Daumen zeichnete mehrmals langsam das kunstvoll geschnitzte Muster seines Bischofsstabes nach.

Als er schließlich das Wort ergriff, richtete er sich mit

fester Stimme an niemanden und alle. »Ich habe Anklage und Verteidigung gehört. Ich bin zu einem Urteil gelangt.«

Er hielt inne. Jehan spürte, wie ihm der Atem stockte. Alf war völlig still und totenbleich; Thea hatte sich zu ihm umgedreht und hielt ihn mit ihrem glühenden Blick umfangen.

Der Bischof sprach weiter. »Niemand hat bestritten, dass in und um diese Stadt und den König Hexerei betrieben wurde. Zweifel scheinen in der Frage zu bestehen, von welcher Person sie ausging. Entweder von einer Frau unbekannter Herkunft, anmaßendem Hochmut und schändlicher Achtlosigkeit gegenüber der Kirche, ihrem Gerichtshof und der Heiligen Schrift; oder durch einen Mönch in der Tracht des heiligen Jeremias, einem geweihten Priester und anerkannten Günstling Seiner Majestät des Königs.« Wieder machte er eine Pause. Die meisten Anwesenden lauschten verwundert. Doch Adam war bleich geworden, und Reynauds Gesicht hatte sich gerötet. »Die Beschuldigungen sind schwer. Die Strafe lautet, wie Bruder Adam uns erklärt hat, auf Tod.«

Alf riss seinen Blick von Thea los und richtete ihn auf den Bischof.

Foulques hob seine Stimme ein wenig. »Ich bin überzeugt, dass sowohl der Angeklagte wie die Frau der Hexerei, Zauberei und der Ausübung der schwarzen Künste schuldig sind. Doch angesichts der Beweisführung bin ich auch der Ansicht, dass die Schuld nicht gleichermaßen zuzuweisen ist. Der Beschuldigte hat seine Verbrechen nicht gestanden, sondern sie vielmehr abgestritten; die Frau ...« Er fasste sich unter merklicher Anstrengung. »Die Frau hat ihre Schuld offen, unverschämt und unbußfertig gestanden. Und sie bestreitet auch, diese Schuld zu teilen; davon bin ich wiederum nicht überzeugt. Nach meiner Auffassung war sie die Anstifterin und er der Mittäter, sie die Ursache, er der Mittäter ihrer Hexereien. Deshalb«, verkündete Foulques, »verurteile ich sie beide. Du«, wandte er sich an Alf und wich seinem hellen Blick aus, »hast als Priester Gottes schwer gesündigt. Doch du bist jung und befindest dich in einem Alter, da die Schönheit einer Frau die Strenge deiner Gelübde zu brechen vermag; die Leidenschaft deines Blutes hat dich zu etwas versucht, was aufs Strengste verboten ist. Du bist nicht gänzlich gefallen, wie diese Frau bezeugt hat; doch für deine Vergehen musst du angemessene und wohlverdiente Strafe erhalten. Hier vor dem Gericht der Heiligen Kirche und kraft ihrer mir übertragenen Autorität suspendiere ich dich von deinen heiligen Gelübden. Du wirst weder an den Altar des Herrn treten noch das Priesteramt ausüben, noch die Gesellschaft von Priestern und Mönchen teilen, bis du dich durch die Reinheit deines Lebens und deiner Taten völlig von deiner Sünde reingewaschen hast. Darüber hinaus verurteile ich dich, um dir noch einmal klar zu machen, dass du im Augenblick des Herrn nichts als Staub und Asche bist, zu zwanzig Peitschenhieben auf den bloßen Rücken; und dass du ihn bei jedem Hieb um seine Gnade anflehst.«

Alf stand wie erstarrt. Sein Gesicht war furchterregend und ganz und gar unmenschlich.

Der Bischof wandte sich mit funkelnden Augen an Thea. »Und du«, verkündete er, »du hast deinen Hohn der Heiligen Kirche ins Gesicht geschleudert. Du hast Lügen ausgesprochen, die dir dein Herr, der Teufel, eingegeben hat. Und doch hast du dich, indem du hierher kamst und deinen

Trotz herausschriest, unserer Macht unterworfen. Diese Macht rufe ich nun voll an. Namenlose Frau aus den Bergen, Verführerin von Priestern, du sollst durch das geweihte und reinigende Feuer sterben, und deine Knochen sollen in eine Grube geworfen werden, damit der Fluch von Gottes Zorn auf ihnen ruhe.«

Von allen Zuhörern schien sie als Einzige unbewegt. Alf riss sich von seinen Bewachern los. »Nein!«, schrie er. *»Nein!* Lasst sie leben. Ich habe gelogen. Ich habe euch alle getäuscht. Ich bin der Hexer von uns beiden! *Ich* habe die Verwünschungen bewirkt. Ich gab mich nur unschuldig, um euch zu verwirren. *Ich* sollte auf den Scheiterhaufen. Lasst mich an ihrer Stelle sterben!«

»So umfassend hat sie ihn in ihren Bann gezogen«, stellte der Bischof halb voller Mitleid, halb voller Befriedigung fest, »dass er sie noch bis zum Tod verteidigt. Es dauert mich, so viel Tugend in Schlechtigkeit verkehrt zu sehen.« Er hob die Hand. »Ich habe gesprochen. Es sei. *Fiat. Fiat. Fiat.*«

22

Früh am Morgen des St.-Nikolaus-Festes begannen die Einwohner von Carlisle, sich in der Nähe des Osttores zu versammeln. Auf dem Platz vor der St.-Benedikt-Abtei war über Nacht etwas Neues aufgetaucht; dort stand ein riesiger Pfahl mit Ketten. Daneben lagen Bündel von Reisig.

Bis es helllichter Tag war, hatte sich eine ansehnliche Menge eingefunden. Ein Neuankömmling, der den Anlass nicht kannte, hätte glauben können, sie würden unter dem ausnahmsweise wolkenlosen Himmel trotz der winterlichen Kälte ein Fest veranstalten. Sie lachten und scherzten; zwischen ihnen gingen Bettler und Taschendiebe, ein fahrender Sänger und eine Gruppe Gaukler herum. Am Rand bejubelte ein eng gedrängter Kreis mit großem Geschrei und Gejohle einen Hahnenkampf.

Nur der Raum um den Pfahl blieb leer. Pauliner-Mönche bewachten ihn, unter ihnen Soldaten mit dem Emblem des Bischofs von Carlisle.

Jenseits der Menschenmenge, im Schatten der Klostermauer, hatte man eine Art überdachter Plattform errichtet. Als es auf die dritte kanonische Stunde zuging, nahmen dort nacheinander mehrere Personen ihre Plätze ein: Benediktiner, Pauliner, ein oder zwei Strohmänner. Graf Hugo erschien mit seiner Dame und einem Halbdutzend Dienern, die sich zur Rechten des freien Hochsitzes verteilten. Nicht viel später rauschte Bischof Foulques heran und nahm mit dem Abt der Benediktinerabtei im Gefolge den Ehrenplatz ein. Diener sorgten dafür, dass sie behaglich saßen und gegen die Kälte in warme Gewänder gehüllt wurden.

Die Menge kochte. Bischof Aylmer schritt zu Fuß und in schlichter Kleidung mit einer Schar Mönche hinter sich durch sie hindurch. Man warf ihnen verwunderte Blicke zu. Keiner des Geleits war in Rüstung oder bewaffnet, keiner trug Sporen an den mit Sandalen bekleideten Füßen, doch der Kleinste von ihnen überragte den stämmigen Bischof schon um einen halben Kopf.

Aylmer verneigte sich knapp vor den Würdenträgern auf dem Podium und hielt einen Augenblick inne. Die Hochgestellten tauschten Blicke aus, ein oder zwei wollten schon aufstehen, ihm Platz zu machen.

Der Lordkanzler des Königs machte auf dem Absatz kehrt und stellte sich in die Nähe des Scheiterhaufens, seine Mönche bauten sich im Halbkreis hinter ihm auf.

Pünktlich zur dritten kanonischen Stunde schwenkte das große Tor zum Kloster auf. Ein Raunen ging durch die Menge, Hälse wurden gereckt, Väter schwenkten Kinder auf ihren Schultern.

Es war eine kleine Prozession, um die da solches Aufsehen gemacht wurde. Ein langer, dürrer Pauliner-Mönch trug ein Buch und eine Schriftrolle, zwei Novizen Weihrauchgefäß und Kreuz. Mönche sagten einen Psalm. Und dahinter kamen, von Männern in Kettenhemden mit gezückten Schwertern bewacht, die Gefangenen. Der erste überragte seine Bewacher – ein vertrautes, blasses, von Hunger und Schlaflosigkeit ausgezehrtes Gesicht und darunter ein dünnes, weißes Hemd, das absichtlich wenig Schutz gegen den beißenden Wind bot. Ketten fesselten seine Handgelenke, doch er ging erhobenen Hauptes und sah nichts und niemanden.

Die andere Gefangene jedoch ließ die Menge sich drängen und recken in dem Bemühen, sie besser zu sehen. Auf sie einen Blick zu werfen, war nicht so einfach – sie war groß, aber nicht so groß wie der andere, und ihr langes zerzaustes Haar verbarg ihr Gesicht zur Hälfte. Ihr Hemd ähnelte stark dem seinen, doch ihre Ketten waren weit schwerer, aus schwarzem Eisen, und zogen ihren schlanken Körper hinab.

Ein Knurren stieg aus hundert Kehlen auf und schwoll schnell zu einem Brüllen an. Ein Stein flog in hohem Bogen über ihren Kopf hinweg; andere folgten ihm. Soldaten drängten nach vorn und schlugen mit Fäusten und den Breitseiten ihrer Schwerter zu.

Thea beachtete sie nicht. Und sie schenkte auch Alf keine Beachtung, der die ganze Nacht über nicht den Versuch aufgegeben hatte, geistig mit ihr in Verbindung zu treten. Für jede Abwehr, die ihm zu zerschlagen gelungen war, hatte sie eine neue aufgerichtet. Er konnte sie nicht erreichen. *Thea!*, schrie er. *Um der Liebe Gottes willen, antworte mir!*

Ihre Abwehr hielt stand. Und er hatte seine geistige Kraft fast völlig verausgabt. Ein letzter verzweifelter Ansturm traf nicht ihren Geist, sondern ihre Ketten.

Der Schlag prallte zurück, um in sein eigenes, zermartertes Gehirn einzudringen. Er taumelte; eine grobe Hand half ihm auf.

Aus Zorn, Enttäuschung oder reiner Verwirrung heraus gab Alf das Trugbild auf, das seine wirklichen Augen schützte. Dem Wachsoldaten stockte der Atem, und er bekreuzigte sich.

Mit einem kleinen, verbissenen Lächeln ging Alf weiter. Er hatte den Anschein nicht wieder berichtigt. Wenn die Leute es schnell genug sähen, würde er mit Thea auf den Scheiterhaufen wandern.

Der ragte nun um das Anderthalbfache seiner eigenen Größe vor ihm empor, ein großer, gefällter Baumstamm. Daneben stand ein Mann mit Kapuze und einer langen Peitsche in der Hand. Er trug Laienkleidung, aber Reynauds Gedanken feixten in der Kapuze. Adam hatte nicht zugelassen, dass er Hand an die wertvollen Gefangenen legte, Bischof Foulques war zugänglicher gewesen und hatte ihm den Platz des Scharfrichters überlassen. In dieser Rolle würde er sich an ihnen allen rächen können.

Die Prozession stellte sich in dem leeren Kreis auf. Adam verbeugte sich vor den Hochgestellten und erklomm auf Bischof Foulques' Nicken hin die Empore. Mit deutlicher Stimme begann er die Anklagepunkte zu verlesen.

Alf hörte nicht zu. Der Pfahl hielt seinen Blick und seine Aufmerksamkeit in Bann. Die waren sparsam, diese Leute. Zuerst würde er an dem Pfahl ausgepeitscht, anschließend würden sie Thea dort festbinden und das Brennholz hoch auftürmen. Und dann ...

Sie zerrten ihn nach vorn. Adam war vom Podium heruntergeklettert; er sah dem Mönch in die Augen. In dem Geist dahinter mischten sich Bedauern, Mitleid, ein Hauch aufrichtiger Zuneigung und ein Feuereifer für seine Berufung, der hoch aufloderte, als ihm die Wahrheit zu Bewusstsein kam.

Denunziere mich, drängte Alf. *Lass mich durch sie sterben. Los!*

Adam senkte die Lider über die tief liegenden Augen. Er

trat beiseite, als die Soldaten Alf mit dem Rücken zur Menge und dem Gesicht zur rauen Rinde an den Pfahl banden. Es war süß duftende, abgelagerte Kiefer; sie würde gut und schnell brennen.

Hände rissen an seinem Hemd und entblößten seinen Rücken. Schmutzige Scherze drangen an seine Ohren. Er drückte die Wange an das Holz und fühlte Morwins Kreuz zwischen Brust und Pfahl. Adam hatte es ihm gelassen. Der sanfte, grausame Bruder Adam.

Reynaud kannte keine Sanftmut. Die Peitsche pfiff, als er damit ausholte, und foppte und quälte ihn mit der Vorahnung des Schmerzes, der niemals kam.

Schmerz. Eine Feuerspur quer über seine Schultern. *Denk an die Kirchenzucht. Denk daran. Pie Jesu, miserere mei: Sonnenschein auf Apfelzweigen, Gesang aus dem Chor, ein Kind, das beides in dem ältesten Baum oben, dem Baum der Jungfrau, der einst heilig war, genoss. Erinnere dich an den süßen Duft, den süßen Gesang, die süße Freiheit von Schmerz. Lass dich von dem Duft, dem Lied, dem Licht hinauf zu seinem Licht tragen. Lux. Fiat Lux, und es ward Licht; und er betrachtete sein Werk und sah, dass es gut war.*

Weit unten an jenem finsteren Ort klammerte sich ein kleines, schwaches Wesen an einen Pfahl. Rote Schwielen zeichneten seinen Rücken. Eine schwarze Ameise mühte sich ab, schlug und schlug und schlug immer wieder zu. Stimmen schallten zu ihr hoch: aufzuhören, langsamer zu machen, fortzufahren, zu schlagen, zu peitschen, zu töten. Und er lachte.

Männer stürzten heran, kleine Gestalten in Kutten, um die Hand zu packen, die wieder ausholte, ihr die Peitsche zu entreißen und den lachenden und wild um sich schlagenden Rasenden zu Boden zu werfen.

Alf sackte zusammen. Schmerz ... grauenvoller Schmerz ...

Er keuchte und würgte. Blut lag ihm schwer auf der Zunge. Er hatte sie fast durchgebissen.

Sie banden ihm die Hände los. Seine Knie trugen ihn. Beherrschung, ja. Es kostete Beherrschung. Er drehte sich um. Die Gesichter in seiner unmittelbaren Nähe waren von Grauen gezeichnet. »Fünfzig Hiebe«, sagte jemand. »Ich habe fünfzig gezählt.

»Sechzig«, behauptete ein anderer.

»Mehr. Es waren mehr.«

Er wagte nicht zu atmen, nicht, sich hastig zu bewegen. Er schüttelte die Hände ab, die sich ihm zur Hilfe entgegenstreckten, und trat langsam vor. Reynaud war fort, das Gelächter verstummt.

Er blieb stehen, wo seine Bewacher ihn dazu aufforderten. Vage nahm er wahr, dass sie weder Rüstung noch das Emblem des Bischofs trugen, sondern dunkle Kutten; sie waren groß, so groß wie er oder größer. Ein Gesicht kannte er, doch der Name dazu fiel ihm nicht ein. Ein kräftiges, knochiges Gesicht, ein großer normannischer Nasenbogen, eine wirre Mähne strohblonden Haars.

Es verschwamm. Dahinter häuften Männer die Reisigbündel um den Pfahl, ließen sich Zeit, damit die Menge in die richtige Raserei versetzt wurde. Die Worte und Rituale der Kirche versanken in dem Getöse und gingen unter.

Inmitten von alledem stand Thea sehr bleich, sehr still. So groß sie war, so groß wie die meisten Männer, wirkte sie doch sehr zerbrechlich. Sie warf ihr Haar zurück und wandte das Gesicht zum Himmel; und es zeigte einen fast ekstatischen Ausdruck. Als Adam das Kreuz über sie zeichnete, lächelte sie. Ihre Lippen bewegten sich. Herr des Lichts«, sprach sie, *»Christos Apollo, chaire, Kyrie ...«*

Es klang wie eine Beschwörungsformel. Aber Alf verstand. Sie betete in ihrer Muttersprache Griechisch und befahl ihre Seele dem Lichte an.

Ihre Seele.

Sie glaubte das. Er versuchte, hinzuzuspringen. Sie schlug ihn mit ihrer Macht in Bann, in Fesseln, die er nicht zu zerreißen wusste.

Sie banden sie an den Pfahl – mit dem Gesicht nach vorne, damit alle zusehen konnten, wie sie starb. Sie lächelte immer noch; und sie ging nun zu Lateinisch über. In der plötzlichen Stille klang ihre Stimme silberhell. *»Deum de Deo, lumen de lunie* – Gott vom Gott, Licht vom Lichte ...«

Alfs Hand suchte nach dem Silberkreuz. Mit einem schnellen Ruck riss er die Kette entzwei und schleuderte es funkelnd und blitzend über den großen Abstand hinweg.

Und gefesselt, wie sie war, fing sie es doch. Küsste es, damit alle es sähen, alle, die glaubten, sie gehöre zur Brut Satans. Einer ihrer Bewacher steckte eine Fackel tief in das Holz zu ihren Füßen. Es war mit Öl übergossen und loderte hell auf.

Die Flammen ringelten sich um sie und streichelten sie mit entsetzlicher Zartheit. Sie reckte ihnen die Hände entgegen. Ihr Gesicht war verzückt, heiter, unberührt von Schmerz und Furcht.

Ein Aufheulen drang aus dem Kern von Alfs Wesen. Er spannte seine Muskeln, um sich dem Zugriff der Hände, die ihn hielten zu entreißen, und schrie laut; doch nicht mit dem tierhaften Schrei, der in ihm aufgestiegen war. Denn das Feuer hatte sie umschlossen; sie war vergangen wie Nebel in der Sonne.

Und aus dem Feuer stieg ein weißer Vogel mit einem Kreuz im Schnabel auf. Er segelte immer weiter hinauf und schwang sich dem Himmel entgegen.

Die Flammen leckten begierig an dem leeren Pfahl empor.

23

Alf lag auf dem Bauch. Sein Körper ruhte in segensreicher Behaglichkeit, nur auf seinem Rücken tobte der Schmerz. Er erinnerte sich verschwommen an Feuer und Geschrei, schnell umherhuschende Schatten, einen Trompetenstoß und das Dröhnen von Hufen. Und Jehans Gesicht, aus dem alle Farbe gewichen war, mit Augen, die Tod verhießen. *Nein,* hatte er ihm zu zurufen versucht. *Keine Rache, Jehan. Um deines Seelenheils willen, keine Rache!* Aber seine Stimme wollte ihm nicht gehorchen; Dunkelheit umfing ihn.

Er blieb noch eine Weile liegen. Jemand saß neben ihm, ein anderer wartete unruhig in geringer Entfernung; weiter erstreckte er seine inneren Sinne nun nicht. Es war zu angenehm, einfach still zu liegen und zu wissen, dass es ihm gut ging, und noch weit, weit besser, zu wissen, dass Thea lebte.

Er schlug die Augen auf. Der König sah ihn an, Überraschung wurde so unvermittelt zu Erleichterung, dass es fast schmerzhaft war. »Alfred?«, fragte er und versuchte, mit sanfterer Stimme zu sprechen. »Bruder?«

Alf lächelte. »Guten ... Tag? Sire.«

»Es ist Nacht.«

»Tatsächlich?« Alf stützte sich auf die Hände hoch. Er war sauber, bis auf feine Leinenunterhosen nackt und sein Rücken gesalbt und verbunden. Als er sich aufsetzte, wollte der König nach ihm fassen, um ihn zurückzuhalten, schreckte jedoch davor zurück, seine Verletzungen zu berühren.

Er atmete vorsichtig ein. Die Bewegung hatte als Preis für seine Kühnheit neue Schmerzen mit sich gebracht. Er biss auf die Zähne und schaute sich um. »Sire! Das ist Euer eigenes Bett. Wie bin ich hierher gekommen?«

»Ich habe dich hierher gebracht«, antwortete Richard. »Du solltest aber noch nicht aufstehen.«

»Ich bin soweit ganz wohlauf. Was bedeuten schon ein, zwei Schwielen für einen geborenen Eremiten?«

Die Augen des Königs funkelten. »Es waren entschieden mehr als ein oder zwei. Und weit mehr als zwanzig.«

»Sire«, bat Alf, »fügt um meinetwillen niemandem Leid zu.«

»Dafür hatten sie es recht eilig, dir um meinetwillen Leid zuzufügen.«

»Ich hatte die Sache angefangen, Sire. Ich suchte die Auseinandersetzung.«

Richard musterte ihn mit festem bernsteinfarbenem Blick. »Das weiß ich. Ich sollte dich dafür an den Daumen aufhängen. Hast du die geringste Vorstellung, was es für mich bedeutet hat, Wildgänse in ganz Cumbria aufzuscheuchen, um zu spät zu entdecken, dass du direkt vor meiner Nase versteckt warst? Wenn du nicht schon halb geschunden wärst, ließe ich dir dafür das Fell über die Ohren ziehen.«

Alf ließ den Kopf hängen und senkte beschämt den Blick. »Es tut mir Leid, Sire. Entsetzlich Leid.«

»Das sollte es auch. Während ich als der konfuse Dummkopf, der ich nun einmal bin, draußen Irrlichtern nachgejagt habe, beschloss die Hälfte meiner Ritter, das Weihnachtsfest lieber zu Hause am Kamin zu verbringen, als im Schnee auf den Sümpfen draußen zu kämpfen. Es ist ein lächerlicher Ausgleich, dass ich dafür ein Rebellennest ausgeräuchert habe und endlich einen Grund bekam, diese verfluchten Bluthunde lahm zu legen.«

»Sire!«, schrie Alf. »Was habt Ihr mit ihnen gemacht?«

»Wenig. Bislang. Sie und ihr verräterischer Bischof sitzen sicher hinter Schloss und Riegel im Kloster. Morgen werden ich und Aylmer ihnen einen gerechteren Prozess machen, als sie ihn dir bereitet haben.«

Alf wankte auf seinen Beinen, ohne sich um die Schmerzen zu kümmern und darum, dass ihm immer schwärzer vor Augen wurde. »Mein Herr, ich bitte Euch. Bestraft sie nicht.«

Der König fing ihn mühelos auf. Doch selbst als er ihn wieder aufs Bett gesetzt hatte, wollte Alf nicht nachgeben. »Ihr dürft nicht.«

»Junge«, verwahrte Richard, halb liebevoll, halb gereizt. »Es sieht aus, als verbrächte ich eine Menge kostbarer Zeit damit, deine christliche Nächstenliebe abzuwehren. Aber diesmal wirst du mich nicht zum Nachgeben bewegen. Seine janusköpfige Exzellenz wird feststellen, dass er mich nicht ablenken konnte, indem er die falsche Gefangene verbrennen ließ; und die Bluthunde haben das schon seit langer, langer Zeit heraufbeschworen. Es war ihr Fehler, sich von Foulques beschwatzen zu lassen, dich zu verfolgen.«

»Es war nicht Foulques. Sie hätten mir nachgestellt, gleichgültig, wer ich war.«

»Tatsächlich?«

»Ja«, antwortete Alf. »Ich habe ihnen die Wahrheit gesagt, Sire. Ich bin kein Teufel und auch keines Teufels Diener. Doch das war nur die Hälfte der Wahrheit, die sie suchten. Die Frau, die sie verbrennen wollten ... war nicht weniger menschlich als ich.«

Richard verzog keine Miene. »Der heilige Engel? Sie war also von deiner Art. Das dachte ich mir schon. Schlau von ihr, sich einen so spektakulären Abgang zu verschaffen.«

Alf war sprachlos.

Richard lachte. »Hast du geglaubt, ich sei auch nur einer dieser sterblichen Dummköpfe, wie? Ich gestehe, dass ich es lange Zeit war. Doch als ich die Fells nach dir durchkämmte, fügte sich eins zum anderen. Selbst der pflichtbewussteste christliche Mönch macht sich nicht derartig die Sache eines fremden Königs zu eigen, wenn er nicht guten Grund dafür hat. Beispielsweise, dass er zur Familie des Königs gehört ...«

»Meine Vorfahren ...«

»Sind vermutlich so kleine Leute, wie du das gerne glauben möchtest. Aber du gehörst zu Gwydions Rasse. Die halten zusammen, dieses Elfenvolk in Rhiyana. Warum hat er dir die Frau zu Hilfe geschickt?«

»Sie kam aus freien Stücken.«

»Ach«, winkte Richard ab, »war sie so schön wie du?«

»Schöner.«

»Unmöglich.« Der König streckte sich. »Sie hat deinen Versuch, ein Märtyrer zu werden, ordentlich vereitelt, wie?«

Alfs Wangen glühten. »Ich habe mich wie ein Tor benommen, Herr. Sie begriff es. Und ich habe es endlich auch begriffen.«

»Eines Tages werde ich einen Weg finden, ihr dafür zu danken. Als mir klar wurde, was du warst, wusste ich auch sofort, wo ich dich finden würde. Habe fast ein gutes Pferd zu Schanden geritten, um schnell hier zu sein – und es war beinahe zu spät. Wäre es nach deinem Willen gegangen, so wäre zu diesem Zeitpunkt nur noch ein Häufchen Asche von dir übrig gewesen.«

Alf schauderte. Richard schlug sich mit der Faust vor die Stirn. »Was mache ich nur, dich hier mit Dingen zu belasten, die du lieber nicht hören würdest? Diener! Speise und Wasser mit Wein!«

Nicht der Diener des Königs brachte die Mahlzeit, sondern Jehan. Richard warf ihm einen finsteren Blick zu, sagte jedoch nichts. Er stellte die Tassen und Schüsseln mit so bewundernswerter Selbstbeherrschung auf den Tisch neben dem Bett, dass Alf lächeln musste. Jehan sah den Kranken nicht einmal an, verbeugte sich dagegen vor dem König, jeder Zoll der königliche Page.

»Jehan«, fragte Alf, »bist du böse auf mich?«

Der Novize fuhr herum. Sein Gesicht hatte den starren, überheblichen Ausdruck wie stets, wenn er gegen Tränen ankämpfte. »Böse, Bruder Alf? *Böse?*

»Ich habe dich schrecklich leiden lassen.«

»Nicht so schrecklich wie dich selbst.«

»Ja, nur dass ich es wollte.«

»Ich weiß. Idiot.« Jehan musterte ihn mit abschätzigem Blick, der nur ein wenig durch Tränen getrübt war. »Du siehst fürchterlich aus. Wann hast du das letzte Mal etwas gegessen?«

Alf konnte ihm nicht in die Augen sehen. »Ich weiß nicht mehr.«

»So lange ist das her? *Deus meus!«* Jehan setzte sich auf die Bettkante und griff nach einer Tasse. »Dann gibt's nur

Brühe und sonst nichts, bis wir deinen Magen wieder ans Arbeiten gewöhnt haben.«

»Aber ich habe keinen ...«

»Du hast nie Hunger. Das ist das Schlimmste an dir. Wirst du jetzt essen, oder muss ich dich füttern?«

Hinter Jehans Kopf konnte Alf Richards breites Grinsen sehen. Mit einem Seufzen nahm er die Tasse und hob sie an die Lippen.

»Er kam nach Carlisle hereingeritten wie der leibhaftige Zorn Gottes«, berichtete Jehan, als Richard gegangen war, um sich mit seinem Hof zu streiten, »sprengte durch die Menge, dass die nach rechts und links davonstob, und blieb geradewegs vor Bischof Foulques stehen. Eigentümlicherweise«, fuhr der Novize fort. »Denn ich hätte erwartet, dass er uns sämtliche Verwünschungen um die Ohren schlüge. Doch er blieb nur auf seinem schwer schnaufenden Pferd sitzen, während seine Männer hinter ihm aufzurücken suchten, und starrte den Bischof an. Der verfärbte sich allmählich wie ein wochenalter Leichnam und begann zu faseln. Der König hob die Hand; da versagte dem alten Foulques endgültig die Stimme.

Die Bluthunde heulten wie von Sinnen von Hexen und Zauberern und Verwünschungen; die Einwohner brüllten von Heiligen, Märtyrern und Wundern. Es kam zu einer Schlägerei, die Wachen auf Seiten der Bluthunde gegen ein halbes Dutzend aus der Stadt. Der König ließ seine Trompetenfanfare blasen. Das beruhigte die Leute ein wenig. ›Aylmer‹, befahl er und deutete auf die Zuschauer auf dem Podium, ›nehmt diese Leute in Gewahrsam.‹ Der Bischof tat das, bis auf Graf Hugo und dessen Dame, die sich verkrochen hatten, sobald sie die Trompete des Königs vernommen hatten. Der König wartete erst gar nicht ab, die Festnahme zu beobachten. Er hob dich in seinen Sattel – ich musste mich auch um dich schlagen, bis ich den Sinn des Ganzen begriff – und brachte dich zur Feste. Niemand stellte sich ihm in den Weg.« Jehan schüttelte sich. »Hoffentlich muss ich nie wieder jemanden in diesem Zustand erleben. Er war fast ebenso weiß wie du, sah aus, als ob er weinen wollte, es aber nicht konnte und deshalb am liebsten die ganze Welt in Stücke gerissen hätte.«

Alf blieb mit der Stirn auf dem Arm liegen. Seine Stimme klang leise, gedämpft. »Hat er dich beschimpft?«

Jehan zögerte. Dann: »Erst nachdem der Arzt feststellte, dass du wieder gesund würdest. Er hatte einen beeindruckenden Wortschatz.« Als Alf nach einer Weile nicht antwortete, fügte er hinzu: »Er wachte den ganzen Tag an deinem Bett. Er wollte nicht weichen, gleichgültig zu welchem Anlass.«

Es trat eine lange Stille ein. Jehan glaubte, Alf wäre eingeschlafen, bis er sagte: »Thea ist fort.«

»Sobald die Lage sich normalisiert hat, wird sie wiederkommen.«

»Nein. Sie ist fort. Sie hat mich vor einem Selbstmord bewahrt; sie hat genug von mir. Sie ist zu ihren eigenen Leuten zurückgekehrt.«

»Ich nehme an, das erleichtert dich«, vermutete Jehan. »Du hast sie nie sehr gemocht, oder?«

Alf antwortete nicht.

Der König gab Bischof Foulques und seine Verbündeten nicht der Schmach einer öffentlichen Verhandlung preis.

Seine Rache war feinsinniger. Er sprach unter vier Augen mit dem Bischof, dem Grafen und den Paulinern; und jeder verließ den Raum irgendwie in schlimmerer Verfassung, als er ihn betreten hatte.

»Das würden wir Intriganten ein Übereinkommen nennen«, erklärte Aylmer Alf später. »Foulques hat es vorgezogen, seine Loyalität zu wechseln, anstatt Bischof von Ultima Thule zu werden. Hugo ist zum treuesten Gefolgsmann des Königs geworden, mit seinem ältesten Sohn als Unterpfand. Und unsere Brüder von St. Paul entdeckten plötzlich dringende Gründe, das Königreich zu verlassen.«

Jehan lachte. *»Dringend* ist das richtige Wort. Keiner von ihnen wagt, sich in der Öffentlichkeit sehen zu lassen. Die Stadtbewohner sind wie von Sinnen, dass die Priester der heiligen Kirche versucht haben, einen von Gottes Engeln zu verbrennen; sie würden mit Begeisterung einen oder zwei Bluthunde auf den Scheiterhaufen schicken.«

»Ich käme diesem Wunsch gerne nach«, gestand der König ein, »aber ich weiß, dass ich niemals zur Ruhe käme, wenn ich es versuchte.«

Alf lächelte. Mit Jehans Hilfe war es ihm gelungen, ein Bad zu nehmen und eins von Richards Hemden anzuziehen, und er saß nun, vorsichtig auf Kissen gestützt, aufrecht im Bett. Mit dem König, dem Bischof und dem Novizen um sich, einem Pagen, der bereitstand, ihn zu bedienen, und einem halben Dutzend Diener in Rufweite begriff er, wie ein Prinz sich fühlen musste.

»Du bist der Liebling des Volkes geworden«, berichtete ihm Jehan. »Jeder, der dich vorher als Hexer bezeichnete, ist bereit zu beschwören, dass du ein Heiliger bist und Gott seinen Engel herabsandte, dich vom Scheiterhaufen zu erretten. Sir Olivier erzählt überall, du hättest ihn mit göttlicher Kraft geheilt, und ist bereit, seinen letzten Heller aus Reue zu verschenken, weil er gegen dich ausgesagt hat.«

Alfs Lächeln wich einem Ausdruck des Unbehagens. »Ich bin alles andere als ein Heiliger. Ich bin nicht einmal ...« Seine Stimme versagte.

»Ihr seid es«, erklärte Bischof Aylmer. »Ich habe Eure Suspension widerrufen.«

Sie erwarteten, dass er in Jubel ausbräche. Doch er schüttelte den Kopf. »Euer Exzellenz, ich bin Euch zutiefst dankbar. Und doch ... Nein. Ich habe lange nicht mehr das Priesteramt ausgeübt. Nicht mehr, seit mir völlig klar wurde, was ich bin. Doch ich konnte es nicht ertragen, die Aufgaben und Pflichten eines einfachen Mönchs aufzugeben, obgleich es Hohn war, dass sie nicht durch einen Menschen ausgeführt wurden.« Alle drei hoben zu einer Entgegnung an; er gebot ihnen mit einem Blick zu schweigen. »Ich weiß, ihr denkt, ich täusche mich. Genau wie Abt Morwin glaubt ihr, ein Kind des Elfenvolkes könnte ebenso gut Priester sein wie ein sterblicher Mensch. Vielleicht kann es das; vielleicht kann ich es sogar. Aber ich weiß, was die Kirche dazu sagt – weiß es ebenso gut, wie die Pauliner es wussten. Solange ich die Wahrheit nicht genau kenne, darf ich mich nicht einen Mann Gottes nennen.«

»Du bist es aber«, widersprach Jehan. *»Du bist es!«*

Alf fasste leicht nach der geballten Faust des anderen. Sie spannte sich; dann sprang sie auf, seine Hand schmerzhaft kraftvoll zu umfassen.

»Bruder Alf«, fuhr Jehan fort, obgleich er bei dem Titel den Kopf schüttelte. »Du bist es stets für mich gewesen. Aber ... wenn es dir hilft oder dich heilen kann von deinem

Kummer ..., dann tu es. Nur zermartere nicht deine Seele um ein paar leerer Worte willen.«

»Manchmal muss man in Stücke gerissen werden, um zu wachsen.« Alf lächelte sein vertrautes, schräges Lächeln, das Jehan seit langer Zeit nicht mehr gesehen hatte. »Sieh: Ich erlange im hohen Alter noch Weisheit. Vielleicht besteht doch noch Hoffnung für mich.«

Alf versprach, zu schlafen, sobald man ihn alleine ließ. Es trug ihm misstrauische Blicke ein, aber schließlich zog sich sogar Jehan zurück.

Er schlief eine kleine Weile, obgleich die Schmerzen wieder schlimmer wurden. In seinen Träumen stand er noch einmal die Auspeitschung durch; und plötzlich hielt er die Peitsche, und der an den Pfahl gebundene Gefangene hatte einen weißen Frauenleib und bronzegoldenes Haar. Entsetzt warf er die Peitsche fort; Thea wand sich in ihren Ketten. In ihren Augen stand der alte, vertraute Spott. »Was, kleiner Bruder? Kannst du mich nicht einmal richtig auspeitschen?«

»Ich bin kein Priester mehr«, eröffnete er ihr.

Sie lachte und streckte sich so geschmeidig wie eine Katze. Die Ketten fielen herab. »Kein Priester? Du? Das kann ich nicht glauben.«

»Ich kam zu dem Schluss, dass ich erwachsen werden muss. Weißt du, sie hatten recht in St. Ruan. Die Priesterweihe bewirkte einen Zauber bei mir; ich blieb geistig wie körperlich ein Junge. Doch ich habe den Bann durchbrochen. Ich werde nun zum Mann werden.«

»Tatsächlich?« Sie trat auf ihn zu. Er wich keinen Schritt, allerdings zitterte er heftig. Ihre Hände wühlten sich in sein

Haar, das dicht und lang geworden war, schulterlang; sie zog seinen Kopf herab. Er fühlte, wie sein Körper in Flammen stand. Nur mit ihr, dachte er. Wenn jemals, dann nur mit ihr.

»So ein hübscher Junge«, sagte sie. »Willst du zum Mann werden?«

»Ja«, flüsterte er. »Ja.«

Er schreckte aus dem Schlaf hoch. Kein warmer Frauenkörper rührte sich unter ihm; keine wilde, helle Mähne streifte seine Schultern. Er kam wankend hoch und griff nach dem verdünnten Wein, den Jehan an seinem Bett hatte stehen lassen.

Ein tiefer Schluck brachte ihm etwas Ruhe. Er setze sich auf und stützte den Kopf in die Hände. Armut, dachte er. Keuschheit. Gehorsam, Armut, Keuschheit und Gehorsam. Drei Gelübde, kleiner Bruder. Nur drei. Und sie ist fort und kommt niemals wieder.

Er leerte den Becher. Wieder stand er schwankend auf. Zwischen den Sachen des Königs fand er einen weiten, dunklen Umhang. Er schlang ihn um seine Schultern und zuckte zusammen, als das Gewicht des Stoffes den Schmerz an seinem Rücken erneut weckte.

Niemand sah, wie er das Schlafgemach des Königs verließ. Er ging langsam und verbarg sein Gesicht vor jedem, an dem er vorüberkam; und so überfüllt, wie die Burg war, blieb er unerkannt.

Draußen regnete es – es war ein grauer, kalter Regen. Er senkte den Kopf und bahnte sich seinen Weg quer durch die Stadt.

Bruder Adam schritt die Länge des St.-Benedikt-Klosters ab, ohne sich um den Wind zu scheren, der um die gemeißelten und bemalten Säulen pfiff und ihm Regen ins Gesicht peitschte. Niemand sonst wagte sich in dieses Wetter hinaus, bis auf einen Nachtschwärmer, der in seinem vom Scheitel bis zu den Füßen reichenden dunklen Umhang im Bogengang innehielt. Doch obgleich der Fremde bekleidet war, trug er weder Schuhe noch Sandalen; seine Füße waren nackt und schlammbespritzt, als hätte er ein Stück Wegs in der Nässe zurückgelegt.

Er ließ seine Kapuze zurückfallen. Adam schien nicht überrascht, ihn zu sehen. »Bruder Alfred«, begrüßte er ihn.

»Nicht mehr ›Bruder‹«, verbesserte Alf.

»Nein?«

»Von allen Menschen müsstet gerade Ihr zugeben, dass es rechtens ist.«

»Vielleicht.«

Alf trat ohne seine Tarnung näher. Adam erschauerte leicht, wich aber nicht. Sein Denken war ein wunderliches Gebäude, kunstvoll angeordnet und zu Gottes Ruhm errichtet. Und doch hatte sein Fundament zu bröckeln begonnen.

Adams Stimme klang ganz ruhig. »Lasst mein Denken in Ruhe.«

»Ihr wisst, was ich bin«, bohrte Alf trotzdem weiter.

Immer noch ruhig und ohne Boshaftigkeit antwortete Adam: »Ihr bewegt Euch wie ein Mensch, Ihr geht wie ein Mensch. Und doch könnt Ihr niemals ein Mensch sein.«

»Ihr habt mich nicht verraten.«

»Vielleicht sollte ich dafür verdammt sein.«

»Für Eurer Mitleid?«

»Dafür, einen Zauberer am Leben gelassen zu haben.«

»Es ist eigentümlich«, meinte Alf. »Wir bestreiten die Kraft der alten Schrift; wir schmähen jene, die sich noch an sie halten. Doch wenn es uns passt, befolgen wir sie haargenau.«

»Ein Zauberer«, erklärte Adam, »hat den Grundstein unserer Theologie gelegt. Alfred von St. Ruan, Ihr seid ein Geschöpf, das Rom zur Raserei treiben würde.«

»Rom, Euch und mich selbst. Ich begreife allmählich, dass es vernünftig ist, die Wirklichkeit anzunehmen. Die Welt, die von der Kirche geschaffen wurde, ist eine Welt von Menschen, aber umschließt sie die Gesamtheit der von Gott erschaffenen Welt?«

»Ihr bewegt Euch an der Grenze zur Ketzerei.«

»Tun wir das nicht alle? Als Ihr Euch von mir abgegrenzt habt, drücktet Ihr damit aus, dass ich ein Geschöpf des Bösen bin, an dem Gott keinen Anteil hatte. Und das, Bruder, ist der Irrtum der Manichäer.«

»Es ist ein Dilemma«, gab Adam zu. »*Ihr* seid ein Dilemma. Es ist sündhaft und kindische Torheit, aber ich wünschte, ich wäre nie geboren.«

»Oder ich wäre wirklich böse gewesen?«

Adams Gesicht war wie von Schmerz gezeichnet. »Ja. Ja, Gott steh mir bei. Es gibt Priester, die ein weit unreineres Leben führen als Ihr, der Ihr Hexenbrut sein mögt, und keiner schreitet gegen sie ein. Und ich weiß es und bewahre Stillschweigen trotz der Gebote der Heiligen Schrift.«

»Ihr seid ein mitfühlender Mann.«

»Ein Tor bin ich!« Er beherrschte sich mit sichtlicher Anstrengung. »Ich werde Buße tun. Ich werde meinen Orden verlassen. Ich werde nach Hibernia übersetzen und dort in Abgeschiedenheit fernab von allen Menschen leben. Vielleicht wird es mir gelingen, Euch zu vergessen.«

Ruhig entgegnete Alfred: »Ich könnte bewirken, dass Ihr mich vergesst.«

Adam riss die Hände in die Höhe, als wollte er einen Schlag abwehren. »Nein!«

Alf senkte den Kopf.

Der Pauliner-Mönch holte tief Luft und bemühte sich, seine Fassung wiederzufinden. Schließlich brachte er ein schwaches bitteres Lächeln zu Stande. »Ihr wart ein weit besserer Gefangener, als ich es bin. Erheitert es Euch, wie tief ich gefallen bin?«

»Nein.«

Adam schüttelte ungläubig den Kopf. »Nun kommt. Ihr seid doch gewiss hier, um Eure Rache auszukosten. Ihr habt einen großen Orden in Anglia gestürzt, Reynaud völlig um den Verstand gebracht und die Feinde des Königs zwei ihrer mächtigsten Verfechter gekostet. Seid Ihr nicht so weit Mensch, Euch darüber zu freuen?«

»Nein«, wiederholte Alf. »Ihr habt mich gerufen. Ich kam, so schnell ich konnte.«

»Ich habe niemals ...« Adam verstummte. Er sah so alt aus, wie er war, sechzig oder darüber. Es waren allesamt schwere Jahre gewesen, und dies war das schwerste.

Alf legte ihm leicht die Hände auf die Schultern. Er erbebte und schloss die Augen, machte sich aber nicht los. »Bruder. Als einziger von all meinen Feinden tatet Ihr, was Ihr um der Liebe Gottes und der Kirche willen zu müssen glaubtet, aber niemals handeltet Ihr aus eigensüchtigen Gründen.«

»Dass ich solche Worte gerade von einem Eures Schlages

hören muss ...« Wieder zitterte Adam. »Und doch meint Ihr es ehrlich so. Ihr mögt seelenlos, unsterblich und nicht menschlich sein – aber Ihr meint ehrlich, was Ihr sagt.«

»Vielleicht besitze ich keine Seele, aber ich bin ebenso sehr Gottes Geschöpf wie alle anderen Wesen auf dieser Erde.«

»›Soll alle Welt den Herren preisen ...‹ Ach, Gott! Ihr quält mich.«

Alf ließ seine Hände herabsinken. »Dabei möchte ich Euch gesund machen.«

»Ich glaube, ich kann durch keine andere Hilfe als die Gottes mehr gesunden.«

»Dann werde ich darum beten, dass er Euch heilt.«

»Vielleicht«, meinte Adam, »wird er Euch erhören.«

Der andere schlug seine Kapuze hoch und raffte seinen Umhang um sich. »Wenn ich ein Mensch wäre, würde ich mich um Eure Freundschaft bemühen. Da ich keiner bin, können wir uns wenigstens ohne Feindschaft trennen?«

Adam nickte langsam. »Das ... kann ich Euch zugestehen. Ich bedaure ebenfalls, dass wir die sind, die wir sind.«

Alf verneigte sich vor ihm. Als wäre er ein hochgestellter Herr. »Der Herr sei mit dir«, murmelte er.

Lange Zeit blieb Adam an der Stelle stehen, wo Alf ihn verlassen hatte. Schließlich hob er eine zitternde Hand und zeichnete einen Segen in die Luft. Ganz leise flüsterte er: »Und mit deinem Geiste.«

24

»Die Teufelskrone.« Richard hielt sie empor ins Licht: die große Krone von Anglia, die mit Rubinen – aussehend wie Blutstropfen – besetzt war. »So hat mein Vater sie immer genannt.« Er legte sie neben Alf aufs Bett und rieb sich die Stirn, wo ihr Gewicht tiefe Spuren ins Fleisch gedrückt hatte. »Er hat uns immer Teufelsbrut genannt und gesagt, dass seine Großmutter ihre helle Freude daran hätte, zu sehen, was aus uns geworden ist.«

»Nichts Böses haftet Euch an«, erklärte Alf und wagte, eine Spitze der Krone mit dem Finger zu berühren. »Und ihr auch nicht«, fügte er hinzu, obgleich er Macht in der Krone fühlte, die Macht eines geweihten Gegenstandes.

»Ich bin der Urenkel einer Teufelin«, sagte Richard.

»Der Dämonengräfin? Vielleicht war sie eine von uns.«

»Wohl kaum. Sie wohnte der Messe bis zum Credo bei, nicht länger. An dem Tag, da ihr Mann sie zwang, länger zu bleiben, hielt sie bis zur Segnung aus; dann packte sie ihre beiden nächstsitzenden Sprösslinge und flog schreiend aus dem Fenster. Keiner hat sie oder ihre Söhne jemals wiedergesehen. Als Vater seinen wohlverdienten Platz in der Hölle einnehmen ging, fand er gewiss seine beiden Onkel vor, die schon das Feuer schürten.«

»Ich glaube, Ihr seid stolz darauf.«

Der König grinste ihn an. »Warum nicht? Es sind vornehme Ahnen, auch wenn sie in der Welt nicht sehr angesehen waren.«

»Herr!«

Richard lachte laut. »Du schaust drein wie eine Jungfrau in einem Männerschlafsaal.

»Ich *bin* ...« Alf biss sich auf die Zunge. »Sire, ich lerne ein weltliches Leben zu führen, aber könntet Ihr mir nicht zugestehen, das langsam zu tun?«

»Auf der Stelle oder gar nicht«, verkündete Richard. Er kippte einen Krug, stellte fest, dass er noch halb voll war mit gewürztem Wein, und goss ihnen beiden jeweils einen Becher ein. »Betrachte es als Strafe. Um deinetwillen reite ich mit der halben Anzahl Männer, die ich brauche, in den Krieg und habe unter der Eiseskälte des Winters zu leiden.«

Alf hob seinen Becher, trank aber nicht. »Ihr besteht auf dieser Torheit?«

»Trotz all deiner Kunstgriffe«, antwortete Richard. »Ja.«

»Wann?«

»Morgen.«

Alf nahm die Krone und setzte sie auf sein Knie. Sie war sehr schwer, gewiss zu schwer, als dass der Kopf eines Sterblichen sie hätte tragen können. »Nehmt mich mit«, bat er.

Der König überlegte. Alf schaute ihn nicht an. »Was willst du bei einem winterlichen Feldzug?«

»Mitreiten«, antwortete Alf. »Die Verwundeten versorgen.«»

»Und mich zur Aufgabe drängen. Nein. Du wirst hier bleiben und gesund werden. Und wenn der Hof zum Weihnachtsfest nach Winchester zieht, gehst du mit.«

»Ich würde Euch lieber begleiten, Sire.«

»Dir wäre am liebsten, wenn ich überhaupt nicht auszöge.« Richard leerte seinen Becher und nahm die Krone aus Alfs Schoß wieder an sich. »Wenn ich zurückkomme, werde ich ein weiteres Exemplar dieser Art haben, mit dem du spielen kannst.«

»Ihr werdet eine Wunde haben, die Euch alle Lebenskraft kostet, zwei aufständische Reiche und den Flammenträger, der an Euren Küsten wütet.«

Alfs Blick war verschwommen, unklar, seine Stimme zu leise, um so deutlich zu sein. Dem König lief plötzlich ein eisiger Schauer über den Rücken. Doch er sprach leichthin: »So, du bist also auch ein Prophet.«

»Nein. Ich sehe die Entwicklungsfäden, das ist alles.«

»Auf meinem Entwicklungsfaden reihen sich zwei Kronen und am Ende Jerusalem.«

»Vor zweihundert Jahren«, erzählte Alf, »stieg ein höchst gelehrter Mann zum Papst auf. Ihm war versprochen, er würde nicht sterben, ehe er Jerusalem gesehen hätte. Als kluger Mann beschloss er, ewig zu leben und Rom niemals zu verlassen. Doch eines Tages brach er tot auf den Stufen einer Kirche in Sichtweite seines Palastes zu Boden. Der Name der Kirche war *Jerusalem.«*

»Ich sollte dich wie die alte Seherin in eine Flasche stecken und niemals den Korken lüften.«

Alf lächelte matt, stellte seinen unberührten Becher beiseite und erhob sich.

»Du darfst erst morgen aufstehen«, ermahnte ihn der König.

»Wirklich?«, fragte Alf. »Heute Morgen ging ich zur Benediktiner Abtei, Bruder Adam besuchen, der mein Verhör geleitet hat. Ich habe seinen Glauben tief erschüttert; ich wollte ihm allen Trost zukommen lassen, dessen ich fähig war.« Er seufzte und griff nach seinem Hemd. »Ich konnte ihm nicht viel geben.«

»Gab es jemals einen wie dich?«, fragte ihn der König.

Vorsichtig zog Alf das Hemd über, dann die Hose an. Als er den Gürtel festschnallte, sagte er: »Wenn Ihr morgen aufbrechen wollt, werde ich am besten dafür sorgen, dass Eure Briefe heute noch erledigt werden. Das muss mindestens für eine Woche Arbeit sein.«

»Das wirst du schön bleiben lassen. Geh wieder ins Bett und bleib liegen.«

»Ganz zu schweigen von dem Brief Eurer Mutter, dessen Beantwortung Ihr ständig vor Euch hergeschoben habt. Und die Angelegenheit um den Besitz im Poitou ...«

»Alfred.«

»Ja, Sire?«

»Geh ins Bett.«

»Wenn Ihr gestattet, Sire, nein«, widersetzte sich Alfred, »Ich nehme an, mein Schreibzeug befindet sich noch im Sonnensaal?«

Richard schnaubte verzweifelt und ließ ihm seinen Willen.

Alf legte seine Feder nieder. Er hatte den dritten Brief beendet und war erschöpfter, als er sich eingestehen wollte.

Er schaute sich im Sonnensaal um. Der König beriet sich mit einem oder zwei seiner Ritter in Angelegenheiten, die den Krieg betrafen. Die übliche Anzahl Dienerschaft ging umher oder stand bereit.

Niemand beachtete den Schreiber in seiner Ecke, obgleich viele ihn angegafft hatten, als er den Raum betrat. Er hatte sie enttäuscht, indem er bis auf seine Hohlwangigkeit und die weltliche Kleidung derselbe geblieben zu sein schien wie zuvor und sich still seiner alten Arbeit widmete,

Briefe für den König zu verfassen. Sie hatten mehr von einem erwartet, welcher der Hexerei bezichtigt worden war und sich als Heiliger erwiesen hatte.

Er griff nach einem neuen Pergamentbogen. Sein Rücken stach; sein Halblächeln verzog sich zu einer Grimasse. Vorsichtig machte er sich daran, seinen abgestumpften Federkiel neu anzuspitzen.

Unruhe an der Tür zog seine Aufmerksamkeit auf sich. Der Wachsoldat drinnen besprach sich mit dem draußen und drehte sich um. »Sire!«, rief er. »Owein von Lanfair, Kurier des Königs von Gwynedd, bittet um die Gnade einer Unterredung mit Eurer Majestät.«

Alf bekreuzigte sich. *»Deo gratias«,* murmelte er, und es war kaum mehr als ein Seufzen.

Der Mann trat voller Würde ein, obgleich er bis auf die Haut durchnässt und schlammbespritzt war. Er trug weder Livree noch irgendein Rangabzeichen, doch auf der Brosche, die seinen Umhang zusammenhielt, leuchtete der Drache von Gwynedd, und der Blick, den er durch den Raum schweifen ließ, war stolz, fast hochmütig. Er blieb, ohne zu zögern, auf Richard haften; der Gesandte hinkte nach vorn und sank vor dem König auf ein Knie.

»Euer Majestät«, erklärte er mit deutlicher, geübter Stimme. »Euer königlicher Bruder von Gwynedd übermittelt Euch seine Grüße und seine Hochachtung.«

Richards Bernsteinblick war über ihn hinweggewandert und ruhte funkelnd auf Alf. *Dein Werk,* beschuldigte er ihn. *Zur Hölle mit dir!*

Alf lächelte. An des Königs Schläfe pochte eine Ader; es kostete ihn seine ganze Beherrschung zu antworten: »Anglia erwidert die Grüße mit den gleichen Gefühlen.«

Der Gesandte beugte den Kopf und hob ihn wieder, um dann aus seinem Beutel einen versiegelten Brief zu ziehen. »Mein königlicher Herr bittet Euch, dieses Sendschreiben und mit ihm sein Wohlwollen anzunehmen.«

Richard nahm den Brief, erbrach jedoch das Siegel noch nicht. »Was besagt seine Botschaft?«

»›Unserem teuren Bruder von Anglia‹«, trug der Kurier vor, »›wir haben unseren Thron nun seit zweieinhalb Jahren, seit dem bedauerlichen Tod unseres Vaters, den Gott zu den Engeln heimgerufen hat, inne; nach unseren bescheidenen Möglichkeiten haben wir uns bemüht, sein Königreich nach seinen Wünschen zu regieren. Insbesondere haben wir versucht, die Beziehung zu unserem Nachbarn und teuren Freund in Anglia zu pflegen, für den ...«

Richard schnitt ihm das Wort ab. »Spar dir die schwülstigen Reden! Ich kann selbst ganz gut lesen. Was will Kilhwch?«

Oweins Gesicht blieb unverändert, doch seine Augen blitzten. Erheiterung, begriff Alf, und widerwillige Bewunderung. »Euer Majestät, die Worte, die er an mich richtete, waren unverblümt und ohne alle Schnörkel. Doch er bat mich, sie in höfliche Formulierungen zu kleiden.«

»Zum Teufel mit der Höflichkeit. Was hat er gesagt?«

Alf war leise hinter den König getreten. Die Augen des Gesandten wurden ein wenig größer; er verzichtete auf den Einspruch, den er hatte vorbringen wollen, und verneigte sich leicht, doch mit mehr Ehrerbietung, als er sie dem König selbst erwiesen hatte. »Seine Majestät von Gwynedd gebot mir: ›Putz es ein bisschen auf, Owein. Aber gib ihm zu verstehen, dass seine Barone an meinen Grenzen die Hölle losmachen und meine Barone bereit sind, ihrerseits die Hölle loszumachen; und das nutzt keinem von uns beiden. Ich bin bereit, mich an jedem von ihm vorgeschlagenen Ort mit ihm zu treffen und zu besprechen. Vielleicht gelingt es uns, das Feuer zu ersticken, das uns beide aus unsern Königreichen auszuräuchern droht.‹«

Richard hatte die Brauen so weit zusammengezogen, bis sie aneinander stießen; ein Glitzern war in seine Augen getreten. »Kilhwch will nicht kämpfen?«

Owein wahrte Gelassenheit. »Mein Lehnsherr möchte verhandeln. Es steht Euch frei, den Ort zu wählen; er bittet nur, dass Ihr ebenso wie er mit nicht mehr als zwanzig Rittern im Gefolge und in der Gewissheit seiner Freundschaft kommt.«

»Er will Frieden? Bran Dhus Sohn will Frieden?«

»Der König von Gwynedd will das, was für sein Reich am besten ist.«

Richard erbrach das Siegel, überflog den Brief und murmelte dabei vor sich hin. »›Kilhwch von Gwynedd an Richard von Anglia, Grüße ... Zusammenkunft ... Bündnis ... Freundschaft ... Unterzeichnet zu Caer-y-n'Arfon, vier Tage vor den Kalenden des Dezembers.‹« Er blickte ruckartig hoch. »Und so lange wart Ihr zu mir unterwegs?«

Der Gesandte nickte knapp. »Ja, Sire. Als ich die Grenze passierte, wurde mir das Pferd unter dem Körper weggeschossen; ich ging zu Fuß, bis ich ein anderes fand. Und es traten noch weitere Schwierigkeiten auf.«

»Verfolgungsjagden«, raunte Alf leise. »Kämpfe. Eine Verletzung. Und Kälte und Hunger und dieser tödliche Regen.«

Wieder verneigte sich Owein mit einer Achtung, die Verehrung nahe kam.

Richards Blick wanderte von ihm zu Alf, und er zupfte an seinem Bart. Schließlich erklärte er: »Ich werde über meine Antwort nachdenken. Giraut, begleite diesen Mann und kümmere dich darum, dass gut für ihn gesorgt wird. Ich werde ihn später rufen lassen.«

Lange Zeit, nachdem der Gesandte in Begleitung des Pagen gegangen war, rührte sich keiner, und keiner sprach ein Wort. Bis auf den König, der wie ein gefangenes Tier auf und ab rannte.

Vor Alf blieb er stehen. Sein Blick schweifte durch den Saal. »Hinaus. Alle.«

Sie gehorchten rasch. Einer oder zwei warfen Alf mitleidige Blicke zu. Es sah aus, als sollte sich über seinem Kopf des Königs Zorn entladen.

Als der letzte kleine Page durch die Tür geschlüpft war, lächelte Richard süßlich. »Nun, mein hübscher junger Freund«, meinte er. »Ich nehme an, du wirst mir jetzt genau erklären, wie es dir gelungen ist, diesen Plan mit dem König von Gwynedd auszuhecken.«

»Was für einen Plan auszuhecken, Sire?«

Richard schüttelte den Kopf. Die Rubine auf seiner Krone blitzten und funkelten. »Nein, Alfred. Spiel hier nicht den Unschuldigen. Sag mir einfach nur die Wahrheit.«

»Wohl denn, Sire«, sprach Alf ruhig. »Die Wahrheit ist, dass Kilhwch von Gwynedd ein weiser Mann ist und keinen Nutzen in einem Krieg zwischen Euren Reichen sieht. Und Ihr, Sire, seid wütend und bereit, um Eures Stolzes und Eurer Tollheit willen die Auseinandersetzung zu erzwingen.«

Des Königs Atem pfiff zwischen seinen Zähnen hindurch.

Alf nickte, als hätte der andere gesprochen. »Ja. Ich wage viel. Möglicherweise zu viel. Aber nur, weil ich um Euer Wohl besorgt bin.«

»Du willst, dass man mich lähmt und entmannt.«

»Ich will, dass Ihr stark auf einem starken Thron sitzt.« Alf setzte sich mit einer Grazie an den Arbeitstisch des Königs, die seine wachsende Schwäche verbarg. »Sire, wenn Ihr diesem Treffen zustimmt, bedeutet das keine Schmach für Euch. Eure Freunde werden glücklich sein, wenn Ihr nicht versucht, die Kräfte der Reiche durch einen sinnlosen Krieg auszulaugen; und Eure Feinde werden gedemütigt sein. Sie rechnen sicher damit, dass Ihr in die Falle stolpert.«

»Schmeichlerische Worte. Vielleicht bist du mein Feind.«

Alf streckte die Hände aus, an deren Gelenken noch die Abdrücke der Ketten zu sehen waren. »Ich werde nicht in blindem Zorn mit jemandem streiten, der sehr wohl weiß, dass ich die Wahrheit spreche. Um Anglias Wohlergehen willen, Sire. Und um des Euren. Stimmt einem Treffen mit Kilhwch zu.«

»Für einen Priester ohne seinen Rock nimmst du eine Menge auf dich.«

»Ja«, stimmte Alf ihm zu, »das ist wahr.«

»Zum Teufel mit dir!«

Richard rannte wie wild durch den Raum, ballte und löste die Fäuste und knirschte mit den Zähnen. Alf beobachtete ihn und versuchte, den Schmerz zu verdrängen, der die Ränder seines Gesichtsfeldes verdunkelte. Er konnte jetzt nicht ohnmächtig werden ... durfte nicht. Er nahm den Rest seiner dahinschwindenden Kraft zusammen, bewahrte sie gut und wartete darauf, dass sich der Zorn des Königs legte.

Er legte sich viel früher, als Richard dies wünschte, und loderte auch nicht wieder auf. Kühle Vernunft dämpfte das Feuer; Berechnung erstickte es ganz. Der König blieb stehen und sah Alf mit finsterem Blick an, der scheinbar angestrengt mit einem Brief beschäftigt war. Er sah blass und ausgezehrt aus. Ein dunkler Fleck breitete sich auf der Rückseite seines Wamses aus. Die Hand, die den Brief hielt, zitterte gerade so, dass man es sah.

Richard schalt und verfluchte ihn. Er schaute nicht hoch. Aber Richard hatte schon genug Männer am Ende ihrer Kräfte erlebt, um einen in dieser Lage zu erkennen.

Und er hatte alles mit ruhiger, mönchischer Halsstarrigkeit getan, um sein Ziel zu erreichen.

»Zur Hölle mit dir«, fluchte Richard kaum lauter als mit einem Flüstern. »Du bist schlimmer als eine Frau. Oder bist du genau das?«

Alf lächelte und schüttelte den Kopf. »Um mit den Worten Eures früheren Edelknappen zu sprechen, habe ich das Gesicht eines Mädchens. Aber der Rest ...«

»Der Rest sollte besser langsam überm Feuer geröstet werden.«

Alf hatte sich wieder seiner Lektüre gewidmet.

Richard riss ihm den Brief aus der Hand und zerrte ihn auf die Beine. »Nun gut, elender Bursche. Ich werde dieses Wunderkind treffen, diesen weisen Alten von siebzehn Jahren.«

»Neunzehn, Sire. Fast zwanzig.«

»Was? So alt?«

»So alt«, antwortete Alf. »Ich bin froh, dass Ihr zu Verstand gekommen seid.«

»Ich glaube eher, dass ich ihn gänzlich verloren habe.«

Alf lächelte wieder, aber seine Lippen waren weiß. »Sire, wenn Ihr gestatten würdet ... darf ich mich setzen?«

»Zurück ins Bett mit dir!«

Und Richard trug ihn dorthin, vorbei an gaffenden Mienen und trotz seines Einspruchs. Als er im Bett lag und des Königs Leibarzt ihn wegen der wieder aufgesprungenen Wunde schalt, sagte Richard: »Du hast gewonnen. Es hat dich deine Berufung und das halbe Fell gekostet, aber du hast gewonnen.«

Alf zuckte zusammen, als der Arzt zu fest abtastete, und blinzelte die Tränen des Schmerzes fort. Aber er sprach so deutlich, als läge er ganz gemütlich. »Sire. Falls Ihr das wirklich wollt, weiß ich, wo Ihr Euch mit Kilhwch verabreden könnt.«

»Natürlich weißt du das. Du hast es schon vor Monaten geplant.«

»Vor Tagen, Sire. Keine zwei Tagesritte von Gwynedd entfernt, hinter der Servernmündung, steht ein Haus mit genügend Platz, zwei Könige mit ihrem Gefolge unterzubringen; der Abt dort ...«

»Abt, Sir?«

Alf nickte. »Ich spreche von St. Ruan, Sire.«

»Ich nehme an, der Abt ist ebenfalls in den Plan eingeweiht?«

»Falls Ihr das einen Plan nennen wollt. Der Mann, dessen Kurierauftrag ich übernommen habe, befindet sich immer noch dort, ein Adliger aus Rhiyana, der den Elfenkönig vertreten kann. Bedenkt es, mein Herr! Drei Könige und drei Reiche zur Einigkeit verbündet mit der Kirche als Zeugin. Eure Feinde werden vor Wut mit den Zähnen knirschen.«

»Ihr spielt mit mir wie auf einer Laute«, meinte Richard. »Gott weiß, warum ich es mir gefallen lasse.«

Alf lächelte. »Weil Ihr meine Einmischung braucht, Sire. Euer Ruf verbietet Euch, vernünftig zu handeln, doch wenn Ihr mich dafür verantwortlich macht, könnt Ihr das Klügste tun und Eure Feinde verwirren, ohne dass sie die Wahrheit erkennen.«

»Schmeichler. Schlaf jetzt und lass mich in Frieden.«

Gehorsam schloss Alf die Augen. Richard blieb eine Weile stehen, beobachtete die geschickten, knorrigen Hände des Arztes und zuckte beim Anblick des geschundenen Fleisches zusammen. »Gottverdammter Märtyrer«, murmelte er.

Das bleiche Gesicht verzog keine Miene. Richards Hand fuhr langsam empor, darüber zu streichen, hielt abrupt inne und zog sich wieder zurück. Er machte auf dem Absatz kehrt und schritt hinaus.

25

Kilhwchs Kurier brach, wohlgenährt und neu eingekleidet, mit dem Pferd des Königs, dem Brief des Königs in seinem Beutel, Geschenken an Gold und Lebensmitteln und freiem Geleit, um ihm die Reise zu erleichtern, nach Gwynedd auf.

Eine Weile nach Sonnenaufgang ritt Richard mit zwanzig Rittern im Gefolge aus, unter denen sich auch Aylmer und ein Novize mit wild entschlossenem Gesicht befanden. Und als sie die Feste verließen, schloss sich ihnen noch ein Reiter in Blau auf grauer Stute an. Er hatte die Kapuze gegen die Kälte hochgezogen, und auch sein restlicher Körper war dicht eingehüllt.

Die Männer des Königs warfen einander Blicke zu. Ein bis zwei warteten, um die Nachhut der Kolonne zu bilden, zwei weitere nahmen die Plätze zu seinen beiden Seiten ein, um ihn vor der Menge zu verbergen, die sich zum Abschied des Königs eingefunden hatte.

Der Wind verriet ihn schließlich. Als sie sich dem Südtor näherten – der König ritt gerade unter dem Torbogen hindurch – wehte ihm eine Bö die Kapuze zurück und entblößte seinen Kopf. Ein plötzlicher Sonnenstrahl fiel darauf und brach dahinter zu einem Strahlenkranz auf.

Ein Schrei stieg aus der Menge empor. Zuerst übertönte nur eine einzelne Stimme das Jubelgeschrei für den König: »Der Heilige! Der Heilige!« Zwei stimmten mit ein, drei, ein Dutzend, hundert; die Menge nach vorn. Stimmen. Gesichter, Gedanken bestürmten alle seine Sinne. »Lasst Euch berühren – geht nicht fort – mein Kind ist krank – meine

Augen, meine entzündeten Augen – mein Bein – mein Arm – meine Hand – die Schmerzen – o Gott, meine entsetzlichen Schmerzen ...«

Das Tor spannte sich über ihm. Die Stimmen dröhnten in dem hohlen Gewölbe und prasselten auf ihn nieder.

Und dann war er plötzlich frei. Die Stute verfiel in Kanter und hielt Schritt mit den Tieren um sie her. Das Gebrüll hinter ihm verhallte.

Alf schaute nicht zurück. Seine Beschützer lösten sich von ihm; die Stute vergrößerte ihre Schritte. Sie lief leicht wie ein Reh zwischen den schweren Streitrössern.

Direkt hinter dem König verlangsamte sie ihr Tempo. Richard ritt zwischen Aylmer und Jehan; nur der Novize bemerkte Alfs Gegenwart. Er zog an den Zügeln seines Reittiers, um an die Seite der Stute zu gelangen, und betrachtete Alf mit einem wilden Gemisch von Freude und Besorgnis. »Bruder Alf! Du solltest doch gar nicht mitkommen.«

»Hätte ich *diesem* Anlass fernbleiben sollen?«

Jehan schaute zurück. Carlisle duckte sich, überragt von der roten Feste, in seine roten Mauern; um das Tor wimmelte die Menge, die Alf hatte überrennen wollen. Er sah zu seinem Freund hinüber, der mit starr nach vorne gerichtetem Blick und bleichem, angespanntem Gesicht dahinritt. »Ich bin kein Heiliger«, betonte Alf. »Ich *bin* kein Heiliger.«

»Du bist krank«, erklärte Jehan.

Alf schüttelte heftig den Kopf. »Ich bin etwas angeschlagen und ein wenig schwächer, als ich sein sollte. Das ist alles.«

»Ein *wenig* schwächer!«

»Würdest du nicht zittern, wenn sie gerade versucht

hätten, dich heilig zu sprechen?« Alf starrte auf seine Hände. Trotz seiner Worte waren sie fast ruhig. »Sie prophezeite, dass es so weit kommen würde. Sie würden mich heilig sprechen oder auf dem Scheiterhaufen verbrennen. Sie haben beides versucht.«

»Bruder Alf ...«

Er richtete sich im Sattel auf. »Nenn mich nicht so.«

»Bruder Alf«, wiederholte Jehan starrsinnig, »du versuchst, dich zu entheiligen, indem du zeigst, wie widerspenstig, ungehorsam und abgrundtief menschlich du sein kannst. Weißt du inzwischen immer noch nicht, dass du mir nichts beweisen musst?«

»Vielleicht«, murmelte Alf, »muss ich es mir selbst beweisen.«

Richard warf einen glühenden Bernsteinblick zurück. »Ich gebe dir mein Wort darauf: Du bist widerspenstig, ungehorsam und abgrundtief menschlich. Und abscheulich gerissen. Ich sollte dich nach Carlisle zurückbeordern, damit du selbst siehst, wie du dich aus dem Durcheinander befreist, das du dort angerichtet hast.«

»Sire. Ich ...«

»Seht Euch das an!«, wandte sich der König an Aylmer. »Die gekränkte Unschuld, meisterhaft gespielt. Soll ich ihn zurückschicken? Oder soll ich ihn selbst die Erfahrung machen lassen, dass er noch nicht wieder halb so stark ist, den Schritt mitzuhalten, den ich vorlegen werde.«

Aylmer sah Alf mit festem Blick aus den dunklen Augen an. Zum König sprach er: »Er war entschlossen genug, sich Eurem ausdrücklichen Befehl zu widersetzen. Lasst ihn bleiben. Soll er die Buße auf sich nehmen, die ihn erwarten mag.«

Alf nickte. »Die Tatsache, dass ich Priester war, Sire, bedeutet nicht, dass Ihr mich wie eine Frau oder ein Kind behandeln müsst. Ich bin zu allem im Stande, was sich als nötig erweist.«

»Ist das dein Ernst?«, fragte Richard zweifelnd.

»Ja, Sire.«

»Nun denn. Du hast mich einen Knappen gekostet. So nimm seinen Platz ein. Das heißt für dich, dass du genau wie jeder andere Knappe behandelt wirst – ebenso gut und ebenso schlecht. Man wird sich vor dir verneigen, aber du wirst arbeiten müssen. Und wenn du faul bist, erhältst du Prügel. Und du wirst dich Waffenübungen unterziehen, wann immer du eine Gelegenheit findest. Willst du immer noch mit mir reiten?«

»Ja, Sire«, antwortete Alf, ohne mit der Wimper zu zucken.

»Damit gehst du eine Verpflichtung ein, Junge. Von dem Augenblick an, da du meine Hand ergriffen und darauf geschworen hast, bist du mein, bis ich geruhe, dich zu entlassen.« Richard streckte seine Hand im Panzerhandschuh aus. »Willst du sie nehmen? Oder wirst du zurückkehren?«

Alf zögerte nur kurz. Er ergriff die Hand des Königs und sah ihm in die Augen. »Ich werde mir alle Mühe geben, Euch Ehre zu machen.«

»Du wirst mehr tun, als dir nur Mühe geben. Bis heute Abend werde ich dir zeigen, worauf du dich eingelassen hast.« Richard kehrte ihm den Rücken zu und drückte dem roten Hengst die Sporen in die Flanken. *»Allez-y!«*

Jehan fiel mit Alf in den hinteren Teil der Kolonne zurück. »Ich glaube, dass er das geplant hat«, rief der Novize über das Hufgetrappel hinweg.

»Ich weiß es. Schau – kein einziger königlicher Knappe in der gesamten Reiterschar.«

»Und du hast ihn dazu gebracht?«

»Deshalb bin ich doch gekommen, oder?«

Jehan schüttelte den Kopf. »Es ist ein großer Sprung vom Heiligen zum Knappen, und angefangen hast du als Mönch. Du wirst eine Menge lernen müssen.«

»Dann wird es das Beste sein, du bringst es mir bei. Ich habe nur bis heute Abend Zeit.«

»Allen Heiligen sei Dank, dass du eine rasche Auffassungsgabe hast.«

Zu Jehans Überraschung lachte Alf. »Vielleicht zu schlau. Komm jetzt, Lehrer, dein Schüler ist bereit. Willst du ihn warten lassen?«

Zum Einbruch der Dunkelheit hatten die Reisenden eine Unterkunft in der zugigen Scheune eines Schlosses eines Barons gefunden und trieben diese Provinzgröße fast in den Wahnsinn, vor lauter Ehre und Schrecken, den Gastgeber des Königs zu spielen. Bei einem solchen Durcheinander konnten alle möglichen Irrtümer unbemerkt bleiben. Doch Alf gab sich alle Mühe, genau nach Jehans Anweisungen zu verfahren. Seine Anstrengung trug ihm keine Anerkennung, ja nicht einmal einen Blick von Richard ein, aber er hatte auch nichts dergleichen erwartet.

Der Schlossherr und seine Dame rühmten sich des Luxus eines eigenen Schlafgemachs, einer stickigen Zelle hinter dem Saal, das mit einem riesigen Federbett fast ausgefüllt war. Dies überließ man Richard, wie es ihm zustand, und aus Höflichkeit konnte er auch nicht ablehnen. Er zog sich recht früh, wenn auch nicht allzu früh für seinen neuesten

Knappen, zurück, der ihm während des endlosen Festmahls als Mundschenk gedient hatte. Alf hatte im Saal mit großer Willensanstrengung die Zähne zusammengebissen, sonst wäre er dort, wo die Blicke aller auf ihm ruhten, zusammengebrochen.

Doch es schien, als hätte Richard ihm seinen Ungehorsam noch nicht verziehen. Als der König sich von seinem erhöhten Platz erhob, winkte er ihm mit krummem Finger. »Alfred. Du wirst mich bedienen.«

Alf verneigte sich, so tief er konnte. Er wusste, dass er steif und hochmütig wirkte; in seinem erschöpften Zustand kümmerte er sich nicht mehr darum. Sein Gesichtsfeld war geschrumpft. Entschlossen heftete er den Blick auf den König und den Weg, den er einschlagen musste. Über die Empore, eine steile, geländerlose Treppe hinauf und durch einen schweren Vorhang hindurch. Irgendwie hatte er eine Lampe aufgetrieben, eine mit Talg gefüllte Schale und einem zum Docht gedrehten Lappen. Als ob seine Augen das benötigten ...

Er blickte starr vor sich hin. Es war nicht weit. Überhaupt nicht weit. Langsam. Sie würden es als Würde deuten, den gemessenen Gang eines Dieners, der vor seinem König einherschreitet. Der Lampenrauch stank ranzig; eigentümlicherweise belebte er ihn ein wenig. Er setzte seinen Fuß auf die Treppe.

Richard begutachtete das Bett und schnitt eine Grimasse. »Mit Sicherheit Flöhe in der Matratze«, murmelte er, »und Läuse und Schlimmeres, möchte ich wetten. Und dieses Laken ist seit König Haralds Zeiten nicht mehr gewaschen worden.«

Alf stellte die Lampe in eine verrußte Nische. So eng dieses Zimmer mit zwei großen Männern und einem Bett in der Größe eines Turnierplatzes auch sein mochte, so herrschte hier wenigstens nicht das Gedrängel der vielen Leiber wie unten. Er vermochte wieder zu sehen; und er konnte sprechen, wenngleich nur ziemlich leise. »Im Augenblick ist kein Ungeziefer zu sehen, Sire.«

Die Augen des Königs zuckten zu ihm. »Sie mögen dich nicht, wie?«

»Ich verabscheue sie ebenso sehr wie Ihr.«

»Und im Gegensatz zu mir verfügst du über die nötigen Mittel, sie dir fern zu halten. Hast du zufällig eine ähnliche Vorliebe für saubere Laken?«

Alf schenkte ihm ein halbes Nicken, er neigte den Kopf, vermochte ihn aber nicht wieder aufzurichten. Schließlich gaben seine Knie endgültig unter ihm nach. Wenigstens, dachte er noch, würde er in ein sauberes Bett fallen.

Wäre er gefallen. Doch der König fing ihn auf, legte ihn vorsichtig hin und zog ihm den Überrock aus. »Du blutest wieder, Idiot.«

Alf versuchte, sich mit einem Achselzucken aus seinem Griff zu lösen, aber diesmal waren Richards Hände zu stark. »Ich habe noch genügend Kraft; ich kann Euch bedienen. Später ... kann Jehan ...«

»Du bist schwach wie ein Säugling. Wo haben diese Narren nur ... aha. Da.« Richard suchte Alfs Gepäckbündel, öffnete es und sah es rasch durch. Einen Augenblick später zog er die aufgerollten Verbände und die Salben heraus, die der Arzt zubereitet und deren Wirkung Alf mit seinen eigenen Heilkräften verstärkt hatte.

»Sire«, fragte Alf. »Wie kommen meine Sachen ...«

»Ein Knappe schläft bei seinem Herrn. Insbesondere wenn er der Öffentlichkeit nicht preisgeben will, dass er vor Erschöpfung nicht mehr stehen kann.« Richard machte sich daran, Alf das Hemd von den Schultern zu streifen. Hie und da blieb es hängen, wo das Blut getrocknet war und Leinen mit Verbandsstoff und zerfetzter Haut verklebte.

»Majestät. Ihr dürft mich nicht einfach so pflegen. Ich werde es nicht zulassen.«

»Ein Knappe lässt alles zu, was sein König befiehlt. Reich mir das Becken. Aha, gut. Wenigstens sauberes Wasser. Nimm dich zusammen, Junge, es wird brennen.«

Es brannte wie Feuer. Aber es war ein sauberes Feuer, und Richard war überraschend geschickt. Mit einem kleinen Seufzer ließ Alf das Unausweichliche über sich ergehen. Er saß aufrecht, hielt den Körper still und die Augen geschlossen. Richards Stimme klang als besänftigendes Brummen an sein Ohr. »Nun ja. Ich habe nicht allzu viel eingebüßt. Ich war den Feldärzten immer eine gute Hilfe, anfänglich, weil es notwendig war, später, weil ich es ziemlich gern machte. Es ist sinnvoll, einiges davon zu verstehen, wenn man auf dem Schlachtfeld steht, die Männer rings um einen fallen und man jede Hilfe benötigt, die man aufbieten kann.«

Wenn das Wasser schon gebrannt hatte, so war die Salbe rasender Schmerz. Alf biss die Zähne zusammen. Unendlich langsam ließ es nach, als Richard ihm frische Verbände anlegte.

Vorsichtig, aber mit sicherer Hand beendete Richard den letzten Verband. Alf brachte genügend Willenskraft auf, sich zu bewegen, vielmehr zumindest den Kopf zu drehen.

Der König war verstummt, saß dicht neben ihm und betrachtete ihn festen Blicks.

Alf bekam einen trockenen Mund. Zwischen Erschöpfung und Schmerz hatte er sein Innerstes gegen alles Eindringen – und gegen alle Wahrnehmungen – gewappnet. Er hatte nur getan, wozu er aufgefordert war, war dorthin gegangen, wohin man ihn geschickt hatte, und hatte ausgehalten, bis er sich ausruhen durfte. Und sich damit in diese Lage gebracht.

Der König würde nicht fragen. Nicht direkt. Und er würde nichts erzwingen. Und obgleich er behaglich zu sitzen schien, war jeder seiner Muskeln angespannt.

Richard legte ihm die Hand auf die Stirn, als wollte er fühlen, ob er Fieber hatte. »Du glühst«, erklärte er. Doch seine Hand war noch heißer.

Alf schluckte mühsam. Er fürchtete sich nicht, aber er hätte weinen können. Vielleicht hätte er sogar weinen sollen. Richard verabscheute Tränen; sie erinnerten ihn an Frauen.

Alf zwang sich, mit seiner gewohnten leisen, ruhigen, lässigen Stimme zu sprechen. »Das ist kein Fieber, Sire. Ich habe immer eine hohe Körpertemperatur. Meine Kräfte rufen sie hervor.« Er brachte den Hauch eines Lächelns zu Stande, bewegte sich, als suchte er Linderung für seinen Rücken und rutschte dabei wie durch Zufall unter der Hand des Königs weg. »Für einen Mönch ist das von großem Nutzen. Bei den vielen kalten Nachtwachen ... Ich gebe mühelos einen wunderbaren Asketen ab.«

Das rief ein Lachen bei Richard hervor, auch wenn es eher schmerzlich als erheitert klang. »Heute Nacht ist keine Wache vonnöten. Ich werde auf mich aufpassen. Leg dich hin und schlaf – das Bett ist groß genug für meine gesamte Armee.«

»Sire …«

»Leg dich hin!«

Ein Knurren tönte aus Richards Stimme, die Spur einer Warnung. Alf gehorchte ihm stumm. Es konnte ihm jetzt gleichgültig sein, was die Leute dachten oder redeten, und das Bett war himmlisch weich.

Richard entkleidete sich eilig und ohne Scham, nahm seine breite Betthälfte in Beschlag und schlief auf der Stelle ein. Es war ein königliches Geheimnis, keinen Schlaf über etwas zu vergeuden, das ohnehin nicht zu ändern war.

Alf hatte dieses Glück nicht. Nun, da er fast behaglich im Bett lag, wonach er sich seit dem späten Vormittag schon gesehnt hatte, kam er allmählich wieder zu Kräften; die Kraft wuchs an und breitete sich aus, erfüllte ihn ganz und vertrieb die Nebelschleier von Körper und Geist.

Lange Zeit lag er wach, bald auf der Seite, bald auf dem Bauch. Die Lampe flackerte und verlosch. Richard schnarchte leise. In der Halle knurrte ein Hund; ein Mann fluchte; der Hund kläffte und schwieg dann unvermittelt.

Schließlich stand Alf auf. Er bewegte sich vorsichtig, um den König nicht zu wecken. Er zog sein Hemd an und raffte seinen Umhang um sich.

Die Treppe aus dem Saal führte weiter nach oben und mündete auf den Wachtturm. Der Wind strich kalt und klar um Alfs Gesicht; die Sterne strahlten von einem Himmel, von dem alle Wolken verschwunden waren. Er blickte hinauf und atmete tief durch. Seine Erschöpfung war verflogen und mit ihr auch der Kummer aus seinem Herzen. Er fühlte sich so leicht und leer wie bei seinem

Prozess, nun, da er all seiner Gelübde und Weihen enthoben und frisch ernannter Edelknappe des Königs von Anglia war.

Seine Hand fuhr zum Kopf empor. Sein Haar wuchs mit einer Geschwindigkeit, die ebenso wenig menschlich war wie sein Antlitz; in einem Monat oder ein wenig mehr würde kein Mensch mehr erkennen, dass er jemals Priester gewesen war. Selbst hier und jetzt hatte sein Gastgeber ihn zwar teilnahmsvoll, aber ohne Neugier betrachtet und ihn für einen jungen Adligen gehalten, dessen Familie ihn vom Priesteramt zurückbeordert hatte. Solche Fälle kamen häufig genug vor.

Und gelang es ihm, diese Rolle so gekonnt zu spielen wie die andere? Fünfzig Jahre Priester und Gelehrter, fünfzig Jahre Knappe, Ritter und vornehmer Herr in weltlicher Umgebung. Und dann – was dann? Wieder Priester oder etwas Neues?

Die Sterne gaben keine Antwort. Sie waren älter und klüger als er und gaben sich mit dem zufrieden, was sie waren. Sie benötigten keine Auspeitschung, um zu Verstand zu kommen.

Langsam und vorsichtig beugte er seine Schultern. Seine Genesung würde Zeit und Geduld erfordern; die Schmerzen waren seine Buße. Die Schmerzen und die Narben. Sein Stolz hatte fast ebenso sehr gelitten wie sein Körper.

Jemand stieg die Stufen empor. Er trat zurück und war unerklärlicherweise gereizt. Der Neuankömmling hielt inne, als sammelte er sich, und drehte sich dann zu ihm um. Alf lehnte sich gegen die Brustwehr und tat, als wäre er in Gedanken versunken.

»Kleiner Bruder«, hörte er eine Stimme, die er tatsächlich

sehr gut kannte, »bist du so unglücklich darüber, mich wiederzusehen?«

Thea betrachtetet ihn aus Augen, in denen das Sternenlicht sich fing, dass es wie grünes Feuer leuchtete. Er hatte vergessen, wie wunderschön sie war.

»Thea«, sprach er durch das Rauschen seines Blutes hindurch. »Althea. Ich glaubte, du kämst nicht wieder.«

»Ich? So leicht wird man mich nicht los. Abgesehen davon«, fügte sie hinzu, »hatte ich das.« Sie streckte die Hand aus. Silber schimmerte darin. »Ich wusste, dass du es wiederhaben wolltest.«

Er unternahm nichts, das Kreuz an sich zu nehmen. »Behalte es.«

»Es gehört dir.«

Er schüttelte den Kopf. »Ich habe es dir geschenkt. Wenn du es nicht magst, kannst du es verkaufen.«

»Natürlich mag ich es«, fuhr sie ihn an. »Aber es gehört dir. Wirst du es nun nehmen, oder muss ich es dir zuwerfen?«

Er behielt die Hände auf dem Rücken. »Ich bin kein Priester mehr. Ich bin der Knappe des Königs. Ich möchte, dass du das Kreuz behältst.«

»Soll das eine logische Schlussfolgerung darstellen?«

Das Blut stieg ihm in die Wangen. »Würdest du es bitte behalten?«

Theas Finger schlossen sich um das Kreuz. »Gut. Ich werde es behalten. Obgleich ich jetzt schon weiß, was dein Abt sagen wird.«

»Morwin wird sagen, dass ich eine edle Anwandlung hatte, und es dabei belassen.«

»Wird er das?«

Alf wandte sich um und ließ den Wind sein Gesicht kühlen.

»Ich habe ihn kennen gelernt«, berichtete sie. »Ich mag ihn. Er ist klug und empfindsam und hat nicht die geringste Angst vor dem weiblichen Geschlecht.«

»Er hat alles, was mir abgeht.« Alf schaute sie an. »Alun hat dich nach St. Ruan kommen lassen.«

»Letztendlich ja.« Ihre Stimme wurde anders, härter. »Und kein Wunder, dass er so lange damit gewartet hat. Prinz Aidan wird die Hölle in Bewegung setzen, wenn er sieht, was man seinem Bruder angetan hat.«

»Nicht, wenn Alun es verhindern kann.«

»Alun wird alle Hände voll zu tun haben. Und da er nur noch eine von beiden benutzen kann, wird er den Kampf wohl verlieren.«

»Gegen dich hat er sich doch auch durchgesetzt.«

»Ich bin nicht Prinz Aidan.«

»Das habe ich bemerkt.«

Sie lachte. »Ei, Bruder! Du hast schließlich sehen gelernt.«

»Ich heiße Alf. Ich wäre dankbar, wenn du mich bei diesem Namen nennen würdest.«

»Auch noch stolz«, murmelte sie vor sich hin. »Der Mönch wird zum Mann.«

»Ich war schon immer stolz, wenngleich nicht unbedingt ein Mann.«

»Sag das nicht so, als ob du daran glauben würdest.« Sie stand ganz dicht neben ihm, dass sie sich fast berührten; der Wind wehte eine Strähne ihres Haars über sein Gesicht. »Wie fandest du mein Wunder?«

Er vermochte kaum, einen klaren Gedanken zu fassen.

Doch die Worte flossen ihm zu, und er sprach sie aus. »Wir sind jetzt Teil einer lokalen Heiligengeschichte. Der Heilige und der Engel, der ihn vor dem Tode errettete. Die Pauliner rasen vor Wut.«

»Genau das war meine Absicht. Aber wie fandest *du* es denn?«

»Ich fand dich blasphemisch, ruchlos, abweichlerisch und großartig.«

»Nicht hassenswert?«

»Vielleicht ein bisschen«, gab er zu.

»Schnell und tugendsam unterdrückt. Alfred von St. Ruan, ich weiß nicht, warum ich das alles von dir hinnehme.«

»Ich fürchte, ich weiß es.«

»Du fürchtest es, kleiner Bruder?«

»Ich fürchte es.«

»Jetzt weiß ich wenigstens, wie man dich aus deinen Gewohnheiten reißt. Man muss dich aus deiner Tracht schälen, dich in Ketten legen und anständig auspeitschen.«

»Und mir androhen, die Frau zu verbrennen, die ich ... eine Frau meiner Rasse.«

»Die Frau, die du was?«

Er wollte nicht antworten.

Sie stieß einen leisen, verzweifelten Seufzer aus. »Ganz das zarte Mädchen, das errötet, sich windet und die Bescheidene spielt. Warum rückst du nicht mit der Sprache heraus und sagst es?«

»Warum sagst du es denn nicht?«

Zum ersten Mal, seit er sie kannte, sah er sie erröten. Die dreiste, unverschämte Thea, die der Heiligen Kirche getrotzt und sich unverfroren daran gemacht hatte, einen

Priester zu verführen – diese Thea errötete und brachte nicht ein Wort heraus.

Ihre Verwirrung verlieh ihm mehr Mut, als er jemals geglaubt hätte, aufbringen zu können. »Solange ich noch das hübsche Unschuldslamm war, war es ziemlich einfach, mich zu Tränen zu reizen. Dann wurde dir klar, dass ich dir etwas bedeute. Ich, nicht der schüchterne, kleine Bruder, nicht der Narr, der sich in sein Schwert stürzen wollte, nachdem er herausgefunden hatte, dass er es benutzen konnte, und den man zum Tode verurteilen sollte, weil er sein wahres Wesen nicht anerkennen konnte. Als du aus dem Feuer emporflogst, hast du mir alle Anmaßungen offenbart, du hast sie mich als das erkennen lassen, was sie waren.«

»Das hätte ich für jeden getan«, antwortete sie grob.

Mit atemberaubender Kühnheit strich er über ihre Wange. Sie fühlte sich sehr zart an. »Wärst du auch für jeden zurückgekehrt?«

»Das Kreuz ...«

»Morwin hätte es für mich aufbewahren können. Schließlich hat es ursprünglich ihm gehört.«

»Du bist die schlimmst erdenkliche Mischung aus göttlicher Weisheit und völligem Schwachsinn.«

»Und du bist so stachelig wie ein Weißdorn und so zart wie seine Blüten.« Er stieß ein leises, atemloses Lachen aus. »Thea, mir wird schwindelig von dir. Und ich gehöre immer noch dem Orden an, auch wenn ich mich von meinem Titel und meinen Pflichten suspendiert habe. Was sollen wir tun?«

»Du kannst hingehen, beten und deinen Körper kasteien. Ich ...«, sie warf stolz ihren Kopf zurück. »Ich werde mir einen neuen lombardischen Fürsten suchen und wieder fortlaufen.«

»Vielleicht wäre es das Beste.«

Sie wirbelte zu ihm herum. »Macht es dir nicht einmal etwas aus?«

»Es macht mir etwas aus, dass ich nicht dein Liebhaber sein kann und wir einander nur quälen würden.«

»Du bist kein Kastrat.«

»Nein. Ich bin Schlimmeres. Ich bin ein Priester, der an sein Gelübde glaubt. Und dir liegt etwas an mir, sonst hättest du mich schon längst verführt. Deine Dornen sind dick und schmerzhaft, Thea, aber dein Herz ist über alle Maßen sanft.«

»Es ist schwarz und verkommen, und es verdammt dich.«

»Das glaube ich nicht.«

»Elender Kerl!«

»Vielleicht!«

Sie schlug nach ihm; es war der kräftige Schlag eines Mannes, der ihn auf die Steine schleuderte. Als er aufprallte, entfuhr ihm ein Schrei.

Ihr eigener Schrei bildete den Widerhall zu seinem. Er rollte auf den Bauch; sie sank neben ihm zu Boden und fasste nach ihm. Ohne jegliche Vorankündigung waren die Schmerzen fort. Sie kniete wie versteinert, ihr Gesicht war eine schmerzverzerrte Maske.

Er zog sich auf die Knie hoch und schüttelte sie. »Thea«, keuchte er, »Thea, um der Liebe willen, *nicht!*«

Die Schmerzen strömten zurück, und er genoss geradezu ihre Heftigkeit. Thea sackte in seine Hände. »Ich versuchte sie zu heilen«, erklärte sie schwach. »Ich vermag es nicht.

Ich kann nicht einmal ... O mein Gott, wie erträgst du sie nur?«

»Es fällt mir nicht leicht. Aber ich habe dich herausgefordert.«

»Ich hätte dich deshalb nicht schlagen müssen. Nun ist alles wieder aufgeplatzt, noch schlimmer als zuvor, und du ... was für entsetzliche Schmerzen du leidest! Lass mich ein paar davon abnehmen. Nur ein paar wenige. Nur die, welche ich dir zusätzlich zugefügt habe.«

»So viele hast du gar nicht hinzugefügt.« Er atmete vorsichtig ein. »Es lässt nach. Du hast das Schlimmste davon mitbekommen.«

»Das musste ich auch. Ich verletze immer diejenigen, an denen mir etwas liegt. Immer. Immer.«

»Thea, Kind ...«

»Ich bin kein Kind!«

»Und ich bin auch kein so ganz kleiner Bruder mehr; und erheblich älter als du.«

»Nicht in Angelegenheiten, wo es von Bedeutung ist.«

»Vielleicht nicht. Aber Thea, du siehst doch, was ich dir anzutun vermag.«

»Und ich dir.« Sie hatte ihre Fassung wiedererlangt; zwar war die noch sehr erschüttert, aber schon wieder brauchbar. Thea schüttelte den Kopf. »Kleiner Bruder, nach dir wird ein lombardischer Prinz eine ziemlich langweilige Sache werden.«

»Eine ruhige, friedvolle.«

»Nein, eine langweilige. Was werden die Leute sagen, wenn deine weiße Jagdhündin wieder auftaucht?«

»Dass meine Vertraute mich wieder aufgespürt hat.«

»Das wird nicht genügen«, meinte sie. »Ich werde mir etwas anderes ausdenken.«

»Du könntest bei Alun in St. Ruan warten.«

»Das könnte ich.« Sie reckte sich so weit in die Höhe, wie sie konnte, und küsste ihn ganz leicht auf die Stirn. »Gute Nacht, kleiner Bruder.«

Er beugte sich so ruhig hinab, dass man ihn hätte für kalt halten können, doch das Herz schlug ihm bis zum Halse. »Gute Nacht, kleine Schwester.«

26

Sie ritten eilends von Burg zu Burg, rund um Bowland und seine finsteren Winkel zu den dunklen Bergen der Sümpfe und dem von Regen angeschwollenen Severn und schließlich in die dunstige nebelverhangene Gegend um die Gläserne Insel. Es war erst einen Monat her, dass Alf von hier aufgebrochen war, und schon betrachtete er es fast mit den Augen eines Fremden. Und das war buchstäblich so, wenn sein Geist den Theas berührte, die auf Falkenflügeln hoch über ihm dahinsegelte. *Als ich aufbrach, war ich ein Mönch,* dachte er, *den man ins Exil trieb. Und jetzt – was bin ich jetzt?*

Ein Adler, der das Fliegen lernt, antwortete sie ihm.

Ich fühle mich eher wie ein gerösteter Schwan. Gerupft, ausgenommen und auf einen Drehspieß gesteckt.

Ihr Lachen klang gleichermaßen ärgerlich wie tröstlich.

Der letzte Tag begann mit strömenden Regen, doch gegen Mittag ließen die Wolkenbrüche nach, und die Sonne kam schließlich heraus. Jehan schob seine Kapuze zurück, schüttelte das triefende Haar und lachte. »Da!«, rief er aus. »St. Ruan!«

Der König wrang Wasser aus seinem Umhang und musste niesen. »Das Erste, worum ich bitten werde, ist ein Schluck von ihrem berühmten Met.«

»Bratäpfel«, schwärme Jehan. »Warme Betten. Bäder.«

»Für mich bloß kein Wasser mehr!«, rief der Ritter hinter ihm. »Ich habe für mindestens vierzehn Tage genug davon.«

Richard grinste. »Los, kommt! Wer als Erster am Tor ist, bekommt einen goldenen Taler!«

Die graue Stute war weit schneller als alle die schweren Schlachtrösser, doch sie lief ein großes Stück hinter den anderen her. Jehan hielt sein eigenes Pferd trotz dessen Feuereifer zurück und schaute mit besorgtem Blick nach hinten. Wenn überhaupt, müsste Alfs spröde, neue Stimmung jetzt umschlagen.

Er wirkte ziemlich gelassen, obgleich er Fara im Kanter hielt. Er lächelte sogar und fragte: »Willst du nicht mit um den Taler um die Wette reiten?«

»Und *du?«,* fragte Jehan zurück.

Er schüttelte den Kopf.

Jehan zügelte sein Ross zu schwerem Trab und wartete, dass die Stute auf gleiche Höhe mit ihm gelangte. »Ist alles in Ordnung mit dir?«

Alfs Lächeln wurde ein wenig schief. »Armer Jehan. Du stellst mir immer wieder dieselbe Frage. Was werde ich nur machen, wenn du nicht mehr auf mich aufpasst?«

»Vermutlich vor die Hunde gehen. Bist du sicher, dass du dem gewachsen bist?«

Alf schaute nach vorn zu dem Wettrennen, das wie ein Reiterangriff dahindonnerte, und zur Abtei, die dahinter auf sie wartete. Sie schwebte vor ihnen auf ihrer Insel aus Nebel und Licht, war jedoch selbst so fest wie die Gebeine der Erde selbst. Das Tor stand offen; er konnte darunter Gestalten in braunen Kutten und mit von der Entfernung verschwommenen Gesichtern erkennen. »Es ist eigentümlich, Jehan«, sagte er. »Ich dachte, ich wäre kaum in der Lage, es zu ertragen – dass ich hier bin und nicht mehr hierher gehörte. Aber jetzt scheint alles weit entfernt wie etwas, das ich in meiner Kindheit erlebt habe.«

»Ich weiß, was du meinst.« Jehans Wallach schnaubte und zerrte in seinem Gebiss gegen dessen starke Hand. »Ich werde mit dir um ein Bad wettlaufen. Der Verlierer bereitet es dem Gewinner zu.«

»Abgemacht«, rief Alf und ließ seiner Stute freien Lauf.

Kopf an Kopf überholten sie den langsamsten Ritter. Jehan grinste. Alf erwiderte sein Grinsen und beugte sich über Faras Hals. Sie setzte nach vorn, lief noch immer völlig mühelos und foppte den kräftigen Wallach mit ihrer Leichtigkeit und Anmut. Jehan sah kurz ihre prachtvollen, dahinfliegenden Hufe vor sich.

Eine halbe Länge vor dem König preschte sie durchs Tor, wirbelte drinnen herum und warf den Kopf zurück. Die Mönche hatten vor dem Ansturm die Flucht ergriffen, obgleich der sich bereits verlangsamt hatte und die Vorsichtigeren im Trab ankamen. Richard lachte und warf Alf eine Münze zu; er fing sie mit gerötetem Gesicht und leuchtenden Augen.

Die Mönche gafften mit offenem Mund, als er mit dem Taler in der Hand aus dem Sattel glitt.

»Nun, Brüder«, begrüßte der König sie in bester Laune, »ich habe euch euren verlorenen Sohn wiedergebracht.«

»In großem Stil«, bemerkte Morwin, der hinter zwei hoch gewachsenen Mönchen hervortrat. »Willkommen in St. Ruan, Euer Majestät.«

Der König kniete nieder, seinen Ring zu küssen, wie es sich selbst für Könige auf Kirchengebiet geziemte, und drehte sich um, sein Gefolge vorzustellen. Novizen nahmen sich ihrer Pferde an; andere geleiteten sie nach abgeschlossener Vorstellung zum Gästehaus.

Alf stand, von Jehan überragt, etwas abseits. Keiner der Klosterinsassen näherte sich ihnen, nur Bruder Osric kam ein Stück auf sie zu und blieb dann stehen. Die Anwesenheit des Königs und ihr weltliches Gehabe mit dessen Pracht machten sie verlegen.

Morwin beendete seine höflichen Begrüßungen. Es war eigenartig, ihn zu beobachten, als wäre er ein Fremder, ein zierlicher, älterer Mann in Abtsrobe, die peinlich sauber, wenngleich etwas ausgefranst war.

Endlich schaute er zu Alf, warf ihm einen raschen, allumfassenden Blick zu, um den Falken abzuschätzen, den er da von seiner Hand geschleudert hatte. Plötzlich blickte er finster drein. »Das ist ja eine schöne Art, einen alten Freund zu begrüßen. Worauf wartest du noch?«

Alf ließ sich in seine Arme schließen. Morwin war so mager und zerbrechlich, als wäre er aus Stöckchen gemacht, doch immer noch drahtig und stark. Er grinste Alf zu und blinzelte kurz. »Die guten Brüder werden niemals darüber hinwegkommen. Der sanfte Bruder Alf, den man buchstäblich aus der Bibliothek zerren musste, damit er sich wieder einmal überzeugte, wie schön die Sonne war, donnert an der Spitze einer Reiterattacke heran. Als Nächstes werden wir hören, dass Bruder Edgar Aristoteles liest.«

Der andere lachte etwas befangen, denn Morwins Umarmung hatte Schmerzen hervorgerufen.

Der Abt hielt ihn eine Armlänge von sich. »Du siehst aus, als hättest du mir eine Menge zu erzählen. Sobald ich hier alles geregelt habe, komme ich zu dir, damit wir uns unterhalten können.« Er sah an ihm vorüber zu Jehan. »Ihr zwei gebt ja vielleicht zwei schüchterne Mädels ab. Oder seid ihr so sehr die Gesellschaft von König und Bischof gewöhnt, dass ihr keine Zeit mehr habt, einen einfachen Abt zu begrüßen?«

»Guten Tag, Dom Morwin«, ließ sich daraufhin Jehan gehorsam vernehmen, mit einem Funkeln in den Augen.

»Schon besser.« Morwin breitete weit die Arme aus. »Willkommen zu Hause, ihr beiden. Willkommen zu Haus.«

Nun drängten sich die Brüder um sie, und alle Zurückhaltung war vergessen. In dem Durcheinandergerede zu ihrer Begrüßung und der ganzen Freude bemerkte nur Jehan, wie bleich Alf geworden war. Es wurde mit jeder herzlichen Umarmung schlimmer; er lächelte zwar und sprach recht fröhlich, doch sein Gesicht war schmerzverzerrt.

»Du solltest dich ausruhen«, flüsterte Jehan ihm ins Ohr.

Alf schüttelte fast unmerklich den Kopf. »Ja«, sprach er zu Bruder Osric. »Ich konnte einen Blick auf einen neuen Aristoteles werfen. Und auf eine Abschrift des Albumazar in Arabisch, über die Kreuzzüge ...«

»So«, meinte Morwin. »Du bist also Knappe des Königs.«

Alf stand am Fenster von des Abts Studierzimmer, blickte in den Obstgarten, der jetzt kahl und grau dalag und in der früh hereinbrechenden Dämmerung allmählich verschwand. Nichts hat sich verändert«, murmelte er. »Nichts.«

»Du hast dich verändert.«

Alf antwortete nicht. Morwin schürte das Feuer, dass plötzliche Flammen aus den Kohlen aufloderten. Er legte Apfelholz nach; der süße Duft zog durch den Raum.

»Es ist so ruhig hier«, bemerkte Alf. »Ein Jahr läuft wie

das vorhergegangene ab. Die Bäume blühen; die Äpfel reifen; sie fallen herab, und der Winter kommt. Die Welt rast vorüber, doch niemand kümmert sich darum, außer dass ein Gebet für sie gesprochen wird.«

»Meinst du, ich hätte dich nicht hinausschicken sollen?«

Alf seufzte. »Mir erging es wie dem Mann in dem alten Märchen, der für eine Nacht ins Reich der Jugend entführt wurde, nur dass diese Nacht ein Leben lang anhielt.«

»Es fällt nur allzu leicht, hier Kind zu bleiben, auch wenn dein Körper zum Altern in der Lage ist.«

»Ich weiß. Oh, ich weiß es nur allzu gut!« Alf trat vor ihn hin. »Ich bin ein halbes Jahrhundert lang siebzehn Jahre gewesen. Und plötzlich ist mir so, als könnte ich achtzehn werden, wenn ich mir nur genügend Mühe gäbe.«

»So«, meinte der Abt mit einem boshaften Funkeln in den Augen, »du beginnst also endlich aufzuholen.«

»Es hat, weiß Gott, lange genug gedauert.«

»Setz dich und berichte mir davon«, befahl ihm Morwin. »Wie hast du dich in kaum mehr als einem Monat vom Mönch zum königlichen Knappen gemausert – wobei du die halbe Zeit noch mit Reisen zugebracht hast?«

Morwin lauschte Alfs Erzählung; er stand neben dem Feuer und rührte sich nicht, sprach kein Wort. Als Alf von seinem Prozess und der Strafe erzählte, wurde das Gesicht des Abtes grau. Seine Augen funkelten. »Zeig her«, gebot er.

Alf unternahm nichts, dieser Aufforderung nachzukommen. »Dazu besteht keine Notwendigkeit. Mein Rücken heilt; ich bin froh darüber.«

»Lass mich sehen.«

»Nein.«

»Alfred«, bestand Morwin darauf, »ich will wissen, welchen Preis du für deine Torheit bezahlt hast.«

»Einen geringeren als Alun für die seine und zugleich einen höheren, als dir gefallen würde.« Alf rückte auf seinem Sitz hin und her und schüttelte den Kopf, als der Abt zu sprechen anhob. »Lass es gut sein, Morwin. Es gehört zu meinem Erwachsenwerden; du kannst mich nicht davor beschützen.«

»Du verdienst es auch gar nicht, beschützt zu werden.«

»In diesem Punkt scheinen dir alle, einschließlich ich, Recht zu geben.«

Der Abt blickte ihn finster an. Er lächelte zurück. Allmählich besänftigte Morwin sich ein wenig. »Nun. Du hast deine Sache bislang nicht schlecht gemacht. Der König scheint dich zu mögen.«

»Ich mag ihn. Er erinnerte mich an Jehan. Hitzköpfig, ungestüm und über alle Maßen klug, wenn die Lage es erfordert.«

»Und lässt sich gerne von den Leuten unterschätzen«, fügte Morwin hinzu. »Wirst du bei ihm bleiben?«

»Ich habe einen Eid darauf geleistet.«

»Möchtest du es denn auch?«

Alf schaute ins Feuer. Langsam antwortete er: »Ich weiß nicht, was ich möchte. Ich habe ein wenig Angst davor, eine Laufbahn mit Waffen einzuschlagen – es ist so fremdartig im Gegensatz zu allem, was ich jemals ausgemacht und was ich gelernt habe. Und doch besitze ich eine gewisse Begabung dafür. Waffen liegen mir gut in der Hand.«

»Du trägst indessen keine«, bemerkte Morwin.

Alfs Hand fuhr zu seinem Gürtel, wo ein Schwert hätte hängen müssen. »Noch nicht. Aber das wird kommen. Wenn ich so weitermache.«

»Zweifelst du daran?«

Er schloss die Augen und schüttelte den Kopf. »Ich weiß nicht, was ich rede. Natürlich werde ich fortfahren. Der König hat mich verpflichtet; ich habe mich dafür entschieden.«

»Es wird ein eigentümliches Gefühl sein, dich im Panzerhemd mit einem Streifen vom Ärmel einer Dame herumreiten zu sehen.«

Alf wollte ihn anfahren.

Morwin lachte. »Auch das ist ein Teil der Welt, Alf. Erzähl mir nicht, dass du so unschuldig wärst!«

»Ich bin nicht unschuldiger als du.«

»Unsinn!«, schnaubte Morwin. »Erinnerst du dich noch an das Jahr in Paris? Jedes Mädchen seufzte hinter dir her, und du wusstest nicht einmal, was es bedeutete.«

»Natürlich wusste ich es. Ich war derjenige, der es dir erklärt hat. Du warst völlig fassungslos. Menschen sollten das tun? Das war doch eine Sache der Tiere!«

»Und du bist heftig errötet, als du es mir erzählt hast, und sagtest, du würdest niemals so weit herunterkommen.« Morwins Augen tanzten über ihn hinweg. »Selbst jetzt wirst du rot. Was wirst du nur machen, wenn du erst am Hof bist?«

»Nichts«, fauchte Alf. »Ich will überhaupt nichts machen. Ich habe etwas Schreckliches herausgefunden, Morwin. Ich kann den Gedanken nicht ertragen, mit einer menschlichen Frau ... ins Bett zu gehen. Sie widern mich an.«

»Huren und Dirnen würden mich selbst dann anwidern,

wenn ich kein Gelübde abgelegt hätte – und ich bin ebenso menschlich wie sie.«

Alf schüttelte heftig den Kopf. »Es geht um Frauen insgesamt. Menschenfrauen. Und Männer auch, wenn wir schon davon sprechen. Ich kann meine Mitmenschen lieben – aber nicht ... nicht fleischlich.«

»Und was führte dich zu dieser überwältigenden Erkenntnis?«

Er wollte nicht antworten.

Morwin zuckte mit den Schultern. »Sprich mich noch einmal darauf an, wenn du fertiger Ritter bist, dann wollen wir sehen, ob du noch die gleiche Ansicht vertrittst.«

»Ganz bestimmt.«

»Warten wir's ab«, sagte Morwin. Und er warf beim Sprechen einen Blick über seine Schulter; seine Augen leuchteten auf. »Herr! Tretet ein!«

Alf hatte den Zuhörer schon seit einiger Zeit bemerkt; er drehte sich um, stand auf und verneigte sich mit neu erlernter Anmut.

Alun trat ohne Hilfe über die Schwelle, doch er hinkte noch merklich. Sein strahlender Blick ruhte auf Alf; sein Denken griff nach dem des anderen, es war die vertraute, sanfte Berührung. Alf umfasste seine unverletzte Hand und hätte sie wohl geküsst, hätte Aluns Blick ihm das nicht untersagt. »Bruder«, begrüßte er ihn. »Schön, Euch zu sehen.«

»Schön in der Tat«, antwortete Alf und ließ seinen Blick an ihm hinauf- und hinabwandern. Selbst mit dem verkrüppelten Bein und der Hand in der Schlinge und in der braunen Kutte, die Alf ihm zurückgelassen hatte, wirkte er stark und stolz, ein Ritter und Fürst.

Das Lächeln spielte um seine Mundwinkel. »Ich gebe einen ziemlich kläglichen Mönch ab, mein Bruder, obgleich ich mein Bestes tat, bis kurz davor, das Gelübde abzulegen.«

»Das ist wahr«, stimmte Morwin ihm zu. »Bruder Cecil hat sich mit dem Verlust seines besten Tenors im Chor fast abgefunden, da er dafür einen prachtvollen Bariton bekommen hat. Gott allein weiß, wie ich ihn werde besänftigen können, wenn Ihr uns verlasst.«

Alf lächelte. »Und sie haben Euch auch anderweitig in die Arbeit einbezogen?«, fragte er Alun.

»Nein, was allerdings nicht meine Schuld ist. Offensichtlich bin ich noch immer ein Invalide.«

»Beinahe«, meinte Alf, »obgleich ich Euch inzwischen reiten ließe, wenn Ihr darum bitten würdet.«

»Ich hatte nicht vor zu bitten, ich wollte es tun.«

»Fara wird froh sein, Euch wiederzuhaben.«

Der Rhiyaner schüttelte den Kopf. »Ich habe sie Euch geschenkt, und sie hat Euch lieb gewonnen. Behaltet sie, mein Bruder; in Eurem neuen Stand könnt Ihr sie gut gebrauchen.«

»Aber ...«, hob Alf an.

»Sie wünscht es ebenso sehr wie ich. Nehmt sie, Alf.«

»Herr, ich kann nicht.«

Alun seufzte. »Ihr könnt nicht, aber Ihr werdet es trotzdem tun.« Er setzte sich ans Feuer und wärmte seine unverletzte Hand. »So, nun berichtet mir, was Euer König vorhat.«

»Wollt Ihr ihn nicht selbst kennen lernen?«, erkundigte sich Morwin.

»Erst morgen, wenn Kilhwch kommt.« Aluns Blick kreuzte

den von Alf, verweilte für einen Augenblick lang bei ihm und wanderte dann blitzschnell weiter. »Dann werden wir uns alle drei zusammensetzen.«

»Gwynedd, Anglia und Rhiyana«, stellte Alf fest. »Das ergibt ein Bündnis, das nicht zu übersehen sein würde.«

»Es wird auch notwendig sein«, versicherte Alun.

27

Am späten Vormittag ritt der König von Gwynedd in St. Ruan ein, sein Drachenbanner flatterte und knatterte im kräftigen Wind, und der Sonnenschein glühte auf seinem blutroten Umhang. Richard wartete im Innenhof, umgeben von seinen Rittern, die sich von den braun gekleideten Mönchen lebhaft abzeichneten.

Kilhwch brachte seinen feurigen Hengst mit einem Ruck an den Zügeln zum Halten und sprang ab. Auf den ersten Blick wirkte er ganz gewöhnlich – ein kleiner, untersetzter junger Mann mit ernstem, fast mürrischem Gesicht. Doch die Augen unter den schwarzen Brauen waren beeindruckend; sie waren stahlgrau und durchdringend; er musterte die ganze Runde und prägte sich jedes Gesicht ein. Sein Blick verharrte einige Male länger: bei Richard, dem Abt und bei Aylmer. Und er ruhte einen langen Augenblick auf Alf.

Kilhwch trat nach vorn, streifte seine Handschuhe ab und steckte sie in seinen Gürtel. »Nun denn, mein Herr von Anglia, so seid Ihr also vor mir hier eingetroffen.« Seine Stimme war rau und barsch, sein Benehmen schroff.

Richards Augen funkelten. »Ich brach auf, sobald Euer Kurier gegangen war. Ist er unversehrt bei Euch eingetroffen?«

»Unversehrt und rechtzeitig, mit vielen guten Worten über Euch.« Kilhwchs Blick wanderte zuckend zu Morwin. »Mein Herr Abt, Ihr seid sehr großmütig, uns Eure Gastfreundschaft zu gewähren. Wenn Eure Brüder meine Männer versorgen würden, könnten wir uns unserer Aufgabe widmen.«

Die Könige speisten am Tisch des Abts zusammen mit Bischof Aylmer und einem oder zwei der Ritter und wurden von ihren Knappen bedient. Trotz seiner Ungeduld war Kilhwch offenbar bereit, über die Vorzüge fränkischer und alemannischer Schlachtrösser zu sprechen und lange Geschichten von Jagden und Turnieren auszutauschen. Er machte keinen Anfang, das Gespräch auf Krieg oder Frieden zu lenken.

Er beobachtete Alf unablässig mit einem geradezu verwirrten Blick. Er schaute von dem fremdartigen Gesicht zu den königlichen Leoparden, die sich auf dem Wappenrock bäumten, von den Händen, die des Königs Weinbecher füllten, zu dem Kopf, der sich zur Seite neigte, um eine Bemerkung des riesenhaften Burschen in der Livree des Bischofs mitzubekommen. Und mit jedem Blick zog seine Stirn sich mehr kraus.

Endlich beugte er sich zu Richard hinüber. »Euer Knappe? Wer ist er?«

Richard biss ein halbes Kapaunenbein ab und kaute genüsslich darauf. »Warum? Kennt Ihr ihn?«

Kilhwch schüttelte ungeduldig den Kopf. »Wie lange ist er schon in Euren Diensten?«

»Noch gar nicht lange. Noch keinen Monat.«

Kilhwch lehnte sich zurück. Seine Verwunderung wandelte sich in Wut. »Er hatte eine Tonsur. Habt Ihr ihn aus einem Kloster herausgeholt?«

»Ja. Genau gesagt, aus diesem hier.« Richard grinste Morwin an. »Die Großzügigkeit des Abts ist weithin bekannt.«

Der junge König wandte sich an Alf, der neben den anderen Knappen an der Wand stand. »Du da! Komm her.«

Alf trat ruhig hinzu, mit jener Gelassenheit, die man ihm hätte als Hochmut auslegen können. »Mein Herr?«, fragte er.

»Wie heißt du?«, wollte Kilhwch wissen.

»Alfred, Sire.«

»Alfred? Ist das alles?«

»Von St. Ruan, Sire.« Alf lächelte ganz verhalten. »Ich habe keine nennenswerte Ahnenreihe aufzuweisen. Wenn Ihr danach sucht, solltet Ihr Euch mit dem Knappen meines Herrn Bischofs unterhalten. Seine Ahnentafel ist lang genug für uns beide.«

»Es geht mir nicht um deine Ahnentafel«, fuhr Kilhwch ihn an. »Ich erhielt eine Nachricht von einem vom Elfenvolk, die mich zu der Vermutung veranlasste, er befände sich in Gesellschaft Seiner Majestät von Anglia. Aber du bist das nicht. Wo steckt er?«

»Hier.«

Kilhwch sprang auf. Aylmer hatte sich ebenfalls erhoben, sein Gesichtsausdruck war so undeutbar wie stets.

Der junge König tat beinahe einen Sprung über den Tisch hinweg und fiel auf ein Knie. »Mein Herr!«, rief er. »Was habt Ihr mit Eurer Schwerthand gemacht?«

»Nicht wichtig«, antwortete Alun, zog ihn hoch und umarmte ihn wie einen Gefolgsmann.

Er zuckte mit funkelndem Blick zurück. »Ihr gingt zu Rhydderch. Trotz all meiner Warnungen seid Ihr zu Rhydderch gegangen. Und Eurem Aussehen nach zu schließen, hätte er Euch beinahe umgebracht. Ich werde ihm das Fell über die Ohren ziehen!«

»Nichts dergleichen werdet Ihr tun.« Aluns sanfte Stimme rief eine erschreckende Wirkung hervor. Sogleich gab der König von Gwynedd nach, gleich einem von seinem Vater ausgescholtenen Kind.

Richard beobachtete sie mit größtem Interesse. »So«, sagte er schließlich, »Ihr seid derjenige, der es mit meinem Baron zu tun bekommen hat.«

Alun nickte und verbeugte sich leicht. »Mein Herr von Anglia. Ich freue mich, endlich Eure Bekanntschaft zu machen.«

»Ich muss Euch für meinen neuen Knappen danken – und für die Tatsache, dass ich hier bin und nicht gegen Gwynedd Krieg führe. Ihr habt Euch schamlos eingemischt, Herr Rhiyaner.«

Kilhwch wirbelte herum. »Haltet Eure Zunge im Zaum, Herr!«

Richard fletschte die Zähne. »Mag sein, dass ich grob daherrede, aber zumindest krieche ich nicht wie ein Hund zu Füßen eines kleinen Ritters!«

»Zum Teufel mit Eurer Unverschämtheit! Wollt Ihr so zu einem König sprechen?«

»Einem König?« Richard lachte. »Einem König von was? Von einem lumpigen Stück Land?«

Aylmer mischte sich ein. »Nein«, widersprach er. »Dem König von Rhiyana.«

Während Richard fassungslos stehen blieb, trat der Bischof auf den Mann in der braunen Kutte zu und kniete nieder, wie Kilhwch das getan hatte. »Euer Majestät, ich dachte mir, dass Ihr es möglicherweise seid.«

»Und wie kamt Ihr auf den Gedanken«, wollte Alun wissen, der in Wirklichkeit Gwydion war. An der Hand, die den Bischof emporzog, funkelte das blaue Feuer seines Siegelrings.

Aylmer zuckte mit den Schultern. »Es sah Euch einfach ähnlich.«

»Unsinn!«, platzte Richard heraus. »Gwydion von Rhiyana ist uralt. Hier steht ein Junge, der noch kaum den ersten Bartflaum hat. Wie alt seid Ihr, Bursche? Zwanzig? Einundzwanzig?«

»Einundzwanzig«, antwortete der Elfenkönig und hinkte nach vorn. Jehan, der von den Knappen am nächsten stand, sprang hinzu, ihm einen Stuhl am Ende des Hochtisches anzubieten.

Richard schüttelte starrsinnig den Kopf. Die grauen Augen ruhten still und heiter auf dem glatten Gesicht des Jugendlichen und sprachen von unheimlicher Weisheit.

»Sire«, erklärte Alf. »Er ist der, der er behauptet zu sein.«

Richard warf ihm einen finsteren Blick zu. »Du wusstest das?«

»Von Anfang an.«

»Und du sagtest kein Wort ...«

»Ich wollte es nicht.« Gwydion nahm aus Alfs Hand einen Becher Met entgegen und nippte daran. »Es ist eine Sache, wenn der König von Rhiyana im Ausland alleine und unter falschem Namen umherreitet, es ist jedoch etwas völlig anderes, wenn er durch die Hände der Vasallen des fremden Königs Gewalt erleiden muss.«

»Das«, knurrte Kilhwch, der inzwischen an seinen Platz zurückgekehrt war, »ist es ganz gewiss. Im Angesicht Gottes schwöre ich, das Schwein wird dafür bezahlen.«

Richard zupfte an seinem Bart und blickte bedrohlich finster drein. »Wusste er, wer Ihr wart?«

»Nur, dass ich ein Gesandter von Rhiyana bin«, antwortete Gwydion.

»Und in Rhiyana, weiß man dort Bescheid?«

»Nein.« Gwydion stellte seinen Becher ab. »Das Gesicht meines Bruders gleicht dem meinen aufs Haar. Ich ließ ihn mit Krone und Thron zurück; diejenigen unserer Leute, die meinen Aufbruch beobachteten, hielten mich für Aidan, der dem friedlichen Leben von Caer Gwent den Rücken kehrt. Und sie sind immer noch dieser Auffassung.«

»Nicht mehr lange«, murmelte Kilhwch. »Wartet nur, bis Aidan herausfindet, dass Ihr in den Sümpfen von Anglia in ein Skorpionsnest geraten seid. Die Hälfte seiner Unternehmungen ist in Wahrheit Euch zuzuschreiben, aber die hier ist selbst für ihn zu tollkühn.«

Gwydions Gesicht nahm einen gestrengen Ausdruck an, auch wenn seine Augen funkelten. »Scht, Bursche! Ihr gebt hier Staatsgeheimnisse preis. In aller anderer Augen sitze ich still und friedlich auf meinem Thron, während Aidan umherreitet und seine Ritterzüge unternimmt. Wollt Ihr den Ruf zunichte machen, den wir uns so mühsam aufgebaut haben?«

»Das habt Ihr schon besorgt. Und zwar augenfällig. Und es wird noch augenfälliger werden, sobald Aidan Wind davon bekommt.«

»Nicht, wenn es uns gelingt, die Niederlage in einen Sieg zu verwandeln«, meinte Gwydion. »Wir sitzen hier alle zusammen, womit Lord Rhydderch niemals gerechnet hat. Wollen wir seine Pläne nicht noch weiter durchkreuzen?«

»Wie?«, fragte Richard.

»Die Entscheidung liegt bei uns. Wollen wir anfangen?« Er blickte zu Morwin. »Sofern der Herr Abt es gestattet.«

Morwin nickte zustimmend. »Alf – hol vom besten Wein, vom Falerner. Und sieh nach, ob Bruder Wilfried noch etwas an Käse hat.«

Jehan folgte Alf bei seiner Besorgung. Im duftgeschwängerten Dunkel des Weinkellers hielt er sich nicht länger zurück. »Bruder Alf! Ist Alun wirklich Gwydion?«

»Ja.« Alf pustete Staub von einem alten Fass und beäugte die Aufschrift an der Seite. »Griechischer Wein«, murmelte er.

»Und du hast es die ganze Zeit über gewusst?«

»Fast.« Das zweite Fass war ebenfalls griechisch: Er zog die Stirn kraus.

»Woher wusstest du das?«

»Ich war in sein Denken eingedrungen. Es ist das Denken eines Königs. Vornehm, hochmütig und von größter Klugheit.« Alf nieste. »Zum Teufel! Wo steckt er nur?«

Jehan hielt ein kleines Fass in die Höhe. »Hier.«

Alf blickte finster drein und begann dann plötzlich zu lachen. »Warum hast du mir das nicht gleich gesagt?«

»Ich wollte, dass du mit mir redest. Was glaubst du, werden die Könige tun?«

»Kilhwch und Richard werden zanken, trinken und weiterzanken. Und Gwydion wird dafür sorgen, dass sie sich nicht gegenseitig an die Kehle gehen.«

»Und dann?«

»Wenn wir Glück haben, gelangen sie zu einer Übereinkunft.«

Jehan klemmte das Fässchen unter den Arm und folgte Alf zwischen den spinnwebenüberzogenen Regalen hindurch, an den großen Bierfässern vorüber. Als er die Stufen zur Speisekammer emporstieg, schlug er vor: »Sie sollten Rhydderch hierher holen und ihn für seine ganzen Taten Rede und Antwort stehen lassen.«

»Das ist kein übler Gedanke.«

Jehan ließ fast seine Bürde fallen. »Thea, um alles in der Welt! Kannst du nicht ein Mal vorsichtiger auftauchen?«

Sie lachte und trat zurück. Alf schloss und verriegelte die Tür, ohne sie anzusehen, aber Jehan konnte den Blick nicht von ihr wenden. Sie stand prachtvoll in der Aufmachung einer Dame vor ihnen, in einem Kleid aus bernsteinfarbener Seide mit goldener Stickerei und einem bernsteingoldfarbenen Gürtel; ein goldener Reifen schmiegte sich um ihre Stirn. Ziemlich unpassend zu dieser Aufmachung schleppte sie ein in feines Linnen geschlagenes Rad Käse.

»Wo hast du das Kleid her?«, wollte Jehan wissen.

»Aus der Luft«, antwortete sie. »Woher sonst?« Sie legte den Käse dem unwilligen Alf in die Hände und drehte sich auf dem engen Freiraum der Speisekammer im Kreis. »Gefällt es dir?«

»Du siehst wunderschön aus«, erklärte Jehan aufrichtig.

Ihre Augen sprangen von ihm zu Alf, der kein Wort gesprochen hatte. »Bist du anderer Ansicht, kleiner Bruder?«

Er sah ihr in die Augen. »Lady, du bist wunderschön, und du weißt es.«

»Du aber auch.« Ihr spöttischer Ton war kühn, aber unsicher. »Du gibst einen außerordentlich gut aussehenden Knappen ab.«

»Und auch einen außergewöhnlich saumseligen. Danke, dass du den Käse besorgt hast; lässt du mich nun vorbei, dass ich ihn Ihren Majestäten bringen kann?«

»Am besten gehe ich selbst mit.«

Er wollte widersprechen, überlegte es sich dann aber anders. »Dann komm!«

Die Könige waren mit dem Abt und dem Bischof ins Gespräch vertieft, doch Theas Erscheinen brachte sie unvermittelt zum Schweigen. Kilhwch grinste plötzlich von einem Ohr zum anderen. »Thea Damaskena! Was macht Ihr denn hier?«

»Ich warte auf meinen Landesherrn«, entgegnete sie mit funkelndem Blick, »da er nicht zulassen will, dass ich seinem edlen Bruder seinen Plan verrate.«

»Und vollbringt nebenbei ein kleines Wunder«, warf Richard ein und erhob sich. »Demoiselle, ich bin Euch zu tiefstem Dank verpflichtet, dass Ihr einem gewissen nichtsnutzigen Kleriker das Leben gerettet habt.«

Sie sank zu einem tiefen Knicks hinab, doch ihre Augen funkelten kühn. »Seid willkommen, Majestät.«

Alf legte den Käse auf die Anrichte und machte sich daran, ihn mit größter Sorgfalt in Scheiben zu schneiden. Richard blickte von ihm zu Thea und lächelte ein wenig schief. »Darf ich Euch etwas fragen, Lady?«

Sie neigte den Kopf zur Seite.

»Warum habt Ihr es getan?«

»Warum nicht?«

Richard lachte. »Ich verstehe schon, Ihr seid ihm gewachsen.«

»Sie ist jedem lebenden Mann gewachsen«, meinte Kilhwch.

»Welche Frau ist das nicht?« Sie nahm zwischen Gwydion und dem jungen König Platz. »Nun, meine Herren? Wie steht die Schlacht?«

Kilhwch lehnte sich mit verschränkten Armen zurück und blickte finster auf den Tisch. »Wir kommen nicht voran«, brummelte er, »und es ist völlig zwecklos. Ich will die Armee von Anglia nicht auf meinem Gebiet dulden, auch nicht, um Rhydderchs Soldaten zusammenzutreiben.«

»Und ich kann ihn nicht unter Kontrolle halten, wenn ich ihn nicht fassen kann«, fauchte Richard. »Wenn er nicht auf seiner Burg sitzt, muss ich ihn doch suchen können.«

»Belagert seine Burg und nehmt seine Leute als Geiseln.«

»Das wird nicht ausreichen. Er wird das ganze Sumpfland gegen mich aufbringen.«

»Dann erobert das ganze Sumpfland! Oder seid Ihr dafür nicht Königs genug?«

Richard sprang auf und fasste nach dem Heft seines Dolches.

Thca lachtc mit dcm Klang von aufcinandcr prallcndcn Klingen. »Stellt euch nicht so töricht an! Es gibt einen besseren Weg.«

»Und der wäre?«, erkundige sich Gwydion.

»Es ist nicht meine Idee«, schränkte sie ein. »Komm her, Jehan. Sag es ihnen.«

Der Novize schreckte zusammen und verschüttete fast Wein auf den Schoß des Bischofs. Geschickt nahm Aylmer ihm Krug und Becher ab und ermutigte ihn: »Sprich, Junge, was würdest du tun, wenn du König wärst?«

Er schluckte. Einen Augenblick lang hasste er Thea von ganzem Herzen. Doch sie starrten alle zu ihm herüber, sogar Bruder Alf; und etwas in Theas Augen ließ ihn alle Furcht vergessen.

»Es ist eigentlich ganz einfach«, sagte er. »Ihr sprecht von Armeen, Invasionen und dem Niederringen von Aufständen. Warum schickt Ihr nicht einfach Rhydderch eine Nachricht, dass er hierher kommen soll? Einem königlichen Befehl wird er Folge leisten müssen, insbesondere, wenn er gleichzeitig von drei Königen kommt.«

Gwydion nickte genau wie Bruder Alf, wenn er gerade ein Frage gestellt und die erwünschte Antwort bekommen hatte. »Kein schlechter Vorschlag. Und wie würdest du absichern, dass er nicht deinen Kurier umbrächte und nachher behauptete, er wäre niemals angekommen?«

»Ich würde sorgsam darauf achten, jemanden von ausreichend hohem Stand zu entsenden, dessen Verlust auffiele. Und ich versähe ihn mit einem starken Geleitschutz – vielleicht zur Hälfte aus Anglia und zur Hälfte aus Gwynedd. Und ich würde ihn verpflichten, innerhalb eines bestimmten Zeitraums zu antworten, sonst sollten beide Könige mit aller Macht, die sie aufbieten können, über ihn herfallen.«

Stille trat ein. Jehans Handflächen waren feucht; er wischte sie mehrfach an seiner Hose ab. Richard und Kilhwch blickten nachdenklich drein, Gwydion, der selten mit seiner Miene überhaupt etwas zum Ausdruck brachte, starrte in seinen Becher.

Er ergriff dann auch das Wort. »Nun, meine Herren? Würdet Ihr gerne Rhydderch für seine schändlichen Taten zur Rechenschaft ziehen?«

»Insbesondere für die an Euch begangenen«, erklärte Kilhwch heftig. »Ja, bei Gott, ja!«

Richard ordnete auf seinem Essbrett Brotkrumen in eine säuberliche Reihe. »Man könnte fast glauben«, sagte er leichthin, »Euer Majestät von Rhiyana hätten das die ganze Zeit über vorgehabt.«

»Und wenn dem so wäre«, erkundigte sich Thea, »würde es eine Rolle spielen?«

Er fügte seiner Krümelarmee eine weitere Reihe hinzu und setzte ihr ein Rosmarinbanner auf. »Wahrscheinlich nicht. Wer würde gehen, wenn wir uns darauf einigten? Einer von uns?«

Thea legte eine leichte Hand auf die verbundene Linke Gwydions. »Das hieße, das Schicksal herauszufordern. Es muss jemand sein, dessen Leben nicht unverzichtbar ist für den Erhalt des Reiches. Und«, fuhr sie fort, denn Alf hatte sich bereits in Bewegung gesetzt, »der nicht unserem Volk angehört. Rhydderch hasst uns inzwischen; wir wünschen doch, dass er so gelassen wie möglich kommt und nicht tobt, dass er in Fesseln gelegt werden muss. Aber da er rasender ist als ein Wildschweineber, muss sein Bewacher stark und klug genug sein, um mit ihm umgehen zu können.«

Richard nickte langsam. »Wollt Ihr mir die Wahl des Gesandten überlassen, wenn ich mich einverstanden erkläre?«

»Wen wolltet Ihr erwählen?«, fragte Kilhwch in scharfem Ton.

»Den Besten, der mir bekannt ist: von vornehmer Herkunft, stark wie ein Bulle und schlau wie ein Fuchs.«

Wieder starrten alle zu Jehan. Der erwiderte ihren Blick und wagte nicht zu zittern.

Kilhwch zog die schwarzen Brauen zusammen. »Er sieht mehr als stark genug aus; und klug scheint er auch zu sein. Aber er ist noch ein Junge.«

Thea lachte. Kilhwchs finsterer Blick wurde unerträglich. »Mein ehrwürdiger Herr«, versuchte sie, seinen Einwand zu widerlegen, »sogar Kinder können von Nutzen sein. Ihr wart auch einmal eines. Erinnert Ihr Euch noch?«

Er lief dunkelrot an. »Ich hätte mich nicht Rhydderch auf Gedeih und Verderb ausgeliefert.«

»Tatsächlich nicht? Wer war es denn, der einen Keiler mit bloßen Händen angriff? Nun willigt schon ein, Kilhwch. Die Tatsache, dass Ihr nicht selber gehen könnt, sollte Euch nicht verleiten, ihn zurückzuhalten.«

»Falls er überhaupt gehen will«, meinte Gwydion.

Jehan äußerte sich nun mit bebender Stimme: »Natürlich will ich gehen. Obgleich ich die Ehre nicht verdiene.«

»Warum nicht?«, fragte Richard. »Du bist ein Sevigny; du bist im Umgang mit Waffen geübt und ein Gelehrter darüber hinaus; und keiner, der dich anschaut, würde glauben, dass du ein Gehirn im Schädel hast. Falls überhaupt jemand Rhydderch aus seinem Versteck locken kann, bist du es.«

Er verbeugte sich tief und brachte kein Wort hervor.

Richard schlug mit der flachen Hand auf den Tisch. »Nun denn. Damit ist das beschlossene Sache. Alfred, Wein für alle und das Doppelte für unseren Gesandten.«

Als Alf Jehans Becher füllte, sah der ihn aus großen, blauen Augen an. In seinen eigenen stand Besorgnis um das Wohlergehen des Freundes, aber gleichzeitig auch Stolz und tiefe Zuneigung. Der Novize lächelte schief und prostete ihm mit bemerkenswert ruhiger Hand zu, um dann ausgiebig zu trinken.

28

Die Nacht brach, wie im Winter üblich, schnell herein, doch das Licht, das noch am tiefen Himmel verblieb, umriss scharf die Burg auf ihrem Felsen.

Jehan brachte seinen roten Hengst mit einem Druck der Oberschenkel zum Stehen; hinter ihm hielt seine Eskorte an. Ein dünner, beißender Wind zerrte an ihren Bannern, an Gwynedds scharlachrotem Drachen und Anglias goldenen Leoparden.

Er blickte zu Rhydderchs Festung hinauf; sein Gesicht in der Kettenhaube war ernst und entschlossen. Er mochte den Anblick der Burg ebenso wenig wie Gwydion vor ihm. Noch weniger.

Aber Gwydion war nicht mit einem Dutzend Rittern und zwei königlichen Bannern hinaufgeritten. Jehan drehte sich im Sattel um und ließ den Blick über die Mienen seiner Begleiter schweifen. Kräftige Gesichter, vielleicht etwas unwillig, unter dem Befehl eines Halbwüchsigen zu reiten, doch sie erwärmten sich angesichts seines Blicks. Er grinste plötzlich. »Nun denn, meine Herren. Wollen wir mal sehen, ob der Keiler in seinem Bau ist?«

Die Zugbrücke war hochgezogen und ein Abgrund klaffte zwischen ihr und dem Weg. Jehan ritt so nahe an den Rand des Grabens, dass sich unter den Hufen des Hengstes kleine Steinchen lösten und hinabrollten. Kein Licht brannte über dem Tor, und er konnte auch auf der Brustwehr niemanden erkennen.

Er atmete tief ein. »Holla, da!«, brüllte er.

Keine Antwort.

Wieder bot er alle Kraft auf und ließ sie in seinen Schrei einfließen. »Öffnet für den Boten des Königs!«

Nach unerträglich langer Pause flackerte eine Fackel auf. Eine Stimme rief: »Welches Königs?«

»Von Anglia«, brüllte er zurück, »und Gwynedd.«

Rhydderchs Mann reckte die Fackel ein wenig höher. Jehan konnte einen scharfen Wangenknochen und einen unrasierten Kiefer erkennen. »Trag deine Lügen woanders vor und lass uns in Frieden.«

Einer der Ritter drängte sein Pferd neben Jehan. Licht flackerte auf, erleuchtete ein mageres, schwer zu beschreibendes Gesicht mit einem wirren, brauen Bart. Doch die Augen gehörten Thea. Sie streckte ihre Fackel weit in die Höhe, dass ihr Licht auf die Banner fiel, die sich in einer plötzlichen Böe blähten. Drachen und Leoparden schienen von ihren Feldern auf den Wachsoldaten auf der Brüstung zuzuspringen.

»Öffnet«, befahl Jehan, »und führt mich zu Eurem Herrn.«

»Er ist nicht da«, schnaubte der Mann heiser.

Jehans Pferd schnaubte und bäumte sich halb auf. »Dann lasst mich in St. Georgs und St. Dafydds Namen ein, damit ich auf ihn warten kann!«

Die Fackel wankte. Nach einem kurzen Augenblick verschwand sie außer Sichtweite.

Die Ketten ächzten, als die Zugbrücke herabsank; das eiserne Fallgitter wurde emporgezogen. Drinnen schimmerte Licht. Jehan trieb den roten Hengst mit dröhnenden Hufen darauf zu.

Jehan saß auf dem Hochsitz in Rhydderchs Saal und hatte das Kettenhemd gegen ein vornehmes Gewand eingetauscht, das Kilhwch ihm geschenkt hatte wie Richard ihm den Hengst.

Gwydions Gabe inspizierte gerade die Reihen der Gerichte, die der Koch sich zuzubereiten beeilt hatte, und knabberte heikel an einem Stück Brot. »Barbaren«, bemerkte sie mit ihrer eigenen Stimme, doch ihr Gesicht blieb das eines jungen Ritters aus Gwynedd.

Er nickte und hielt den Atem an, als ein Knappe sich dicht heranbeugte, um seinen Becher aufzufüllen. Der Junge hatte, solange er denken konnte, kein Wasser und keine Seife mehr gesehen. Jehan schaute sich um und musterte Rhydderchs Reich. Caer Sidi war vor allem eine Festung; an ihren nackten Steinwänden hingen weder Tapisserien noch bunte Banner, noch alte, rauchgeschwärzte Schilde. Die Männer darunter und die Diener, die zwischen den Tischen hin- und hergingen, wirkten finster, wild und ständig auf der Hut wie gejagte Tiere.

»Solche Gesichter habe ich schon anderweitig gesehen«, flüsterte Thea Jehan ins Ohr. »Auf Sizilien in der Höhle eines Räuberhauptmanns. Und in Alamut bei den Hashishayun.«

Er schauderte und stellte den neu aufgefüllten Becher ab.

Sie lachte leise. »Alle Männer, die Wahnsinnigen folgen, haben den gleichen Blick an sich. Aber das hier ist nur ein kleiner Verrückter und seine Raserei ist sinnlos. Du wirst es mit beiden mühelos aufnehmen können.«

»Dessen bin ich mir nicht so sicher«, murmelte er vor sich hin.

Mit fortschreitender Stunde wurden Rhydderchs Männer dreist vom Wein. Jehans Ritter scharten sich dagegen dicht um den Hochsitz, tranken wenig und aßen noch weniger und warfen sehnsüchtige Blicke in Richtung ihrer abgelegten Waffen vor der Tür. Feindseligkeit hing schwer in der Luft, das Verhalten der Diener überschritt fast die Grenze zur Unverschämtheit.

Die Ritter erduldeten es verbissen, denn sie waren sorgsam ausgewählt worden. Sie hatten allerdings ihren Stolz. Der jüngste unter ihnen ertrug es mit Fassung, als ihm Wein über die Bluse geschüttet wurde. Doch als der Beleidiger ihn dann auch noch angrinste, schlug er den Mann zu Boden. Der Diener sprang auf, in seiner Hand blitzte ein langes Messer.

Jehan sprang auf die Füße. Was er empfand, war, wie ihm später bewusst wurde, keine Angst, sondern kalte Wut. Seine Stimme dröhnte durch den Saal. »Lasst dieses Messer fallen!«

Augenblicklich trat Stille ein. Einige von Rhydderchs Leuten machten große Augen. Ein halbes Dutzend Messer fielen klappernd auf Tische, Bänke oder Boden, darunter auch das des Dieners. Jehan blickte dem Ritter in seine vor Wut funkelnden Augen und zwang ihn, zu seinem Platz zurückzukehren. Langsam gehorchte der Mann.

Jehan setzte sich wieder und bemühte sich, nicht zu zittern. Weder vor Aufregung angesichts der Lage oder vor Lachen, das einer aufkommenden Hysterie entspränge. Er schob seinen Becher beiseite, sammelte sich, erneut aufzustehen, um dieser Farce von einem Festmahl ein Ende zu bereiten.

Und hielt wie erstarrt inne. Wie stets bei einem Bankett

waren ständig Männer aus- und eingegangen; diejenigen, die nun jedoch eintraten, kamen bewaffnet und behelmt, mit schlammbespritzten Umhängen.

Ein kurz gewachsener, untersetzter Mann in Kettenhemd und ohne Übermantel schritt an ihrer Spitze. Doch wenn man erst seine Augen gesehen hatte, geriet alles andere in Vergessenheit: Sie waren fremdartig, fast wie Bruder Alfs, jedoch rot gerändert und starr wie die eines wilden Ebers.

Er blieb vor dem Tisch auf der Empore stehen, und seine Männer verteilten sich hinter ihm. Acht, zählte Jehan, nicht mehr als eine Eskorte. Doch im Saal hielten sich fünf Mal so viele auf und beobachteten ihn wie ein Jagdhund den Jäger, voller Hass und Furcht und blinder Verehrung.

Jehan lehnte sich zurück und musterte ihn mit kaltem Blick. »Seit wann ist es Brauch, bewaffnet in den Saal zu treten?«

»In meinem Saal«, antwortete Rhydderch, »bestimme ich, was Brauch ist. Wer seid Ihr und was habt Ihr hier zu schaffen, Euch in meiner Burg als Herr aufzuspielen?«

»Eurer Burg?« Jehan machte große, erstaunte Augen. »Demnach seid Ihr Lord Rhydderch?« Er erhob sich und verneigte sich umgehend. »Jehan de Sevigny, Leibknappe des Lordkanzlers von Anglia und Gesandter der Könige von Anglia und Gwynedd, zu Euren Diensten, Herr.«

Rhydderchs Nüstern blähten sich; seine Knöchel spannten sich weiß über dem Schwertknauf. »Anglia *und* Gwynedd?«

»Ihr habt richtig gehört«, bestätigte Jehan. »Kommt, Herr, setzt Euch mit mir zu Tisch. Euer Koch hat sich heute Abend in jeder Hinsicht übertroffen.«

Der Baron rührte sich nicht von der Stelle. »Gwynedd

und Anglia gemeinsam?« Er wirkte wie vom Donner gerührt. »Was wollen sie von mir? Ich bin nur ein armer Landesfürst aus den Sümpfen.«

»Sagen wir«, meine Jehan. »Ihr seid nicht so unbedeutend, wie Ihr Ihre Majestät gern glauben machen würdet.«

»Aber wiederum auch nicht so bedeutend, dass man mich eines fertigen Ritters als Gesandten für würdig hält.«

»Nun«, antwortete Jehan. »Ich habe zwölf davon mitgebracht und überrage sie alle. Und die andere Möglichkeit hätte Krieg bedeutet.«

Rhydderchs Augen funkelten; er lächelte. Jehan fuhr fort: »Die beiden Könige gegen Euch und Eure Männer. Aber schließlich hatten sie Erbarmen. Es muss Euch schwer getroffen haben, als Herr Alun entfliehen konnte.«

Es dauerte eine ganze Weile, ehe Rhydderch seine Stimme in der Gewalt hatte. »Herr Alun?«

»Von Rhiyana. Ein bemerkenswerter Mann.«

»Ein Spion«, widersprach Rhydderch. »Wie ich, wenngleich nicht so gut beschützt, und auch nicht so gut behandelt. Nur die reine Starrsinnigkeit hat ihn zu einem Kloster geführt. Der Abt übermittelte dem König eine Nachricht und der traf mit Kilhwch von Gwynedd zusammen.«

»Friedlich?«

»Vollkommen friedlich. Schließlich sind sie zwei von gleichem Rang.«

Rhydderchs Antwort klang nicht höhnisch. Zumindest nicht ganz höhnisch. »Und weshalb beehren sie mich mit Eurer erhabenen Gegenwart?«

»Weil es sie nach Euch verlangt. Ihr seid aufgefordert, sie, sobald ihr aufbrechen könnt, in Ynys Witrin aufzusuchen.«

»Ich?«, erkundigte sich Rhydderch. »Was kann ich für Ihre Majestäten tun?«

»Ihr könnt vor sie treten und ihnen diese Frage stellen.«

»Und wenn ich das nicht will?«

»Dann werden sie Euch holen kommen«, erklärte Jehan.

»Und ich soll dafür bestraft werden, einen Spion gefangen genommen und mich mit ihm auseinander gesetzt zu haben?«

»Von Bestrafung weiß ich nichts, doch meine Herren würden gerne mit Euch sprechen«, erklärte Jehan. »Ihr habt ein bis zwei Tage Zeit, darüber nachzudenken.«

»Und dann?«

Jehan lächelte leutselig. »Wenn ich nicht innerhalb von drei Tagen in Eurer Gesellschaft in St. Ruan zurück bin, werden beide Könige uns suchen kommen. Wenn Ihr dagegen mit mir reitet, ist Richard möglicherweise zu gewisser Freundlichkeit geneigt. Wenn er die Kriegstreiberei seines Vasallen in seiner Abwesenheit und ohne seine Zustimmung nicht ganz verzeihen kann, so kann er sie doch verstehen.«

Rhydderch sackte allmählich zusammen. Er hatte mit allen Möglichkeiten gerechnet, nur nicht mit der, dass die Könige sich gegen ihn verbünden würden; er dachte angestrengt über einen möglichen Ausweg nach.

Er beugte den Kopf wie unter einem Joch: in leidenschaftlichem Hass, aber sich augenscheinlich geschlagen gebend. »Ich werde tun, was mein König befiehlt. Morgen bei Tagesanbruch reiten wir los.«

Jehan nickte. »Hervorragend. Ihr dürft einen Mann mitnehmen. Aber überzeugt Euch, dass er ein tüchtiges Pferd hat.«

Als Rhydderch sich abwandte, erhob Thea sich von ihrem Platz neben Jehan und folgte ihm. Sie hielt nur einmal inne, um ihr Schwert von der Stelle neben der Tür aufzuheben, wo es gelegen hatte, und sah Jehan in die Augen. Ihr Blick war funkelnd und leidenschaftlich. Mit einer angedeuteten Verbeugung schritt sie so lautlos wie ein Schatten und nicht minder hartnäckig hinter dem Baron her.

Jehan atmete langsam aus und nickte dem Tafelmeister im Saal zu. »Mehr Wein!«, befahl er.

Er war einigermaßen erstaunt, dass der Mann ihm gehorchte. Er kehrte zu Rhydderchs Stuhl zurück, nahm herrisch und selbstverständlich Platz und zitterte tief in seinem Innern, wo keiner es sehen konnte.

29

Eine halbe Meile vor St. Ruan, wo vor drei Tagen Richards Ritter ihr Wettrennen um den goldenen Taler aufgenommen hatten, stand eine einsame Gestalt. Aus der Ferne wirkte sie wie ein lebloses Ding, ein Stein oder ein auf der Straße aufgerichteter Baumstamm, der vom Schnee, der nach Mittag leicht eingesetzt hatte, überzogen war. Hin und wieder zupfte eine Windbö an ihrem dunklen Umhang und ließ farbenfrohe Kleidung darunter erkennen – Scharlachrot, Blau und Gold – oder wehte die Kapuze aus einem hellen, stillen, nach Nordwesten gewandten Gesicht.

Der Schnee fiel dichter. Der dort wartete, achtete nicht darauf und bemühte sich nach den ersten beiden Malen auch nicht mehr, seinen Kopf wieder zu bedecken, obgleich die Flocken in seinem Haar und seinen Wimpern kleben blieben, und so seine Sicht behinderten. Er hörte sie lange, bevor er sie sah, vernahm das Dröhnen der Hufe, das Klirren von Metall, den keuchenden Atem schnell über raues Land gejagter Pferde. Aus dem Schneegestöber brach eine Gruppe von Rittern hervor.

Ihr Anführer hätte ihn beinahe über den Haufen geritten. Der rote Hengst bäumte sich auf, dass seine beschlagenen Hufe fast sein Gesicht gestreift hätten. Der Reiter schrie auf: »Bruder Alf! Um Gottes willen!«

Der Hengst blieb zitternd und schnaubend stehen. Alf legte seine zarte Hand auf seinen Hals, betrachtete die Gesellschaft und den finsteren Rhydderch in ihrer Mitte. Ihn schauderte ein wenig. »Ihr seid zurück«, sagte er und blickte von Jehan zu Thea. »Wir haben alle auf Euch gewartet.«

»Ganz offensichtlich«, meinte Jehan und reichte ihm die Hand. »Komm, steig hinter mir auf.«

Er schüttelte den Kopf. »Dein armes Tier hat genug zu tragen.« Doch er ergriff Jehans Hand in einer kurzen, festen, feuerwarmen Umklammerung und lächelte. »Ich bin froh, dich unbeschadet wiederzusehen.« Er wandte sich zu schnell ab, als das Jehan hätte antworten können, und schwang sich hinter Thea auf die graue Stute von Rhiyana.

Die Majestäten empfingen die Ankömmlinge im Saale des Abts in königlicher Aufmachung. Sogar Gwydion hatte die braune Kutte gegen einen Überwurf vertauscht, der aus mitternächtlichem Himmel geschaffen schien, von tiefen, leuchtendem Blau, auf dem sich in mondscheinartigem Silber das Bild eines gekrönten Seevogels abhob. Richard und Kilhwch rechts und links von ihm erstrahlten in Scharlachrot und Gold.

Während ihres ganzen Ritts von seiner Festung hatte Rhydderch nicht ein Wort gesprochen. Als königliche Wachen ihm die Waffen abnahmen und die Mönche ihn badeten und ihm Haar und Bart stutzten und ihn standesgemäß bekleideten, leistete er keinen Widerstand. Er schien vom Scheitern seiner Pläne halb gelähmt.

Er trat so fügsam vor die Könige wie ein Ochse an die Schlachtbank und folgte Jehan blindlings, ohne die Wachen um ihn her auch nur halb wahrzunehmen.

Vor den drei Thronen traten sie beiseite, um ihn allein stehen zu lassen. Der Gesandte stellte ihm die Könige vor, und ein jeder neigte stolz den Kopf: Kilhwch von Gwynedd, Richard von Anglia und Gwydion von Rhiyana.

Der Elfenkönig betrachtete ihn aus gelassenen, grauen Augen, in deren Tiefe grünes Feuer loderte. Rhydderch schreckte zusammen, als wäre er geschlagen worden. Einen Augenblick lang wankte seine stumme Unterwürfigkeit und ließ die dahinter brodelnde, kalte Wut erkennen.

»Seid gegrüßt, Lord Rhydderch«, sprach Gwydion leise, »und willkommen.«

Rhydderchs Augenlider senkten sich; er verneigte sich tief. »Ich kam, wie Ihr befahlt, Eure Majestäten. Was wünscht Ihr von mir?«

»Eure Gesellschaft«, antwortete Richard und spielte mit der schweren Kette, die er um den Hals trug. Ich bin froh, dass Ihr so schnell gekommen seid. Es wäre unerfreulich gewesen, Euch holen zu müssen.«

»Ich war stets bemüht, den Wünschen meines Königs Folge zu leisten.«

»Es freut mich, das zu hören.« Richard winkte. Alf brachte einen Stuhl. »Setzt Euch und macht es Euch bequem. Wir befinden uns hier im Kreis von Freunden.«

Rhydderch setzte sich einigermaßen gelassen. Seit jenem ersten schrecklichen Blick hatte er Gwydion nicht ein Mal mehr angesehen. »Ich bin glücklich, Eure Majestäten so freundschaftlich beisammen zu sehen.«

»Euer Werk«, bemerkte Kilhwch. »Herr. Wir werden Euch angemessen danken müssen, wenn die Zeit gekommen ist.«

»Mein Werk?«, fragte Rhydderch, und es klang ziemlich ungläubig. »Wie sollte das möglich sein?«

»Wisst Ihr das denn nicht, Herr?« Kilhwch lächelte. »Vielleicht vermag Seine Majestät von Rhiyana Euch aufzuklären. Er hat doch Eure berühmte Gastfreundschaft genossen, nicht wahr?«

Rhydderch zog die Stirn ein wenig kraus. »Ich kann mich nicht erinnern, Sire, jemals die Ehre gehabt zu haben, einen König zu beherbergen.«

»Nicht einmal den Tattergreis von Caer Gwent?«

Gwydion mischte sich ein. »Kilhwch«, mahnte er ganz leise. Der junge König klappte den Mund zu. Er selbst lehnte sich zurück und barg seine zerschmetterte Hand an der Brust, als bereitete sie ihm Schmerzen. »Ich bin nicht das, was Ihr erwartet hattet, wie, Lord Rhydderch?«

»Ihr seid genau, was die Legenden berichten.«

»Dann gebt Ihr also zu, gewusst zu haben, wer er war?« fragte Kilhwch.

Der Elfenkönig hob die Hand. »Das ist kein Prozess«, erklärte er. »Lord Rhydderch hat einen langen, beschwerlichen Ritt hinter sich und wenig geschlafen in jüngster Zeit. Er ist hungrig und erschöpft und zutiefst verwirrt, so bin ich überzeugt, angesichts der plötzlichen Aufforderung, vor uns zu erscheinen. Lasst uns essen und schlafen; morgen früh wollen wir uns den ernsteren Angelegenheiten zuwenden.«

»Die Sache gefällt mir gar nicht«, sagte Jehan. »Das alles gefällt mir kein bisschen. Ich wünschte, ich hätte den Kerl niemals hierher gebracht.«

Es war sehr spät. Die Könige waren längst zu Bett gegangen, doch er saß noch mit Alf im Studierzimmer des Abts zusammen. Von allen Belobigungen, die Aufgabe gut und schnell bewältigt zu haben, klangen die ihren am süßesten. Aber er hatte sie nicht verdient.

»Er kam zu schnell mit«, sprach er weiter, »ohne auch nur einen Versuch zu machen, Widerstand zu leisten. Entweder ist er ein völliger Narr – oder aber wir sind die Dummköpfe, und er wird es uns beweisen.«

Morwin schüttelte den Kopf. »Er ist ein gerissener und boshafter Mensch, aber er wird sich hüten, sich drei Königen entgegenzustellen. Er hatte vor, sie aufzustacheln, sich gegenseitig umzubringen, ohne dass sie erfahren hätten, wer dafür verantwortlich war. Unglücklicherweise traf eine seiner Provokationen ausgerechnet den König, den er herausfordern wollte.«

»Das stimmt schon«, gab Jehan ihm recht, »aber Ihr vergesst etwas. Er erscheint vernünftig und normal, aber er ist weder das eine noch das andere. Er hat einen schrecklichen Schlag hinnehmen müssen, und er ist sich völlig im Klaren, dass er nicht mehr viel zu erhoffen hat. Das Beste, was ihn erwartet, wäre, seine Ländereien mit einer immensen Besteuerung und einem Ritterlehen zurückzubekommen, das aufzubringen er alle Mühe haben dürfte. Er wird als armer Schlucker sterben, der einstmals hatte König werden wollen. Wer weiß, was er tut, wenn er die Kontrolle über sich verliert?«

»Er ist hier unter guter Aufsicht und nicht in Caer Sidi, wo er Krieg schüren kann. Und morgen ...«

»›Nur sieben allein kehrten von Caer Sidi zurück.‹« Alfs Stimme ließ sie beide zusammenschrecken. Er war ganz ruhig dagesessen und hatte offenbar gedöst; seine Augen waren halb geschlossen, schläfrig. Er seufzte tief und schüttelte sich. »Er nennt seine Burg die Feste von Anncon. Der Tod geht in seinem Gefolge einher. Wie kalt es ist!«

Jehan machte den Mund auf, um zu sprechen, doch Morwin bedeutete ihm, zu schweigen.

Wieder überlief Alf ein Schauer. Sein Blick wurde klar; er schaute sich erschreckt um. »Ich muss geträumt haben. Ich glaubte, jemand wäre gestorben, und Rhydderch hätte ihn umgebracht.«

Morwin legte ihm die Hand auf die Stirn. Sie war glühend heiß, doch er fröstelte heftig. »Niemand ist tot, und niemand wird sterben, und am allerwenigsten von der Hand Rhydderchs. Schau, Alf, Jehan ist gesund und wohlbehalten zurück, und Rhydderch wird von allen Männern bewacht, welche die Könige und die Abtei aufbieten können. Es besteht kein Grund zu irgendwelchen Befürchtungen.«

Jehan brachte ihm einen Becher Met. Er trank ein wenig davon; sein Frösteln ließ nach. Er versuchte zu lächeln. »Ich sollte nicht ins Feuer schauen; es zeigt mir immer Schreckliches. Und an Rhydderch zu denken, ist wirklich nicht erfreulich. Nicht einmal Gwydion vermag weit in sein Denken einzudringen. Es ist zu finster, zu verworren und zu wild, wie das dunkle Herz von Bowland.«

»Sprich nicht von ihm«, mahnte Morwin streng. »Denk überhaupt nicht an ihn. Das ist Sache der Könige.«

»Niederer Stand kann auch ein Schutz sein, nicht wahr?« Alf trank seinen Met aus und erhob sich. »Wir brauchen alle unseren Schlaf. Komm, Jehan.«

Morwin war mit ihm aufgestanden. »Ich bin noch nicht müde. Ich werde euch begleiten.«

»Es ist nicht nötig, dass du ...«

»Was ist los, Alf? Fürchtest du, jemand könnte mich in einem Gang überfallen?«

Jehan lachte. Alf wurde blass und schauderte, doch er sagte nichts.

Als Alf auf seiner Pritsche neben Richards Tür lag, zog Morwin Jehan beiseite. »Pass auf ihn auf«, riet er. »Wenn er sich in dieser Stimmung befindet, ist er zu allem fähig.« Jehan nickte und verstand; er lächelte.

»Dann gute Nacht. Gott sei mit dir.«

»Und mit Euch, Dom«, murmelte Jehan.

Der Abt segnete ihn, wandte sich ab und ging so leichtfüßig wie ein junger Mann davon.

30

Rhydderch lag reglos und schwitzte unter dicken Decken. An der Tür schnarchte leise sein eigener Lehensmann. Draußen im Gang schliefen tief zwei Ritter mit vor die Brüste gedrückten Schwertern. Einer stammte aus Anglia, der andere aus Gwynedd.

Vorsichtig schlug er die Augen auf. Der Mond trat aus der Wolkenwand und warf einen hellen Lichtstrahl durchs Zimmer, um seinen Schwertknauf zu durchbohren. Er war kein Gefangener. Keiner hatte ihn in Ketten gelegt oder seine Tür verriegelt; die Wachen waren zu seiner Ehre und zu seinem Schutz.

Er verzog den Mund. Sie verhöhnten ihn, diese törichten Könige. Richard, der um einen Krieg betrogen war, wurde schwächlich und memmenhaft. Kilhwch, der sich für so gerissen und grausam hielt, der seinen Mann zur Beobachtung des Gastes bereitstellte und um ihn – zufällig – zu töten, falls er einen Fluchtversuch wagen sollte.

Und Gwydion, Gwydion mit seiner verbundenen Hand, die er stets in Sicht hielt, und mit den kalten, grauen Augen und dem allzu hübschen Gesicht. Huw hatte Befehl gehabt, diesen Adlerschnabel von Nase zu brechen; sobald Rhydderch sich aus diesem goldenen Käfig befreit hätte, würde er ihm die seine einschlagen.

Rhydderch knurrte aus tiefster Brust. Gwydion hatte er das zu verdanken. Gwydion, der nicht altern wollte, wie es sich für einen Menschen geziemte, der seinen Widersacher mit kühlem, majestätischem Spott betrachtete. Er war nicht so hochmütig gewesen, als Dafydd das Brenneisen an ihm erprobt hatte; sein Blut, so königlich und unsterblich er sein mochte, war ebenso rot und rasch geströmt wie das jedes gemeinen Schurken.

Mit unendlicher Vorsicht stand Rhydderch auf. Er hatte Hemd und Hose gegen die Kälte anbehalten. Lautlos durchquerte er den Raum.

Seine Hand schob sich zum Schwertknauf, um den Mondschein abzudunkeln. Einen Augenblick lang hielt er inne; seine Wachen rührten sich nicht. Er ergriff das Schwert in seiner Scheide, wickelte sich in seinen Umhang und schlich zur Tür.

Die Marienkapelle schimmerte sanft im Schein des Ewigen Lichts. Es war die freundlichste aller Kapellen des Klosters, dachte Morwin, als er im Türrahmen stehen blieb, und zugleich die schönste mit ihrem Maßwerk aus hellem Stein und dem weißen Marmoraltar mit den Intarsien aus Lapislazuli. In Morwins Jugend hatte ein Handwerker, dessen Namen niemand mehr wusste, das Deckengewölbe in der Farbe eines Nachthimmels bemalt und mit goldenen Sternen verziert.

Er kniete vor dem Altar nieder und betrachtete das Gesicht der Madonnenstatue dahinter. Ein mildes Gesicht, ein bisschen wehmütig, als schaute es auf alle Übel der Welt herab und betrauerte sie. Doch hinter der Traurigkeit erstrahlte eine tiefe Ruhe.

Er betete nicht in Worten. Irgendwie waren sie für die Trostspenderin nicht mehr angebracht.

Statt dessen erinnerte er sich. An Gutes und Böses. Apfelblüten im Frühling. Die Pest im Dorf. Die Brüder beim Gesang des *Te Deum*; Soldaten, die Kriegslieder grölten, und die Schreie von Menschen. Der Tag seiner Priesterweihe, da er und Alf Seite an Seite ihre Gelübde ablegten und jeder dem anderen bei seiner ersten Messe diente. Der Tag, da ihm zum ersten Mal auffiel, dass seine Hände vom Alter knorrig und steif wurden und dass die Haare, die durch die Schere des Barbiers fielen, mehr grau als rot waren. Und dass sein Freund, der mit ihm jung gewesen war, sich nicht verändert hatte und niemals verändern würde.

Er seufzte. Die Hände auf seinen Knien waren wie Äste eines alten Apfelbaumes, knotig und fast saftlos. »Und ich habe immer noch keinen angemessenen Nachfolger«, sprach er zur Heiligen Jungfrau. »Alf hat die Flügel zu weit ausgebreitet und ist zu hoch geflogen. *Mea culpa,* Maria, *mea maxima culpa.* Ich habe ihn, wohl wissend, was geschehen würde, hinausgeschickt; ich wusste, dass die Welt ihn fordern – und auch ein wenig heilen würde.«

Hat sie das?, schienen die ruhigen Augen zu fragen.

»Ich weiß es nicht. Ich denke, das zu beantworten ist zu früh. Die Narben sind zu tief.«

Er verharrte noch eine Weile mit gesenktem Haupt. Die Lampe flackerte. Sie muss aufgefüllt werden, dachte er nebenbei und lächelte vor sich hin. Das waren Alter und Macht, sich um Lampenöl zu sorgen, wenn das Denken sich mit der Unendlichkeit beschäftigen sollte.

Die Abtei war ein weit gedehntes, finsteres, steinkaltes Labyrinth und lag augenscheinlich verlassen. Rhydderch zog die Nase kraus angesichts des weihevollen Geruchs nach fauligen Äpfeln und schalem Weihrauch. Ein oder zwei Mal strich ein Mönch durch die leeren Gänge; er verbarg sich, bis der Schatten vorüber war, und kämpfte gegen den

Drang an, seine Klinge an priesterlichem Fleisch zu erproben. Doch er hatte ihr Besseres versprochen.

Plötzlicher Lichtschein ließ ihn aufschrecken und zog ihn an. Er bewegte sich darauf zu.

Eine schwere Tür stand halb offen. Hier schien düster und unstet Licht über einem Altar herab. Er hatte eine Kapelle entdeckt. Von seinem Standort aus sah er eine kniende Gestalt in dunkler Kutte mit gesenktem weißem Haupt. Ein älterer Mönch beim Gebet, ganz alleine.

Rhydderch zog den Umhang über seine Hand, die das Schwert hielt, und trat kühn hinzu.

»Verzeiht, Bruder«, sagte er und dämpfte seine Stimme, so gut er nur konnte. »Ich stand auf, um zum Abtritt zu gehen, und habe wohl den falschen Weg eingeschlagen.«

Der Mönch drehte sich um. Rhydderch achtete nicht weiter auf das alte Gesicht mit den scharfen Zügen. Sie sahen alle gleich aus, diese Kahlköpfe; er hatte ein anderes Gesicht vor Augen, ein völlig anderes Gesicht.

»Lord Rhydderch«, hielt ihm der Mönch vor. Seine Worte klangen nicht überrascht. »Eure Unterkunft hat einen eigenen Abtritt. Erzählt mir nicht, Eure Wache hätte Euch nicht darauf hingewiesen.«

Rhydderch knirschte mit den Zähnen. Nun war ihm schon wieder ein Strich durch die Rechnung gemacht worden. Dieser verdammte Zauberer. Er zog einem die Würmer aus der Nase und erzählte aller Welt, was er entdeckt hatte.

Das Schwert blitzte offen in Rhydderchs Hand. Der Mönch betrachtete es fast erheitert. »Ist das nicht etwas übertrieben, Herr? Eine schlichte Frage wird genügen. Soll ich Euch zu Eurem Zimmer zurückgeleiten oder habt Ihr ein anderes Ziel im Auge?«

»Ihr«, knurrte Rhydderch. »Euch müsste ich doch kennen.«

Der Mönch lächelte. Klein, spitznasig und runzlig, wie er war, sah er aus wie ein Kobold aus einem alten Ammenmärchen. »Wir sind einander vorgestellt worden, Herr, das Licht ist allerdings schlecht hier. Nennt mich nur getrost *Bruder* und sagt mir, wohin ich Euch führen soll.«

Rhydderch hob sein Schwert und setzte die Spitze ganz leicht auf die runzlige Kehle. »Bringt mich zu dem Hexenkönig.«

Es schien den Mönch nicht im mindesten zu bekümmern, dass der Tod an seinem Adamsapfel saß. »Nun, mein Herr«, antwortete er, »das ist nicht so einfach. Wir haben hier reichlich königliche Gäste, wie ich Euch versichern darf, doch es ist keiner darunter, der auf den Namen ...«

»Gwydion«, fauchte Rhydderch. »Er nennt sich Gwydion.«

»Und was wünscht Ihr von Seiner Majestät von Rhiyana zu dieser nächtlichen Stunde? Ich kann Euch versichern, dass er längst zu Bett gegangen ist und nicht gestört werden sollte. Es sei denn«, fügte der alte Schwätzer hinzu, »es wäre von größter Dringlichkeit.«

»Dringlich. Jawohl, es ist dringlich. Führt mich zu ihm!« Ein roter Film überzog Rhydderchs Augen; seine Zunge fühlte sich dick und taub an; seine Finger am Schwertknauf zitterten. Die Spitze bebte; der Mönch zuckte zurück. Ein winziges, schimmerndes Tröpfchen quoll aus seiner Kehle.«

»Aber, Herr«, sagte er voll des Tadels. »Es besteht keine Notwendigkeit, jemanden zu verletzen. Warum stellt Ihr nicht Euer Schwert ab und betet ein wenig mit mir? Dann können wir entscheiden, ob Eure Nachricht so wichtig ist, dass wir den König aus dem Schlaf reißen müssen.«

»Wenn Ihr nicht tut, was ich will«, drohte Rhydderch ganz langsam, »schlage ich Euch den Kopf mit Zunge und allem ab.«

»Es ist eine Todsünde, an geweihtem Ort Blut zu vergießen, Herr. Ganz davon zu schweigen, dass Ihr, um zu fliehen, an drei Königen und ihren Männern vorübermüsstet. Und wohin wollt Ihr Euch dann wenden? Kommt, Herr, lasst mich Euch zu Bett zurückgeleiten, und wir wollen beide vergessen, dass wir uns jemals getroffen haben.«

Er lächelte. Lächelte, zum Teufel, als wäre *er* derjenige, der das Schwert in Händen hielt und sein armes, irregeleitetes Opfer bedauerte. Der Hexer hatte mit seinen Katzenaugen auf diese Weise gelächelt, ohne Hass, nur voller Mitleid. Armer Rhydderch, mit seiner zerlumpten Armee, seinem Loch von einer Burg und seinen wahnwitzigen Träumen von der Königsherrschaft.

Das Schwert zuckte zurück. Das Lächeln des Mönches wurde breiter. »Ah, Herr, ich wusste, Ihr würdet ...«

Die funkelnde Klinge holte im Bogen aus und stieß herab.

Jehan breitete sein Lager ungemacht neben Alfs aus und ließ sich darauf nieder. Sein Freund schien in einen ruhelosen, aufgewühlten Schlaf gefallen zu sein. Er rückte so nahe heran, wie es möglich war, ohne ihn direkt zu berühren, und versuchte, mit seinen Gedanken Ruhe über den Geist des anderen zu bringen.

Nach einer Weile schien es zu wirken, den Alf hatte sich entspannt. Jehan wagte, die Augen zu schließen.

Er schwankte träge zwischen Schlaf und Wachzustand und war noch nicht ganz fähig, sich fallen zulassen. Ein Traum schwebte just außer Reichweite.

Er schreckte hoch. Alf saß kerzengerade da, und sein Gesicht wirkte für einen Augenblick so schreckverzerrt, dass Jehan es kaum wiedererkannte.

Der Novize fasste nach ihm. »Bruder Alf«, flüsterte er. »Bruder Alf, es ist alles gut.«

Der Körper unter seinen Händen war steif, die Augen gerötet. »Rhydderch«, zischte Alf. »Mord. Schwert. Morwin.« Er fletschte die Zähne. Sie waren sehr weiß und sehr spitz und die Eckzähne länger als bei Menschen. Jehan war das niemals zuvor aufgefallen. »Kapelle ... Kapelle ... *Morwin!*« Es war ein angstvoller Aufschrei.

Jehan stand noch nicht recht auf den Beinen, da war Alf schon fast außer Sicht. Der andere stürzte hinterdrein.

Rhydderch stand über dem zusammengesackten Körper, atmete schwer, das Schwert immer noch in den Händen.

Ein Wirbelwind riss ihn herum. Die Klinge flog in weitem Bogen fort; er stürzte flach auf den Rücken. Sein Schädel schlug mit vernehmlichen Krachen auf den Boden.

Alf sank neben Morwin nieder. Blut spritzte aus der tiefen Wunde an der Brust des Abtes. Verzweifelt versuchte er, es zu stillen, doch es quoll zwischen seinen Fingern hindurch.

»Es hat keinen Sinn, Alf.«

Morwins Augen leuchteten in dem grauen, eingesunkenen Gesicht so hell wie eh und je. Er grinste das entsetzliche Grinsen eines Totenschädels. »Nun, alter Freund. Hat

Kassandra letztlich doch Recht behalten. Es tut mir Leid, dass ich dich ausgelacht habe.«

Alf schüttelte stumm den Kopf. Er richtete seine ganze Aufmerksamkeit darauf, seine Kräfte abzurufen. Sie kamen langsam, ganz langsam, und Morwins Leben verebbte mit jedem Blutschwall. Doch die Kraft war da, wie er sie für Gwydions Heilung nicht hatte aufbieten können. Sie war bereit, sich zu sammeln, zuzugreifen ...

»Alf!«

Morwins Schrei ließ ihn hochfahren. Rhydderchs Schwert spaltete die Luft, wo zuvor sein Kopf gewesen war; dahinter brodelte Wahnsinn und loderte das schwarze Feuer von Hass. Töte den Mönch, töte den Hexer, töte ...

Alfs Augen glänzten rot. Lautlos sprang er los.

Rhydderch kämpfte wie ein wilder Eber. Doch Alf war eine Katze, zu schnell, sich greifen zu lassen, zu stark, gehalten zu werden. Sie schwankten vor und zurück, ineinander verstrickt wie Liebende, und rangen um das blutige Schwert.

Es fiel mit ehernem Klirren zu Boden. Schneller als das Auge ihm folgen konnte, packte Alf den Knauf.

Einen Augenblick lang stand die Welt still. So hielt denn einer das Schwert. So hob einer es an, und hinter ihm kauerte die schwarze Gestalt, in der Raserei zu Furcht und Furcht zu nacktem Entsetzen wurde.

In diesem zeitlosen Augenblick war Alf völlig bei sich und deutlich aller Geschehnisse um sich her bewusst. Der Kapelle mit ihrer sanften Jungfrau. Des Abtes, der in seinem eigenen Blut lag. Des Knäuels fassungsloser Gestalten im Türrahmen, allen voran Jehan, so bleich wie der Tod. Und Rhydderch.

Rhydderch, der Morwin getötet hatte. Gelassen, leichthin und mit müheloser Geschicklichkeit streckte Alf ihn nieder.

31

Ganz vorsichtig hob Alf Morwin in seine Arme. Der Körper des Abts schien leicht und leer wie eine vertrocknete Hülse, doch ein Fünkchen Leben haftete noch in ihm.

Er versuchte zu sprechen. Alf legte einen Finger auf seine Lippen. Sie wurden bereits kühl. »Sprich in Gedanken«, flüsterte er. »So wie früher.«

So wie früher, dachte Morwin. *Ich habe nicht mehr lange ... Alf. Versprich mir etwas.*

»Was du willst«, antwortete Alf.

Der Abt lächelte innerlich, denn seine Gewalt über seinen Körper ließ rasch nach. *Sprich meine Totenmesse.*

Alf zuckte zusammen. Ruhig und fest widersprach er: »Ich habe einen Menschen kaltblütig auf Gottes eigenem Boden getötet. Ich befinde mich im tiefsten Zustand der Todsünde. Ich kann keine Messe für dich lesen. Es wäre Gotteslästerung.«

Nein!, fauchte Morwin mit einem Anflug alter Heftigkeit. *Du sagtest, du würdest alles tun, was ich will. Alles. Alf.*

»Morwin, bei Gott ...«

Bei Gott, Alfred, ego te absolvo ...

»Morwin!«

Freund, Bruder, Sohn, deine Sünden sind vergeben. Sprich die Messe, Alf. Aus Liebe zu mir, aus Liebe zu Gott. Und um deines Seelenheils willen, kümmere dich um die sterblichen Überreste des armen Geschöpfs, das mich umgebracht hat.

Morwins Augen brachen; er blinzelte und spähte durch die Finsternis. *So ein schönes Gesicht soll das Letzte sein, das ich sehe. Laufen Tränen daran herab? Armer Junge. Wenn du diesen Knochensack in die Erde gebettet und deinen Frieden mit Rhydderch gemacht hast, dann suche deinen eigenen Frieden in der Stadt des Friedens. Wie sagen doch gleich die Juden? ›Nächstes Jahr in Jerusalem.‹*

»Du ... du forderst mich auf, eine Wallfahrt zu machen?«

Um des Friedens willen, Alf. Nach Jerusalem. Nun war das Dunkel fast umfassend. Doch am äußersten Rande seines Blickfeldes schimmerte ein Licht. Morwin reckte sich ihm entgegen. So weit, so hell ... *Alf! Alf, schau. Es leuchtet. Es leuchtet!*

Alf hob sein tränenbedecktes Gesicht. Jehan stand über ihn gebeugt. »Er ist dahin«, sagte er. Seine Stimme klang leise, ruhig. »Ich konnte ihm nicht folgen. Es war zu hell.« Plötzlich lächelte er strahlend. »Aber er ging nicht weiter; ich habe es gesehen und gefühlt. Dort herrschte Freude, Jehan. *Freude!*«

Der Novize starrte ihn an, wie er da hockte, mit dem leblosen Körper des Abts in seinen Armen, die Hände rot vom Blut des Mannes, den er erschlagen, und jenes, den er verteidigt hatte – und auf seinem Gesicht stand Freude, reine Freude.

Jehan schluckte schwer. Andere drängten sich hinter ihm in beängstigender Zahl: die Könige, Aylmer, Thea, eine Handvoll Ritter, mehrere Mönche, alle mehr oder minder unbekleidet. Ihre Gesichter waren bleich vor Schreck; selbst die Könige wirkten vor Entsetzen wie erstarrt, da eine Kapelle in ein Schlachthaus verwandelt und ein Abt vorsätzlich ermordet worden war.

Jehan zog die Stirn kraus. Drei gekrönte Häupter – und nicht einer war so vernünftig zu handeln. Er suchte die dunkle Gestalt Aylmers. »Mein Herr Bischof, Ihr solltet die Leitung des Klosters übernehmen und Sorge tragen, dass die Brüder erfahren, was geschehen ist. Bruder Osric, Bruder Ulf, bringt Dom Morwin zur Leichenhalle; Ihr Herren Ritter solltet Euch um Rhydderch kümmern. Bruder Owein, stellt eine Gruppe Novizen zusammen, die Kapelle zu säubern; sie wird später noch geläutert werden müssen. Und wenn Ihr, mein Herr Gwydion, Euch Bruder Alfs annehmen wolltet?«

Jehan zögerte am Fuße der Treppe. Gwydion hatte Alf auf dessen eigenen Wunsch hin in seiner alten Zelle belassen, denn sie war ruhig und abgelegen und besaß eine Tür, die sich gegen die Welt verriegeln ließ.

In plötzlichem Entschluss trat Jehan nach vorn. Die Tür war verschlossen. Er klopfte leise.

»Herein«, rief Alf.

Er klang ganz wie der Alte. Jehan hob den Riegel und trat hinein.

Die Zelle sah aus, wie sie immer ausgesehen hatte: sehr einfach, sehr kahl. Alf saß mit verschränkten Beinen in seiner alten, schäbigen Kutte auf seinem harten, schmalen Bett, als hätte er St. Ruan niemals verlassen.

Jehan fand, dass es da nichts zu sagen gab. Alf wirkte ruhig und heiter; er lächelte sogar. »Haben sie dich endlich gehen lassen?«

»Ich habe mich selbst gehen lassen.« Jehan setzte sich aufs Bett und musterte ihn eingehend. »Bruder Alf, verschließt du alle deine Gefühle in dir?«

Alf schüttelte den Kopf. »Ich habe mit Gwydion gesprochen. Das ist alles.«

»Aber du bist so *ruhig.«*

»Ach«, sagte Alf. »Ich sollte herumtoben und ein Schwert suchen, um mich hineinzustürzen.« Er hob die Hände mit nach oben gewandten Handflächen und krümmte die langen Finger. »Ja. Das sollte ich. Ich habe einen Menschen getötet. Er tötete einen, der mir teurer war als ein Bruder. Und ich muss Morwins Totenmesse lesen, obgleich ich ein Hexer und Mörder und von meinem Gelübde suspendiert bin.«

»Du bist nichts von alledem.«

Er seufzte tief. »Wirklich nicht? Es ist eigentümlich, Jehan. So lange Zeit habe ich mich aus so geringem Anlass gequält; und jetzt, wo ich Anlass habe, kann ich es nicht mehr. Ich bin, was ich bin; ich habe getan, was ich getan habe. Ich kann nichts daran ändern.«

»Ist das Anerkennung der Tatsachen oder Gleichgültigkeit?«

»Ich bin mir noch nicht ganz sicher. Gwydion sagt, es sei Teil meines Gesundungsprozesses. Thea sagt, ich käme endlich zur Vernunft. Ich glaube, ich bin betäubt. Entweder erwache ich wieder leidenschaftlich zum Leben, oder ich sterbe ab und verfalle.«

Jehan schluckte, konnte aber nicht sprechen.

»›Ich bin die Auferstehung und das Leben; wer an mich glaubt, wird niemals sterben.‹« Alf sprach leise und nachdenklich. »Das zu glauben und es zu *wissen* ... Als ich mitten ins Licht schaute, Jehan, sah ich einen Augenblick lang Morwin. Er war wieder ein Junge; und er lachte.«

Jehan konnte es nicht ertragen. »Bruder Alf! Verstehst

du denn nicht? Es ist meine Schuld, dass er tot ist. Es war mein Einfall, Rhydderch hierher zu holen; ich habe ihn gebracht; und der ... er hat ihn getötet ...«

So jung, so stark; er hatte alles mitgetragen, was Alfred ertragen hatte, war sein Schild und seine Burg gewesen und hatte nie gewankt, war nie gefallen. »Jehan«, stellte Alf richtig. »Jehan. Das alles hat nichts mit dir zu tun.«

»Doch!«, rief dieser.

Alf schüttelte ihn. »Jehan de Sevigny, Rhydderchs Kommen bedeutete das Ende des Krieges und der Zwistigkeiten zwischen den Königen. Als er starb, vermochte niemand zu handeln oder einen klaren Gedanken zu fassen; du hast beides bestens bewältigt.«

»Ich war der Auslöser zu allem. So musste ich es denn schließlich auch zu Ende führen.«

»Was du in hervorragender Weise getan hast. Du bist würdig, Königen Gesellschaft zu leisten, Jehan.«

»Ich bin nicht würdig, einem Hund Gesellschaft zu leisten.« Jehan strich wütend Tränen fort. »Ich wünschte, die Leute würden aufhören, mich zu loben, und begreifen, was für ein Dummkopf ich bin.«

»Du bist du. Das genügt.«

Jehan zog die Brauen zusammen. »Da sitzt du und gibst mir meinen eigenen Rat zurück. Und dabei bist du kaum in der Lage, das zu tragen, was auf deinen Schultern lastet, geschweige denn das meine.«

»Nein«, widersprach Alf. »Ich glaube, ich bin stärker als jemals zuvor.« Er legte seinen Arm um die verkrampften Schultern. Zuerst verspannten sie sich weiter, dann lockerten sie sich ganz allmählich. Jehan ließ sich gegen ihn sinken.

Er strich liebevoll das wirre Haar glatt. »Unmittelbar bevor Morwin in das Licht einging, hielt er einmal inne. Er drehte sich noch einmal zu mir um, wobei die Freude bereits sein Gesicht verklärte, und sagte: ›Trauere nicht um mich, Alf. Und trauere nicht um deinetwillen. Ich lasse dich nicht allein zurück; du hast Jehan, der dir Freund, Bruder und Sohn sein wird. Liebe ihn, Alf. Liebe ihn aus ganzem Herzen.«

Jehan grub sein Gesicht in Alfs Kutte und weinte.

Alf hielt ihn im Arm, bis er keine Tränen mehr zu vergießen hatte, und eine Zeit lang blieb er noch erschöpft liegen, ohne sprechen oder denken zu können.

Als er sich versteifte, ließ Alf ihn los. Er setzte sich auf, rieb fest mit dem Handrücken über sein Gesicht und schniefte heftig. »Ich bin ja ein schöner, großer Tölpel«, klagte er sich selbst an. »Du musst dich tödlich für mich schämen.«

Alf lächelte und schüttelte den Kopf. Seine eigenen Wangen waren ebenfalls feucht. »Wir haben das beide gebraucht. Fühlst du dich jetzt besser?«

»Ja. Ja, doch.« Jehan versuchte zu lächeln. Erst zaghaft, dann sicherer. »Danke, Bruder Alf.«

Der andere senkte den Blick. Dankbarkeit hatte ihn stets verlegen gemacht.

Jehans Lächeln wurde breiter. »Du hast dich völlig verändert, und bist doch noch derselbe. Wenn du die Messe lesen willst, heißt das, dass du dein Priesteramt wieder aufnimmst?«

»Ich ...« Alfs Finger verkrampften sich; er starrte sie an, als könnte er aus ihrem verflochtenen Muster eine Lösung entnehmen. »Ich weiß es nicht. Morwin hat mir Verschiedenes aufgegeben zur Buße. Die Messe war eines davon. Und ich soll nach Jerusalem pilgern. Ob ich das als Priester tun soll, hat er nicht gesagt.«

»Aber gewiss sollst du das. Bist du denn nicht genau das?«

»Darin liegt die Schwierigkeit. Ich bin mir nicht sicher. Ich bin noch immer Richards Knappe. Und Gwydion – Gwydion und Thea – haben ein langes Gespräch mit mir geführt. Gwydion wird sehr bald nach Rhiyana zurückkehren, bevor sein Bruder sich aufmacht, in Anglia einzufallen. Er bat mich, ihn als sein Gefolgsmann zu begleiten.«

»Möchtest du das denn?«, erkundigte sich Jehan.

Alf schaute hoch. »Wenn ich in seiner und Theas Gesellschaft bin, ist das ein Gefühl, als wäre ich nach Hause gekommen. Dann bin ich kein Zauberer, kein Ungeheuer, ja nicht einmal ein seltsamer Heiliger mehr; dann bin ich nur noch Alf. Vielleicht können sie mein wahres Ich befreien. Und vielleicht ist das sogar das Ich eines Priesters. Eines Priesters des Elfenvolkes.« Seine Lippen zuckten. »Der Theologe in mir wird ein paar knifflige philosophische Fragen zu beantworten haben.«

»Demnach wirst du das tun«, folgerte Jehan.

»Vielleicht.« Alf löste seine Finger einen nach dem anderen. »Vielleicht auch nicht.«

Jehan zuckte mit den Schultern. »Mir ist das gleichgültig. Mich kümmert es nicht im Geringsten, wohin ich gehe, solange ich mit dir gehe.«

Alf schwieg eine ganze Weile. Sein Gesicht war ganz ruhig, seine Augen wirkten gleichzeitig klar und undeutbar. »Jehan«, sprach er schließlich. »Ich liebe dich wie einen Bruder. Und wie einen Sohn. Als ich so tief gestürzt war, wie man nur stürzen kann, warst du da, mich aufzufangen und mir zu zeigen, woher ich Stärke beziehen kann. Du hast mein Leben für mich gelebt.« Jehan machte den Mund auf; Alf hob die Hand. »Jehan, du bist jung. Du hast das ganze Leben vor dir, dein eigenes Leben. Du wirst ein Krieger, ein Gelehrter, ein Kirchenfürst werden. Du wirst in der Gesellschaft von Königen leben; du wirst Päpste beraten; du wirst dir sogar die Achtung der Ungläubigen erringen, die Christus ablehnen, aber wissen, was ein Mann ist.«

»Zu alledem bist du ebenfalls fähig«, warf Jehan ein. »Wir können das gemeinsam tun.«

»Nein, Jehan. Vielleicht werden sich unsere Wege wieder kreuzen. Vielleicht laufen sie sogar wie bislang eine Weile nebeneinanderher. Ich werde darum beten. Aber was immer du tust, du musst es aus dir selbst und um deiner selbst willen tun. Falls ich nach Rhiyana oder nach Jerusalem oder mit dem König nach Winchester gehe, sollst du mir dorthin nicht folgen, sofern dein eigener Weg dich nicht dorthin führt.«

»Er wird mich ... weil er der deine ist.«

»Kind«, entgegnete Alf, obgleich er dieses Wort scheute, »dein Weg führt dich jetzt mit Bischof Aylmer.«

»Er wird mich freigeben, wenn ich ihn darum bitte.«

»Tu es nicht.«

Jehan blickte starr auf seine Füße. Große, hässliche Füße, wie sein ganzer Rest. Und tief in seiner Brust dieser schreckliche Schmerz.

»Jehan.« Er schaute nicht hoch. Alf sprach ruhig weiter: »Ich will dir die Wahrheit sagen. Wenn wir uns trennen müssen, wird es mir nicht leicht fallen. Aber ich möchte, dass du deinen eigenen Weg gehst, wohin er dich auch führt, ohne Rücksicht auf mich. Bitte, Jehan. Um meinetebenso sehr wie um deinetwillen.«

Jehans Schultern sackten nach vorn; er ließ den Kopf hängen. Als er sprach, klang seine Stimme belegt: »Wenn du einen Weg einschlägst und ich einen anderen, werde ich dich dann jemals wiedersehen?«

»Ja«, antwortete ihm Alf. »Ich verspreche es.«

In Jehan entspannte sich ein Muskel nach dem anderen. Er atmete tief ein. »Nun gut. Ich werde also erwachsen werden und aufhören, an deinem Rockzipfel zu hängen.«

Alf lächelte.

Jehan blickte finster drein. Aber Alfs Lächeln war hinterhältig. Es kroch durch die Ritzen seiner schlechten Stimmung, schwoll an und zerschlug sie letztendlich, ohne dass er sich dagegen hätte wehren können. Und so lächelte er plötzlich wehmütig; dann freier, bis sie beide schließlich wie Verrückte über nichts und wieder nichts lachten.

32

Rhydderchs Leichnam war in dem Raum aufgebahrt, in welchem er hätte schlafen sollen, und wurde bewacht wie zu seinen Lebzeiten. Selbst jetzt noch wirkte sein Blick finster und hasserfüllt gegen jene, die ihn gepflegt, hergerichtet, wie einen Adligen gekleidet und ihm angemessene Achtung gezollt hatten.

Alf stand übermäßig bleich und still über die Bahre gebeugt. Er verharrte so, als Richard neben ihn trat; seine Augen waren auf das finstere, wütende Gesicht geheftet.

»Wenn je ein Mensch wie des Teufels Eigentum aussah«, meinte Richard, »dann der hier.«

Alf schauderte.

Der König tätschelte seine Schulter; er zuckte zusammen, denn sein Rücken war immer noch empfindlich. »Nun, er war verdammt, lange ehe er die Sache besiegelt hatte, doch er wird das christliche Begräbnis bekommen, das du für ihn haben wolltest. Es besteht keine Notwendigkcit, auch noch Tränen über ihn zu vergießen.«

»Ich weine nicht um ihn«, erklärte Alf. »Ich bete für seine Seele.«

»Gott weiß, wie nötig er das hat.«

»Wer hätte es nicht, Sire?«

Richard lachte. »Aylmer sagt, du hättest das Antlitz eines Engels, aber einen teuflisch scharfen Verstand.«

»Ein weißes Gesicht und ein schwarzes Herz. Das, behaupten die Pauliner, ist das Wesen der Elfenart.«

»Dein Herz ist so rein wie das einer Jungfrau und entschieden weicher.« Er sah Alf in die hellen, fremdartigen Augen. »Wir haben beschlossen, mit seinen sterblichen Überresten freundlich umzugehen. Nachdem du deinen Abt begraben hast, wird er in Gesellschaft von Rittern, um Vögel und Banditen abzuwehren, dorthin zurückkehren, wo er herkommt, und ein guter Mann wird Land und Leute regieren, bis wir einen richtigen Herrn für sie gefunden haben. Einer, der loyal ist und meine Meinung abwartet, ehe er einen Krieg anzettelt.«

»Wollt Ihr schließlich doch noch gegen Kilhwch zu Felde ziehen?«

Eine schnelle Woge des Zorns rötete Richards Gesicht. »Kilhwch ist ein hervorragender Bursche. Ebenso wie Seine Majestät von Rhiyana. Und ich bin kein solcher Schurke, zwei so kostbare Freundschaften zu brechen. Solange diese Freundschaften andauern, wird es zu beiden Seiten von Anglia keinen Kampf geben.« Seine Wut verrauchte. »Stell dir vor, Alfred, ein König, der hinreiten kann, wo es ihm gefällt, und seinen Bruder mit Krone und Thron betraut und weiß, dass er zurückkehren und beides wieder übernehmen kann, ohne auch nur einen Tropfen Blut zu vergießen. Und ich werde die Gelegenheit haben, dieses Wunderkind kennen zu lernen. Im Frühjahr findet in Caer-y-n'Arfon ein Turnier statt, und Gwydion sagt, der Flammenträger wird dort erscheinen; mir wird die Gelegenheit geboten, mich mit ihm zu messen.«

Alf lächelte. Er war nicht mehr ganz so bleich.

»Und du«, fuhr Richard fort. »Aylmer versucht, dich mir wieder zu entreißen. Jeder, so meint er, könne sehen, dass du zum Priester geschaffen wärst. Du und dieser große, schlaue Ochse von einem Sevigny – ihr werdet die rechte und die linke Hand des Kirchenherrn und seinen halben Leib dazu bilden.«

»Ich weiß«, murmelte Alf. »Er hat mich heute früh daraufhin angesprochen. Er möchte, dass ich mein Gelübde wieder voll aufnehme, meine ritterliche Ausbildung fortsetze und einen oder zwei seiner Priester Theologie lehre.«

»Wirst du noch Zeit zum Essen und zum Schlafen finden?«

»Hin und wieder.«

Richard stellte sich unmittelbar vor ihn. »Sag mir nun«, forderte er ihn auf, »sag mir nun die Wahrheit. Wenn du dich frei entscheiden könntest, würdest du mit ihm gehen?«

»Es waren einmal zwei Männer«, antwortete Alf mit einer Parabel, »die stritten sich um den Besitz eines edlen Hundes. Einer hatte ihn von klein auf großgezogen; der andere hatte ihn streunend im Wald gefunden, aufgenommen, gefüttert und zur Jagd ausgebildet. Sie trugen ihren Fall dem Landesherrn vor. Er hörte beide Seiten der Geschichte und überlegte lange; schließlich ließ er seine Männer einen Kreis auf den Boden des Saals zeichnen und den Hund hineinsetzen. Die Besitzer standen zu beiden Seiten des Kreises und riefen das Tier.«

Er hielt inne. Richard zog die Stirn kraus. »So? Und was geschah?«

»Der Hund legte sich hin«, antwortete Alf, »und schlief friedlich ein.«

Der König blickte erst finster drein, dann begann er zu lachen. »Du bist wirklich teuflisch gerissen. Wer ruft dich?«

»Da ist einmal Aylmer. Gwydion möchte, dass ich ihn nach Rhiyana begleite. Mein Abt bat mich im Sterben, eine

Pilgerfahrt nach Jerusalem zu unternehmen. Und Ihr, Sire.« Alf lächelte schief. »Ich habe das Euch geleistete Versprechen nicht vergessen, auch wenn Ihr so großherzig wart, mich meinen Abt zur Ruhe betten zu lassen, als wäre ich noch einer seiner Mönche. Wenn seine Totenmesse vorüber ist, werde ich Eure Livree wieder anlegen, wenn Ihr es befehlt.«

»Und wenn ich es nicht befehle? Wenn ich dir die freie Wahl überlasse?«

Alf schwieg. Richard konnte weder von seinem Gesicht noch von seinen Augen, die von der Farbe einer Wintersonne waren, eine Antwort ablesen.

Die Stimme des Königs wurde rauer. »Wenn man einen Falken besitzt, kommt irgendwann der Zeitpunkt, ihn freizulassen. Wenn er zurückkehrt, ist er wirklich dein. Wenn nicht ...« Er sog tief den Atem ein. »Ich lasse dich frei. Du kannst zu deinen Priestern gehen oder zum Elfenvolk. Oder du kannst mit mir Anglia regieren. In Winchester werde ich dich zum Ritter machen, dir Ländereien und Reichtümer schenken und dir einen Platz zwischen meinen hohen Fürsten zuweisen. Und im Frühjahr, nach dem Turnier in Gwynedd, werden wir einen neuen Kreuzzug planen. Dann bekommst du deine Pilgerreise nach Jerusalem, Alfred, und ein Königreich dort, wenn du eines willst. Anschließend können wir nach Konstantinopel ziehen, wie wir es auf unserem Ritt nach Carlisle besprachen.« Sein Gesicht war vor Eifer gerötet und so begeistert wie das eines Jungen. »Sag mir, Alfred. Sag mir, dass du es tun wirst. Mit dir an meiner Seite kann niemand auf der Welt mich schlagen.«

»Sire«, versuchte Alf zu erklären. Er trat von Rhydderchs Leichnam fort, der ihm wie ein Stein auf Herz und Denken lastete. Richard folgte ihm, bis sie nebeneinander am kalten Kamin standen. »Sire, man hat mir so vieles angeboten. Aylmer will mir die Kirche zu Füßen legen; Gwydion eröffnet mir das Reich des Elfenvolkes. Und Ihr breitet alle Königreiche der Welt vor mir aus.«

Ein Schatten strich über Richards Gesicht. »Mehr bin ich nicht für dich? Nur ein Versucher?«

»Mein Herr, Ihr wisst, dass dem nicht so ist.«

»Ist dir bewusst, dass du mich niemals bei meinem Namen genannt hast?«

»Ihr seid mein König. Niemals würde ich mir anmaßen ...«

Richard hieb mit der Faust gegen die Wand. »Zum Teufel mit dir! Du hast dir angemaßt, mein Herz und meine Seele vom ersten Tag an, da wir uns begegneten, zu beherrschen.«

»Richard«, sagte Alf. »Richard, mein Herr. Ihr erkennt so vieles, weshalb erkennt Ihr nicht, dass ich Euch als meinen Freund betrachte?«

»Ich erkenne es«, antwortete Richard heiser. »Ich wollte es hören.«

Alf, der mit Berührungen ebenso viel sprach wie mit Worten, hatte Richard niemals angefasst. Nun legte er seine Hand leicht auf die Schulter des Königs. »Nicht ein einziges Mal habt Ihr versucht, die Grenzen zu überschreiten, die ich gezogen habe. Dafür habe ich Euch lieben gelernt.«

Richard zitterte unter seiner Hand.

Er zog sie nicht zurück. »Richard, ich, der niemals eine Wahl hatte, kann plötzlich zwischen so vielen Möglichkeiten entscheiden, ich, der niemals eigenen Eingebungen folgte, sondern stets tat wie mich geheißen. Jedes Angebot würde ich mit Freuden annehmen. Doch ich kann sie nicht alle haben. Nur eines.«

»Und das ist nicht das meine.«

»Nein!«, schrie Alf. »Versteht Ihr denn nicht? Ich weiß es nicht. Ich kann mich nicht entscheiden. Bischof Aylmer meint, ich sollte Weihnachten in Winchester zubringen und dort nachdenken, dann kann ich gehen, wohin ich will.«

»Das klingt vernünftig.«

»Glaubt Ihr?« Alf ließ die Hand von Richards Schulter fallen. Kummer stand in seinen Augen. »Sire, ich muss nachdenken. Ich muss beten. Aber wie immer ich mich entscheide, vergesst bitte eines nicht. Vergesst nicht, dass ich immer noch Euer Freund bin. Sogar Euer Bruder, wenn Ihr das wollt.«

Einen langen Augenblick starrte der König ihn an, als wollte er sich jede Falte seines Gesichts einprägen. Dann umarmte Richard ihn schnell und plötzlich, ließ ihn los und trat zurück. »Ich werde es nicht vergessen«, gelobte er. Er drehte sich um und schritt an Rhydderchs Leichnam vorüber, ohne ihn zu beachten.

Alf atmete bebend ein. »Das«, flüsterte er dem leeren Kamin und der leblosen Gestalt zu, »ist ein wahrer König.«

»Lobet den Herrn, Ihr Gläubigen, und saget Dank
seinem heiligen Namen.
Denn sein Zorn dauert nur einen Augenblick;
sein guter Wille ein Leben lang.
Bei Einbruch der Nacht kommt Weheklagen,
große Freude jedoch mit der Morgendämmerung.«

Was für ein Gegensatz, dachte Alf, zwischen Rhydderch und seinem Opfer. Morwin lag feierlich aufgebahrt in der Kapelle, umgeben von Kerzen, Weihrauch und dem Gesang der Mönche. Es wirkte fremd, dass er so still lag, der selbst im Schlaf stets lebendig und ruhelos gewesen war; die Gewänder eines hohen Abts hatten die alte braune Kutte ersetzt. Doch auf seinem Gesicht stand die Spur seines spöttischen Lächelns.

Alf konnte fast seine trockene, humorvolle Stimme hören: »So viel Wirbel um einen törichten alten Narren. Ich sollte mich aufsetzen und grinsen, damit ihnen allen das Herz in die Hose rutscht.«

Alf lächelte und strich über die kalte Hand. Etwas glitzerte darunter auf seiner Brust. Alfs Finger ertasteten die Form eines Kreuzes, die kühle, glatte Oberfläche von Silber und eine Erinnerung an Theas Gegenwart.

»Zu dir, o Herr, schrie ich empor, vom Herrn
erbat ich Antwort: ›Wes Nutzen ist mein Lebensblut,
mein Abstieg ach, ins finstre Grab?‹«

Der Gesang wogte über die Lebenden und Toten gleichermaßen hinweg. Von seinem Standort aus konnte Alf den Schatten erkennen, der den Eingang zur Marienkapelle zeichnete, und einen schwachen Schimmer aufgemalter Sterne. Das Ewige Licht war dort gelöscht und der Zutritt der Kapelle versperrt worden, bis diese vom Makel des Mordes geläutert war. Bischof Aylmer würde das am Tag nach der Totenmesse besorgen.

»Meine Trauer hast du in Freude verwandelt:
Der ich in Sacktuch gekleidet war,
bin nun in Glück gehüllt,
Möge meine Seele dein Lob singen ohn' Unterlass;
o Herr, mein Gott, dir sei für immer Dank.«

Alf kniete neben dem Sarg und beugte seinen Kopf über die gefalteten Hände.

»Bruder! Bruder Alf?« In der Kapelle hatte lange Zeit Stille geherrscht. Alf richtete sich langsam und steif auf. Mehrere Mönche standen um ihn herum und beobachteten ihn: Bruder Osric, Bruder Owein und der alte Bruder Herbal.

Als er in ihre Gesichter schaute, wusste er, dass sie ihm stets zugetan gewesen waren. Die jüngeren waren seine Schüler gewesen; Bruder Herbal hatte sein Gelübde ein oder zwei Jahre vor ihm abgelegt. So waren sie ihm alle vertraut und, ja, er liebte sie.

Bruder Osric räusperte sich. Er war ein heller Bursche gewesen; nun wurde er älter, und seine Augen, die nie besonders gut gewesen waren, spähten kurzsichtig durch die Dunkelheit. »Bruder«, begann er noch einmal. »Wir haben uns alle im Ordenskapitel zusammengefunden, unseren neuen Abt zu wählen. Einige von uns wünschten, dass du anwesend sein solltest. Aber ... nun ... du wurdest in die Welt geschickt und kehrtest als Laie zurück, und dann ist da auch noch die Sache, dass du ...«

Osric war stets ins Stottern geraten, wenn er aufgeregt war. Alf beendete den Satz für ihn. »... einen Menschen getötet hast«, sagte er. »Ich weiß, Bruder. Ich verstehe. Und ich bin dankbar, dass ihr gekommen seid, mich von der

Wahl zu unterrichten.« Er blickte von Gesicht zu Gesicht. »Wem darf ich gratulieren?«

Sie wollten nicht antworten. Doch ihre Entscheidung war gefallen, so viel konnte Alf sogar ohne alle Zauberei erkennen. Es musste jemand Bedeutendes und jemand Umstrittenes sein, nach dem Funkeln von Bruder Oweins Augen und dem energischen Zug um Bruder Osrics Kinn zu schließen.

Bruder Herbal zog die Stirn kraus. Wie Morwin war auch er niemals besonders geduldig gewesen. »Nun, Brüder? Will es ihm denn keiner sagen?«

Alf stand auf. Seine Knie schmerzten, sein Rücken stach. Er war es nicht mehr gewohnt, stundenlang auf hartem Stein zu knien. »Was ist los? Es kann niemand sein, gegen den ich so heftige Einwände hätte; ich bin kein solcher Tor, einen zweiten Morwin zu fordern.«

»Gut«, sagte Bruder Herbal. »Denn ein Morwin bist du nicht«.

»Was habe ich damit ...« Alf verstummte. Er begriff. Gott steh ihm bei, er hatte begriffen.

Er wollte lauthals hinauslachen. Das vierte Mal jetzt. Würden sie es denn niemals lernen? Und er hatte nun fünf Wahlmöglichkeiten. Fünf. Er würden den Verstand verlieren.

»Nun schau her«, meinte Bruder Owein streng, als hätte er einen starrsinnigen Novizen vor sich. »Es wird allmählich zum Ritual. Bruder Alfred wählen, mit ihm herumstreiten, den Kampf verlieren und den ganzen dummen Vorgang wiederholen, einen zu wählen, der weniger fähig, aber eher bereit ist. Ich weiß, dass Dom Morwin dich als seinen Nachfolger haben wollte – ebenso wie Dom Andreas, Dom Willibrord und vermutlich auch Dom Lanfranc. Hast du die Botschaft noch immer nicht verstanden?«

Alf sank auf die Altarstufen nieder und war so bleich, dass Bruder Herbal zu ihm eilte. Er winkte dem alten Mann ab. »Ich werde nicht ohnmächtig werden. Ich werde euch weder anbrüllen, noch werde ich jammern oder gar weinen. Ich will euch nicht einmal daran erinnern, dass ich mich gerade erst von einem Hexenprozess erhole und einen Menschen auf geweihtem Boden getötet habe.«

Er streckte ihnen die Hände entgegen. »Brüder, ihr ehrt mich mehr, als ich sagen kann. Euch alle zu versammeln und mich zu eurem Abt zu wählen, wohl wissend, was ich bin und was ich getan habe ... Ich glaube, nun muss ich doch noch weinen.«

Bruder Herbal schnitt eine Grimasse. »Mach nur. Aber gib uns zuerst deine Antwort. Ja oder nein?«

Alf schaute sie der Reihe nach an. »Ihr wisst, dass Morwin mir auferlegt hat, in Jerusalem meine Vergebung zu suchen.«

»Wir wissen es«, antwortete Osric. »Wenn du nun gehst, so gehst du als Abt, und einer von uns wird dich begleiten. Falls du das möchtest, heißt das.«

Am liebsten hätte er wieder gelacht, diesmal aus Kummer. »O Brüder! Habt ihr eine Vorstellung, welche Qual das ist? Ich stehe auf einem Gipfel in der Wüste, unter mir liegen der ganze Himmel und die ganze Erde ausgebreitet, und Stimmen raunen mir ins Ohr und bitten mich, alles zu betrachten und mich zu entscheiden. Ich kann Heerespriester im Gefolge des Bischofs werden, Landesherr in Anglia, Elfenritter von Rhiyana und jetzt auch noch Abt von St. Ruan. Gütiger Gott! Was soll ich nur tun?«

Bruder Osric stand mit in die Hüften gestemmten Händen über ihm. »Plötzlich hat dein Wert dich eingeholt. Ich bezweifle nicht, dass du einen guten Ritter, Junker oder Priester abgäbst; doch du wärst mit Sicherheit ein besserer Abt als die meisten.« Er warf seinen Begleitern einen vielsagenden Blick zu. »Wir hatten Anweisung, dafür zu sorgen, dass du die Wahl annimmst, notwendigenfalls sogar mit Gewalt. Doch wir wussten nicht, wie viel andere dir bereits Angebote unterbreitet haben. Die Abtei kommt noch ein bis zwei Tage zurecht. Lass dir Zeit. Besinne dich. Bete. Lies die Messe und bitte Gott um Lenkung. Und dann teile uns deinen Entschluss mit. Ja oder – was Gott verhüten möge – nein.«

Daraufhin ließen sie ihn allein, schauten jedoch im Gehen noch oft über die Schultern zurück. Der letzte sah ihn, als sie aus der Tür traten, bäuchlings vor dem Altar liegen. Seine Schultern bebten. Vor Weinen, so fragten sie sich, oder vor Lachen?

33

Ehrerbietig und liebevoll hob Alf seine Messgewänder aus dem Schrank, wo er sie vor so langer Zeit verstaut hatte. Ihnen haftete ein süßlicher Geruch an, denn der rotbräunliche Schrank war aus libanesischem Zedernholz gefertigt. Achseltuch und Albe aus weißem Leinen, das er selbst gewebt hatte; der Gürtel von seiner ersten Tracht, der im Laufe der langen Jahre weich geworden war; Manipel und Stola und das Messgewand aus schwarzer Chinaseide mit silberner Stickerei und dicht mit Perlen besetzt.

Er legte jedes Kleidungsstück heraus, wie ein Messdiener das getan hätte, denn die Novizen, die ihm bei der Messe dienen, und der Bischof und der Priester von St. Ruan, welche die Messe zelebrieren würden, hatten sich anderweitig in der Sakristei zu schaffen gemacht und ihn mit seinem Priesteramt und Gott alleine gelassen. Er stellte fest, dass seine Hände zitterten, und konnte dem doch keinen Einhalt gebieten; sein Herz raste. Die Messe zu lesen, und insbesondere diese Messe, da eine solche Last ihm schwer auf Herzen und Denken und möglicherweise auch auf seiner Seele lag, falls er eine besaß ...

Er lehnte sich an die Wand und atmete mehrfach tief ein. *Lieber Gott,* dachte er. *Morwin, gibt mir Kraft. Es ist so lange her, so schrecklich lange; und ich bin nicht würdig. Ich bin ... nicht ...*

Jehans Besorgnis durchdrang seine Geisteswehr. Er zwang sich, aufzurichten und das Achseltuch umzulegen. Seine Hände und sein Geist erinnerten sich. Er führte das

Kleidungsstück zu seinem Kopf und legte es um seine Schultern; leise murmelte er ein Gebet vor sich hin.

Er griff nach der Albe. Jehan streckte sie ihm entgegen. Für einen Augenblick berührten sich ihre Hände. Alf lächelte. »Mein Bollwerk«, sagte er. »Dank dir, Jehan.«

Der Novize verbeugte sich und erwiderte sein Lächeln; Alf zog das weiße Messgewand über den Kopf. Dieses Bekleidungsritual hatte etwas Tröstliches an sich, da jede Bewegung vorgeschrieben und jeder Gedanke vorbestimmt war. So lange Zeit hatte er nur bei der Messe gedient und zugesehen; er hatte die stille Freude im Mittelpunkt dieser Feier vergessen.

Einer der Novizen spähte um die Ecke. »Es ist gleich Zeit«, meldete er.

Alle waren anwesend, die Mönche, die Könige und ihre Leute, sogar Thea, die orthodoxe Griechin. Ihr Denken streifte für einen Augenblick hell und klar das von Alf.

Während er innehielt, hatte sich die Prozession gebildet. Er nahm seinen Platz ein und schritt langsam unter dem Gewicht seiner Robe dahin.

Als er an Aylmer vorüberkam, fasste der Bischof nach seinem Arm. »Denk daran«, flüsterte er. »›Du bist Priester für immer um Melchisedechs willen.‹«

Für immer.

Er hob sein Kinn. Der Gesang hatte tief und schleppend eingesetzt. *»Requiem aeternam dona eis. Domine* ... Herr, gewähre ihnen die ewige Ruhe, und das ewige Licht leuchte ihnen ...«

Morwin lag vor den Altarstufen, wie er drei Tage lang gelegen hatte, während deren Alf unablässig Wache gehalten hatte. Die Prozession zog langsam an ihm vorüber mit

Alf als Letztem, und teilte sich dann so, dass jeder Mann oder Junge den ihm vom Ritual vorgeschriebenen Platz einnahm. In der Stille nach dem Wechselgesang erklang seine Stimme weich und rein. »Zum Altare Gottes will ich treten.«

»Zu Gott, der mich erfreut von Jugend auf«, antworteten die Messdiener.

Er nahm seinen ganzen Mut zusammen und stieg die Stufen empor.

Richard beobachtete ihn, wie er ihn an jenem ersten Tag im Lager am See beobachtet hatte. Damals hatte Alf nur als Messdiener beigewohnt; nun übte er das Priesteramt aus, als gewählter Abt von St. Ruan. Und doch sah er noch genauso aus, zu schön, um Mensch zu sein, und verzückt vom Hochgefühl der Messe.

Im weiteren Verlauf der Feier erschien es dem König, als sammelte sich alles Licht um die schlanke Figur am Altar. Die Priester um ihn her, die Novizen, die ihre verschiedenen Pflichten wahrnahmen, und die singenden Mönche – sie alle waren in Schatten getaucht. Als er die Hostie in die Höhe hob, erstrahlte sie wie eine Sonne; seine herrliche Stimme klang weithin: *»Hoc est enim corpus meum*: Denn dies ist mein Leib.«

Richard bedeckte seine Augen mit den Händen. Die Messe war stets nur eine Pflicht für ihn gewesen, und zudem eine lästige. Doch hier war das anders. Gott, der Gott, den er kaum beachtet oder dem er bestenfalls Lippenbekenntnisse gewidmet hatte, war in diesen Raum getreten und erstrahlte durch den Priester, den Zauberer, den seelenlosen, unsterblichen Menschentöter.

Er ist Priester, dachte der König und empfand diese Gewissheit zu stark, als dass es ihn hätte traurig stimmen können. *Aylmer wird ihn bekommen. Aylmer oder die Abtei. Was für ein Tor war ich doch, zu glauben, ich könnte jemals einen Edelmann aus ihm machen!*

Als er hochschaute, sah er den Blick von Gwydions grauen Augen auf sich ruhen. Der Elfenkönig schüttelte kaum merklich den Kopf. *Warte,* besagte sein Blick. *Er hat sich noch nicht entschieden. Warte getrost ab.*

Auf dem Höhepunkt seiner Jubelstimmung erblickte Alf noch einmal das Licht, in welches Morwin eingegangen war; er näherte sich ihm so weit, dass er es fast berühren konnte. Und in diesem Augenblick fühlte er auch wieder Morwins Anwesenheit wie eine warme Hand in der seinen, ein rasches Lächeln, ein geflüstertes Wort. *Gut gemacht, Alf. Ach, so gut gemacht.*

Das junge Gesicht im Licht und das alte Antlitz auf der Bahre verschmolzen und wurden zu einem. Seine Stimme stieg empor. »›Mögen Engel dich ins Paradies geleiten; mögen dich dort die Märtyrer empfangen und dich hinführen in die heilige Stadt Jerusalem. Möge ein Chor von Engeln zu deinem Empfang bereitstehen und mögest du bei Lazarus, der einst ein Bettler gewesen, die ewige Ruhe finden.‹«

Kräftige Mönche nahmen die Bahre auf ihre Schultern und setzten sich in Bewegung. In einer Wolke von Gesang und Weihrauch trugen sie ihn durch die Kapelle, eine lange Treppe hinab ins schummrige Dunkel der Krypta. Dort legten sie ihn nieder, der Gesang war nun leiser, und Weihrauch dämpfte den Schein der Kerzen. Mit sanften Händen hoben sie den Leichnam des Abtes an und legten ihn in eine Nische zu den Gebeinen und sterblichen Überresten der Äbte, die vor ihm verschieden waren.

Der Gesang wurde noch leiser und erstarb ganz. Alf beugte sich hinab und bezeichnete die kalte Stirn mit dem Kreuz und küsste sie sachte. »Schlaf wohl«, flüsterte er.

Er drehte sich um. Die Lampen und Kerzen verschwanden eine nach der anderen und ließen Morwin seinen langen Schlaf antreten.

Alf legte seine Bekleidungsstücke so ehrfurchtsvoll ab, wie er sie angezogen hatte. Keiner sprach ihn an, nicht einmal Jehan, der ihm zur Hand ging, denn noch immer ruhte das Licht auf seinem Antlitz. Als er schließlich wieder in seiner braunen Kutte dastand, wandte Jehan den Blick ab und beschäftigte sich emsig mit seinen eigenen Aufgaben; Alf schlüpfte hinaus.

Der Weißdorn von Ynys Witrin schlief seinen todgleichen Schlaf, der Schnee lastete schwer auf den Ästen. Alf stand unter dem braunen Stamm mit der weißen Krone.

Er legte seine Hand an das knorrige Holz. In seinem Innern funkelte die Macht wie im Gestein von Bowland und stieg träge an, um sich mit der seinen zu vereinigen – Wärme, grüne Stille. Die Macht des Baumes wollte ihm nichts Schlimmes mehr, falls sie das überhaupt jemals gewollt hatte.

»Möglichkeiten«, sprach Alf zu dem Baum. »So viele Möglichkeiten. ›Priester für immer.‹ Das bin ich; und doch bin ich gleichzeitig so viele andere Dinge. Was soll ich tun? Soll ich Herr Abt werden? Kann ich diese Belastung ertragen? Oder soll ich Gottes Soldat werden? Ein Elfenfürst oder ein Fürst von Anglia? Was soll ich werden? Was vermag ich zu leisten?«

Der Wind flüsterte in den Zweigen, doch es waren keine Worte. Der Graue Himmel wölbte sich über ihm. Weit oben kreiste ein Falke und stieß einen Schrei aus.

Alf wandte sein Gesicht zu ihm empor. Es war kein gewöhnlicher Falke, kein Merlin und kein Turmfalke, sondern ein prachtvolles Tier, der Falke von Prinzen, der Wanderfalke. Und während er das Tier beobachtete, breitete es seine großen Schwingen aus und schoss in östlicher Richtung davon.

Ihm stockte der Atem. Also doch eine Antwort, und eine so schlichte. »Ich hatte es vergessen «, sagte er. »Gütiger Gott, vergib mir, ein solcher Tor zu sein. Ich hatte vergessen, dass ich, gleichgültig ob Abt, Priester oder Ritter, ich selbst bleibe. Alfred. Alf. Nicht Herr und nicht Lord und nicht Pater und Bruder. Nur Alf. Ich selbst.«

Er selbst – dem die ganze Welt und alle Möglichkeiten offen standen, zumindest die Freiheit, sich zu entscheiden. Die Freiheit, seine eigene Wahl zu treffen.

Er zögerte noch einen Augenblick. Fürchtete sich. Fürchtete sich vor der Entscheidung, er, der sich niemals hatte entscheiden können – was, wenn er die falsche Wahl traf?

Oder wenn er überhaupt zu keinem Entschluss gelangte?

Alle auf St. Ruan versammelten sich zum Leichenschmaus des Abtes im großen Saal. Sogar Bruder Kyriell hatte seinen Posten am Tor verlassen, nachdem er ausnahmsweise von seinen Pflichten befreit war.

Doch unterm Torbogen stand eine einsame, in einen Umhang gehüllte Gestalt und wartete.

Alf betrachtete sie, ohne überrascht zu sein, wie sie ihm entgegenschaute. »Du hast dich entschieden«, sagte sie.

Er nickte.

Ihr Blick wanderte von dem kapuzenverhüllten Haupt bis zu den Füßen in den Sandalen. »Du gehst fort.«

»Nach Jerusalem.«

»Alleine?«

Er nickte wieder. »Morwin glaubte, ich würde dort Frieden finden. Oder dass mir die Reise zumindest dazu verhelfen würde, mich so anzunehmen, wie ich bin.«

»Und die Könige? Der Bischof? Die Mönche?«

»Sie alle wollen mich zu einem hohen Herrn machen. Aber wie soll ich groß, mächtig und herrschaftlich sein, wenn ich mich nicht einmal selbst kenne? Ich will jetzt Alfred sein und nichts anderes. Ich denke, dass sie das verstehen werden.«

»Sie werden es versuchen«, gab sie ihm Recht.

Es trat Stille ein. Alf starrte auf seine Füße. »Sag es Jehan. Die Bücher in meiner Zelle sind für ihn. Mit meiner ganzen Liebe. Den Ring mit dem Mondstein und den goldenen Taler behalte ich; über alle übrigen Geschenke soll mein Herr Richard frei verfügen. Aylmer muss meine Messgewänder bekommen, die ich bei der Totenmesse getragen habe. Und Gwydion ... sag ihm, er möge in die Truhe im Studierzimmer des Abtes schauen. Die Altardecke dort ist mein Geschenk an ihn. Und Fara – Fara muss er zurücknehmen. Sag ihm das.«

»Ich werde es allen ausrichten.«

»Die Brüder werden einen anderen wählen müssen. Ich hoffe, sie entscheiden sich für Owein. Er würde einen guten Abt abgeben, einen bessern als ich.«

Sie schwieg dazu.

»Und für dich«, fuhr er fort. »Für dich habe ich das.« Er nahm ihr Gesicht in seine Hände. Und er küsste sie leicht und unbeholfen.

Er trat zurück. Ihre Augen waren groß und strahlten golden; er konnte ihren Blick nicht ertragen: »Leb wohl«, sagte er. »Gott sei mit dir.«

Sie sprach noch immer kein Wort.

Er schob die Riegel zurück und stieß die Seitentür auf. Ein feiner, kalter Wind von Osten umtänzelte ihn. Er drehte ihm das Gesicht und der Abtei den Rücken zu und trat durch das Tor.

Thea verharrte eine lange Weile so, wie er sie hatte stehen lassen. Er wandte weder den Blick noch seine Gedanken zurück.

Wo sich eben noch eine Frau befunden hatte, lag hingeworfen ein dunkler Umhang. Eine weiße Jagdhündin lief die weite Landstraße hinab.

Ihre vier Beine waren schneller als seine zwei und flogen schneller über den Schnee dahin. Sie holte ihn ein, sprang vorüber und umtänzelte ihn.

Er blieb stehen. »Thea«, tadelte er. Seine Stimme klang streng und kalt.

Jehan war ein Dummkopf, sagte sie in ihren Gedanken. *Er fragte, ob er mitkommen dürfte. Ich frage erst gar nicht.* Sie trabte einen oder zwei Meter vor ihm her, blieb stehen und schaute aus hellen Augen über ihre Schulter zurück. *Was ist, kleiner Bruder? Kommst du?*

Er holte tief Luft, als ob er etwas entgegnen wollte. Alles, was er hätte tun oder äußern können, schoss ihm durch den

Kopf. Thea beobachtete alles mit blitzenden Augen. Glaubte er denn, dass irgendein Mann, selbst ein Elfenpriester, sie von irgendetwas abbringen konnte?

Plötzlich lachte er. »Nicht einmal ein Heiliger«, sagte er.

Und so lief sie vorneweg, und er folgte ihr mit langen Schritten auf seinem Weg nach Jerusalem.